西藏自治区教育厅和西藏民族大学学术著作出版基金资助

西藏民族大学学者文库·文学类

杜甫歌行诗选注

吴逢箴　选注

中山大学出版社
·广州·

版权所有　　翻印必究

图书在版编目（CIP）数据

杜甫歌行诗选注/吴逢箴选注．—广州：中山大学出版社，2017.11
（西藏民族大学学者文库．文学类）
ISBN 978－7－306－06168－3

Ⅰ.①杜…　Ⅱ.①吴…　Ⅲ.①杜诗—注释　Ⅳ.①I222.742

中国版本图书馆 CIP 数据核字（2017）第 218058 号

出版人：	徐　劲
策划编辑：	嵇春霞
责任编辑：	高　洵
封面设计：	刘　犇
责任校对：	陈　芳
责任技编：	何雅涛
出版发行：	中山大学出版社
电　　话：	编辑部 020－84111996，84113349，84111997，84110779
	发行部 020－84111998，84111981，84111160
地　　址：	广州市新港西路 135 号
邮　　编：	510275　　传　真：020－84036565
网　　址：	http://www.zsup.com.cn　E-mail：zdcbs@mail.sysu.edu.cn
印 刷 者：	佛山市浩文彩色印刷有限公司
规　　格：	787mm×1092mm　1/16　15.25 印张　377 千字
版次印次：	2017 年 11 月第 1 版　2017 年 11 月第 1 次印刷
定　　价：	46.00 元

如发现本书因印装质量影响阅读，请与出版社发行部联系调换

凡 例

一、本书中的各篇在原文后有题解、注释、辑评三个部分。

二、原文：以仇兆鳌《杜诗详注》（中华书局1979年版）为底本，必要时参考他本。

三、题解：解释诗题本身的有关文字，介绍写作时间、背景、主旨、艺术特点等。根据作品的具体情况，点到为止，不追求面面俱到。

四、注释：注释字义、词义，某些字的读音、某些比较模糊的句义；注释人名、地名、山名、水名、职务名；注释典故、史实、名物、风习；等等。有时对职官、地名的沿革变迁也做简要的介绍，以使之具有历史的完整性。注释的选词量尽可能多一些、宽一些，以免读者再去查工具书之劳。为了便于解释句意或相关的词，某些词语的解释有所重复，但繁简与侧重点不同，有时还根据需要加入新的内容。

五、辑评：注重基本的评论资料，避免烦琐，力求简明。内容较全面的条文排在前面，其他三言两语只做补充的排在后面。为避免引号的重叠，条文整体不标引号，文中使用引号。

前　言

一、杜甫的生平

杜甫，字子美，唐玄宗先天元年（712）正月初一生于河南巩县（今巩义市）东二里的瑶湾。他的十三世祖为晋代名将兼名儒杜预。杜预是京兆杜陵（今陕西省西安市东南）人，杜甫故常自称少陵野老或杜陵布衣。杜甫的曾祖依艺为巩县令，祖父杜审言是武后朝的著名诗人，对五律、五排的发展做出贡献，杜甫因而把作诗看作自己的"素业"。

父亲杜闲历官兖州司马、奉天县令，母亲为清河望族、著名学者崔融的长女。杜甫为出生在这样的"奉儒守官、未坠素业"的家族而感到自豪，这成为他毕生追求功业的动力之一。

杜甫的生活和创作可分为5个时期。

（一）读书漫游时期

这一时期由唐玄宗先天元年（712）杜甫出生至唐玄宗天宝四年（745），杜甫34岁。这时期，杜甫主要是读书、漫游、交友、求取功名。杜甫早慧，7岁即作诗，9岁能写大字，十四五岁时已与当时的名士唱和。他在《壮游》诗中回忆道："往昔十四五，出游翰墨场。斯文崔（尚）魏（启）徒，以我似班（固）扬（雄）。七龄思即壮，开口咏凤凰。九龄书大字，有作成一囊。"可惜那时他写的诗现在看不到了。杜甫当时读的书主要是儒家经典和《文选》。

杜甫这时期的漫游主要有4次。

第一次在开元十八年（730），时年19岁。游晋至郇（xún）瑕，今山西临猗（yī）氏县。此次是与韦之晋、寇锡同游。未久，回洛阳。

第二次在开元十九年（731）至开元二十三年（735），时年24岁。此次大约用了4年的时间游吴越，主要是在金陵、姑苏、鉴湖、剡溪。开元二十三年，为参加进士考试，返回洛阳。

第三次在开元二十四年（736）至开元二十八年（740），杜甫25～29岁。游齐赵。当时杜甫的父亲杜闲任兖州司马，物质上有所保证，使得他可以"放荡齐赵间，裘马颇清狂"（《壮游》）。齐赵在今山东北部和河北南部。此次

游历，历时5年多，写有《登兖州城楼》《望岳》等诗。开元二十八年，与高适结交于汶上，写有《寄高常侍》诗。开元二十九年（741），杜甫自齐赵归洛阳，筑陆浑山庄于偃师县首阳山下，并作文祭远祖当阳君杜预。大约就在这一年，杜甫与司农少卿杨怡之女结婚。时杜甫30岁。

第四次在天宝三载（744）至天宝四载（745），杜甫33～34岁。天宝三载，李白为高力士所谗，唐玄宗赐金还山。杜甫于这年四月，在洛阳与李白相会。杜甫有《赠李白》（秋来相顾尚飘蓬）诗。李白亦有《鲁郡东石门送杜二》诗赠别。可惜从此之后两人就再也没有机会见面了。

这时期杜甫过着读书、漫游、交友的生活，留下的诗歌较少，没有歌行诗问世，是其诗歌创作的准备阶段。

（二）十年困守长安时期

这一时期由天宝五载（746）至天宝十四载（755）。

天宝五载（746），杜甫来到长安，准备求取功名。次年唐玄宗下诏：天下凡通一艺以上者皆至京师就选。杜甫与元结等俱应试。奸相李林甫恐草野之士言其奸恶，于是阴谋扼制，使得无一人及第，反而上表称贺"野无遗贤"。同年九月，安禄山筑雄武城（今河北冀州市东北）大贮兵器。十月，唐玄宗与杨贵妃赴骊山温泉享乐，改温泉宫为华清宫。十一月，王忠嗣屡次上书，言安禄山必反，被贬为汉阳太守，朝政日益黑暗。

杜甫刚到长安时，其父杜闲由兖州司马调任奉天（今陕西乾县）县令。其俸禄可以接济杜甫生活。然而不久，其父因病去世，这使杜甫失去了重要的生活来源，只能靠自己卖草药和朋友接济，过着穷苦的生活。他在《奉赠韦左丞丈二十二韵》中写道："朝扣富儿门，暮随肥马尘。残杯与冷炙，到处潜悲辛。"这虽然有些夸张，但可想而知当时他的生活是多么穷困。这种生活将杜甫推向社会的底层，对他了解当时社会的黑暗起到很大的作用。

天宝七载（748）四月，以高力士为骠骑大将军。六月赐安禄山铁卷，以杨国忠（钊）判度支。十一月，封杨贵妃姊3人为韩国夫人、虢国夫人、秦国夫人。玄宗呼之为"姨"，并承恩泽，势倾天下。杜甫写了著名的歌行诗《丽人行》进行讽刺。天宝八载（749），唐玄宗命哥舒翰拔石堡城。唐吐蕃兵400人，唐军死者数万，血流成河。因为此次战争，在陕西大肆征兵，老百姓苦不堪言。杜甫此时正在咸阳，写了著名的歌行诗《兵车行》进行揭露和批判。天宝九载（750）五月，唐玄宗封安禄山为东平郡王，唐代将帅封王自此始；十月，安禄山入朝，杨国忠兄弟姊妹往迎于戏水。同年又封安禄山兼河东节度使（安已为范阳节度使）。天宝十三载（754）正月，安禄山入朝，加封左仆射；二月，加封杨国忠为司空；三月，安禄山归范阳，玄宗赐衣。自是有言安禄山反者，玄宗皆命缚送安禄山所，由是无敢言者。同年秋，关中收成不好，大饥。杜甫作歌行诗《秋雨叹》。因京师乏食，杜甫将妻儿（此时宗文五岁，宗武两岁）从长安城南15里的下杜迁往奉先县（今陕西蒲城）安置。因奉先县令姓杨，为杜甫妻子的同宗。

天宝十四载（755）十月，杜甫从奉先县回长安，被任命为右卫率府兵曹参军（掌管兵甲器仗及站禁锁钥等事）。十一月，复往奉先探家，就长安10年的感受和沿途的见闻，写成名作《自京赴奉先县咏怀五百字》，表达了个人的政治抱负和对社会危机的关切。同月，安禄山以15万兵，反叛于范阳，所过州县，望风瓦解。唐王朝遣安西节度使封常清至洛阳幕兵，为守御之备。以郭子仪为朔方节度使，以荣王李琬为元帅，高仙芝副之，统兵东征。十二月，安禄山攻陷东都洛阳。以永王李璘为山南节度使。唐杀高仙芝、封常清。以哥舒翰为副元帅，守潼关。高适任左拾遗，转监察御史，佐哥舒翰守潼关。由于爆发"安史之乱"，杜甫暂留奉先县。

长安10年的磨炼，使杜甫的诗歌创作有了长足的进步，形成了他沉郁顿挫的风格，确定了他忧国忧民的生活道路和创作道路。这时期杜甫的创作以五言、七言古诗为多。歌行诗的创作结出了《饮中八仙歌》《兵车行》《丽人行》等硕果。

（三）陷安史叛军中与为官时期

这一时期由唐肃宗（李亨）至德元年（756）正月至唐肃宗乾元二年（759）十二月，总共4年时间。

唐肃宗（李亨）至德元年（1756）正月，安禄山在洛阳自称大燕皇帝，年号圣武。叛将史思明陷常山（今河北恒州）。郭子仪荐李光弼为河东节度使。二月，李光弼入常山，大破史思明。真源县（今河南鹿县）县令张巡起兵雍丘（今河南杞县）讨伐判军。四月，左拾遗张镐荐来瑱为颍川太守，前后破贼甚众。五月，郭子仪、李光弼大破史思明部，收复河北十余郡之地。六月，杨国忠惧哥舒翰反己，促玄宗令翰出潼关进攻叛军。哥舒翰被迫放弃坚守潼关困敌的战略。出关与安禄山部将崔乾祐等在灵宝会战中，中埋伏大败。潼关失守，哥舒翰被俘。玄宗与杨国忠、杨贵妃及其姊妹等仓皇奔蜀。至马嵬驿（今陕西兴平市西马嵬镇）时，将士杀死杨国忠和韩国夫人、秦国夫人，逼玄宗允许缢死杨贵妃。虢国夫人逃到陈仓县（今陕西宝鸡市），被县令薛景仙所杀。玄宗入蜀，太子李亨留讨安禄山。20日后，安禄山将孙孝哲入长安。七月，太子李亨在灵武（郡名，即灵州，治回乐，即今宁夏灵武西南）即位。

改元至德，是为肃宗。尊玄宗为太上皇。八月，玄宗命房琯奉宝册至灵武传位。九月，史思明陷赵郡、常山。肃宗以其子广平王俶为天下兵马元帅；李泌侍谋军国、元帅府行军长史。十一月，李璘在江陵招兵数万人，擅自引兵东下，过庐山，强聘李白为僚佐。肃宗命李璘回蜀，不听。十二月，肃宗置淮南节度使，治扬州，以高适任之。肃宗又置淮南西道节度使，治蔡州（今河南汝南县）。以来瑱任之。使与江南东道节度使韦陟共防永王李璘。永王东进到当涂。

　　至德元年（756）正月，杜甫仍留奉先。二月，回长安。四月，离长安回奉先，携家至白水县依舅氏少府崔顼（xū）。六月，因潼关失守，复携家逃难，经彭衙故城、华原县、三川县，至鄜州（治今陕西富县）之羌村（今陕西富县西北10公里茶坊镇大申号村）。八月，闻肃宗即位灵武，只身赴延州（今陕西延安市），暂住于城南山谷中的小河村（又名南河）。宋人因杜甫曾避乱于此，故取名杜甫川（今陕西延安市南七里铺）。杜甫取道延安意在乘间出芦子关（今陕西横山县境）投奔灵武。不料安史叛军已蔓延到晋、陕北部，中途陷入叛军之中，被送至已沦陷的长安城。幸而未被叛军重视，既未遭受俘虏之严格看管，亦未与其他官吏同被押送至洛阳。由于杜甫设法隐避，始能被送至长安。杜甫在长安期间，根据自己的所见所闻，写出《悲陈陶》《悲青坂》《哀江头》《月夜》《春望》等诗篇。

　　至德二年（757）正月，安禄山为其子安庆绪所杀。二月，唐肃宗由彭原移驻凤翔。杜甫知道这个消息后，开始谋划出长安奔向凤翔。四月，杜甫往长安怀远坊大云经寺住宿数日，以避叛军耳目。寺僧赞公以青丝履及白氎巾见赠，密谋潜奔凤翔之计。四月中的一日，杜甫走出长安西城的金光门，冒着生命危险，直奔凤翔肃宗行在所。后将其沿途心境写在《喜达行在所三首》之中。他还在《述怀》诗中写道：「今夏草木长，脱身得西走。麻鞋见天子，衣袖露两肘。」五月十六日，唐肃宗授予杜甫左拾遗之职，由中书侍郎张镐斋符告谕。御宝（官印）五寸许藏湖广岳州府平江县裔孙杜富家（据钱谦益注杜诗）。就在同月，房琯因指挥陈陶、青坂两场战争大败而被罢相。杜甫上书为其辩护，肃宗怒，诏三司推问。宰相张镐相救，始得免。闰八月初一，被放还鄜州省家。到家后，作《羌村三首》《北征》诗。九月，闻收复长安后，作《收京三首》诸诗。此时，虽已收复长安，但战事仍未结束。杜甫深盼战争能早日结束，于是写了著名歌行诗《洗兵行》。诗中有"安得壮士挽天河，净洗甲兵长不用"之句。十月，唐军收复洛阳，安庆绪奔河北，走保邺城，肃宗还长安。杜甫携家随从肃宗还长安，仍任左拾遗。十二月，玄宗由成都还长安。

乾元元年（758）四月，史思明复反。五月，张镐罢相，贬严武为巴州刺史。六月，贬房琯为邠州刺史，贬杜甫为华州司功参军。八月，以郭子仪为中书令，李光弼为侍中。命郭子仪等七节度使将兵20万讨安庆绪，命李光弼、王思礼二节度使助之。不立元帅，但以宦官鱼朝恩为观军容使。此时，安西四镇兵过华州出潼关讨安庆绪。杜甫写了《观安西兵过赴关中待命二首》诗。十月，九节度使兵克卫州（今河南汲县）。安庆绪走邺城，遂围之。成王李豫（即广平王李俶）立为太子。此时，李白流放夜郎（今贵州桐梓县东），由寻阳溯江而上。同年冬，杜甫由华州赴洛阳。高适罢淮南节度使，授太子詹事，由扬州至洛阳，与杜甫在洛阳相见。

乾元二年（759）正月，杜甫归陆浑山庄。二月复回洛阳。三月，九节度使60万兵溃于邺城，郭子仪断河阳桥，保守洛阳。史思明杀安庆绪，以其子史朝义守邺城，自引兵还范阳。此时杜甫由洛阳返华州。就途中见闻和感受，写出了著名的组诗"三吏""三别"，深刻地反映了因邺城（即相州）兵溃，唐王朝征调更急，民不聊生的现实。七月，因关中饥馑，弃官携家离华州往秦州（今甘肃天水市）。在秦州写有《秦州杂诗》《梦李白》诸诗。十月，杜甫由秦州往同谷（今甘肃成县），沿途有纪行诗。到达同谷后，写下了歌行诗《同谷七歌》，多角度地反映了他这段十分艰苦的生活。"无食思乐土，无衣思南州。"（《发秦州》）为了生存，杜甫于同年十二月，从同谷出发奔往成都，结束了这一时期的生活。

（四）漂泊西南时期

这一时期由唐肃宗上元元年（760）至唐代宗大历五年（770）。乾元二年（759）年底，杜甫携家人到达成都。唐肃宗上元元年（760）年初，杜甫借居在成都草堂寺。暮春，移居浣花溪畔新建的草堂。他在草堂居住了3年多，这里便成为文学史上的一块圣地。当时，成都社会相对安定。杜甫的这段生活可以说是自长安以来比较安定平静的一段。他在这里种花、种树、种菜，养鸡、养鸭，有时上市卖草药，从事一些体力劳动。这年九月，高适由彭州刺史改为蜀州（今四川崇庆）刺史，对杜甫常有经济接济。这使杜甫有闲暇欣赏大自然之美和体验生活的情趣，写出了"江山如有待，花柳更无私"（《后游》）和"眼边无俗物，多病身也轻"（《漫成》）等带有闲适情趣的诗篇。但杜甫并没有忘怀国家的动乱和人民的苦难。他在《枯棕》《野老》和歌行诗《杜鹃行》中都表达了对时局的关切。八月，他写出了歌行诗《茅屋为秋风所破歌》，成为家喻户晓的千古绝唱。上元二年（761）十二月，严武到成都任成都尹。杜甫在凤翔任左拾遗时，曾与严武同朝为官。这次严武来蜀，曾携酒到草堂饮酒吟诗。此时，杜甫依靠严武的资助，将草堂扩充至"有竹一顷余"的规模，写有《遭田父泥饮美严中丞》诗。

唐肃宗宝应元年（762）三月。郭子仪晋爵汾阳王。四月，唐玄宗、肃宗父子相继因病逝世。李辅国杀张后及越王李系，乃发丧。太子李豫继位，是为代宗，号辅国为"尚父"。六月，罢李辅国中书令诸职，令出外宅，道路相贺。七月，严武入朝，监修二帝陵墓。杜甫送至绵州，临别赠诗曰："公若登台辅，临危莫爱身。"（《奉送严公入朝十韵》）。杜甫的运气还是很好的，严武入朝后，朝廷以高适为成都尹。不久，剑南兵马使徐知道反。七月，杜甫避乱转赴梓州（今四川三台县）。八月，高适破徐知道后，徐知道被羌兵所杀。十月，以雍王李适为天下兵马元帅，会诸道节度使及回纥兵讨史朝义，收复洛阳。同年，李白卒。

代宗广德元年（763）正月，史朝义败走幽州。幽州贼将李怀仙降唐，史朝义被迫自缢，李怀仙斩其首以献。安史之乱至此基本结束。杜甫在梓州闻史朝义死，唐军收复河南河北，大喜欲狂，写了《闻军收河南河北》诗。时房琯为汉州刺史，四月，被任命为刑部尚书。杜甫往汉州与之话别，至则房琯已启程赴京，杜甫复回梓州。八月四日，房琯病卒于阆州（今四川阆中）僧舍。杜甫九月往吊，写有祭文。十月，吐蕃寇奉天，代宗出奔陕州（今河南三门峡市）。吐蕃军入长安后，扶持金城公主侄儿邠王李守礼之子李承宏为傀儡皇帝。郭子仪收集散兵反攻长安。吐蕃军入长安十五日后退去。十二月，代宗还长安。在西南，吐蕃陷松（四川松潘）、维（四川理番县西）、保（四川理番县新保关西北）三州及云山新筑二城。朝廷以鱼朝恩为天下观军容宣处置使，权宠无比。同月，杜甫回梓州。时章彝为梓州刺史兼东川留后。章彝本严武判官，待杜甫甚厚，但他只知游宴狩猎。杜甫曾写歌行诗《冬狩行》进行规讽。杜甫心知章彝不可依，因而决定出峡东下。此时，杜甫曾被召为京兆功曹参军，亦不赴任。另外，此时岑参为太子中允，元结为道州刺史。

广德二年（764）正月，朝廷立雍王李适为太子。复合剑南、西川为一道，以黄门侍郎严武为节度使，罢章彝梓州刺史、东川留职。严武以杖杀之。初春，杜甫携家往阆州，有感于时事，写了歌行诗《忆昔二首》《释闷》以及《伤春五首》等诗。杜甫原先准备由阆州顺长江东下。三月，因严武复为东西川节度使，并屡来信相邀，杜甫于是再次携家回成都。有《草堂》诗记其来去始末及徐知道之乱事。六月，严武荐杜甫为节度参谋，检校工部员外郎，赐绯鱼袋。是岁，名画家曹霸流寓成都，作歌行诗《丹青引赠曹将军霸》。高适还长安为左散骑仕郎。是年，户部奏全唐户口：290万余户，1690余万人。较天宝十三载减少十分之七。

永泰元年（765）正月三日，经严武同意，杜甫辞去工部员外郎之职归草堂。四月，严武卒于成都，其灵柩过忠州出峡，杜甫写有《哭严仆射归榇》诗。其后，杜甫决计携家东下。经嘉州、戎州、渝州、忠州至云安（今四川云阳县）。至忠州时，始闻高适卒（高适卒于同年正月），有诗哭之。此时，杜甫因肺病加剧，在云安休养。

大历元年（766）初夏，杜甫自云安迁居夔州（今四川奉节县）。初居山腰。秋，移居西阁。此时，柏茂琳为夔州都兼御史中丞，对待杜甫甚厚，"频分月俸"，因而杜甫在瀼西买得果园40亩（约2.67万平方米），并主管东屯公田100顷（约666.67万平方米），生活较宽裕，写有歌行诗《最能行》《负薪行》《同元使君舂陵行》等。

大历二年（767），杜甫仍在夔州。春，由西阁迁居赤甲山。三月，移居瀼西草堂。秋，复迁居东屯茅屋。时身体益衰弱，肺病、疟疾、风痹，兼耳聋、眼暗、齿落。此时，杜甫写有不少关心人民疾苦的诗，如《又呈吴郎》《东屯北崦》；还有自伤衰老漂泊的诗，如《登高》。十月十九日，在夔州别驾元持家中观看了李十二娘舞《剑器》后作歌行诗《观公孙大娘弟子舞剑器行》。

这一时期是杜甫诗歌创作的丰收期，共写了1000余首诗，可分为两个阶段。前5年为客蜀阶段。此时，杜甫生活相对安定，得以从容领略大自然的美，其诗以风格清新畅达者居多。后段为寓居夔州时期，有不到两年的时间。此时，杜甫虽然生活较富裕，有歌咏当地山川和风俗民情的诗，但老病相间，万方多难，百端压抑，因而乐府古体的歌行诗写得少了，七律则大量增加。后一阶段，其诗格律更精美，多近体、拗体诗；以七律表现重大社会内容方面有所创获，但歌行诗也不乏名作。

（五）终老江湘时期

这一时期由大历三年（768）至大历五年（770）。唐代宗（李豫）大历三年正月中旬，杜甫将瀼西40亩果园赠给吴南卿。自己携全家从白帝城出发，乘船离开夔州东下。当时杜甫57岁，长子宗文18岁，次子宗武15岁。杜甫一家从此都在舟中生活，没有再上岸居住过。他们乘船经过瞿塘峡、巫峡。三月，抵达江陵（今湖北荆州）。江陵的亲友并没有在生活上给予帮助，杜甫因而受到冷遇，生活无依。此时，诗人思念家乡，并考虑北还。但是，中原地区自"安史之乱"后，又开始了藩镇割据、军阀混战的局面。大历二年正月，淮西节度使李忠臣入朝，以收华州为名，率所部兵大掠。大历三年六月，幽州兵马使朱希采杀节度使李怀仙，自称留后。八月，吐蕃冠灵武，京师戒严。同年，商州兵马使刘洽叛乱，杀死防御使殷仲卿，商州一带大乱。在这种形势下，杜甫北返之路被阻断。只得南下公安（今属湖北），写有歌行诗《醉歌行赠公安颜少府请顾八题壁》。后复沿江东下，同年年底到达岳阳（今属湖南）。当他登上岳阳楼时，一望无际的洞庭湖开阔了诗人的心胸，写下了《登岳阳楼》诗。

大历四年（769）正月中旬，从泊舟的岳阳楼下出发，过洞庭湖南下，经白沙驿、花石戍诸地，于三月到达潭州（今湖南长沙）。杜甫入湖南的目的是想投奔老友衡州（今湖南衡阳）刺史韦之晋。四月，韦之晋病殁，杜甫有诗哭之。

唐代宗大历五年（770），杜甫59岁。春，仍在潭州舟中。四月，湖南兵马使臧玠杀潭州刺史崔瓘，潭州城内火光冲天，一片混乱，杜甫只好南逃。他打算逆耒水而上，到郴州依其舅父崔玮（当时任郴州刺史），有书相招，因复南下。但因夏秋之际水大，船逆水难行，因而困在距耒阳40余里的方田驿，5日不得食。耒阳县令知此事后，令人致牛肉、白酒，得免饥毙。有诗《聂耒阳以仆阻水书致酒肉疗饥荒江诗得代怀兴尽本韵至县呈聂令陆路去方田驿四十里舟行一日时属江涨泊于方田》表示感激。元稹在《唐故工部员外郎杜君墓志铭》中言杜甫：“扁舟下荆楚间，竟以寓卒，旅殡岳阳。”根据元稹所写的墓志铭，有的年谱记载道，杜甫暮秋离潭州归秦，仲冬死于至岳阳的舟中。杜甫自离开夔州后，在辗转流离中，饥饿、疾病、漂泊，把已经满头白发的诗人折磨得太深、太久了，他的健康受到严重的损害，终于在大历五年冬病死于至岳阳舟中。

二、歌行诗的基本特征与杜甫的歌行诗

歌行诗是一种诗体的名称。严羽《沧浪诗话·诗体》云："《风》《雅》《颂》既亡，一变而为《离骚》，再变而为两汉五言，三变而为歌行杂体，四变而为沈宋律诗。"歌行原属于乐府诗。汉魏以来乐府诗多有以"歌""行"与"歌行"为名者。徐师曾《文体明辨》云："放情长言，杂而无方者曰歌；步骤驰骋，疏而不滞者曰行；兼之曰歌行。"此说虽有些道理，但三者实际上并无大的差别。南北朝乐府诗题用"歌"者较多，如《子夜歌》《企喻歌》《琅琊王歌》；在汉乐府民歌中则用"行"者较多，如《陇西行》《妇病行》《雁门太守行》等；"歌行"连用的，如汉乐府民歌中的《怨歌行》，文人拟乐府诗中有曹丕的《燕歌行》、曹植的《怨歌行》等。在歌行诗中，有的并不标明"歌""行"字样，而是标以"乐""曲""引""吟""叹""怨""弄"

"操"等。如乐府民歌中的《石城乐》《西洲曲》《梁甫吟》；文人创作的有李白的《估客乐》《长门怨》、温庭筠的《西洲曲》、李贺的《箜篌引》《江南弄》、鲍照的《代东武吟》、皮日休的《橡温叹》、刘禹锡的《飞鸢操》等。这些"曲""引"等字样可视为歌行诗的别名、异称。此外，有的歌行诗并不标出任何有关的歌行诗字样，如张若虚的《春江花月夜》、卢照邻的《长安古意》、李白的《蜀道难》等。

歌行体是在汉魏六朝乐府诗的基础上建立起来的一种新诗体，它的真正形成是在唐代。初唐时期，建立了五言、七言的近体诗（即律诗和绝句）。但与之相对应的古体诗（即古风）仍然盛行。于是，人们把从古体诗中演化出来的，属于五言、七言古诗类中的一种诗体称为歌行体。它的特点是：不入乐，也不沿袭乐府古题而是自拟新题。它继承了古乐府诗的叙事特点。音节格律比较自由，平仄不拘，可以换韵。在歌行诗中，大多4句一换韵，亦可两句一换韵、3句一换韵、6句一换韵，也可多到十几句才换韵；可连用两个平声韵或连用两个仄声韵，亦可平仄韵交替使用。这种诗体句式灵活，富于变化，一般以七言为主，也有的杂以三言、五言、九言的句子。

歌行体诗的正式形成，以初唐时期的刘希夷《代悲白头吟》和张若虚的《春江花月夜》为标志。唐代是歌行诗创作的辉煌时期，李白、高适、岑参、白居易、李贺等都写了非常出色的歌行诗。杜甫的歌行诗与李白并列，成就极高。

杜甫的歌行诗不但数量多（有100多首），而且不乏优异的名作。元稹在《乐府古题序》中云："近代唯诗人杜甫《悲陈陶》《哀江头》《兵车》《丽人》等，凡所歌行，率多即事名篇，无复倚傍。余少时与友人乐天、李公垂辈，谓是为当，遂不复拟赋古题。"宋人蔡居厚云："惟老杜《兵车行》《悲青坂》……数篇，皆因事出己意立题，略不更蹈前人陈迹，真豪杰也。"就诗法而言，杜甫歌行诗的法门甚多。清人沈德潜云："少陵歌行，如建章之宫，千门万户；如钜鹿之战，诸侯皆从壁上观，膝行而前，不敢仰视；如大海之水，长风鼓浪，扬泥沙而舞怪物，灵蠢毕集。与太白各不相似，而各造其极。"（《说诗晬语》卷上）

杜甫的歌行诗，自宋代以来便被诗评家所重视。吕本中在其《吕氏童蒙训》中云："老杜歌行，最见次第本末。"他还在《草堂诗话》中进一步强调："老杜歌行，与长韵律诗，后人莫及。"陈鹄在《耆老续闻卷二》中亦云："老杜歌行併长韵律诗，切宜留意。"

从内容方面看，杜甫的诗善陈时事，时人称其为"诗史"。唐人孟棨云："杜逢禄山之难，流离陇蜀，毕陈于诗，推见至隐，殆无遗事，故当时号为诗史。"(《本事诗·高逸第三》)宋人陈岩省云:"杜少陵子美诗,多纪当事,皆有据依,故号诗史。"(《庚溪诗话》卷上)明人胡震亨在《唐音癸答》卷二六中亦写道:"以时事入诗,自杜少陵始。"杜甫的许多诗与安始之乱有关,其他诗如此,歌行诗同样如此。

　　古代歌行诗的标题是灵活多样的,杜甫歌行诗更是如此,概括起来有3种。

　　第一种,在诗题中明确标出"歌""行"或者"歌行"字样,可称为"显题歌行诗"。如《饮中八仙歌》《兵车行》《短歌行·赠王郎司直》等。

　　第二种,在诗题中标出"叹""引"等字样,可称之为"别名歌行诗"。如《秋雨叹》《丹青引》等。

　　第三种,在诗题中不标任何带有"歌""行"字样,可称之为"隐题歌行诗"。如《送孔巢父谢病归游江东兼呈李白》《哀江头》《曲江三章章五句》等。

　　关于本书的写作有两点说明:

　　第一,历来注释杜诗的书籍甚多,这给笔者提供了许多参考和启发,难以一一说明。在这里特对有关编者表示感谢!本书注释中引用时贤独特见解或解释难解之词者均标明原注者的姓名和书名。

　　第二,本书注释的方法是查阅工具书,决断于己见。许多词语的解释和引用的书证来自有关工具书(见参考文献)。特此向有关工具书的编者和撰稿者表示感谢!

目　　录

送孔巢父谢病归游江东兼呈李白 …… （1）
今夕行 …… （6）
饮中八仙歌 …… （9）
高都护骢马行 …… （14）
乐游园歌 …… （18）
兵车行 …… （23）
贫交行 …… （31）
玄都坛歌寄元逸人 …… （33）
曲江三章章五句 …… （35）
白丝行 …… （38）
丽人行 …… （41）
醉时歌 …… （46）
渼陂行 …… （51）
秋雨叹三首 …… （56）
去矣行 …… （60）
天育骠图歌 …… （62）
奉先刘少府新画山水障歌 …… （66）
悲陈陶 …… （72）
悲青坂 …… （74）
哀江头 …… （76）
彭衙行 …… （80）
偪侧行赠毕四曜 …… （86）
瘦马行 …… （91）
义鹘行 …… （95）
戏赠阌乡秦少府短歌 …… （100）
洗兵行 …… （102）
乾元中寓居同谷县作歌七首 …… （115）
题壁上韦偃画马歌 …… （124）
戏题王宰画山水图歌 …… （126）

戏为韦偃双松图歌 …………………………………… （129）
茅屋为秋风所破歌 …………………………………… （132）
石笋行 ………………………………………………… （135）
百忧集行 ……………………………………………… （138）
戏作花卿歌 …………………………………………… （140）
越王楼歌 ……………………………………………… （143）
海棕行 ………………………………………………… （146）
从事行赠严二别驾 …………………………………… （149）
冬狩行 ………………………………………………… （153）
桃竹杖引赠章留后 …………………………………… （159）
阆山歌 ………………………………………………… （162）
阆水歌 ………………………………………………… （164）
丹青引 赠曹将军霸 …………………………………… （166）
莫相疑行 ……………………………………………… （172）
负薪行 ………………………………………………… （175）
最能行 ………………………………………………… （178）
古柏行 ………………………………………………… （181）
李潮八分小篆歌 ……………………………………… （185）
缚鸡行 ………………………………………………… （190）
同元使君《舂陵行》 并序 …………………………… （192）
虎牙行 ………………………………………………… （199）
观公孙大娘弟子舞剑器行 并序 ……………………… （204）
短歌行赠王郎司直 …………………………………… （211）
岁晏行 ………………………………………………… （214）
蚕谷行 ………………………………………………… （217）
白凫行 ………………………………………………… （219）
朱凤行 ………………………………………………… （222）
风雨看舟前落花戏为新句 …………………………… （224）

参考文献 ……………………………………………… （227）
后　记 ………………………………………………… （228）

送孔巢父谢病归游江东兼呈李白

　　巢父掉头不肯住①，东将入海随烟②雾。诗卷长留天地间③，钓竿欲拂珊瑚树④。深山大泽龙蛇远⑤，春寒野阴风景暮⑥。蓬莱织女回云车，指点虚无是征路。⑦自是君身有仙骨⑧，世人那得知其故⑨？惜君只欲苦死留，富贵何如草头露？⑩蔡侯静者意有余⑪，清夜置酒临前除⑫。罢琴惆怅⑬月照席，几岁寄我空中书⑭？南寻禹穴⑮见李白，道甫问讯今何如⑯！

【题解】

　　这是杜甫诗集中最早的一首歌行诗，天宝五载（746）春在长安时作。孔巢父（生卒年不详），字弱翁，冀州（今河北冀州市）人。他于开元末年与韩准、李白、张叔明、陶沔、裴政在徂徕山（在今山东泰安县）隐居，号称"竹溪六逸"。他曾在长安为官，后辞官归隐，《旧唐书》中有传。谢病，即称病弃官，并非真病。谢，告知。归，返回。江东，地域名称。自汉至隋唐，称自安徽芜湖以下的长江下游南岸地区为江东。此指吴越一带。孔巢父在长安辞官，要赴吴越一带求仙访道。临行前，有一位姓蔡的友人设宴为他饯行，杜甫也在座，便即席写下这首诗相赠。由于当时李白正在浙东漫游，诗的最后两句兼及对李白的问候，所以说"兼呈李白"。全诗洋溢着对孔巢父依依惜别的深情。这首诗想象丰富，有着浓厚的缥缈恍惚的仙家意境。这一方面与孔巢父的"仙骨"契合，另一方面也体现了杜甫早期诗歌具有浪漫主义色彩的艺术特征，在杜甫诗歌发展史上有着重要的意义。

【注释】

　　①"巢父"句：写孔巢父无心功名富贵，朋友们要他待在长安，他总是摇头，去意坚决。

　　掉头：摇头。掉，摇动。如李白《答王十二寒夜独酌有怀》："世人闻此皆掉头，有如东风射马耳。"

　　不肯住：不愿意留在长安。肯，愿意。如《史记·廉颇蔺相如列传》："秦王不肯击缶。"住，留下。如范晔《后汉书·蓟子训传》："蓟先生小住。"

　　② 海：指东海，传说东海有蓬莱、方丈、瀛洲三山，为神仙居住之所。因为孔巢父要游江东，意在避世隐居，所以说他"东将入海随烟雾"。

　　烟：云气、雾。如鲍照《舞鹤赋》："烟交雾凝，若无毛质。"李清照《凤凰台上忆吹箫》词·"念武陵人远,烟锁秦楼。"此处用烟雾形容海上景象。

③"诗卷"句:仇兆鳌《杜诗详注》中本集注,"巢父有《徂徕集》行于世"。今已佚。

④"钓竿"句:此句是想象,写的并非实事。它是承上"东将入海"句,想象孔巢父在东海将过着隐居求仙的生活。"钓竿"是隐居生活的隐语。

欲:即将、快要。如《古诗为焦仲卿妻作》:"鸡鸣外欲曙,新妇起严妆。"

拂:拨动、甩动。如谢灵运《述祖德》:"高揖七州外,拂衣五湖里。"又范晔《后汉书》:"明日便当拂衣而去。"

珊瑚树:热带海中的腔肠动物,形如树枝,质地细腻、柔和又富韧性,属高档玉石,古人以为珍玩。如曹植《美女篇》:"明珠交玉体,珊瑚间木难(木难:珠宝中的一种)。"珊瑚还可入药。李时珍《本草纲目·金石部》:"珊瑚生海底,五七株成林,谓之珊瑚林。"古代帝王将相和隐居士人希望长生,所以有人采取服食。诗中的"钓竿欲拂珊瑚树"暗含采珊瑚做长生之药,用以服食之意。

⑤"深山"句:此句以深山大泽的龙蛇来比喻怀才不遇的孔巢父从此避世隐居。

泽:聚水的洼地,多指沼泽。在古代,"大泽"往往带有神秘的色彩。如《史记·高祖本纪》:"其先刘媪尝息大泽之陂,梦与神遇。"又《史记·屈原贾生列传》:"被发行吟泽畔。"

龙蛇:比喻孔巢父是不得志而退隐的异常之人。如《左传·襄公二十一年》:"彼美,余惧其生,龙蛇以祸女。"又《汉书·扬雄传》:"以为君子得时则大行,不得时则龙蛇。"

远:远去,指避世隐居。

⑥"春寒"句:此句点明送别是在春天的一个傍晚,乍暖还寒,气氛低沉,以此景来表达惜别之情。

野阴:周围的田野阴暗,没有阳光。如王建《春日五门西望》:"唯有教坊南草绿,古苔阴地冷凄凄。"

暮:日落之时。如《木兰辞》:"旦辞爷娘去,暮宿黄河边。"此谓傍晚时的风光景色。

⑦"蓬莱"二句:借旧时传说来赞美孔巢父归隐求仙。蓬莱:传说中东海里的仙山名。《山海经·海内北经》:"蓬莱山在海中。"《十洲记》:"蓬丘,蓬莱山是也。对东海之东北岸,周回五千里。外别有圆海绕山,圆海水正黑,而谓之冥海也。无风而洪波百丈,不可得往来。上有九老丈人,九天真王宫,盖太上真人所居。唯飞仙有能到其处耳。"

织女:传说中天帝的孙女。如《史记·天官书》:"织女,天女孙也。"明冯应京《月令广义·七月令》引《小说》:"天河之东有织女,天帝之子也。年年机杼劳役,织成云锦天衣。"这里指一般的仙女。

回云车:仇氏注曰:"傅玄诗:云为车兮风为马。"如陶隐居《真诰》:"朱关内真,以云车虚辇相迓。"浦起龙《读杜心解》注:"回车""指点",仙侣导引也。

虚无:道家称"道"的本体为虚无,无形象可见,却又无所不在。如《史记·老子韩非列传》:"老子所贵道,虚无,因应变化于无为。"这里借指虚无缥缈的仙境。

是征路:断定孔巢父归隐必将成仙得道。是,表示肯定的判断。如王勃《滕王阁序》:"萍水相逢,尽是他乡之客。"征路,即去路。

⑧ 自：原来、本来。如《韩非子·显学》："恃自圜之木，千世无轮矣。"又《乐府诗集·相和歌辞·陌上桑》："使君自有妇，罗敷自有夫。"

君身：君，指巢父；身，代词，本人、自己、自身。如《韩非子·五蠹（dù）》："兔不可复得，而身为宋国笑。"

仙骨：这里指孔巢父的超世绝俗的神仙品质和气概。仙，神仙，古代迷信和道教中称超脱凡俗、长生不老的人。如《史记·孝武本纪》："安期生（仙人名）仙者，通蓬莱中，合则见人，不合则隐。"骨，人的气概、品质。如晋张华《博陵王宫侠曲》（之二）："生从命子游，死闻侠骨香。"

⑨ 世：世间、人世。如《楚辞·渔父》："举世皆浊我独清，众人皆醉我独醒。"

那：疑问代词，怎么。后作"哪"。如《古诗为焦仲卿妻作》："谢（离别）家事夫婿，中道还兄门，处分适兄意，那得自任专？"

得：能、能够。如《史记·项羽本纪》："沛公军霸上，未得与项羽相见。"

其：代词，指孔巢父。

故：（孔巢父谢病游江东的）缘故、原因。如《左传·僖公二十二年》："既克，公问其故。"

⑩ "惜君"二句：以上诗句都是作者用第三人称抒写的，至此作者用第一人称告诉世人：诸君爱惜孔巢父，苦苦地留他在长安做官；其实，在孔巢父心里，富贵就像草上露水一样，是十分短暂的。

君：指苦留巢父的友人。

欲：希望、想要。如《论语·述而》："仁远乎哉？我欲仁，斯仁至矣。"

苦死留：竭力地挽留。苦，极力、竭力。如《世说新语·识鉴》："王大将军（敦）始下，杨朗苦谏不从。"死，表示极度。如《六韬·立将》："如此则士众必尽死力。"

何：表示程度高，"多么"的意思。如李白《古风五十九首》（之三）："秦王扫六合，虎视何雄哉！"欧阳修《新五代史·伶官传序》："至于誓天断发，泣下沾巾，何其哀也。"

如：像。如《史记·滑稽列传》："如嫁女床席。"

草头露：草上露水，太阳一出就会被晒干。

⑪ 蔡侯：名字不详。侯，古时士大夫之间的尊称。如李白《与韩荆州书》："愿君侯不以富贵而骄之。"又李颀《送陈章甫》："陈侯立身何坦荡，虬须虎眉仍大颡。"又杜甫《与李十二白同寻范十隐居》："李侯有佳句，往往似阴铿。"

静者：指心地恬淡，对名利很淡薄的人。仇兆鳌注曰："梦弼谓，蔡侯为人恬静，而意气有余。"

意有余：谓情谊深厚。余，原指物质条件的丰厚、宽裕。如刘向《战国策·秦策》："今力田疾作，不得暖衣余食。"此处"余"为引申义。

⑫ 清：凉爽、清爽。如《诗经·大雅·烝民》："吉甫作诵，穆如清风。"又辛弃疾《江西月·夜行黄沙道中》："清风半夜蝉鸣。"又王勃《咏风》："肃肃凉风生，加我林壑清。"

临前除：此谓酒宴摆放位置是在靠近庭前的台阶上。临，靠近。除，台阶。如《史记·穆公子列传》："赵王扫除自迎，执主人之礼。"又朱伯庐《治家格言》："黎明即起，洒扫庭除。"又韦应物《寄冯著》:"思君在何夕,明月照广除。"

⑬ 罢:结束。此谓停止弹奏,酒宴结束了。唐人宴会往往请歌伎唱歌和弹奏乐器。这里以琴为代表,不一定只有琴一种乐器。古代琴与瑟往往同时弹奏,其音和谐。这里用弹琴来表现蔡侯与巢父之间的融洽情谊,表达惜别之情。如王融《和南海王殿下咏秋胡诗》之一:"且协金兰好,方愉琴瑟情。"又陈子昂《春夜别友人》:"离堂思琴瑟,别路绕山川。"

惆怅:因失意而伤感。如《论衡·累害》:"盖孔子所以忧心,孟轲所以惆怅也。"

⑭ "几岁"句:意谓临别时杜甫问孔巢父,多少年之后你才能成仙,从天界寄书给我报告你成仙的消息呢?这句诗表现杜甫是不相信神仙的,但从感情上讲,又希望自己的朋友孔巢父能如愿以偿,得道成仙。语言幽默、亲切,表达了诗人的期待。

空中书:从天上神仙界寄来的书信。杨伦《杜诗镜诠》:"梁《高僧传》:史宗不知何许人,常在广陵白土埭。有一道人取小儿到一山,山上人作书付小儿,令其捉杖,飘然而去。或闻足下波浪声,送至白土埭。史宗开书大惊曰:汝那得蓬莱道人书耶?"杜甫此句诗可能是化用这一传说写成。空中,天空。

⑮ 禹穴:仇氏注:"《史记·自序》:上会稽,探禹穴。"周珽注:"禹穴有两处,蜀之石泉,禹生之地。"古碑刻有太白书"禹穴"二字。今绍兴会稽亦有禹穴。李白此时在会稽,两人都是为求仙南游,可能会遇见,因此说"南寻禹穴"。

⑯ 道:说、讲,用语言表示情意。如"道贺""道喜""道歉"。

甫:杜甫自称。

何如:如何、怎么样。如《左传·襄公二十七年》:"子木问于赵孟曰:'范武子之德何如?'"杜甫与李白有很深的友谊,他深知李白学道的志向。在《赠李白》诗中曾写道:"秋来相顾尚飘蓬,未就丹砂愧葛洪。"因此,"问讯今何如"并不是一般的客套话,而是对挚友近况的关切。

【辑评】

一、王嗣奭《杜臆》卷之二

孔游江东,故"东海""珊瑚""龙蛇""大泽""蓬莱织女"皆用江东景物,而牛、女乃吾越分野也。"深山大泽"指江东,而"龙蛇远"以比巢父之隐。"野阴""景暮",以比世之乱。刘须溪云:"不必有所从来,不必有所指,玄又玄。"此不知其解,而故为浑语以欺人,往往如此。"蔡侯"盖同设饯以送孔者。"空中书"引蓬莱仙人寄收小儿腾空,良是。注谓雁书,非也。李白时在越中,故有"问信"语。因巢父避永王璘之辟而借讽李白,似穿凿;尔时白未污于璘也。此篇宛然游仙诗,但人能超出尘氛之外,便是仙人,非必乘鸾跨鹤也。巢父何减仙人?白若受污,安得尚在"禹穴"耶?旧注以此诗送巢父辞永王璘之辟,然末有"禹穴见李白"之语,考白居会稽在天宝初,而璘辟巢父在至德二载,相距甚远,非辞璘辟明甚。

二、浦起龙《读杜心解》卷二之一

愚按：送人辞官，不作惜其去，挽其留话头，非翻案也。巢父自是太白一辈人，其所往地近东海，亦所谓仙灵窟宅处，故为超然出世之语也。通首旨趣，在"君身仙骨"句逗出。

三、吴农祥《杜诗集评》卷五

起奇住奇，杂杂沓沓，妙在词尽而意不尽。

今 夕 行

今夕何夕岁云徂①,更长烛明不可孤②。咸阳③客舍一事无,相与博塞④为欢娱。冯陵大叫呼五白⑤,袒跣不肯成枭卢⑥。英雄有时亦如此,邂逅岂即非良图⑦?君莫笑,刘毅从来布衣愿⑧,家无儋⑨石输百万。

【题解】

此诗写于天宝五载(746)。题下原注:"自齐赵西归至咸阳作。"除夕之夜,万家团聚,而杜甫却只身在外,不免感到孤寂。于是与客舍中的其他旅客以博塞为戏,以排遣孤寂之感。由于此时杜甫刚从齐赵来到咸阳,因此诗中仍然洋溢着壮游时的那种粗犷豪迈的浪漫气息。

【注释】

① "今夕"句:此句意谓,过了今天晚上,今年就完结了。

岁:年。如《吕氏春秋·长见》:"故圣人上知千岁,下知千岁也。"

云:助词,用于句中,无实义。如《左传·僖公十五年》:"岁云秋矣。"

徂:消逝。如刘勰《文心雕龙·征圣》:"百龄影徂,千载心在。"

② 更长:此谓诗人感觉除夕之夜时间长久。更,古代夜间的计时单位,一夜分五更,每更两个小时。如《古诗为焦仲卿妻作》:"仰头相向鸣,夜夜达五更。"长,时间长、久。如公羊高《公羊传·文公二年》:"不雨之日长而无灾。"

孤:辜负。如《后汉书·袁敞传》:"臣孤恩负义,自陷重刑。"

③ 咸阳:地名。隋唐时,约在今陕西省咸阳市东北窑店镇。关于咸阳一名的来历,根据李吉甫《元和郡县志》的解释,山南曰阳,水北也称阳,而咸阳正是地处九嵕(zhōng)山之南、渭河水之北,山水俱阳,故名咸阳。实际上,咸阳地属不止渭北,虽然秦代朝市宫苑的主要部分在渭北,但是离宫别馆多在渭河南岸。根据《太平寰宇记》记载,商代时,咸阳地属毕程国,后来王季灭毕程国,建都于此,名为程伯国。公元前305年,秦孝公迁都咸阳,历经7代国王,延续144年。咸阳一直为秦国首都。西汉时,咸阳先后改名为新城和渭城。西晋时,咸阳更名为灵武县。后赵时,又改名为石安县。前秦时,在长陵置咸阳郡。北魏时,并咸阳于泾阳县。隋文帝复改泾阳为咸阳,将城址迁到杜邮亭(据传在今咸阳市任家嘴)。隋炀帝又将咸阳并入泾阳。唐高祖恢复咸阳之称。武则天因其母杨氏顺陵在此,曾改咸阳为赤县。隋唐两代,咸阳毗邻京都长安,属京兆府,这里仍是京畿繁华之地。唐代时,咸阳地近长安,故有时诗文中多借指长安。如《忆昔二首》之一:"千骑万乘入咸阳。"元代时,一度将咸阳并入兴平,但不久便恢复旧制。明朝时,咸阳县城西

移至渭水驿,即今咸阳市区旧城。(参见陕西省咸阳地区文物管理委员会编印《咸阳地区历史文物概况》1974年版)

④ 相与:互相参与。相,互相。如《史记·陈涉世家》:"苟富贵,勿相忘。"与,参加、参与。如《左传·僖公三十二年》:"蹇叔之子与师。"

博塞(sài):博戏,下棋一类的游戏。如《庄子·骈拇》:"问臧奚事,则挟策读书;问谷奚事,则博塞以游。"又《新唐书·郁林王恪传》:"坐与乳媪子博塞。"博,通"簙",古代的一种棋类游戏。如《孟子·离娄下》:"簙亦好饮酒,不顾父母之养。"塞,动词,比赛、竞争。如陈寿《三国志·魏书·任城王传》:"与高祖住复赌塞。"

⑤"冯(píng)陵"句:此句意谓,当杜甫掷骰时,在场其他人不是帮他呼黑,而是欺凌他而大呼五白,使他输赌。

冯:欺凌。如《左传·襄公十三年》:"小人伐其技以冯君子。"

陵:通"凌",欺侮。如《左传·昭公元年》:"无礼而好凌人。"

五白:古代有一种名叫"摴蒱"(chū pú,亦作"摴蒲")的博戏,以掷骰决胜负,类似于后代的掷色子。如《世说新语·方正》:"王子敬数岁时,尝看诸门生摴蒱,见有胜负,因曰:'南风不竞。'"后泛指赌博。色子又称"骰子",立体方形,上黑下白,掷之黑白分胜负。如《国史补》:"摴蒱,……其骰五枚,分上为黑,下为白。黑者刻二为犊,白者刻二为雉。掷之全黑者为卢,其采十六;……全白为白,其采八。"五子全白即五白,又称"枭"。如宋玉《楚辞·招魂》:"成枭而牟,呼五白些。"骰子相传为曹操儿子曹植所造,盖由古时"五木"演变而来。《太平御览》卷七五四引《江蕤别传》:"蕤年十一,始学摴蒱。祖母为说往事,有以博弈破业废身者。于是即弃五木,终身不为戏。"宋程大昌《演繁露·六投》:"古惟斫木为子,一具凡五子,故名五木。后世转而用石,用玉,用象,用骨。"唐人掷骰,黑白两色,全黑为卢,卢为上采,故掷骰曰:"呼卢喝雉。"

⑥"袒跣(tǎn xiǎn)"句:此句意谓,尽管杜甫十分给力地赤着脚着地掷骰,但骰子还是不能呈现枭卢这种胜博的采象。

袒:裸露。如《史记·廉颇蔺相如列传》:"廉颇闻之,肉袒负荆。"

跣:赤脚着地。如刘向《战国策·魏策》:"布衣之怒,亦免冠徒跣,以头抢地尔。"

不肯:不能。如刘向《战国策·赵策》:"公甫文伯官于鲁病死。……其母闻之,不肯哭也。"

枭(xiāo)卢:博戏摴蒱的采名。幺为枭,最胜,六为卢,次之。卢,黑色。徐灏《说文解字注笺》:"卢为火所熏,色黑,因黑为卢。"摴蒱掷得五子全黑者为卢。

⑦ 邂逅:偶尔、一旦、碰巧。

图:谋划、谋取。如《诗经·小雅·常棣》:"是究是图,亶其然乎?"浦注:"邂逅""良图"乃旅遇消闲之谓,无深意。

⑧ 刘毅:六朝晋时沛人,字希乐,小字盘龙。好摴蒱,家无儋石储,摴蒱一掷百万。仕为州从事。桓玄篡位,与刘裕等起兵计平之,为抚军将军,豫州刺史。以匡复功,封南平郡开国公,官至荆州刺史,后与刘裕不协,为裕所攻,兵散,缢死。《南史》中有传。应劭《汉书注》:齐人名罃为儋石,受米二斛。

布衣愿:浦注曰,"贫困中具此轻财愿力,胸怀自然阔达也",可见杜甫早年已胸怀大志。

⑨儋（dàn）：量词，两石为一儋。如《史记·淮阴侯列传》："守儋石之禄者，阙卿相之位。"

【辑评】

　　一、王嗣奭《杜臆》卷之一
　　此诗真有英雄气。最妙在"邂逅"一句，"邂逅"谓偶然遇时也。穷人妄想，往往如此。又妙在结语，谓掷输百万，未尝非英雄也。

　　二、仇兆鳌《杜诗详注》卷之一
　　此诗见少年豪放之意。除夕博戏，呼白而不成枭，因作自解之词。末引刘毅输钱，以见英雄得失，不系乎此也。《庚溪诗话》：澄江朱正民曰：今夕岁徂，值除夜也。更长烛明，夜守岁也。客舍无事而博塞，旅中借以遣兴也，在他时则不暇为此矣。

　　三、浦起龙《读杜心解》卷之二
　　在长安守岁，相与博塞为乐，而叙其事也。意以刘毅自况，英气自露。"邂逅""良图"，乃旅遇消闲之谓，无深意。"布衣愿"者，贫困中具此轻财愿力，胸怀自然阔达也。

　　四、陈式《问斋杜意》卷一
　　今夕，以明事之出于偶然，盖极雅而极正者矣。

　　五、[南宋]竹庄居士（不知其名），《竹庄诗话》卷十五引郭思《瑶溪集》
　　《今夕行》一首，见旅馆博戏豪放之快。

饮中八仙歌

知章①骑马似乘船,眼花落井水底眠。汝阳三斗始朝天②,道逢曲车口流涎③,恨不移封向酒泉④。左相日兴⑤费万钱,饮如长鲸⑥吸百川,衔杯乐圣称避贤⑦。宗之萧洒⑧美少年,举觞白眼⑨望青天,皎如玉树⑩临风前。苏晋长斋绣佛⑪前,醉中往往爱逃禅⑫。李白一斗诗百篇⑬,长安市上酒家眠⑭。天子呼来不上船,自称臣是酒中仙。⑮张旭⑯三杯草圣传,脱帽露顶王公前⑰,挥毫落纸如云烟⑱。焦遂五斗方卓然⑲,高谈雄辩惊四筵⑳。

【题解】

此诗写于天宝五载(746)四月之后,时杜甫初至长安。八仙原指民间传说中道家的 8 个仙人。晋谯秀《蜀记》认为,是容成公、李耳、董仲舒、张道陵、庄君平、李八百、范长生、尔朱生。《太平广记》卷二一引《野人闲话》云:西蜀道士张素卿绘八仙图。其仙多与《蜀记》同。此称为"蜀八仙"。杜甫借用关于八仙的民间传说,创作了别开生面的《饮中八仙歌》。诗中综括开元天宝以来,好饮酒,带有仙气的李白、贺知章、李适之、李琎(汝阳王)、崔宗之、苏晋、张旭、焦遂 8 人为酒八仙。全诗用《史记》合传之法写歌行。每人只用一二语而显其平生,写得似谣似谚、似赞似颂,以表现诗人性豪嗜酒的出尘遐想。全诗无论是遣词造句,还是构思谋篇都十分新颖别致,耐人寻味。此诗亦作《酒中八仙歌》。

【注释】

① 知章:贺知章(659—744),字季真,自号四明狂客,越州永兴(今浙江萧山)人。少以文辞知名,与张旭、包融、张若虚合称"吴中四士"。证圣元年(695)进士。初授国子四门博士,迁太常博士。开元十年(722)张说为丽正殿修书使奏请知章及徐坚、赵冬曦等,入书院,同撰《六典》及《文纂》等,累年无成。开元十三年(725),迁礼部侍郎,加集贤院学士。又充太子侍读,官至太子宾客兼秘书监,世称贺监。天宝三载(744),上疏请为道士,求还乡里。玄宗许之,以其宅为千秋观。至乡不久而卒,年 86 岁。贺知章好饮酒,狂放不羁。李白《对酒忆贺监》曰:"四明有狂客,风流贺季真。"他工书法,尤擅草隶。其诗以七绝《回乡偶书》《咏柳》最为有名,传诵颇广。《全唐诗》录存其诗一卷,仅 16 首。《全唐文》录其文两篇,传在《旧唐书·文苑传》《新唐书·隐逸传》中。

② 汝阳:此指李琎,他是玄宗大哥李宪的长子。性谨洁,善射,玄宗爱之,封汝阳

王，历太仆卿。与贺知章、褚庭海为诗酒之交。

　　斗：此指古代盛酒的一种大的器皿，即酒杯。如《诗经·大雅·行苇》："酌以大斗，以祈黄耇。"司马迁《史记·项羽本纪》："玉斗一双，欲与亚父。"又《史记·滑稽列传》："饮不过二斗径醉矣。"也是古代称量粮食的器皿，十升为一斗。此与前所指酒杯不同。如"三斗始朝天"，意谓痛饮三杯酒后才入朝见皇帝。

　　朝：名词，指朝见君主的地方，朝廷。此句用作动词，指朝见。如《论语·宪问》："陈成子弑简公，孔子沐浴而朝，告于哀公。"又《史记·廉颇蔺相如列传》："相如每朝时，常称病，不欲与廉颇争列。"

　　天：天子，指皇帝。

　　③ 曲（麴、麯，qū）：此指酒。如元稹《解秋》（之六）："亲烹园中葵，凭买家家曲。"亦指酿酒或制浆曲的曲酶。如《列子·杨朱》："聚酒千钟，积曲成封。"

　　口流涎（xián）：本义指因想要得到或羡慕而流口水。本句中的"涎"为名词，意为口水、唾沫。如柳宗元《临江之麋》："群犬垂涎，扬尾皆来。"

　　④ 移封：李琎当时已被唐玄宗封为汝阳王。他见曲车流涎时很想改封为酒泉地方官。杜甫以此来表现李琎好酒，而不是真的有此想法。

　　酒泉：酒泉郡，即今甘肃酒泉县治。本为匈奴昆邪王分封地。汉武帝开置酒泉郡。隋废，分置肃州，寻废。唐复置肃州，寻为酒泉郡。应劭《地理风俗记》：酒泉郡，其水若酒，故名曰酒泉也。颜师古《汉书注》："旧俗传云城下有金泉。泉味如酒。"池方八九尺，四围水清见底。游鱼逐队。泉源半响一发，喷沫如珠。

　　⑤ 左相：指李适之（？—747），一名昌，陇西成纪（今甘肃泰安）人。恒山愍王李承乾之孙。中宗神龙初年（705），擢左卫郎将。玄宗时，迁通州刺史，以强干见称，升任秦州都督。后入为河南尹，转御史大夫。开元二十七年（739），兼幽州长史。开元二十九年（741），为刑部尚书。天宝元年（742）八月，拜左相，寻兼兵部尚书，封清和县公，为李林甫所排挤。天宝五载（746），上书自求散职，乃拜太子少保。同年七月，坐与韦坚为朋党，贬为宜春太守。天宝六载（747）正月，李林甫派御史罗希奭（shì）杀韦坚、李邕（yōng）等人于贬所。罗至宜春，适之惧，仰药自尽。尔后，适之子霅（zhà）亦为李林甫所害。适之喜宾客，善饮酒。今存诗两首、文四篇。新旧《唐书》有传。

　　兴：兴致。如李白《庐山谣寄卢侍御虚舟》："好为庐山谣，兴因庐山发。"

　　⑥ 长鲸：大鲸鱼。如左思《吴都赋》："于是乎长鲸吞航，修鲵吐浪。"以鲸鱼能把一条大航船吞下，来形容它的吞吐量大。杜甫在这里以鲸鱼能吸纳百川之水来形容李适之酒量之大，也很生动。

　　⑦ "衔杯"句，李适之被李林甫排挤罢相之后，曾在与亲友聚会时赋诗曰："避贤初罢相，乐圣且衔杯。"杜甫在这里化用李适之的诗句，说他虽然被罢相，但仍然乐观，酒兴不减。"圣""贤"都是酒的代称。典出《三国志·魏志·徐邈传》："时科禁酒，而邈私饮至于沉醉。校事赵达问以曹事，邈曰：'中圣人。'达白之太祖，太祖甚怒。度辽将军鲜于辅进曰：'平日醉客谓酒清者为圣人，浊者为贤人，邈性修慎，偶醉言耳。'竟坐得免刑。"

　　⑧ 宗之：即崔宗之（？—751）名成辅，以字行。滑州灵昌（今河南滑县）人。崔日用之长子，袭封齐国公。性嗜酒。开元中，为起居郎。开元二十七年（739），任礼部员外

郎,迁本司郎中,终任右司郎中。天宝十三载(754)三月卒。宗之好学,"才气声华,迈时独步"(崔祐甫《齐昭公崔府君集序》),与李白、杜甫以文相知。存诗一首、文一篇,其他已散佚。生平见《旧唐书·崔日用传》。

萧洒:超逸脱俗。如《南史·渔父传》:"俄而,渔父至,神韵萧洒。"

⑨觞(shāng):酒杯。如《史记·魏其武安侯列传》:"起行酒,至武安,武安膝席曰:'不能满觞。'"

白眼:眼睛朝上或向旁边看,现出白眼珠,表示厌恶或鄙薄。如王维《与卢员外象过崔处士兴宗林亭》诗:"科头箕踞长松下,白眼看他世上人。"晋代阮籍能作青白眼(黑白眼)。此处似以此为典。

⑩皎:清白的、洁白的。如《诗经·陈风·月出》:"月出皎兮,佼人僚兮。"

玉树:比喻人的洁白清秀。《世说新语·容止》:毛曾其貌不扬,"魏明帝使后弟毛曾与夏侯玄共坐,时人谓蒹葭倚玉树"。此处用来形容崔宗之醉时摇曳不能自持的风度翩翩的样子。因崔宗之貌美,故以"玉树"形容之。

⑪苏晋(676—734),雍州蓝田(今陕西蓝田县)人。户部尚书苏珦之子。幼年能文,所作《八卦论》为时人所称。证圣元年(695)登进士第。天册万岁二年(696)又应大礼举登第。神龙三年(707),再贤良方正科。先天中,累迁中书舍人,兼崇文馆学士。开元十年(722),任户部郎中。开元十四年(726),任吏部侍郎。因与侍中裴光庭有隙,出为汝州刺史。三迁魏州刺史,入为太子左庶子。开元二十二年(734)卒,年59岁。苏晋能诗善文。因善饮酒,杜甫作诗咏之。生平事迹附《新唐书·苏珦传》内。

长斋:长期斋戒,指佛教徒不吃荤腥、不喝酒等戒律。

绣佛:用彩色丝线绣成的佛像。

⑫逃禅:不守佛教的戒律。苏晋一方面长斋,另一方面却又贪杯嗜酒。

⑬"李白一斗"句:李白嗜酒,此句意谓酒后李白写诗才思敏捷。

李白(701—762):字太白,号青莲居士。祖籍陇西成纪(今甘肃省秦安县)。先世隋时因罪徙西域。他出生在安西都护府之碎叶城(今吉尔吉斯共和国境内)。5岁随父迁居绵州彰明县(今四川省江油市)之青莲乡。他在青年时,因道士兼诗人吴筠及贺知章的推荐,被唐玄宗李隆基召赴长安,命他供奉翰林。不久,遭高力士谗谤去职。安史乱起,参加永王李璘幕府。李璘争夺帝位失败,李白因而被流放夜郎,途中遇赦,还浔阳。晚年漂泊于东南一带,最后病殁于当涂。

⑭"长安市上"句:据《新唐书·李白传》云,李白初至长安,玄宗召见,"帝赐食,亲为调羹。有诏供奉翰林,白犹与饮徒醉于市"。此句即就此而言。

⑮"天子呼来"二句:范传正《唐左拾遗翰林学士李公新墓碑》:"(玄宗)泛白莲池,公不在宴。皇欢既洽,召公作序。时公已被酒于翰苑中,仍命高将军扶以登舟。"所谓"天子呼来不上船"即指此事。

不:意谓李白此时已醉倒,不能自己上船,高力士只好扶着他登舟,由此与高力士结怨,不久离开长安。

⑯张旭:生卒年不详,字伯高。唐著名书法家、诗人。吴(今江苏苏州)人。初为常熟尉,后任金吾长史,世称张长史。与李白友善。至德元年(756)春,李白因避安史之

乱，南赴剡中，遇张旭于溧阳，宴别于溧阳酒楼，遂作《猛虎行》。诗云："楚人每道张旭奇，心藏风云世莫知。三吴邦伯皆顾盼，四海雄侠两追随。"工书法，尤精草书。嗜酒，每大醉，呼叫狂走，然后下笔，或以头濡墨而书，时称"张颠"。唐文宗时，下诏以李白诗歌、裴旻（mín）剑舞、张旭草书为"三绝"。亦能诗，长于七绝。《全唐诗》录存其诗6首，皆为写景绝句，意境清幽，以《桃花溪》《山行留客》较著名。传在《新唐书·文艺传》中。

⑰"脱帽"句：写张旭醉时豪放，不拘礼仪的神态。李颀《赠张旭》："露顶据胡床，长叫三五声。兴来洒素壁，挥笔如流星。"可见杜甫在这首诗里写的并非虚构。

顶：头顶。如《周易·大过·上九爻辞》："过涉灭顶。"

王公：原指天子与诸侯。如《周礼·考工记总序》："坐而论道，谓之王公。"在这首诗里泛指达官贵人。如韩愈《荆潭唱和诗序》："至若王公贵人，气满志得，非性能而好之，则不暇以为。"

⑱挥毫：挥笔。毫，毛笔。如陆机《文赋》："或操觚以率尔，或含毫而邈然。"

如云烟：形容张旭书写的草书飞动鲜活，宛如天上云烟。

⑲焦遂：生卒年不详，唐时布衣之士，口吃。醒若不能言，醉后应答如流。袁郊《甘泽谣》："陶岘，开元中家于昆山，自制三舟，客有前进士孟彦深、进士孟云卿、布衣焦遂，共载游山水。"孟云卿也是杜甫的诗友。杜甫在长安时，可能与焦遂有过交往。

卓然：特出、独异的样子。

⑳"高谈"句：高谈阔论使四座的人都为之惊起。

四筵：酒席、酒筵。如王勃《滕王阁序》："呜呼！胜地不常，盛筵难再。"一般的筵席都是分四面而坐，故称为"四筵"。

【辑评】

一、王嗣奭《杜臆》卷之一

此创格，前无所因，后人不能学。描写八公都带仙气，而或两句、三句、四句，如云在晴空，卷舒自如，亦诗中之仙也。阮咸尝醉，骑马倾欹，人曰："简老子如乘船游波浪中。""知章"借用其语，而须溪云："浙人不喜骑马而喜乘船，杜盖嘲之。"真胡说也。"逃禅"盖学浮屠术，而喜饮酒，自悖其教，故云。而今人以学佛者为逃禅，误矣。

二、仇兆鳌《杜诗详注》卷二

黄鹤注：蔡兴宗《年谱》云天宝五载，而梁权道编在天宝十三载。按史：汝阳王天宝九载已薨，贺知章天宝三载、李适之天宝五载、苏晋开元二十二年，并已殁。此诗当是天宝间追忆旧事而赋之，未详何年。

三、钱谦益《钱注杜诗》卷一

范传正《李白新墓碑》：在长安时，时人以公及贺监、汝阳王、崔宗之、裴周南等八人为酒中八仙。按：李序（指李阳冰《草堂集·叙》）范碑，皆言白与贺监等八仙之游在天宝初。然苏晋以开元二十二年卒。范碑又有裴周南。不在公所咏之数。何也？新书则云：白与贺知章、李适之、汝阳王琎、崔宗之、苏晋、张旭、焦遂为酒八仙人。此因杜诗附会耳。且既云天定初供奉，又云与苏晋同游，何自相矛盾也。

四、浦起龙《读杜心解》卷二之一

沈德潜曰：前不用起，后不用收，中间参差历落，似八章，仍是一章。格法古未曾有。愚按：此格亦从季札观乐、羊欣论书，及诗之《柏梁台》体化出。其写各人醉趣，语亦不浪下。知章必有醉而忘险之事，如公异日之醉为马坠也。以其为南人，故以"乘船"比之。"汝阳"，封号也，故以"移封酒泉"为点缀。左相有《罢政》诗，即用其语。宗之少年，故曰"玉树临风"。苏晋耽禅，故系之"绣佛"。李白，诗仙也，故寓于诗。张旭，草圣也，故寓于书。焦遂，国史无传，而"卓然""雄辩"之为实录，可以例推矣。即此识移掇不去之法。写来都有仙意。

五、刘凤诰《杜工部诗话》

少陵性豪嗜酒，得钱辄沽，自谓"饮酣视八极，俗物都茫茫"。追数交游，作《饮中八仙歌》，聊寄出尘遐想。歌词古质，似铭赞句法，长短互见。三押前字，两押天字、眠字、船字，盖人各一段，合之仍为一章。本系创格，非故押重韵也。

六、释惠洪《冷斋夜话》卷四

"句法欲老健有英气，当间用方俗言为妙。如奇男子行人群中，自然有颖脱不可干之韵。"老杜"八仙诗"序李白曰："天子呼来不上船。"方俗言也，所谓襟绔是也。

七、杨伦《杜诗镜铨》卷一

"朱注：考唐史，苏晋死开元二十二年，贺知章、李白去天宝三载。"《八仙歌》当是综括前后言之。非一时俱在长安也。

又，李子德云：似赞似颂，只一二语可得其人生平。妙是叙述，不涉议论，而八公身份自见，风雅中司马太史也。

八、沈德潜《唐诗别裁集》卷六

前不用起，后不用收，中间参差历落，似八章仍似一章，格法古未曾有。每人各赠几语，故有重韵而不妨碍。

高都护骢马行

安西都护胡青骢①,声价歘然来向东②。此马临阵久无敌,与人一心成大功。③功成惠养随所致④,飘飘远自流沙至⑤。雄姿未受伏枥恩,猛气犹思战场利。⑥腕促蹄高如踏铁⑦,交河几蹴曾冰裂⑧。五花散作云满身⑨,万里方看汗流血⑩。长安壮儿不敢骑,走过掣电倾城知。⑪青丝络头为君老,何由却出横门道?⑫

【题解】

此诗作于天宝八载(749)。高都护,即高仙芝。都护,官名。为驻西域地区最高长官,掌所辖地区行政、军事与各族事务。高仙芝善骑射,开元末为安西副都护,四镇都知兵马使。天宝六载(747)平小勃律,降白拂菻与大食诸胡72国,擢为四镇节度使,累拜左羽林军大将军,封密云郡公。后副荣王讨安禄山,为监军边令诚所害。天宝八载,时任安西都护副使的高仙芝奉诏入朝。此时杜甫正困居长安,看到高仙芝坐骑的西域良马,于是写了这首诗。诗中赞扬了西域骢马雄健高壮、立功沙场的出众品格。同时,由马及人,包含了对高仙芝的颂扬。诗中寄托了作者对自己的政治抱负不能实现的感慨,并借马自喻,有"老骥伏枥,志在千里"之感,暗含希望得到高仙芝举荐之意。

【注释】

①"安西都护"句:唐代于边疆置六大都护府,安西都护府为其中之一。唐贞观中,平定高昌,置安西都护府于交河城,在今新疆吐鲁番市西20里,属陇右道。唐高宗显庆初年(656),杨胄平龟兹(今新疆库车县地),置龟兹都护府,移安西都护府治之。咸亨(670—673)初,龟兹没于吐蕃。至长寿(769—778)初,唐休璟复取之,仍置府于龟兹,统辖龟兹、焉耆、于阗、疏勒四镇及月支等府州九十六。

胡:古代泛指我国北方或西方的少数民族。如刘安《淮南子·人间训》:"近塞上之人,有善术者,马无故亡而入胡。"又《木兰诗》:"但闻燕山胡骑鸣啾啾。"

青:黑色。如李白《将进酒》:"君不见高堂明镜悲白发,朝如青丝暮成雪。"

骢(cōng):毛色青白相杂的马。如《古诗为焦仲卿妻作》:"金车玉作轮,踯躅青骢马。"亦可泛指马。如杜甫《渝州侯严六侍御不到先下峡》:"闻道乘骢发,沙边待至今。"

②声价:声望和地位。如《后汉书·北海靖王兴传》:"中兴初,禁网尚阔,而睦性谦恭好士,千里交结,自名儒宿德,莫不造门,由是声价益广。"又李白《与韩荆州书》:

"一登龙门，则声价十倍。"

歘（xū）然：忽然、突然。如张衡《西京赋》："神山崔巍，歘从背见。"

来向东：由于此马从西域而来，所以说"来向东"。

③"此马"二句：意谓高仙芝这匹青骢马，在战场上勇猛无敌，它能领会主人的心意，与主人同心尽力，而立了大功。

临：面对。如戴圣《礼记·曲礼》："临财毋苟得，临难毋苟免。"

阵：战场。如李陵《答苏武书》："单于临阵，亲自合围。"

久：持久。如商鞅《商君书·战法》："政不若者不与战，食不若者不与久。"

人：指主人高仙芝。

一：相同、一样。如《管子·形势》："春秋冬夏不更其节，古今一也。"

成大功：指高仙芝破小勃律的功勋。

④功成：指这匹马立功之后。

惠养：此处为引申义，即受到特别的豢养。惠，原意为"恩惠"。如《左传·庄公十年》："小惠未徧，民弗从也。"可引申为"给予好处"。如《荀子·王制》："庶人骇政，则莫若惠之。"《汉书·元帝纪》："惠此中国，以绥四方。"

随所致：随着主人的意志，要它到哪里就到哪里。此处是说，马也知道感恩。致，到达。如《荀子·劝学》："假舆马者，非利足也，而致千里。"

⑤"飘飘"句：形容马跑起来轻疾如风。

飘飘："飘"本指回旋的风。可引申为"轻疾"的意思。如《抱朴子·任命》："年期奄冉而不久，托世飘迅而不再。"又宋玉《风赋》："飘忽淜滂，激飏熛怒。"

流沙：泛指边远的西北沙漠地区。流，指边远的地区。如《史记·夏本纪》："要服（指距王城2000～2500里的地区）外五百里荒服：三百里蛮，二百里流。"《论衡·须颂》："论衡之人，在古荒流之地，其远非徒门庭也。"沙，指沙滩、沙漠、沙洲等。此处指沙漠。如《汉书·匈奴传》："幕北地平，少草木，多大沙。"

至：意为到达。如刘向《战国策·东周策》："颜率至齐。"

⑥"雄姿"二句：赞扬高仙芝这匹骢马不愿过着受人饲养的悠闲生活，而思念在战场勇猛战斗的生活。这两句诗表面上是在写马，实际上是咏人、言志。

雄姿：以马的勇武品质来指青骢马本身。雄，勇武有力。如《墨子·修身》："雄而不修者，其后必惰。"姿，品质、品行。如王充《论衡·本性》："初禀天然之姿，受纯壹之质。"以马的勇武品质来指代其骢马本身。

未受：不接受。未，不、不愿。如屈原《离骚》："亦余心之所善兮，虽九死其犹未悔。"

伏枥：伏于槽中受饲养。枥，马槽。如曹操《步出夏门行·龟虽寿》："老骥伏枥，志在千里。"

恩：指受饲养的恩惠。

猛：勇猛。

气：气概。如《商君书·算地》："勇士资在于气。"又陶渊明《咏荆轲》："雄发指危冠，猛气冲长缨。"

犹：仍然。如苏洵《六国论》："良将犹在。"
思：想念、怀念。如张衡《四愁》："我所思兮在太山，欲往从之梁父艰。"
利：锐利、锋利。如苏洵《六国论》："六国破灭，非兵不利，战不善，弊在赂秦也。"
⑦腕促蹄高：腕节粗短，蹄子高厚。这是良马的特征。《相马经》："马腕欲促，促则健；蹄欲高，高耐险峻。"促，短。高，厚。
踣（bó）铁：形容马蹄坚硬，踏地如铁。踣，踏、仆下。
⑧交河：水名，出天山，汉时曾为车师前王国都城，在今新疆吐鲁番市西。这里泛指西北高寒地带。
几：不止一次。
蹴：踏、踩。如《孟子·告子上》："蹴尔而与，乞人不屑也。"
曾：同"层"。
⑨"五花"句：高仙芝的青骢马，只有黑白两种颜色，这是夸张的写法。李白《将进酒》："五花马，千金裘。"王琦注："五花马，谓马之毛色作五花文者。"
五：本义表示水、火、木、金、土五行交错。此处为"交错"的意思。
花：花纹。
散：分散。如《战国策·赵策四》："天下散而事秦，秦必据宋。"
云满身：（不同颜色的马毛分散在马的身上，如披上）满身云锦。
⑩"万里"句：极写骢马的勤劲和耐力，只有在奔驰万里路程之后，方见汗流。
汗流血：《汉书·李广利传》注："大宛旧有天马种，蹋石汗血，汗从前肩髆（bó）小孔中出，如血。"称为"汗血马"。
⑪"长安"二句：由于骢马奔驰如"掣电"，所以"长安壮儿不敢骑"，只有高仙芝能骑，由马及人，写高仙芝的威武。
掣电：形容迅疾如闪电。掣，闪动、迅速而过。电，本义指闪电，后用来比喻快速。如《晋书·谯王逊传》："足下若能卷甲电赴，犹或有济。若其狐疑，求我枯鱼之肆矣。"又梁简文帝《金錞赋》："野旷尘昏，星流电掣。"
倾城知：满长安的人无不知晓。
⑫"青丝"二句：杜甫将青骢马拟人化，且为青骢马代言：作为高将军你的坐骑，我愿为你立功沙场至老，现在有什么办法使我出横门赴西域作战？既写骢马的品格，也写自己的怀抱。
青丝络头：仇氏注引古乐府："青丝缠马尾，黄金络马头。"络，马笼头。如梁简文帝《西斋行马》："晨风白金络，桃花紫玉珂。"（"晨风""桃花"都是马名）此句以"青丝络头"代指骢马。
为君老：（青骢马）愿意一直为你立功到老。君，指高仙芝。
何由：什么原因。何，什么。如陶渊明《桃花源记》："问今是何世。"由，原因、缘由。如王安石《答司马谏议书》："无由会晤。"
却出：还出。却，副词，还、再。如李商隐《夜雨寄北》："何当共剪西窗烛，却话巴山夜雨时。"又辛弃疾《鹧鸪天·徐仲惠琴不受》："不如却付骚人手，留和南风解愠诗。"
横门：汉时长安北面西头第一门。出此门渡渭水是通往西域的大道。仇氏注《三辅黄图》:"长安城北,出西头第一门,曰横门。其外有桥,曰横桥。"程大昌《雍录》:"自横门渡渭而西,即是趋西域之路。"张远注:"出横门道,言欲驰驱于战场。"

【辑评】

　　一、王嗣奭《杜臆》卷之一

　　此赞马德,亦以"与人一心成大功"尽之。用人亦然,非独马也。至于"长安壮儿不敢骑",与"青丝络头为君老",尤极致意。此"为君"与前"一心"相照,盖唯豪杰能用豪杰,徒爱之养之而不能用之,虽豪杰何以自见乎?骐骥伏枥,空负千里之志矣。通云:凡诗人题咏,必胸次高,下笔方卓绝。此诗如"雄姿"二句,"青丝"二句,如此状物,不唯格韵高,亦足见少陵人品矣。若曹唐《病马》诗:"一朝千里心犹在,争敢潜忘秣饲恩?"乞儿语也。

　　二、杨伦《杜诗镜铨》卷一

　　王阮亭云:此子美少壮时作,无一句不精悍。

　　三、浦起龙《读杜心解》卷二之一

　　少陵马诗,先后六七首,人但颠顶赏诵,而不知意象各出,首首有相题立论之妙。此系有功西域之马,新随都护入京者。诗即从此作意,本地风光也。起四,还清来历,以"欻然向东"为一诗之根。而说马带人,兼表都护矣。"功成"四句,叙其新到,而拟其性格。"未伏枥""犹思战",都从新到上摹想出来。"腕促"四句,写其骨相,仍就来路生情。"交河蹴冰",想在彼地如此也。"万里方看",历此长途而不疲也。末四,复就其气慨而推其心志曰:以兹"掣电"惊人之姿,今则安养退休矣,岂遂忘出建大功哉!又从来路转一出路,其不作一通套语如此。至其高迈卓绝,不肯低头傍人,读者自领。

　　四、吴瞻泰《杜诗提要》卷五

　　以往日之战场,今日之在厩,错叙成篇。以安西、流沙、交河、长安、横门为线,一东一西,遥遥相照,而中间正写侧写,笔笔精悍。咏马如人,空前轶后之作也。

乐游园歌

　　乐游古园崒森爽①，烟绵碧草萋萋长②。公子华筵势最高③，秦川对酒平如掌④。长生木瓢示真率⑤，更调鞍马狂欢赏⑥。青春波浪芙蓉园，白日雷霆夹城仗。⑦阊阖晴开诀荡荡⑧，曲江翠幕排银榜⑨。拂水低回舞袖翻，缘云清切歌声上。⑩却忆年年人醉时，只今未醉已先悲。⑪数茎白发那抛得？百罚深杯亦不辞。⑫圣朝亦知贱士丑，一物但荷皇天慈。⑬此身饮罢无归处，独立苍茫自咏诗。⑭

【题解】

　　此诗作于天宝十载（751）正月晦日。题下原注："晦日贺兰杨长史筵醉中作。"《文苑英华》题作《晦日贺兰杨长史筵醉歌》。晦日，即农历每月的最后一天。唐以正月晦日、三月三日、九月九日为三令节。德宗时，李泌请废正月晦日，以二月朔为中和节。此时，杜甫在长安，为生计卖草药于市，不足，则时寄食于朋友度日。值玄宗举行郊庙之礼，献《三大礼赋》。玄宗奇之，命侍制集贤院。至正月晦日，受贺兰杨长史之邀，游宴于乐游园，因作《乐游园歌》。此园亦称乐游苑，为汉宣帝于神爵三年（前59）所筑，地处长安城东霸陵南五里，滨秦川，四望宽敞。乐游园之西有芙蓉园，即唐之南苑，内有芙蓉池。苑有夹城可通兴庆宫，更经复道可通大明宫，乃开元二十年（732）所筑。乐游园的四周远景，则北有渭水，南有终南山，东有骊山，下有温泉，为玄宗常幸之华清宫所在。

　　《乐游园歌》开头6句写贺兰杨长史开筵欢赏的情景。继而"青春"6句将禁中仪仗喧呼，白日游宴歌舞烘托而出。"却忆"8句，写在醉意中的感慨。全诗通过抒写园中宴会的情景，以景寄情，缠绵悱恻，忧伤无限，感慨良多，抒发了诗人理想和抱负难以实现的悲伤愤激之情。

【注释】

① 崒（zú）：高耸险峻。如鲍照《芜城赋》："崒若断岸，矗似长云。"
森：树木繁茂丛生。如左思《蜀都赋》："弹言鸟于森木。"
爽：清爽、清凉。如虞世南《秋赋》："观四时之代序，对三秋之爽节。"
② 烟绵：雾气延绵，连续不断。烟，云气、雾。如鲍照《舞鹤赋》："烟交雾凝，若无

毛质。"又李清照《凤凰台上忆吹箫》："念武陵人远，烟锁秦楼。"绵，延续、连续不断。如《后汉书·西羌传》："滨于赐支，至乎河首，绵地千里。"

萋萋：草木茂盛的样子。如《楚辞·招隐士》："王孙游兮不归，春草生兮萋萋。"又崔颢《黄鹤楼》："晴川历历汉阳树，芳草萋萋鹦鹉洲。"

长：生长。如《孟子·公孙丑上》："宋人有闵其苗之不长而揠（yà）之者，芒芒然归。"又沈括《梦溪笔谈·采草药》："用叶者取叶初长足时。"

③ 公子：指设宴的贺兰杨长史。

华筵：盛美的筵席。如王勃《七夕赋》："拂华筵而惨恻，披叶序而徜徉。"

势最高：乐游园在长安城的地理位置，据仇兆鳌注引《长安志》："乐游原，居京城之最高，四望宽敞，京城之内，俯视如掌。"势，指位置、地位。

④ "秦川"句：以长安为中心是八百里关中平川，沈佺期《长安道》："秦地平如掌。"

秦川：《方舆纪要》："陕西谓之秦川。"仇兆鳌注引《三秦记》："长安正南秦岭，岭根水流为秦川，一名樊川。周王褒诗：遥遥秦川水。"

⑤ 长生木：木名，传说用长生木瓢酌酒，饮之可以延年。（参见聂石樵、邓魁英《杜甫选集》）。仇兆鳌注引《杜臆》："《西京杂记》载：上林苑有长生木，盖以木为瓢也。"晋嵇含有《长生木赋》。《邺中记》："金华殿后，种双长生树，八九月乃生花，花白，子黑，大如橡子，世人谓之长生树。"

示真率：是说主人杨长史在筵席上用长生木瓢酌酒请客人喝，来祝客人长寿，而不拘于通常的繁文缛节，这种方式表现了他的真率和坦率。（参见萧涤非《杜甫诗选注》）杜甫在这里借物发挥，来称赞设宴的主人。

⑥ 更调（tiáo）：意谓酒宴完毕后，杨长史让客人乘马不受拘束地浏览。萧涤非在《杜甫诗选注》中按，唐人所谓调马，有二义：一为训马，许浑诗"胡马调多解汉行"；一为戏马，韩翃《看调马》诗："玉勒斗回初喷沫，金鞭欲下不成嘶。"意当时酒后戏马取乐，故诗有"狂欢赏"之文。以下6句都是写酒宴后的游园。更，复、再。如《汉书·高帝纪上》："不如更遣长者扶义而西，告谕秦父兄。"调，调笑。如《世说新语》："康僧渊目深而鼻高，王丞相每调之。"

狂：放荡、无拘束。如《左传·文公十二年》："赵有侧室曰穿。晋君之婿也。有宠而弱，不在军事，好勇而狂。"

欢：喜、乐。如《史记·外戚世家》："上还坐，欢甚，赐平阳公主千金。"

赏：欣赏、玩赏。如陶渊明《移居》（之一）："奇文共欣赏，疑义相与析。"又《世说新语·任诞》："刘尹云：孙承公狂士，每至一处，赏玩累日，或回至半路却返。"

⑦ "青春"二句：写芙蓉园，此园位于乐游园的西南，园中有芙蓉池，风景优美。仇兆鳌注引张礼《游城南记》："芙蓉园，在曲江西南，与杏园皆秦宜春下苑地。园内有池，谓之芙蓉池，唐之南苑也。"

青春：指春季。如《楚辞·大招》："青春受谢白日昭只。"又何晏《景福殿赋》："结实商秋，敷华青春。"

浪：波浪。如苏轼《念奴娇·赤壁怀古》："大江东去，浪淘尽，千古风流人物。"

雷霆：用闪电打雷来形容声音之巨大。此处形容唐玄宗仪仗的气势和声音。

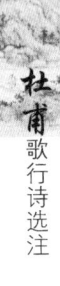

夹城：即复道。仇兆鳌注引《两京新记》："开元二十年，筑夹城入芙蓉园，自大明宫夹亘罗城复道，经通化门观，以达兴庆宫，次经春明、延喜门，至曲江芙蓉园。"

仗：仪仗。

⑧阊阖（chāng hé）：原指神话中的天门。如《楚辞·离骚》："吾令帝阍开关兮，倚阊阖而望予。"王逸注："阊阖，天门也。"又《淮南子·原道训》："排阊阖，沦天门。"高诱注："阊阖，始升天之门也。"可借指皇宫的正门、宫门。如《三国志·魏书·管宁传》："望慕阊阖，徘徊阙庭。"又苏颋《太清观钟铭》："西升路接，韵阊阖之清风。"此处亦借指唐宫城正门。

晴开：云雾消散，天气晴朗。开，消除、消散。如卢纶《晚次鄂州》："云开远见汉阳城，犹是孤帆一日程。"又范仲淹《岳阳楼记》："若夫淫雨霏霏，连月不开。"

诀荡荡：开阔清明的样子。如《汉书·礼乐志》："天门开，诀荡荡，穆并骋，以临飨。"

⑨曲江：此处指曲江池。在今陕西省西安市东南。秦时为宜春苑，汉时为乐游原，有河水流曲折，故称曲江。此地本秦时隑州。《史记·司马相如列传》："临曲江之隑州兮，望南山之参差。"隋文帝以曲名不正，更名为芙蓉园。唐复名曲江。开元中，疏凿为胜境周六七里。为都人中和、上巳等盛节游赏胜地。秀士每年登科第赐宴于此。唐末水涸池废。关于唐代曲江池之胜景，《唐两京城坊考》卷三记曰："曲江，龙华寺之南有流水屈曲，谓之曲江，其深处下不见底……苑中有曲江之象，中有长洲池……南即紫云楼、芙蓉苑，西即杏园、慈恩寺。花卉周环，烟水明媚，都人游赏，盛于中和、上巳节。即赐臣僚会于山亭，赐太常教坊乐，池备彩舟，惟宰相、三傅、北省官、翰林学士登焉。倾动皇州，以为盛观。"

翠幕：贵族们游宴时所搭的青绿色华丽的帐幕。翠，本义指一种有青色羽毛的小雀，也叫翠鸟或翡翠鸟。此处指青绿色。如王安石《桂枝香·金陵怀古》："千里澄江似练，翠峰如簇。"

排：排列。如白居易《春题湖上》："松排山面千重翠，月点波心一颗珠。"

银榜：银质的牌匾。榜，牌匾。如白居易《两朱阁》："寺门敕榜金字书，尼院佛庭宽有馀。"此处指幄幕所悬以标榜其官阀身份的牌子。

⑩"拂水"二句：写芙蓉园和曲江的游人狂欢景象：舞袖飘转，似乎擦过水面；歌声清亮，如同缘云直上天空。

拂：轻轻掠过。如《楚辞·大招》："长袂拂面。"

低回：又作"低徊"，徘徊、流连。如《楚辞·九歌·东君》："长太息兮将上，心低徊兮顾怀。"

翻：翻动、翻卷。如岑参《白雪歌送武判官归京》："纷纷暮雪下辕门，风掣红旗冻不翻。"

缘：顺着、沿着。如《后汉书·邳彤传》："选精骑二千馀匹，缘路迎世祖军。"又陶渊明《桃花源记》："缘溪行，忘路之远近。"

云：白云。

清切：形容声音清亮激越。如陈师道《晚泊》："清切临风笛，深明隔水灯。"又李颀

《九月九日刘十八东堂集》:"清切晚砧动,东西归鸟行。"

歌声上:歌声响彻上空。上,高处。如《荀子·劝学》:"西方有木焉……生于高山之上。"

⑪"却忆"二句:感叹自己生活困窘,老而无位,自伤落魄,未醉先悲。

却忆:回忆。却,回顾。如李白《下终南山过斛斯山人宿置酒》:"却顾所来径,苍苍横翠微。"

年年:一年又一年。此处指往年。

人:杜甫自谓。

只今:如今、而今。如钱起《江行》:"只今谁善舞,莫恨废章台。"

⑫"数茎"二句:上句谓,头上几根白发,岂能抛弃呢?表达作者有兼济天下之志,但又不见用的无奈之情。下句谓,(为了痛饮解忧)多次被罚酒也不推辞。

数茎白发:几根白发。数,几。如《孟子·梁惠王上》:"数口之家,可以无饥矣。"茎,量词,相当于"根""棵",用于计量长条形的东西。

那:岂。如《古诗为焦仲卿妻作》:"谢家事夫婿,中道还兄门。处分适兄意,那得自任专?"又陆游《书愤》:"早岁那知世事艰,中原北望气如山。"

抛:扔掉、抛弃。如韩愈《戏题牡丹》:"长年是事皆抛尽,今日栏边暂眼明。"又黄庭坚《同韵和元明兄知命弟九日相忆》:"安得田园可温饱,长抛簪绂(fú,同"黻",指古代系印纽的丝绳)裹头巾。"

得:助词,能、能够、可以。如《史记·项羽本纪》:"沛公军霸上,未得与项羽相见。"又《史记·孔子世家》:"孔子使从者为宁武子臣于卫,然后得去。"

百罚:言多次被罚酒。百,多次。如《史记·律书》:"百战克胜,诸侯慑服。"罚,处罚。如《战国策·东周策》:"罚不讳强大,赏不私亲近。"

深杯:满杯。

不辞:不推辞。

⑬"圣朝"二句:为牢骚愤激之语。圣朝:此指唐玄宗当朝时期。圣,古人对当代皇帝的尊称。如杜甫《秋兴》诗之五:"云移雉尾开宫扇,日绕龙鳞识圣颜。"

贱士丑:意谓杜甫我属于地位卑下的人。贱士,杜甫自指。愤激语,形容地位卑下。如《史记·晋世家》:"赵孟曰:'辰嬴贱,班在九人下,其子何震之有。'"亦可作谦辞解。如李密《陈情表》:"今臣亡国贱俘,至微至陋。"丑,类、种类。如《尔雅·释鸟》:"凫,雁丑。"又《后汉书·张衡传》:"今也,皇泽宣洽,海外混同,万方亿丑,并质共剂。"

但:浦起龙《读杜心解》作"自"一物,含义有三说:一是,仇氏注为指酒;二是,沈德潜《杜诗偶评》说是杜甫自谓;三是,卢元昌《杜诗阐》说是指酒宴周围所见一草一木。清代施鸿保《读杜诗说》支持沈德潜的杜甫自谓说。其理由为"一物乃自谓,人为万物之灵,故可亦曰物。盖言垂老无用,圣主已知,然在覆帱中,犹之一物亦荷皇天之慈,故得游宴如今日之乐也"。

⑭"此身"二句:写酒宴完毕大家纷纷离开乐游园回家安息,而自己仍然站在旷远迷茫曲江边。

此身:指诗人自己。

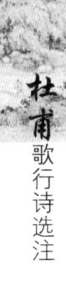

饮罢：酒宴完毕。罢，结束、完毕。

苍茫：旷远迷茫的样子。如高适《自蓟北归》诗："苍茫远山口，豁达胡天开。"

无归处：没有归宿的地方。这是暗喻此时朝中没有自己的位置的牢骚话。

【辑评】

一、王嗣奭《杜臆》卷之一

"华筵势最高"，言开筵之所，地势高也。须溪驳之，误。唯地高，故芙蓉园、阊阖门、曲江幕一览俱尽。于此张筵，岂非胜赏！"一物自荷皇天慈"，言有一物皆荷天恩也。"此身饮罢无归处"，境真语痛，非实历安得有此？"贱士"乃公自谓。

二、浦起龙《读杜心解》卷二之一

因游宴而发感慨也。"烟绵草长"，是正二月间之景。"势最高"，据原上最高处也。"长生"二句，牵上搭下。"青春"六句，一气读，虽纪游，实感事也。是时诸杨专宠，宫禁荡轶，舆马填塞，幄幕云布。读此如目击矣。"却忆"以下云云，盖自应诏退下后，虽居京师，而旅困无聊，情绪如此。公之自言曰：我弃物也，四十无位。正其时也。"圣朝已知贱士丑"，谓我当此圣朝，已自知贱士之丑也。勿以辞害志。

三、沈德潜《唐诗别裁》卷六

极欢宴时不胜身世之感，临川《兰亭记序》所云"情随事迁，感慨系之"也。

四、叶燮《原诗·内篇上》

前半即景无多排场，忽转"年年人醉"一段，悲白发，荷皇天，而终之以"独立苍茫"。此其胸襟之所寄托何如也。

兵 车 行

车辚辚①，马萧萧②，行人弓箭各在腰③。耶娘妻子走④相送，尘埃不见咸阳桥⑤。牵衣顿足⑥拦道哭，哭声直上干云霄⑦。道旁过者⑧问行人，行人但云点行频⑨。或从十五北防河⑩，便至四十西营田⑪。去时里正与裹头，归来头白还戍边。⑫边庭流血成海水，武皇开边意未已。⑬君不闻，汉家山东二百州，千村万落生荆杞。⑭纵有健妇把锄犁⑮，禾生陇亩无东西⑯。况复秦兵耐苦战，被驱不异犬与鸡。⑰长者⑱虽有问，役夫敢申恨⑲？且如今年冬⑳，未休关西卒㉑。县官急索㉒租，租税从何出？信知生男恶㉓，反是生女好。生女犹得嫁比邻，生男埋没随百草。㉔君不见青海头㉕，古来白骨无人收㉖。新鬼烦冤旧鬼哭，天阴雨湿声啾啾。㉗

【题解】

此诗大约写于天宝十一载（752），是一首反对唐玄宗"开边"战争的政治讽刺诗。唐初，国内各民族的关系是友好的，然而自天宝以来，唐王朝统治集团进一步腐败。对中原地区的人民横征暴敛，对边疆兄弟民族地区进行了多次的"开边"战争。这首诗强烈地控诉了唐王朝的这一罪恶行为。关于这首诗的有关史事，历来有二说：一种说法以钱谦益为代表，认为杨国忠等人为讨南诏，遣御史分道捕人，"此诗序南征之苦"（见《钱注杜诗》卷一）。《全唐诗》即采用钱注。另一种说法以仇兆鳌《杜诗详注》为代表，书中引用单复、王道俊、王嗣奭的话，认为此诗是"为明皇用兵吐蕃而作"。笔者认为，讽"用兵吐蕃"说较为可信，因为一方面，钱谦益所认为的"序南征之苦"的唯一根据是《资治通鉴》卷二百一十六："天宝十载四月，鲜于仲通讨南诏，将兵八万，至西洱河，大败，死者六万人，制大募两京（长安、洛阳）及河南、北兵以击南诏，人闻云南多瘴疠，未战，士卒死者十八九，莫肯应募，杨国忠遣御史分道捕人，连枷送诣军所，于是行者愁怨，父母妻子送之，所在哭声振野。"这条记载虽然和《兵车行》中所描写的送行情景相似，但它并不能说明两者的必然联系，更何况在"点行频"的战乱年代，这种情况何止《资治通鉴》所记载的这一次？另一方面，南征之苦主要在于"云南多瘴疠，未战，士卒死者十八九"，而这在《兵车行》中却没有留下任何痕迹；相反，诗中所描写的正是由于连年与吐蕃的战争所造成的"青海头"的悲惨情景。至于钱注中"是时国忠方贵盛。未敢斥言之。杂举河陇之事，错互其词"的说法，也是值得商榷的，因为如果这样的话，那么杜甫在写此诗后不久，又写了著名的《丽人行》。在这首诗中，"杨花雪落覆白苹，青鸟飞去衔红巾。炙手可热势绝伦，慎莫近前丞相嗔"直接点出了杨国忠与虢国夫人的丑事，这又做何解释？因此，在没有确凿的材料证明是针对征南诏之前，还是根据诗中明明白白写着的"北防河""青海头"等有关与吐蕃战争的地与事，把它看作"为明皇用兵吐蕃而作"，比较稳妥。

"兵车行"是杜甫根据这首诗的内容所创造的即事名篇的新题目。

【注释】

① 辚辚：象声词，车辆行驶时发出的声音。如《诗经·秦风·东邻》："有车辚辚，有马白颠。"

② 萧萧："萧"字原是一个形声字，"艹"为形，"肃"为声，原指艾蒿（一种蒿类植物）。如《诗经·王风·采葛》："彼采萧兮，一日不见，如三秋兮。"此处"萧萧"是象声词，指马鸣声。如《诗经·小雅·车攻》："萧萧马鸣，悠悠旆旌。"

③ 行人：出征之人。如《诗经·齐风·载驱》："汶水汤汤，行人彭彭。"

弓箭各在腰：《新唐书·兵志》凡府兵，"人具弓一、矢三十，胡禄、横刀……麦饭九斗，米二斗，皆自备。"（参见岑仲勉《隋唐史》，第205～214页）

④ 耶娘：即爷娘，指出征人的父母。如仇氏注引："不闻耶娘哭子声，但闻黄河流水鸣溅溅。"

走：跑或疾行。如《韩非子·喻老》："扁鹊望桓侯而还走。"又《木兰辞》："两兔傍地走。"

⑤ 咸阳桥：长安城的外桥，在长安城西，本名便桥。《元和郡县志》云："关内道京兆府咸阳县：便桥在县西南十里，架渭水上。"汉武帝造。《统一志》云：便桥，唐时名咸阳桥。汉唐时代，长安附近渭水上有三座桥梁，即中渭桥、东渭桥和便门桥，其中西渭桥即咸阳桥。因为此桥与长安城的便门相对，因而又名便桥或便门桥。此桥位于今陕西省西安市未央区三桥镇西沣河入渭处，建于汉建元三年（前138），乃汉唐时期由长安通往西域、巴蜀之交通要道。唐人送客西去往往到此桥惜别。唐天宝十五载（756），安禄山乱，玄宗幸蜀，此桥为杨国忠放火烧毁，唐末废弃。后代或用舟渡，或用浮桥，也有冬春作桥，夏秋用渡。

⑥ 牵：拉。如白居易《卖炭翁》："回车叱牛牵向北。"

顿足：跺脚，常以形容着急的样子。如《后汉书·南匈奴传》："其猛夫扦将，莫不顿足攘手。"

⑦ 干（gān）：此处用作动词，冲。如沈括《梦溪笔谈·雁荡山》："至谷中则森，然干霄。"

云霄：高空。如沈括《梦溪笔谈》卷十："林逋隐居杭州孤山，常畜两鹤，纵之则飞入云霄。盘旋久之，复入笼中。"霄，天空。

⑧ 过者：指杜甫自己。

⑨ 但云：只是说。但，仅、只是。如《史记·刘敬传》："匈奴匿其壮士肥牛马，但见老弱及羸畜。"

点：指定、选派。如《木兰诗》："昨夜见军帖，可汗大点兵。"又欧阳修《准诏言事上书》："数年以来，点兵不绝，诸路之民半为兵矣。"

频：连续、屡次。如范晔《后汉书·范升传》："时莽频发兵役，征赋繁兴。"

⑩ 或：也许。如李白《梦游天姥吟留别》："越人语天姥，云霞明灭或可睹。"

从：从事、参与。如《汉书·高帝纪》："关中卒从军者，复家一岁。"

防河：亦称"防秋"。调集各处兵力守御河西，以防吐蕃于秋高马肥时扰边。如《通鉴》卷二一三，开元十五年十二月："制以吐蕃为边患，令陇右及诸军团兵五万六千人，河西道及诸军团兵四万人，又征关中兵万人集临洮，朔方兵万人集会州防秋，至冬初，无寇而罢。"河，指河西，大致在当今甘肃、宁夏一带。

⑪ 营田：即屯田。如《通典·食货二》："开元二十五年，令诸屯隶司农寺者，每三十顷以下，二十顷以上为一屯。隶州镇诸军者，每五十顷为一屯。应置者，皆从尚书省处分。"又《新唐书·食货志》："唐开军府以扞要冲，因隙地置营田……有警，则以军若夫千人助收。"

⑫ "去时"二句：上句意谓当时皇帝贪边功，将未成年人都征去当兵，与下句"归来头白"说明时间之长，其讽刺意味自明。

里正：里长。如《墨子·尚同上》："是故里长者，里之仁人也。里长发政里之百姓，言曰：'闻善而不善，必以告其乡长。……'"又《通典·食货三》："里置正一人。掌按比户口，课植农桑，检察是非，催驱赋役。"里，古代基层组织单位名称，一里所含居民数的说法不一，历代也有变化。如《周礼·地官·遂人》："五家为邻，五邻为里，四里为酂，五酂为鄙，五鄙为县，五县为遂，皆有地域，沟树之。"又伏胜《尚书大传》："古八家而为邻，三邻而为朋，三朋而为里，五里而为邑……"

裹头：古代男子成年以三尺皂罗裹头，是古代加冠的遗意。诗中之征人才15岁，尚未成年，所以里正在送行时给他裹头。

⑬ "边庭"二句：集中表现了杜甫对当时唐蕃战争的批评。唐玄宗李隆基统治的中后期，皇室生活逐渐府化堕落，中央和地方的政治日趋腐败，贪污盛行，人民的穷困加深，边境的争端日多。唐玄宗创防秋制，每年调关中及山东（潼关以东）的男丁为戍卒，以缯帛作军饷，以屯田筹军粮。连年用十几万兵力防御吐蕃。在这种情况下，中原人民往往为此破家荡产；而边疆大吏常常制造战端，以此作为升官发财的捷径。唐蕃统治者的好战喜功，使双方劳动人民生活极其困苦悲惨。从吐蕃方面，此时虽然赤德祖赞与金城公主联姻，但因此时赤德祖赞同样年纪尚小，军政大事掌握在大臣之中，及至年长，又常受居外边将的蒙蔽，因此，唐蕃双方的战争时有发生。《资治通鉴》卷二一四记载："（开元二十九年）十二月，己巳，吐蕃屠达化县，陷石堡城，盖嘉运不能御。"《资治通鉴》卷二一六记载："（天宝六载十月）上（指唐玄宗）欲使王忠嗣攻吐蕃石堡城，忠嗣上言：'石堡险固，吐蕃守之，今屯兵其下，非杀数万人不能克；臣恐所得不如所亡，不如且厉兵秣马，待其有衅，然后取之。'上意不快。""（天宝八载六月）上命陇右节度使哥舒翰帅陇右、陇西及突

厥阿布思兵，益以朔方、河东兵，凡六万三千，攻吐蕃石堡城。其城三面险绝，惟一径可上，吐蕃但以数百人守之，多贮粮食，积槠木及石，唐兵前后屡攻之，不能克。翰进攻数日不拔，召裨将高秀岩、张守瑜，欲斩之，二人请三日期可克；如期拔之，获吐蕃铁刃悉诺罗等四百人，唐士卒死者数万，果如王忠嗣之言。顷之，翰又遣兵于赤岭西开屯田，以谪卒二千戍龙驹岛。冬，冰合，吐蕃大集，戍者尽没。"

边：边境。如《后汉书·顺帝纪》："鲜卑犯边。"

庭：古称边疆少数民族所辖的地区。如《汉书·李广传》："臣愿意以少击众，步兵五千人涉单于庭。"此诗中泛指边疆地区。

武皇：汉武帝刘彻，他是以武功著称的皇帝。这里借指唐玄宗李隆基。

⑭"汉家"二句：意谓华山以东的广大地区都荒芜了。

汉家：汉朝，此处借指唐朝。唐诗中常常以汉喻唐。如高适《燕歌行》："汉家烟尘在东北，汉将辞家破残贼。"

山东：战国、秦、汉时称华山以东地区为"山东"。如《史记·苏秦列传》："秦欲已得乎山东，则必举兵而向赵矣。"

二百州：仇氏注引《十道四蕃志》："关以东七道，凡二百一十七州。"又王嗣奭《杜臆》："唐建都长安，西临中原，皆云'山东'。隋得天下，改郡为州，至唐又改州为郡，凡一百九十二郡。曰'州'，仍旧名也。曰'二百'已尽天下矣。"

落：村落，人聚居之处。如王维《渭川田家》："斜光照墟落。"

生荆杞：谓田园只见灌木丛生，不见庄稼生长。荆，荆树，又名楚楚树，一种桃叶灌木。如《山海经·南山经》："其下多荆杞。"杞，又名杞柳，一种丛生的灌木。如《诗经·郑风·将仲子》："将仲子兮，无逾我里，无折我树杞。"

⑮纵：连词，即使。如《史记·项羽本纪》："纵江东父老怜而王我，我何面目见之？"

健妇把锄犁：古代中原地区的农业分工为男耕女织。现在妇女下地从事农耕，由于男子都被征入伍，无人耕种土地。

⑯"禾生"句：意谓由于妇女不熟悉农耕，因而庄稼种得散乱无序。

陇亩：田野。如《战国策·齐策三》："使曹沫释其三尺之剑，而操铫鎒（农具），与农夫居陇亩之中，则不若农夫。"

无东西：由于田埂修得歪歪斜斜，使庄稼长得散乱。

⑰"况复"二句：意谓由于关中士卒极坚强，能苦战，因而被唐朝统治者强行调来调去，杜甫极为愤慨地说他们被统治者如鸡一样赶来上战场。

况：连词，况且、何况，表示更进一层。如《左传·隐公元年》："蔓难图也，蔓草犹不可除，况君之宠弟乎？"又《论衡·问孔》："况仓卒吐言，安能皆是？"

复：副词，"再、又"的意思。如《韩非子·五蠹》："冀复得兔，兔不可复得，而身为宋国笑。"又陶渊明《桃花源记》："复前行，欲穷其林。"

秦：原为周代诸侯国名。嬴姓，战国时为七雄之一，故址在今陕西中部和甘肃东南一带。公元前221年至前206年，秦始皇建立秦朝，成为朝代名称。尔后称陕西关中地区为秦地。此诗中的"秦兵"是指关中兵。

驱：驱使、役使。如《资治通鉴·汉献帝建安十三年》："驱中国士众，远涉江湖之间。"

不：副词，表示否定意义。如《论语·学而》："人不知而不愠，不亦君子乎？"

异：不同。如《老子》第一章："此两者同出而异名。"

⑱长者：征夫对作者的尊称，与前"道旁过者"为同一人。

⑲役夫：被征调的士卒自称，即前之"行人"。

敢申恨：敢怒而不敢言。敢，怎敢，以反诘的形式表示不敢。如《左传·宣公十二年》："敢不唯命是听？"又《后汉书·北海靖王兴传》："臣虽蝼蚁，敢不以实？"

⑳且：连词，表示递进，而且、况且。如《左传·隐公元年》："公语之敌，且告之悔。"又《史记·陈涉世家》："且壮士不死即已，死即举大名耳。"

如：像、如同。如《国语·周语上》："川壅而溃，伤人必多，民亦如之。"

今年冬：天宝十载（751）的冬天。

㉑未休：未罢休，没有遣还乡里。休，停止、罢休。如欧阳修《读李翱文》："最后读《幽怀论》，然后置书而叹，叹已复读不自休。"

关西卒：指在函谷关以西服役的士兵。如《资治通鉴》卷二一六："（天宝九载十二月）关西游弈使王难得击吐蕃，克五桥，拔树敦城，以难得为白水军使。"

㉒县官：指朝廷、官府。如《史记·孝景本纪》："令内史郡不得食马粟，没入县官。"又《盐铁论·水旱》："今县官铸农器，使民务本，不营于末，则无饥寒之累。"有时特指皇帝。如《史记·绛侯世家》："庸知其盗买县官器，怒而上变告子，事连污条侯。"此处指朝廷。

急：紧急、急迫。如《管子正世》："故事莫急于当务，治莫急于得齐。"

索：索取。

㉓信：确实、的确。如《史记·淮南衡山列传》："《诗》之所谓'戎狄是膺，荆舒是惩'，信哉是言也。"

恶：不好。如《吕氏春秋·顺说》："田赞衣补衣而见荆王。荆王曰：'先生之衣，何其恶也。'"

㉔"生女"二句：说明前两句"恶""好"的理。

犹：尚且。如《左传·隐公元年》："蔓草犹不可除，况君子之宠弟乎？"

得：助词，可以。如《论语·微子》："趋而避之，不得与之言。"

比：挨着、紧靠。如《后汉书·梁冀传》："宣家在延熹里，与中常侍袁赦相比。"

邻：原为周代地方组织名。《周礼·地官·遂人》："五家为邻，五邻为里。"后引申为邻里、邻居。如《韩非子·说难》："其邻人之父亦云。"又王勃《送杜少府之任蜀州》："海内存知己，天涯若比邻。"

随百草：喻无葬身之地。随，介词，伴随着。如《古诗为焦仲卿妻作》："四角龙子幡，婀娜随风转。"百草，各种野草。百，各种。《大戴礼记·诰志》："于时冰泮，发蛰，百草权舆（草木萌芽的状态）。"人死后应择地而葬。

㉕青海头：青海湖的岸边。头，表示方位。如张籍《蛮州》："瘴水蛮中入洞流，人家多住竹棚头（棚中）。"又章孝标《梦乡》："家住吴王旧苑东，屋头（屋前）山水胜

屏风。"

㉖"古来"句：杨伦《杜诗镜铨》注引："《旧唐书》：吐谷浑有青海，周围八九百里，高宗龙朔三年，为吐蕃所并。开元中王君㚟、张景顺、张忠亮、崔希逸、皇甫惟明、王忠嗣先后破吐蕃，皆在青海西，故云。"

㉗"新鬼"二句：以想象的笔法，写古今战场的惨象。

啾啾：象声词。所指随文而异。如屈原《离骚》："鸣玉鸾之啾啾。"指车马声。又扬雄《羽猎赋》："啾啾跄跄。"指众声。又《玉台新咏·古乐府·陇西行》："凤凰鸣啾啾。"指兽啼鸟鸣声。又潘岳《闲居赋》："管啾啾而并吹。"指乐器声。此处"啾啾"指想象中"新鬼"尖细凄切的哭声。

【辑评】

一、洪迈《容斋续笔》卷二

唐人歌诗，其于先世及当时事，直辞咏寄，略无避隐。至宫禁嬖昵，非外间所应知者，皆反复极言，而上之人亦不以为罪。如白乐天《长恨歌》，讽谏诸章。元微之《连昌宫词》，始末皆为明皇而发。杜子美尤多。如《兵车行》……《哀王孙》《悲陈陶》《哀江头》《丽人行》《悲青坂》《公孙舞剑器行》，终篇皆是。……李义山《华清宫》《马嵬》《骊山》《龙池》诸诗亦然。今之诗人，不敢尔也。

二、刘凤诰《杜工部诗话》

少陵一生学问无所发泄，略见于议兵。新书谓好论天下大事，亦即指此。唐自开元十五年，王君㚟破吐蕃于青海，明王益侈边功。天宝八载，哥舒翰攻拔石堡城，丧卒数万。《兵车行》所由作也。起五句：车马、弓箭、爷娘、妻子、尘埃、桥道，如见其影；次以人哭贯到篇终，鬼哭如闻其声；中间设为问答，以"君不闻汉家山东二百州"，叙耕役之劳；反复申明问答，以"君不见青海头"述锋镝之惨。黩武如此，安史之乱恶得不由斯起乎？曰君不闻，君不见，诗人呼祈父意也。

三、王嗣奭《杜臆》卷之一

注谓玄宗用兵吐蕃而作，是已，然未详。按《唐鉴》：天宝六载，帝欲使王忠嗣攻吐蕃石堡城，忠嗣上言："石堡险固，吐蕃举国守之，非杀数万人不能克，恐所得不如所亡，不如俟衅取之。"帝不快。将军董延光自请取石堡，帝命忠嗣分兵助之；忠嗣奉诏而不尽副延光所欲，盖以爱士卒之故。延光过期不克。八载，帝使哥舒翰攻石堡，拔之，士卒死者数万，果如忠嗣之言。所以有"边庭流血"等语。"北防河"，防北房乘冰合而入。注谓筑隄防水泛决，误。筑隄仍须壮丁，岂十五岁者能办耶？至"西营田"乃戍卒防吐蕃者。唐建都长安，西临中原，皆云"山东"。隋得天下，改郡为州，至唐又改州为郡，凡一百九十二郡，曰"州"，仍旧名也。曰"二百"，已尽天下矣。"秦兵"即关中之兵，正此时点行者。秦兵坚劲耐战，故驱之尤迫。"青海"注已明，筑城海上，攻破别筑，则杀人更多矣。此诗已经物色，其尤妙在转韵处磊落顿挫，曲折条畅。公用"耶娘"字而自引乐府以注，知其用语必有来处，即用字亦无改换。

《通》云："况复秦兵云云与鸡"，"耐苦战"者秦兵也，今驱民之负耒耜(lěi sì)者为兵，所谓不教之民弃之死地耳，何异犬与鸡乎？

四、钱谦益《钱注杜诗》卷一

笺曰：天宝十载，鲜于仲通讨南诏蛮，士卒死者六万。杨国忠掩其败状，反以捷闻。制大募两京及河南北兵，以击南诏。人闻云南多瘴疠，未战，士卒死者十八九，莫肯应募，杨国忠遣御史分道捕人，连枷送诣军所，于是行者愁怨，父母妻子送之，所在哭声振野。此诗序南征之苦，设为役夫问答之词。君不闻已下，言征戍之苦。海内驿骚，不独南征一役为然，故曰役夫敢申恨也。且如以下，言土著之民，亦不堪赋役。不独征人也。君不见以下，举青海之故，以明南征之必不返也。不言南诏，而言山东、言关西、言陇右，其词哀怨而不迫如此。曰君不闻，君不见，有诗人呼祈父之意焉。是时国忠方贵盛，未敢斥言之。杂举河陇之事，错于其词。若不为南诏而发者。此作者之深意也。

五、仇兆鳌《杜诗详注》卷之二

单复曰：此为明皇用兵吐蕃而作，故托汉武以讽，其辞可哀也。先言人哭，后言鬼哭，中言内郡凋弊，民不聊生，此安史之乱所由起也。呼！为人君而有穷兵黩武之心者，亦当为之恻然兴悯，惕然知戒矣。

又引王道俊《杜诗博议》：王深父云：时方用兵吐蕃，故托汉武事为刺，此说是也。黄鹤谓天宝十载，鲜于仲通丧师沪南，制大募兵击南诏，人莫肯应，杨国忠遣御史分道捕人，连枷送诣军前，故有"牵衣顿足"等语。按：明皇季年，穷兵吐蕃，征戍驿骚，内郡几遍，当时点行愁怨者不独征南一役，故公托为征夫自诉之词，以讽切之。若云惧杨国忠贵盛而诡其词于关西，则尤不然。太白《古风》云："渡泸及五月，将赴云南征。怯卒非壮士，南方难远行。长号别严亲，日月惨光晶。泣尽继以血，心摧两无声。"已明刺之矣，太白胡独不畏国忠耶？

又引蔡宽夫曰：齐梁以来，文士喜为乐府词，往往失其命题本意。《乌生八九子》但咏乌，《雉朝飞》但咏雉，《鸡鸣高树颠》但咏鸡，大抵类此。甚有并其题而失之者，如《相府莲》讹为《想夫怜》，《杨婆儿》讹为《杨叛儿》之类是也。虽李太白亦不免此。唯老杜《兵车行》《悲青坂》《无家别》等篇，皆因时事，自出己意立题，略不更蹈前人陈迹，真豪杰也。

又引海宁周甸曰：少陵值唐运中衰，其音响节奏，骎骎乎变《风》、变《雅》，与《骚》同功。唐非无诗，求能仰窥圣作，裨益世教，如少陵者，鲜矣。

又引胡应麟曰：六朝七言古诗，通章尚用平韵转声，七字成句，读未大畅。至于唐人，韵则平仄互换，句则三五错综，而又加以开阖，传以神情，宏以风藻，七言之体，至是大备矣。又曰：少陵不效四言，不仿《离骚》，俱相去悬远。乐府奇伟，高出六朝，古质不如两汉，较输杜一等也。又云：乐府则大白擅奇古今，少陵嗣迹风雅，《蜀道难》《远别离》等篇，出鬼入神，倘恍莫测；《兵车行》《新婚别》等作，述情陈事，恳恻如见。张王欲以拙胜，所谓差之厘毫；温李欲以巧胜，所谓谬之千里。

六、浦起龙《读杜心解》卷二之一

旧注：明皇用兵吐蕃，民苦行役而作。仇注：首段叙送别悲楚之状，乃纪事。下二段，述征夫苦役之情，乃纪言。是一头两脚体。愚按：仇氏分截是，但谓一头二脚则非。两脚则分两柱，诗非两柱也。首段瞥然而起，只写行色，不言所事，如风来潮来，令人目眩。"道旁"一段，逗出"点行频"三字，为一诗之眼。又揭出"开边未已"四字，见作诗之旨。然此段只是历述从前，指陈惨苦；又泛举天下，别出秦中。盖防秋戍卒，其来已久，还在题前一层也。自"长者"以下至末，才入时事。"今冬"二句，乃是本题正面。末则慨叹现在行役之苦，盖前段之苦，已事也，此段之苦，本事也。欲人主鉴既往而悯将来，假征人之苦语，转黩武之侈心。此三百篇之遗也。噫！山东近在中土，乃事之可见者，而深宫竟不得闻。青海陷我穷民，宜君所习闻者，而绝域又不可见。两呼"君不闻""君不见"，唤醒激切。通篇以苦役作主，中间夹写凋敝。

七、杨伦《杜诗镜铨》卷一

沈云：以人哭起，以鬼哭住。照应在有意无意。章法最奇。又，沈确士云：纵笔所之，犹龙夭矫，足以惊风雨而泣鬼神。

贫 交 行

翻手作云覆手雨①，纷纷轻薄何须数②。君不见管鲍贫时交③，此道④今人弃如土。

【题解】

这首诗写于天宝十一载（752）杜甫困居长安时。在此期间，杜甫在政治上不能如愿，在官场和朋友交往中碰了不少钉子。作者深感世态炎凉，交道浇薄，人情反复，因而写下这首诗，借以发泄悲愤之情。全诗虽然只有4句，但对当时社会有较深刻的认识。诗作"行"，却只4句，一句一转，转皆不可测。

【注释】

①"翻手"句：比喻人的反复无常。仇注引《史记》："陆贾说尉陀曰：'越王杀王降汉，如反复手耳。鲍照诗：暂交金石心，须臾云雨隔。'意谓由此点化而来。"杜甫此句诗，后经宋代黄机《木兰花慢》词"世事翻雨，满怀何止离忧"和清代顾贞观《金缕曲·寄吴汉槎宁古塔以词代书》"魑魅搏人应见惯，总输他覆雨翻云手"等反复化用，逐渐演变为成语"翻云覆雨"（亦作"覆雨翻云"）。

②轻薄：指人轻佻、浮薄、不敦厚。如《三国志·吴书·甘宁传》："少有气力，好游侠，招合轻薄少年，为之渠帅。"

何须数：多得数不胜数，还有什么必要去计算。数，查点、计算。如《史记·陈涉世家》："不可胜数。"

③管鲍贫时交：以春秋时管仲和鲍叔牙彼此知心，情谊笃厚的交情故事来抒发感慨。《列子·力命》："管仲尝叹曰：'吾少贫困时，尝与鲍叔贾，分财多自与，鲍叔不以我为贪，知我贫也。吾尝为鲍叔谋事而大穷困，鲍叔不以我为愚，知时有利不利也。吾尝三仕，三见逐于君，鲍叔不以我为不肖，知我不遭时也。吾尝三战三北，鲍叔不以我为怯，知我有老母也。公子纠败，召忽死之，吾幽囚受辱，鲍叔不以我为无耻，知我不羞小节而耻名不显于天下也。生我者父母，知我者鲍叔也。'"以鲍叔之交事入诗，除杜甫此诗外，还有李白的《读诸葛武侯传书怀》（"托意在经济，结交为弟兄，无令管与鲍，千载独知名"）和杨巨源的《题赵孟庄》（"管鲍化为尘，交友存如线"），后人常以"管鲍之交"来形容朋友之间深厚的友情。

④此道：指管鲍故事所蕴含的交友的道理。

【辑评】

　　一、仇兆鳌《杜诗详注》卷之二

　　鹤注：此必公献赋后，久寓京华，故人莫有念之者，故有此作。梁氏编在天宝十一载，是也。

　　二、王嗣奭《杜臆》卷之一

此诗必有为而发。《行》止四句，恐非全文。

　　三、杨伦《杜诗镜铨》卷二

王右仲云：作行止此四句，语短而恨长，亦唐人所绝少者。

　　四、唐元竑《杜诗捃》卷一

只四句，浓至悲慨已极，诗正不贵多。

玄都坛歌寄元逸人

故人昔隐东蒙峰，已佩含景苍精龙。①故人今居子午谷②，独并阴崖白茅屋③。屋前太古④玄都坛，青石漠漠松风寒⑤。子规夜啼山竹裂⑥，王母昼下云旗翻⑦。知君此计成长往⑧，芝草琅玕日应⑨长。铁锁高垂不可攀⑩，致身福地何萧爽⑪。

【题解】

天宝十一载（752）夏末秋初，杜甫由洛阳复来长安，闻道士元逸人已由山东、鲁郡之东蒙山转到长安南山的子午谷隐居，因而作此诗寄之。玄都坛，汉武帝时所筑的一座道观，在长安南山子午谷中，唐时仍在。元逸人，可能就是曾与李白同游的道士元丹丘。诗中通过描写玄都坛的景象，来赞美元逸人高蹈超俗的品格，流露出诗人的艳羡之情。

【注释】

①"故人"二句：意谓元逸人曾在东蒙峰求仙访道，已经取得驱逐鬼神的符箓。

故人：旧友。如《汉书·高帝纪下》："陛下与此属共取天下，今已为天子，而所封皆故人所爱，所诛皆平生仇怨。"此处指元逸人（元丹丘）。

东蒙峰：东蒙，山名，亦称蒙山，在今山东蒙阴县南。《论语·季氏》："昔者先王以为东蒙主。"邢昺疏："山在鲁东，故曰东蒙。其山延袤可百里，俗亦分在东者为东蒙，中央者为云蒙，在西者为龟蒙。"《清一统志》："蒙山高峰数处：龟蒙、云蒙、东蒙。其实一山，未尝中断。龟山自在新泰县境。旧志：蒙山绵亘百二十里，有七十二峰，三十六洞，古刹七十余所。"

佩：佩挂、系上。如《国语·晋语一》："是故使申生伐东山，衣之偏裻之衣，佩之以金玦。"

含景（yǐng）苍精龙：苍精龙是一种道家驱逐鬼神的符箓。《神仙诀录》：东方青帝，苍龙之精。道家自称呼吸日月之光影，取其精气。故受箓佩符，能驱鬼神。含景，意谓容纳日月之光影。

② 子午谷：秦岭中的一条贯通南北的山路通道。仇注引《三秦记》："长安正南，山名秦岭，谷名子午。"又引《汉书》："子午道，从杜陵直绝南山，迳汉中。"颜师古注："子，北方也；午，南方也。言通南北道相当。"

③ 独：单独、孤独。如《诗经·小雅·正月》："念我独兮，忧心愈愈。"

并（bàng）：通"傍"，依傍、靠着。如《汉书·武帝纪》："遂北至琅邪，并海，所过礼祠其名山大川。"

阴崖：山北面高地的侧面。阴，古代以山北为阴。如《史记·货殖列传》："泰山之阳则鲁，其阴则齐。"崖，高地的侧面。如李白《梦游天姥吟留别》："且放白鹿青崖间。"

白茅屋：即白屋，用茅草覆盖的房屋。如杜甫《后苦寒行》（之二）："晚来江门失大木，猛风中夜吹白屋。"

④ 太古：远古、上古。如《列子·黄帝》："太古神圣之人，备知万物态。"仇注引《唐六典》："炀帝改佛寺为道场，道观为玄坛。"

⑤"青石"句：此句以"青石""松风"来表现此地幽静偏僻。

青：深绿色。如庾信《春赋》："麦才青而覆雉。"

漠漠：寂静无声。如《荀子·解蔽》："掩耳而听者，听漠漠而以哅哅。"

松风寒：从松树林中吹出来的凉风。寒，凉。如《史记·刺客列传》："风萧萧兮易水寒，壮士一去兮不复还。"

⑥ 子规夜啼：子规，即杜鹃鸟。《华阳风俗录》："鸟有杜鹃者，其大如鹊而羽乌，其声哀而吻有血。土人云：春至则鸣，初闻其声者，则有离别之苦，人皆恶闻之，惟田家候其鸣则兴农事。"子规鸟通常夜啼达旦，血溃草木。如白居易《琵琶行》："其间旦暮闻何物？杜鹃啼血猿哀鸣。"

山竹裂：形容杜鹃啼声哀苦。

⑦"王母"句：王母，即西王母，神话传说中的西方女神。《列仙传》载：周穆王与西王母会于瑶池，云旗霓裳拥簇自天而下。此句即咏其事。

⑧ 计：盘算、谋划。如《战国策·赵策》："父母之爱子，则为之计深远。"

长往：经常往来。长，经常。如张籍《猛虎行》："谷中近窟有山村，长向村家取黄犊。"

⑨ 芝草琅玕：芝草和琅玕为传说道家养生的两种仙草。《汉武内传》："王母曰：'有黄庭芝草、碧海琅玕。'"

应：当、该。如苏轼《念奴娇·赤壁怀古》："故国神游，多情应笑我，早生华发。"

⑩ 铁锁高垂：仇注引旧注："《道藏经》：'晋时有戍卒屯于子午谷，入谷之西，涧水穷处，忽见铁锁下垂，约有百馀丈，戍卒欲挽引而上，有虎蹲踞焉。'"

不可攀：难以攀登。

⑪ 福地：道教传说天仙所居之处。《神仙诀录》："有天仙，有地仙，三十六洞，八十一福地。地仙积德，即可超升为天仙。这是用来赞美元逸人所居之地，气象不凡。"

萧爽：清爽超逸。如元稹《春馀遣兴》诗："云叶遥卷舒，风裾动萧爽。"

【辑评】

一、浦起龙《读杜心解》

歌体之整饬精丽者。前四，志履历；中四，写坛景；后四，美高隐。

二、杨伦《杜诗镜铨》卷一（引李因笃）

高格微言，咀咏不尽。

曲江三章章五句

其 一

曲江萧条秋气高①,菱荷枯折②随风涛,游子空嗟垂二毛③。白石素沙亦相荡④,哀鸿独叫求其曹⑤。

其 二

即事非今亦非古⑥,长歌激越梢林莽⑦,比屋豪华固难数⑧。吾人甘作心似灰,弟侄何伤泪如雨。⑨

其 三

自断此生休⑩问天,杜曲幸有桑麻田⑪,故将移住南山边⑫。短衣匹马随李广⑬,看射猛虎终残年⑭。

【题解】

曲江本为秦时的隑(gāi)洲之地。隋初,宇文恺设计大兴城时,为人工挖凿曲折之湖而得名。唐开元年间,随着兴庆公园的兴建,开始了大规模扩建疏凿,增加了水量,扩大了池面,并在曲江池旁广建楼阁亭台。使得它南有紫云梯、芙蓉园,西有杏园、慈恩寺等诸多名胜。池边花木荟萃,池上烟水明媚,引来游人如织,考中进士的举子也多在此聚会。唐玄宗开元、天宝年间,曾在这里赐百官,其规模之大、耗费之巨,超过历史上任何年代。每逢上巳(夏历三月三日)、中元(七月十五日)和重阳(九月九日),皇室贵族、达官显贵,均来此游赏。其时彩幄翠帱,匝于堤岸;香车健马,比肩击毂。正如王维在《三月三日曲江侍宴应制》诗中所写的:"万乘亲齐祭,春服满汀洲。"杜甫这组诗写于天宝十一载(752)。当时杜甫在长安曾先后两次参加科举考试,皆落第。后又献赋,虽得唐玄宗赏识,却仍未得官。天宝十一载这年,杜甫又参加应诏,同样未能如愿。仕途的坎坷失意使杜甫悲愤不已,于是在这年秋天游曲江时写下这组诗。这是一种每首5句的七言诗体,都在第三句上作顿,是杜甫的创体。第一章借曲江萧条的秋景,抒发了落魄孤独、怀才不遇的悲哀。第二章长歌当哭,将人之富贵豪华与己之心灰意冷做强烈的对比,表达了杜甫郁愤不平之情。第三章表示归老隐居,以度余生,亦是忧愤之词。

【注释】

① 萧条：寂寥、冷落。如《楚辞·远游》："山萧条而无兽兮，野寂寞其无人。"

秋气高：秋天季节云淡天高的景象。

② 菱荷枯折：夏天的菱荷到了秋天，枝干就枯萎折断而随风浪飘零。菱，菱角，一种水生植物。如屈原《招魂》："涉江采菱。"荷，荷花、莲。如杨万里《晓出净慈寺送林子方》："接天莲叶无穷碧，映日荷花别样红。"枯，干枯。折，折断。

③ 游子：指杜甫自己。

空嗟：徒然地感慨。空，徒然。如岳飞《满江红》："莫等闲，白了少年头，空悲切。"嗟，叹词，表示感慨。如《后汉书·冯衍传》："嗟我思之不远兮，岂败事之可悔？"

垂二毛：年纪将老。垂，将近。如《后汉书·张纯传》："阳气垂尽，岁月迫促。"二毛，头发斑白。如《左传·僖公二十二年》："君子不重伤，不禽二毛。"

④ "白石"句：意谓曲江池底的白石、素沙（白沙）也似乎因诗人的悲秋而摇荡不定。

⑤ "哀鸿"句：意谓孤雁哀鸣是在寻找它的伴侣，暗喻作者落魄孤独的境况。

哀鸿：哀鸣的大雁。如《诗经·小雅·鸿雁》："鸿雁于飞，哀鸣嗷嗷。"

曹：群、众。如《国语·周语下》："且民所曹好，鲜其不济也，其所曹恶，鲜其不废也。"又孟郊《秋怀》（之十二）："塞行散余郁，幽坐谁与曹。"

⑥ "即事"句：即事，就是即事吟诗，就眼前事抒怀。3 章都是随意抒怀，诗的结构为七言五句，前 3 句一顿。歌行诗是古代的一种自由诗，可以自创其样式，古体诗与今体诗都没有这种样式，因此，黄生说："即事非今亦非古，自目其诗体也。"

⑦ 长歌：引声而歌，犹长吟、长啸。从情感而言，有长歌当哭之意。

激越：声音高亢清远。如班固《西都赋》："櫂女讴，鼓吹震，声激越，謍厉天，鸟群翔，鱼窥渊。"

捎：掠、拂。如司马相如《上林赋》："拂鹥鸟，捎凤凰。"

莽：草木丛生的地方。如鲍照《芜城赋》："灌莽杳而无际。"

⑧ 比屋：家家户户，形容房屋之多。如《论衡·率性》："尧舜之民，可比屋而封。"

豪：奢侈、富有。如《梁书·贺琛传》："今之燕喜，相竞夸豪，积果如山岳，列肴同绮绣。"

华：奢侈。如杨衒之《洛阳伽蓝记·城西》："况我大魏天王，不为华侈。"

固难数：实在难以数清。

⑨ "吾人"二句：是说自己对富贵已心灰意冷，弟侄们也不必为此伤心落泪。此两句表面看似乎旷达，但"甘作""何伤"两词透露出杜甫愤愤不平的心情。

⑩ 自断：自己决断。断，决断。如《荀子·王霸》："而又好以权谋倾覆之人断事其外。"又白居易《自咏》："随分自知心自断，是非何用问闲人。"

休：莫、不要。如辛弃疾《摸鱼儿》："休去倚危栏，斜阳正在，烟柳断肠处。"

⑪ 杜曲：在今陕西省西安市长安区南韦曲东。其南又名杜固。《雍录》："樊川韦曲东有南杜、北杜，杜固谓之南杜，杜曲谓之北杜，皆名胜之地。"世传其地有壮气。仇兆鳌

《杜诗详注》引："俚语云：城南韦杜，去天尺五。"《新唐书·杜正伦传》："城南诸杜所居。"此地也是杜甫家族的世居之地。

幸：幸亏、幸而。如《史记·高祖本纪》："沛幸得复，丰未复，唯陛下哀怜之。"

桑麻：桑和麻，泛指农事。如《管子·牧民·士经》："藏于不竭之府者，养桑麻，育六畜。"又孟浩然《过故人庄》："开轩面场圃，把酒话桑麻。"

⑫ 南山边：南山，即终南山。杜曲在终南山北边，故谓"南山边"。

⑬ 短衣：即短褐，贫苦人穿的粗布衣服。如《战国策·宋卫策》："舍其锦绣，邻有短褐而欲窃之。"

随：跟随。如刘向《战国策·楚策》："子以我为不信，吾为子先行，子随我后。"

李广：汉代名将。他闲居蓝田（在长安东南，离杜曲五六里）时，曾在南山打猎射虎。（事见《史记·李将军列传》）杜甫喜欢骑射，所以有此联想。

⑭ 残年：晚年、余生。

【辑评】

一、王嗣奭《杜臆》卷之二

曲江秋高，菱枯荷折，以兴起游子"二毛"，萧条相似，沙石无情，犹然相荡；孤鸿哀叫，尚尔求曹，况人之有情者乎？

故诗人有即事之作。我今即事，既非今体，亦非古调，信口长歌，其声激越，梢林莽而变色，何其悲也？盖追昔盛时，比屋豪华，今难复数矣，况我贫贱人甘心似灰矣。第心可死，而念弟侄之心不能死，如鸿失曹，岂能堪忍？虽甘灰槁，何伤乎泪之如雨也，盖情之必不容已者也。

念我昔为游子，意图自见，直欲叩苍天而问之，而今已矣，自断此生不必问天矣。犹幸杜曲尚有薄田，但当移隐南山，随李广，看射虎，消我雄心，终吾残年已矣。所谓甘心似灰者也。

……

先言鸟"求曹"，以起次章"弟侄"之伤。次言"心似灰"，以起末章"南山"之隐。虽分三章，气脉相属。总以九回之苦心，发清商之怨曲，意沉郁而气愤张，慷慨悲凄，直与楚《骚》为匹，非唐人所能及也。

二、仇兆鳌《杜诗详注》卷之二

按：诗旨乃自叹失意，初无忧乱之词，当是天宝十一载献赋不遇后，有感而作。

卢世㴶曰：《曲江》三章，塌遂惊呼，忽遂天际。国风之后，又续国风。

三、刘濬《杜诗集评》卷五

查慎行曰：七言五句成章，自我作古，历落可诵。

白　丝　行

缫丝须长不须白①，越罗蜀锦金粟尺②。象床玉手乱殷红③，万草千花动凝碧④。已悲素质⑤随时染，裂下鸣机色相射⑥。美人细意⑦熨帖平，裁缝灭尽⑧针线迹。春天衣着为君舞，蛱蝶飞来黄鹂⑨语。落絮游丝⑩亦有情，随风照日宜轻举。香汗轻尘污⑪颜色，开新合故置何许⑫？君不见才士汲引⑬难，恐惧弃捐忍羁旅⑭。

【题解】

此诗为天宝十一载（752）杜甫困居长安时所作。诗中借白丝被染，始荣终弃的经历，寄托了诗人清洁自守的心愿。前8句叙述制丝、织锦、熨平到缝制成衣服的过程，渲染制成一件衣服的艰难程度。中间6句叙述美人穿上新衣翩翩起舞，但稍有点染就轻易丢弃的场景。末两句是诗人据此而发出才士汲引之难、弃捐之易的慨叹。

【注释】

① 缫（sāo）丝：将丝从蚕茧中抽出来，合并成生丝。缫，如《孟子·滕文公下》："诸侯耕助，以供粢盛；夫人蚕缫，以为衣服。"

不须白：王嗣奭曰，"'不须白'就世俗立论，愤激语"，即用反语，是"必须白"的意思。

② 越罗：越地出产的一种丝织品。越，古国名，也称于越，姒姓。春秋十四列国之一。相传始祖为夏少康庶子无余。封于会稽（今浙江省绍兴市）。春秋末期，越王勾践攻吴国，领土向北扩展，成为霸主。战国时为楚所灭。此处指地区名。罗，一种丝织品。如李白《春思》："春风不相识，何事入罗帏？"

蜀锦：蜀地出产的有彩色花纹的丝织品。蜀，古地名，今四川省的一部分。如刘禹锡《蜀先主庙》："凄凉蜀故妓，来舞魏宫前。"锦，有彩色花纹的丝织品。如岑参《白雪歌送武判官归京》："狐裘不暖锦衾薄。"

金粟尺：镶有金色的小铜星的华贵的尺子。粟，谷子。此处比喻像谷子一样的小粒铜星。如《山海经·南山经》："（柜山）其中多白玉，多丹粟。"

③ 象床：用象牙装饰的安放器物的座架。如《战国策·齐策三》："孟尝君出行国，至盐，献象床。"床，安放器物的座架。如南朝徐陵《玉台新咏序》："翡翠笔床，无时离手。"

玉手：比喻女子洁白如玉的手。

乱：纷繁弥漫。如白居易《钱塘湖春行》："乱花渐欲迷人眼，浅草才能没马蹄。"

殷红：深红色。如元稹《谕宝》："珠穿殷红缕，始见明洞澈。"

④动：常常。如《后汉书·陈忠传》："老弱相随，动有万计。"

凝碧：浓绿色。如柳宗元《界围岩水帘》："韵馨叩凝碧，锵锵彻岩幽。"凝，凝聚、集中。如陆机《文赋》："馨澄心以凝思，眇众虑而为言。"碧，青绿色。如《世说新语·汰侈》："君夫（王济）作紫丝布步障碧绫裹四十里。"

⑤素质：白色的质地。如《逸周书·克殷》："及期，百夫荷素质之旗于王前。"

⑥裂：撕扯、剪裁。如《后汉书·舆服志下》："（樊）哙裂裳以裹楯，冠之入军门，立汉王旁，视项羽。"

射：照射。如马祖常《琉璃帘》："月华远射离离白，灯影斜穿细细红。"

⑦细意：仔细的意态。细，仔细。如杜甫《别李秘书始兴寺所居》："妻儿待我且归去，他日杖藜来细听。"意，意态。如《汉书·高帝纪上》："宽仁爱人，意豁如也。"

⑧灭尽：完全消除。灭，消除、去掉。如《吕氏春秋·恃君》："灭须去眉，自刑以变其容。"

⑨蛱蝶：蝴蝶。如杜甫《曲江》（之二）："穿花蛱蝶深深见，点水蜻蜓款款飞。"

黄鹂：即黄莺。如杜甫《绝句》（之三）："两个黄鹂鸣翠柳，一行白鹭上青天。"

⑩落絮：飘落的白花。如萧子显《春日贻刘孝绰》："新禽争弄响，落絮乱从风。"又章碣《曲江》："落絮却笼他树白，娇莺更学别禽啼。"

游丝：飘动着的蛛丝。游，飘动、流动。如《史记·司马相如传》："飘飘有凌云之气，似游天地之闲意。"又晏殊《珠玉词·蝶恋花》："满眼游丝兼落絮，红杏开时，一霎清明雨。"

⑪污：弄脏。如《后汉书·黄琼传》："峣峣者易缺，皦皦者易污。"又白居易《琵琶行》："血色罗裙翻酒污。"

⑫开新合故：曹慕樊《杜诗选注》云，衣衫弃旧。晋诗《休洗红》的"新红裁作衣，旧红翻作里。回黄转绿无定期，世事反复君所知"与杜诗所喻不同，言荣宠不常。

何许：何处。如杜甫《宿青溪驿奉怀张员外十五兄之绪》："我生本飘飘，今复在何许。"

⑬才士：德才兼备的人、有才华的人。如《庄子·盗跖》："今先生，世之才士也。"又葛洪《抱朴子·尚博》："百家之言，虽有步起，皆出硕儒之思，成才士之手。"

汲引：荐举、提拔。如《后汉书·五行志一》："永乐宾客，鸿都群小，传相汲引。"

⑭弃捐：弃置不用。如《战国策·秦策五》："王使子诵，子曰：'少弃捐在外，尝无师傅所教学，不习于诵。'"

忍：愿意。如《潜夫论·忠贵》："宁见朽贯千万，而不忍赐人一钱。"

羁旅：寄居他乡。如《左传·庄公二十二年》："齐侯使敬仲为卿。辞曰：'羁旅之臣幸若获宥，及于宽政，赦其不闲于教训，而免于罪戾，弛于负担，君之惠也。'"

【辑评】

一、王嗣奭《杜臆》

此诗本墨子悲丝来，大指谓士人改易素履，委蛇随俗，少有点染，人便捐弃，所以忍于羁旅，无限踌躇，无限感慨。"不须白"就世情立论，乃愤激语。下云："随时染""色相射""污颜色"，脉理相贯。士得时则媸亦成妍，故云"灭尽针线迹"；依附者众，故云"蛱蝶飞来黄鹂语"。此一段造语妍丽，与《舟前看落花》诗相似。束语自道，具见品格。

二、钱谦益《钱注杜诗》卷之一

公此诗谓白丝素质，随时染裂。有香汗轻尘之污，有开新合故之置。所以深思汲引之难。恐惧弃捐，而忍于羁旅也。

三、江浩然《杜诗集说》卷二（引邵长蘅）

托喻素丝，从缫织说到裁缝，从裁缝说到衣着，从衣着说到弃置，看他层次，结有无限悲慨。得梁陈乐府之遗，全是托兴，结出正意。

丽 人 行

　　三月三日天气新①，长安水边②多丽人。态浓意远淑且真③，肌理细腻骨肉匀④。绣罗衣裳照暮春⑤，蹙金孔雀银麒麟⑥。头上何所有？翠微㔩叶垂鬓唇⑦。背后何所见？珠压腰衱稳称身⑧。就中云幕椒房亲⑨，赐名大国⑩虢与秦。紫驼之峰出翠釜⑪，水精之盘行素鳞⑫。犀箸厌饫久未下⑬，鸾刀缕切空纷纶⑭。黄门飞鞚不动尘⑮，御厨络绎送八珍⑯。箫管哀吟⑰感鬼神，宾从杂遝实要津⑱。后来鞍马何逡巡，当轩下马入锦茵⑲。杨花雪落覆白蘋，青鸟飞去衔红巾⑳。炙手可热势绝伦㉑，慎莫近前丞相嗔㉒。

【题解】

　　唐玄宗后期，一味宠幸杨贵妃，生活奢侈，荒淫糜烂，朝政腐败。天宝四载（745）八月，册杨太真为贵妃。天宝七载（748）十一月，封杨贵妃姊三人为韩国夫人、虢国夫人、秦国夫人，玄宗呼之为"姨"，并承恩泽，势倾天下。天宝十一载（752）十一月，右相李林甫卒，封杨贵妃从兄杨钊（杨国忠）为右丞相。势倾朝野，时人为之侧目。杜甫在长安，益知杨氏兄妹恃权门贵戚豪奢无度之内情。天宝十二载（753）春，杜甫巧妙地借曲江游春这一特定事件，写了这首诗，揭露了诸杨的豪奢放荡。诗的开头两句"三月三日天气新，长安水边多丽人"点出时间和地点。接着写丽人容貌服饰之华美，又写饮食音乐之精彩，再写其各种狎昵情状，末了写出权贵作威作福的丑态。全诗着力于对情状丑态的具体描写，而不发空头议论；不作讽刺语，而句句含讽刺之意。如此似赞实贬，其辛辣的揭露和讽刺尽在字里行间。

【注释】

　　① 三月三日：为阴历的上巳日。巳，通"祀"。我国自古有修禊之俗。禊，亦作"袚"。袚，除祭，即除灾求福，齐戒袚除。人们在这一天要到水边去洗除不祥，后来逐渐演变成到水边宴饮、游春的一个节日。唐人很重视这个节日，自开元以来，长安士女多在这天游赏曲江。如张登《上巳泛舟得迟字》："令节推元巳，天涯喜有期。初筵临泛地，旧俗袚禳时。"又殷尧藩《上巳日赠都上人》："曲水公卿宴，香尘尽满街。无心修禊事，独步到禅斋。"又沈佺期《三日梨园侍宴》："九重驰道出，三巳禊堂开。""三巳"即上巳。（参见王家广《唐人风俗》，陕西人民出版社1993年版，第17页）

　　新：新鲜。如王维《送元二使安西》："渭城朝雨浥轻尘，客舍青青柳色新。"

②长安水边：此处指曲江池。每逢上巳（三月三日）、中元（七月十五日）、重阳（九月九日），皇室贵族、达官显贵均来此游赏。（参见《曲江三章章五句》注）

③态浓：此处形容"丽人"姿态浓艳。态，姿态、情状。如《史记·老子韩非列传》："态色与淫志，是皆无益于子之身。"又陆游《秋思》（之二）："山晴更觉云含态，风定闲看水弄姿。"浓，密、厚。如苏轼《饮湖上初晴后雨》："欲把西湖比西子，浓抹淡妆总相宜。"

意远：即"远意"，高远的意趣。如贾岛《送集文上人游方》："分首芳草时，远意青天外。"

淑且真：有很端庄的意思，实为反语。淑，美好、漂亮。如《盐铁论·非鞅》："淑好之人，戚施之所妒也。"且，连词，连接前后并列的两项，可译为"又"。如《诗经·魏风·伐檀》："河水清且涟猗。"真，本来的面目，意谓不做作。如《庄子·渔父》："谨修而身，慎守其真，还以物与人，则无所累矣。"

④肌理：肌肉与皮肤。如《汉书·礼乐志》："夫乐本情性，浃肌理而臧骨髓，虽经乎千载，其遗风余烈尚犹不绝。"

骨肉：指身材肥瘦。

匀：匀称。

⑤绣罗：刺绣的丝绸衣服。罗，质地轻软的丝织品。如李白《春思》："春风不相识，何事入罗帏？"

照暮春：显现在晚春的阳光下。照，显现。如张翰《杂诗》："欢乐不照颜，惨怆发讴吟。"

⑥"蹙金"句：谓绣罗衣裳上用金线绣出孔雀图案，用银线绣出麒麟图案。

蹙（cù）金：用金线刺绣成绉纹状的织品。如仇氏引杜牧自称其诗："蹙金结绣，而无痕迹。"

银：银线。

⑦翠：翡翠。如曹植《洛神赋》："戴金翠之首饰，缀明珠以耀躯。"

萼（è）叶：妇女发髻上的花叶饰物。

鬓唇：鬓边。唇，边缘、边沿。如沈括《梦溪笔谈·技艺》："用胶泥刻字，薄如钱唇。"

⑧珠压腰衱（jié）：用珍珠镶缀在裙带上使其下垂，以免被风吹起。腰衱，系在衣服围腰部分的裙带。腰，衣服围腰的部分。如白居易《杭州春望》："谁开湖寺西南路，草绿裙腰一道斜。"衱，裙带。

稳称身：谓体态匀称美好。稳，人体匀称。称，美好。如《论衡·逢遇》："无细简之才，微薄之能，偶以形佳骨娴，皮媚色称。"

⑨就中：其中。如杜荀鹤《登山寺》："就中偏爱石，独上最高层。"

云幕：形容帐幕多如重重云雾。

椒房亲：即指后妃的亲属。椒房，指后妃。如《后汉书·李固传》："今梁氏戚为椒房，礼所不臣。"此处指杨贵妃姊妹。

⑩赐名：指天宝七载（748），杨贵妃姊三人同时被唐玄宗封为"国夫人"。《旧唐

书·杨贵妃传》："有姊三人，皆有才貌，玄宗并封国夫人之号：长曰大姨，封韩国；三姨，封虢国；八姨，封秦国。并承恩泽，出入宫掖，势倾天下。"

国：周代的诸侯国及汉以后侯王的封地。唐时已无实际封地，但在官制上均为大国称号。国夫人，妇女的封地，唐一品文武官及国公之母或妻封国夫人。

⑪ "紫驼"句：谓用以翡翠装饰的锅制作驼峰炙的美味食品。

紫驼：此处指身上有紫色毛的骆驼。

峰：此处指骆驼背上隆起的成峰形的肉。这是一种美味的食品，唐代贵族食品中大多有驼峰炙。如仇注："沬曰：《汉书》：大月氏，本西域国，出一封橐驼。注云：脊上有一封（峰），高也，如封土然。今俗呼为帮。《酉阳杂俎》：衣冠家名食，有将军曲良翰作驼峰炙，味甚美。"

出：制作。

翠釜：以翡翠玉为饰的锅。

⑫ 水精：即水晶。

行：运行。如《荀子·天论》："天行有常。"此处引申为传递。

素鳞：白色的鱼。素，白色。如《国语·吴语》："万人以为方阵，皆白裳、白旗、素甲，白玉之赠，望之如荼。"鳞，鱼。如白居易《轻肥》："果擘洞庭桔，脍切天池鳞。"

⑬ 犀箸：用犀牛角制作的筷子。

厌饫（yù）：吃腻。饫，饱食。如《后汉书·刘盆子传》："十余万人皆得饱饫。"

久未下：指贵妇人因吃腻了美食，所以见到传上来的菜肴久久不想下筷子。

⑭ 鸾刀：环上系有鸾铃的刀。

缕切：细切。缕，细致地。

空纷纶：指厨师们白忙了一阵，因为他们烹饪出来的菜肴，贵妇人们都没有下筷子吃。纷纶，忙乱。如孔稚珪《北山移文》："常绸缪于结课，每纷纶于折狱（判案）。"

⑮ "黄门"句：马跑得很快，却没有扬起尘土，以此表现马之优良和骑术之高超。

黄门：宦官、太监。东汉给事内廷的黄门令、中黄门诸官皆以宦官充任，后遂称宦官为黄门。如嵇康《与山巨源绝交书》："若吾多病困，欲离事自全，以保馀年，此真所乏耳，岂可见黄门而称贞哉？"

飞鞚（kòng）：即奔驰的马。飞，比喻快。如李白《望庐山瀑布》："飞流直下三千尺，疑是银河落九天。"亦可借指快马。如《汉书·爰盎传》："今陛下骋六飞，驰不测山，有如马惊车败，陛下纵自轻，奈高庙、太后何？"鞚，马笼头。如傅玄《良马赋》："纵鞚则行，揽鞚则止。"此处指奔驰的马。如鲍照《拟古》（之一）："兽肥春草短，飞鞚越平陆。"

不动尘：没有扬起尘土。

⑯ 御厨：皇帝的厨房。御，指帝王所用或与之有关的事物。如《春秋·桓公十四年》："秋八月壬申，御廪灾。"

络绎：接连不断。如《后汉书·乌桓传》："是时四夷朝贺，络绎而至。"

八珍：原指八种烹饪法，后用指珍贵的食品。如薛据《古兴》："归来宴高堂，广筵罗八珍。"又李商隐《行次西郊作一百韵》："巍巍政事堂，宰相厌八珍。"

⑰ 箫管：竹制的乐器，竖吹，亦叫洞箫。如《诗经·周颂·有瞽》："既备乃奏，箫管

备举。"

哀吟：意谓箫管发出凄清哀愁的声音。如苏轼在《前赤壁赋》中就曾描写这种情调："客有吹洞箫者，倚歌而和之。其声呜呜然，如怨如慕，如泣如诉；余音嫋（niǎo）嫋，不绝如缕，舞幽壑之潜蛟，泣孤舟之嫠妇。"古人以悲为美，故在宴会场合要欣赏此种音乐。

⑱宾从：宾客与随从。如《左传·襄公三十一年》："车马有所，宾从有代。"

杂遝（tà）：众多纷乱的样子。如《后汉书·贾逵传》："麟凤百数，嘉瑞杂遝。"又左思《蜀都赋》："舆辇杂遝，冠带混并。"

实要津：表面上写杨贵妃亲属在曲江游春时充满街道，不可一世，实则暗喻杨氏兄妹占据了朝廷的重要职位。正如白居易《长恨歌》中所说："姊妹弟兄皆列土，可怜光彩生门户。遂令天下父母心，不重生男重生女。"实，充满。如《楚辞·九歌·湘夫人》："合百草兮实庭，建芳馨兮庑门。"要津，重要的渡口，此处用来比喻显要的职位。如李商隐《为张周封上杨相公启》："心惊于急弦劲矢，目断于高足要津。"又刘蕡《率太学诸生上书》："久汙要津，根据而不拔。"

⑲"后来"二句：写杨国忠在窗前一下马，立即毫无顾忌地进入杨氏姊妹等贵妇人止息的地方。

后来鞍马：最后骑着马来的人。联系诗的最后一句，可知指的是杨国忠。杨国忠，原名钊，杨贵妃从兄。天宝十一载十一月任右丞相。

何：多么。如《汉书·东方朔传》："朔来朔来，受赐不待诏，何无礼也。"

逡巡：时间短暂、顷刻。如王安石《送别韩虞部》："京洛风尘嗟阻阔，江湖杯酒惜逡巡。"又陆游《除夜》："相看更觉光阴速，笑语逡巡即隔年。"

当：朝着、对着。如《木兰诗》："木兰当户织。"

轩：窗。如嵇康《赠秀才入军》诗之十五："闲夜肃清，朗月照轩。"

锦茵：锦制的垫褥、地毯。如潘岳《寡妇赋》："易锦茵以苫席兮，代罗帱以素帷。"

⑳"杨花"二句：用隐语、双关的手法，用眼前"杨花雪落"的自然景物来影射杨国忠与虢国夫人的暧昧关系。《旧唐书·杨贵妃传》："国忠私于虢国，而不避雄狐之刺，每入朝或联镳方驾，不施帷幔。"北魏胡太后尝逼通杨白花，白花惧祸降梁。后来，胡太后思之，作《杨白花歌》："杨白华，飘荡落南家……秋取春还双燕子，愿衔杨花入窠里。"杨白花降梁后，改名为杨白华。杜甫在这里巧用曲江池的景物和历史故事，来隐喻杨国忠和虢国夫人的淫乱关系。

"青鸟"句：暗指杨国忠与虢国夫人传递私情。

青鸟：神话中3只脚的黑色鸟，为西王母的使者。《艺文类聚》卷九十一引《汉武故事》："七月七日，上于承华殿斋，正中，忽有一青鸟从西方来，集殿前。上问东方朔，朔曰：'此西王母欲来也。'有顷，王母至。有二青鸟如乌，侠（夹）侍王母旁。"后因称传信的使者为"青鸟"。如李商隐《无题》："蓬山此去无多路，青鸟殷勤为探看。"

衔：用嘴含着。如范晔《后汉书·张衡传》："外有八龙，首衔铜丸。"

红巾：妇女所用的丝织红手帕。《左传·僖公二十二年》："寡君之使婢子侍执巾栉，以固子也。"

㉑炙手可热：比喻权势盛、气焰高。钱谦益《钱注杜诗》卷一："炙手可热，盖唐时

长安市语如此。"说明杜甫用的是长安方言。

势：权势。如《庄子·渔父》："上无君侯有司之势。"

绝伦：无与伦比。如《史记·龟策列传》："通一伎之士咸得自效，绝伦超奇者为右，无所阿私。"

㉒ 丞相：官名。唐开元中，曾改尚书左右仆射为左右丞相。左丞正四品上，右丞正四品下。左丞辖吏、户、礼三部，右丞辖兵、刑、工三部。此处指当时任右丞相的杨国忠。

嗔：恼火、生气。如陆游《书怀》："食菜从儿瘦，关门任客嗔。"

【辑评】

一、王嗣奭《杜臆》卷之一

钟云："本是风刺，而诗中直叙富丽，若深不容口，妙妙。"又云："如此富丽，而一片清明之气行乎其中。"……至"杨花""青鸟"两语，似不可解，而骈徒拥从之盛可想见于言外，真化工之笔。

二、浦起龙《读杜心解》卷二之一

此刺诸杨游宴曲江也。朱注：《旧书》云：玄宗每幸华清宫，国忠姊妹五家扈从。每家为一队，着一色衣；五家合队，照映如花。遗钿坠舄，瑟瑟珠翠，灿烂芳馥于路。而国忠私于虢国，不避雄狐之刺，联镳方驾，不施帷幔。其从幸华清如此。度上巳修禊，亦必尔也。愚按：起四句提纲，"态浓意远""肌腻肉匀"，先标本色也。"绣罗"一段，陈衣妆之丽。"紫驼"一段，陈厨膳之侈。而秦、虢诸姨，却在两段中间点出，笔法活变。其束处"宾从"句，又是蒙上拖下之文。末段以国忠压后作收，而"丞相"字直到煞句点出，冷隽。要之"椒房"是主，"丞相"是客，说"丞相"，正以丑"椒房"耳。"杨花雪落""青鸟衔巾"，隐语秀绝，妙不伤雅。无一刺讥语，描摹处，语语刺讥。无一慨叹声，点逗处，声声慨叹。陆时雍曰：言穷则尽，意亵则丑。一以雅道行之，故君子言有则也。

三、仇兆鳌《杜诗详注》卷之二

鹤注：天宝十二载，杨国忠与虢国夫人邻居第，往来无期，或并辔入朝，不施障幕，道路为之掩目。冬，夫人从车驾幸华清宫，会于国忠第，于是作《丽人行》。此当是十二年春作，盖国忠于十一年十一月为右丞相也。

四、施补华《岘佣说诗》

《丽人行》，前半竭力形容杨氏姊妹之游冶淫佚，后半叙国忠之气焰逼人，绝不作一断语，使人于意外得之，此诗之善讽也。

醉 时 歌

诸公衮衮登台省①,广文先生官独冷②。甲第纷纷厌粱肉③,广文先生饭不足。先生有道出羲皇④,先生有才过屈宋⑤。德尊一代常坎坷,名垂万古知何用?⑥杜陵野客人更嗤⑦,被褐⑧短窄鬓如丝。日籴太仓五升⑨米,时赴郑老同襟期⑩。得钱即相觅,沽酒不复疑。⑪忘形到尔汝⑫,痛饮真吾师⑬。清夜沉沉动春酌⑭,灯前细雨檐花⑮落。但觉高歌有鬼神⑯,焉知饿死填沟壑⑰。相如逸才亲涤器⑱,子云识字终投阁⑲。先生早赋归去来⑳,石田㉑茅屋荒苍苔。儒术于我何有哉?孔丘盗跖俱尘埃。㉒不须闻此意惨怆㉓,生前相遇且衔杯㉔!

【题解】

此诗题下原注:"赠广文馆博士郑虔。"广文馆是唐代安置闲散官员的地方,设置在国子监内。《新唐书·职官志》载,天宝九载(750),国子监置广文馆博士二人。郑虔是杜甫的朋友,他诗、书、画俱佳,称为"三绝"。《新唐书·郑虔传》载,玄宗爱虔才,欲置左右,因不善于逢迎,便送他到广文馆,充当博士,做一个闲淡的散官。这首诗大约作于天宝十三载(754)春。这时杜甫在长安已经9年,尚未谋到官职,仍是日赴太仓领米5升,穷愁潦倒,比之郑虔遭遇更惨。于是有钱辄寻郑虔买酒痛饮,以酒浇愁,发泄内心的不满和苦闷。二人同病相怜,痛饮狂歌,将一腔牢落不平之气,聊寄于曲乐,以求自遣,故名之曰"醉时歌"。诗中先嘲郑虔,后嘲自己。作者纵笔直书,借以发泄自己的满腹牢骚。全诗写得气势奔放,痛快淋漓,对于我们认识唐玄宗后期的社会有一定的意义。

【注释】

① 公:对人的尊称。如《史记·项羽本纪》:"公为我献之"。

衮衮:众多的样子。如王涯《游春词》(之二):"鸟度时时冲絮起,花繁衮衮压枝低。"

台省:官署的名称。唐代尚书省称中台,门下省称东台,中书省称西台,统称台省。如韩愈《柳子厚墓志铭》:"使子厚在台省时,自持其身,已能如司马刺史时,亦不自斥。"

② 广文先生:指郑虔(685—764)。字弱齐,河南荥阳人。唐代画家、文学家。天宝初为协律郎,著书80余篇。有人诬告他私撰国史,遂被贬谪10年。后为广文博士,人称

"郑广文"。曾自写其诗并画以献，玄宗题为"郑虔三绝"（书法、诗、画），并擢升著作郎。安禄山陷长安，伪授水部郎中，托疾不就。安史乱平，贬为台州司户参军。广德二年（764），卒于台州。郑虔多才多艺，善弹琴，工书法，尤其擅长山水画，又精通地理、医药等。曾著《天宝军防录》《胡本草》，已佚。原有集，已失传。《全唐诗》仅存其《闺情》一首，传在《新唐书·文艺传》中及《唐才子传》卷二。郑虔与杜甫、苏源明最友善，为忘形交。杜诗中赠送、怀念郑虔诗多达18首。先生，在这里称文人，可自称，也可称人。如《史记·三代世表补》："张夫子问褚先生（'褚先生'是褚少孙自称）。"如沈约《与陶弘景书》："先生糠秕流俗，超然独远。"

官独冷：唯独广文先生做的是不重要又无实权的闲散官职。独，唯独。冷，闲散的冷官。如苏轼《九月二十日微雪怀子由弟》："短日送寒砧杵急，冷官无事屋庐深。"

③甲第：最好的住宅。如白居易《三谣》之二《素屏谣》："尔不见当今甲第与王宫，织成步障银屏风。"此处指住在最好住宅中的权贵豪门。甲，第一或第一流的。如《史记·外戚世家》："武帝奉酒前为寿，奉钱千万，奴婢三百人，公田百顷，甲第，以赐姊。"第，贵族的住宅。这种住宅有等级之分，故称。如《史记·魏其武安侯列传》："武安由此滋骄，治宅甲诸第。"

纷纷：众多的样子。如班固《西都赋》："飚飚纷纷，矰缴相缠。"李善注："纷纷，众多之貌也。"

厌：吃饱。如《史记·孟尝君列传》："今君后宫蹈绮縠而士不得短褐，仆妾馀梁肉而士不厌糟糠。"

梁肉：精美的食物。如《国语·齐语》："九妃、六嫔、陈妾数百，食必梁肉，衣必文绣。"梁，粟类的优良品种，细粮。如《礼记·曲礼下》："岁凶，年谷不登……大夫不食粱。"

④有：助词，放在名词"道"前，无实义。如《诗经·小雅·巷伯》："豺虎不食，投畀有北。"

道：道义。如《战国策·东周策》："夫秦之为无道也，欲兴兵临周而求九鼎。"

出：超出、高出。如《商君书·画策》："凡人主德行非出人也，知非出人也，勇力非过人也。"又韩愈《师说》："古之圣人，其出人也远矣。"

羲皇：传说中的伏羲氏。古书中伏羲亦作"宓牺""庖牺""伏牺""伏戏""炮牺"等。《太平御览》卷七八引《诗含神雾》云："大迹出雷泽，华胥履之，生伏牺。"伏羲盖雷神之子。传说中的伏羲为"蛇身人首，有圣德"。

⑤过：超过、胜过。

屈宋：屈原和宋玉。

⑥"德尊"二句：意谓你（郑虔）是否感觉到身后即使名垂万古又有何用？

德尊一代：品德高尚为当世所尊。尊，尊重、尊崇。如《老子·五十一章》："是以万物莫不尊道而贵德。"

知：知觉、感觉。如《荀子·王制》："草木有生而无知，禽兽有知而无义。"

⑦杜陵野客：杜甫自称。

嗤：讥笑。如王安石《风俗》："故物有未弊而见毁于人，人有循旧而见嗤于俗。"

⑧被褐：身上披的是粗布衣服，隐喻没有官职。古代贫苦百姓穿"褐"，做官叫"解褐"。如《吕氏春秋·用众》："是被褐而出，衣锦而入。"

⑨籴（dí）：买进粮食。如《汉书·食货志上》："故虽遇饥馑水旱，籴不贵而民不散，取有余以补不足也。"

太仓：朝廷的储粮仓库。如《史记·平准书》："太仓之粟陈陈相因，充溢露积于外。"又《旧唐书·玄宗本纪》："（天宝十二载）八月，京城霖雨。米贵，令出太仓米十万石，减价粜（tiào）与贫人。"

升：容量单位，一斗的十分之一。

⑩时：时常。如《史记·吕太后本纪》："时与出游猎。"

郑老：指郑虔。此时杜甫44岁，而郑虔可能比他大20岁，故称之"郑老"。

同襟期：是说彼此性情相投，怀抱相同，贫贱相依。襟，胸襟。期，期望、要求。

⑪"得钱"二句：连接上句"同襟期"而展开抒发，两人中无论是谁得到钱，便立即去买酒找对方同饮，毫不迟疑。

⑫"忘形"句：意谓杜甫和郑虔之间的亲密关系已达到十分随便、不拘形迹的程度。

忘形：不拘形迹的程度。忘，不顾。如《汉书·贾谊传》："则为人臣者，主而忘身，国而忘家，公而忘私，利不苟就，害不苟去，唯义所在。"形，形迹。如《论衡·气寿》："虽成人形体，则易伤感。"

到：达到。

⑬"痛饮"句：是说只有那些能痛饮的人，才能作为我们真正的老师。

痛：狠狠地、尽情地。《世说新语·任诞》："王孝伯言：'名士不必奇才。但使常得无事，痛饮酒，熟读《离骚》，便可称名士。'"杜甫在这里用此典故来表达自己此时的心境。

⑭"清夜"句：写饮酒时的夜色和心境。

清：清静。如杜甫《大云寺赞公房》（之三）："灯影照无睡，心清闻妙香。"

沉沉：深沉的样子，此指夜深人静的样子。如苏轼《春宵》："歌管楼台声细细，秋千院落夜沉沉。"

春：春意，美好时光。如司空图《诗品·典雅》："玉壶买春，赏雨茅屋。"又杜甫《拨闷》："闻道云安麹米春，才倾一盏即醺人。"又刘禹锡《酬乐天扬州初逢席上见赠》："沉舟侧畔千帆过，病树前头万木春。"

酌：酒杯。如《楚辞·招魂》："华酌既陈，有琼浆些。"亦可作酒解。如欧阳修《祭石曼卿文》："以清酌庶羞之奠，致祭于亡友曼卿之墓下。"

⑮檠花：王嗣奭《杜臆》注："檠水落而灯光映之如银花，余亲见之，始知其妙。"

⑯但：只是。如曹丕《与吴质书》："公干有逸气，但未遒耳。"

高歌：放声吟诗。如仇注引石崇《思归引》："高歌凌云兮乐余年。"又王嗣奭《杜臆》曰："杜诗'沉醉聊自遣，放歌破愁绝'，即此诗之解，而他诗可以旁通。"

有鬼神：歌声幽怨而感动鬼神。又仇注引《列子》："动天地，感鬼神。师氏曰：言歌声幽怨也。"

⑰焉：哪里、怎么。如《论语·阳货》："割鸡焉用牛刀？"

⑰填沟壑：这是说尸首填满山沟，指死亡。如仇注《前汉·朱买臣传》："妻恚怒曰：'如公等，终饿死沟中耳。'"又《汉书·汲黯传》："黯泣曰：'臣自以为填沟壑，不复见陛下，不意陛下复收之。'"

⑱"相如"句：相如，指西汉著名辞赋家司马相如。

逸才：有杰出才能的人。司马相如作有赋29篇，其中，《子虚赋》《上林赋》最负盛名。汉武帝读他的《子虚赋》后，颇为赞赏，因得召见，任为郎。他从梁归蜀时，过临邛，与临邛富商卓王孙之女文君相爱，携之私奔归成都。因家贫，又同文君返临邛，文君当垆卖酒，"司马相如自著犊鼻裈（短裤）与涤器于市中"。其岳父卓王孙深以为耻，遂予僮百人，钱百万，相如及归成都，成为富人。

⑲"子云"句：子云，即汉代著名文人扬雄。扬雄，字子云。识字，谓扬雄博学，多识奇字。终投阁，据《汉书·扬雄传》记载，扬雄曾教刘棻作奇字，刘棻因献符命（古代指天赐吉祥给人君的凭证）而被王莽治罪，扬雄受到牵连。当使者前来抓捕扬雄时，他正在天禄阁校书，便直接从天禄阁上跳下来，差一点摔死。作者用这个典故来说明自古以来有才能的人都不得志，以此来安慰自己困居长安的寂寞。

⑳早赋归去来：宜及早地如晋朝时的陶渊明那样写《归去来兮辞》，弃官归田。

㉑石田：原指多石，不可耕种之田，比喻无用之物。如《史记·吴太伯世家》："越在腹心，今得志与齐，犹石田，无所用。"此处指极贫瘠之地。

㉒"儒术"二句：意谓儒术对我有什么用？无论是孔丘还是盗跖，这样两种极不相同的人都成为尘土。此二句为愤激语、牢骚语，并非否定孔子。

儒术：儒家学术。此处泛指匡君济世之才志。

何有：有什么用？

盗跖：姓柳下，名跖。春秋末年奴隶起义的领袖，被古代统治者诬称为"盗跖"。

㉓闻此：指以上的诗句。

惨怆：凄楚悲伤。如司马迁《报任少卿书》："见主上惨怆怛悼，诚欲效其款款之愚。"

㉔且衔杯：暂且只管喝酒吧。衔杯，指饮酒。衔，用嘴叼着。如范晔《后汉书·张衡传》："外有八龙，首衔铜丸，下有蟾蜍，张口承之。"

【辑评】

一、仇兆鳌《杜诗详注》卷之三

《唐语林》：天宝中，国学增置广文馆，以领词藻之士。郑虔久被贬谪，是岁始还京师参选，除广文馆博士。鹤注：《旧书》：天宝十二载秋，令出太仓米。诗言"日籴太仓五升米"，正其时也，当是十三载春作……卢世㴶曰：《醉时歌》纯是天纵，不知其然而然，允矣高歌有鬼神也。

二、王嗣奭《杜臆》卷之一

此篇总是不平之鸣，无可奈何之词，非真谓垂名无用，非真薄儒术，非真齐孔、跖，亦非真以酒为乐也。杜诗"沉醉聊自遣，放歌破愁绝"，即此诗之解，而他诗可以旁通。自发苦情，故以《醉时歌》命题。

三、浦起龙《读杜心解》卷二之一

分两大段。前段,先嘲广文,次自嘲,而以"痛饮真吾师"作合,是我固同先生也。后段,先自解,次为广文解,而以"相遇且衔杯"合作,是劝先生当与我同也。"广文先生""杜陵野客",迭为宾主,同归醉乡。

四、杨伦《杜诗镜铨》卷二

悲壮淋漓之至,两人即此自足千古。

渼 陂 行

岑参兄弟皆好奇①,携我远来游渼陂。天地黯惨忽异色②,波涛万顷堆琉璃③。琉璃汗漫泛④舟入,事殊兴极忧思集⑤。鼍作鲸吞⑥不复知,恶风白浪何嗟及⑦。主人锦⑧帆相为开,舟子喜甚无氛埃⑨。凫鹥散乱棹讴⑩发,丝管啁啾空翠来⑪。沉竿续蔓深莫测,菱叶荷花静如拭⑫。宛在中流渤澥清⑬,下归无极终南黑⑭。半陂以南纯浸山⑮,动影袅窕冲融间⑯。船舷暝戛云际寺⑰,水面月出蓝田关⑱。此时骊龙⑲亦吐珠,冯夷击鼓群龙趋⑳。湘妃汉女㉑出歌舞,金支翠旗光有无㉒。咫尺但㉓愁雷雨至,苍茫不晓神灵㉔意。少壮几时奈老何,向来哀乐何其多!㉕

【题解】

渼陂(měi bēi),古湖泊,因鱼美而得名,在今陕西户县。程大昌《雍录》卷六:"渼陂,在鄠县西五里,源出终南山,有五味陂,陂鱼甚美,因加水而以为名,其周一十四里,北流入涝水。"《水经注》:"渼陂水出宜春观北,东北流注涝水。"陂,蓄水的池塘。如《世说新语·德行》:"叔度汪汪如千顷之陂。"渼陂受终南山诸谷之水,唐时尝禁人采捕鱼,唯任百姓灌溉。元末游兵决水取鱼,陂涸为田。明季重加障筑。这首歌行诗叙写天宝十三载(754)杜甫在长安时,与岑参兄弟同游户县的渼陂湖的所见所感。诗一开头写岑参兄弟因"好奇"而来游渼陂,为全诗定下基调。以湖光山色的光怪陆离、奇诡变化、恍惚万状的奇异景象展开铺陈;而以少壮易老、人生哀乐作结,寄寓作者滞留长安未能得官,仕途渺茫的哀愁。

【注释】

① 岑参(715—770):唐代著名诗人,南阳棘阳(今河南省新野县)人。天宝三载(744)进士,历官安西及北庭节度判官、右补阙,改授起居舍人,不久转虢州(河南灵宝)长史。到唐代宗宝应元年(762),复入朝任太子中允,兼殿中侍御史,充关西节度判官,以后入朝为祠部考功员外郎,后转虞部、库部郎中。永泰元年(765),出任嘉州刺史,至大历三年(768)七月才到任。罢官后,寓居成都,后卒于旅舍。他的诗,早年风华绮丽,入戎幕后,多描写边塞风光和军旅生活。诗备众体,尤擅七言歌行,边塞诗最为人称道,是唐代边塞诗的代表者。今存诗350多首。有《岑嘉州集》。岑参排行第27,有亲兄弟5人,即渭、况、参、乘、垂。

好奇：喜爱特异、罕见的美好事物。好，喜爱。如《孟子·梁惠王上》："孟子对曰：'王好战，请以战喻。'"奇，特异、罕见。如《后汉书·西南夷传》："画山神海灵，奇禽异兽，以炫耀之。"

② 黭（yǎn）惨：形容天色青黑暗淡无光彩。黭，青黑色。如蔡邕《述行赋》："玄云黭以凝结兮，零雨集以溱溱。"惨，天色暗淡无光彩。如王粲《登楼赋》："风萧瑟而并兴兮，天惨惨而无色。"

忽异色：突然间天色发生变化。忽，忽然、突然。如白居易《琵琶行》："忽闻水上琵琶声。"异，不同。如范仲淹《岳阳楼记》："览物之情，得无异乎？"色，景色、景象。如《庄子·盗跖》："今者阙然数日不见，车马有行色，得微往见跖邪？"又叶绍翁《游园不值》："春色满园关不住，一枝红杏出墙来。"

③ 堆琉璃：比喻湖水激起的浪花如堆积的宝石。琉璃，宝石名。如《盐铁论·力耕》："而碧玉、珊瑚、琉璃，咸为国之宝。"

④ 汗漫：水势浩瀚的样子。如夏文彦《图绘宝鉴》卷三："（董羽）善画鱼龙海水，甚汹涌澜翻，只尺汗漫。"

泛：浮行。如《诗经·鄘风·柏舟》："泛彼柏舟，在彼中河。"

⑤ 事殊兴极：意谓天色已变但仍在波涛汹涌的湖面上泛舟，身历险境，而兴致极高。殊，差异、不同。如《后汉书·王良传》："事实未殊而誉毁别议。"

忧思集：聚集着忧愁的思绪。以下"鼍作"二句写忧思的内容。

⑥ 鼍（tuó）作鲸吞：以夸张的比喻极写风浪的惊险。鼍，爬行动物，鳄鱼的一种，又名扬子鳄。如张籍《白鼍鸣》："天欲雨，有东风，南溪白鼍鸣窟中。"鲸吞，像鲸鱼一样吞食。如左思《吴都赋》："于是乎长鲸吞航，修鲵吐浪。"

⑦ 何嗟及：犹"嗟何及"。嗟，叹息、感慨。如李白《梦游天姥吟留别》："忽魂悸以魄动，恍惊起而长嗟。"何及，哪里来得及。何，哪里。如王勃《滕王阁序》："阁中帝子今何在？槛外长江空自流。"

⑧ 主人：指岑参兄弟。

锦：鲜艳华美。如《诗经·唐风·葛生》："角枕粲兮，锦衾烂兮。"

⑨ 舟子：船夫。如《诗经·邶风·匏有苦叶》："招招舟子，人涉卬否。"

氛埃：飞散的尘雾。如杜甫《入衡州》："氛埃期必扫，蚊蚋焉能当。"

⑩ 凫鹥，泛指水鸟。凫，野鸭。鹥，鸥鸟。如《诗经·大雅·凫鹥》："凫鹥在沙。"又杜甫《水宿遣兴奉呈群公》："风号闻虎豹，水宿伴凫鹥。"

棹讴：即棹歌，船工们行船时所唱之歌。如汉武帝《秋风辞》："箫鼓鸣兮发棹歌，欢乐极兮哀情多。"棹，划水行船。又作船的代称。如杜甫《赠李十五丈别》："北回白帝棹，南入黔阳天。"讴，歌谣、歌曲。如《汉书·艺文志》："自孝武立乐府而采歌谣，于是有代、赵之讴，秦、楚之风，皆感于哀乐，缘事而发。"

⑪ 丝管：即丝竹，泛指弦乐器和竹管乐器。如《礼记·乐记》："金石丝竹，乐之器也。"也泛指音乐。如刘禹锡《陋室铭》："无丝竹之乱耳，无案牍之劳形。"

啁啾（zhōu jiū）：象声词，细碎的声音。如王维《黄雀痴》："到大啁啾解游飏，各自东西南北飞。"此处借指丝管的演奏声。

空翠：即空青，青色的天空。如杜甫《不离西阁》（之二）："江云飘素练，石壁断空青。"

来：助词，用于词尾，无实义。如白居易《琵琶行》："去来江口守空船，绕船月明江水寒。"

⑫"沉竿"二句：由于湖大千顷，周一十四里，湖水深浅不一。上句写湖水的深处，下句写湖水的浅处。

沉竿：撑船的竹竿没入水中，表现湖水之深。沉，没入水中。如《韩非子·功名》："千钧得船则浮，锱铢失船则沉。"

续：连接起来。如杨衒之《洛阳伽蓝记·法云寺》："置玉井金罐，以五色丝续为绳。"

蔓：疑指蔓荆。如《本草纲目·木·蔓荆》："木名，生于水滨，苗茎蔓延，长丈余。六月有花，九月结实，可以入药。"

静如拭：形容菱叶、荷花洁净得像揩擦过一样。静，洁净。如《诗经·大雅·既醉》："其告维何，笾豆静嘉。"拭，揩、擦。如《公羊传·哀公十四年》："反袂拭面。"

⑬宛：好像、仿佛。如《诗经·秦风·蒹葭》："溯游从之，宛在水中央。"

中流：通常作以下两解。其一，半渡，渡程中间。如《史记·周纪》："武王渡河，中流白鱼跃入王舟中。"其二，江河的中段。如沈约《齐故安陆昭王碑文》："衿带中流，地殷江汉。"然在此诗中似与"中央"同义。中央，四方之中。例见上引《诗经·秦风·蒹葭》。

渤澥（xiè）清：极言湖面广阔、湖水清澈。渤澥，即渤海。如《汉书·司马相如传》："浮渤澥，游孟诸。"此诗中通谓之沧海。如《初学记·六·海》："按东海之别有渤澥，故东海共称渤海，又通谓之沧海。"

⑭无极：无边际。如《庄子·逍遥游》："吾惊怖其言犹河汉而无极也。"

终南黑：谓湖水清澈可见终南山映入水中的黑影。终南，秦岭山峰之一，在陕西省西安市南。又称南山。古名中南山、地肺山、太一山、周南山，又泛称秦岭、秦山。如《诗经·秦风·终南》："终南何有？有条有梅。"又《尚书·禹贡》："终南惇物，至于鸟鼠。"皆指此山。黑，黑影。

⑮"半陂"句：意谓渼陂湖的南半部都浸泡着终南山影。

纯：副词，表示范围，相当于"皆"。如《周礼·考工记·玉人》："诸侯纯九，大夫纯五，夫人以劳诸侯。"

浸：浸泡。如《诗经·曹风·下泉》："冽彼下泉，浸彼苞稂。"

山：此处指终南山的倒影。

⑯袅窕（niǎo tiǎo）：摇曳不定。袅，摇曳的样子。如白居易《答元八宗简同游曲江后明日见赠》："水禽翻白羽，风荷袅翠茎。"窕，有空隙、不充实。如《墨子·尚同下》："是故大用之，治天下不窕，小用之，治一国一家而不横者，若道之谓也。"

冲融：深远弥漫的样子。冲，深远。如《梁书·孔休源传》："（休源）风业贞正，雅量冲邈。"融，炊气上出之意。如顾恺之《风赋》："惠风扬以送融，尘霄霏以将雨。"又韩愈《游青龙寺赠崔大补阙》："魂翻眼倒忘处所，赤气冲融无间断。"

间：中间，指处于一定的空间里。如《左传·桓公八年》："楚子伐随，军于汉、淮

之间。"

⑰ 舷：船边。如郭璞《江赋》："忽亡夕而宵归，咏菜菱以叩舷。"

暝（míng）：日落，天色将晚。如《古诗为焦仲卿妻作》："晻晻日欲暝。"

戛（jiá）：象声词。形容物体相互摩击的声音。如李邕《鹘赋》："吻戛戛（形容齿啮之声）而雄砺，翅翩翩而劲逸。"又李纲《自金沙至梅口宿农家》："戛戛竹摇翠，辉辉萤弄光。"

云际寺：渼陂湖附近的一座寺院。《长安志》："云际山大定寺在鄠县东南六十里。"隋仁寿间定名捧日寺，唐改为云际寺。

⑱ 蓝田关：关名，在今陕西省蓝田县东南，渼陂东南。秦时为峣关。北周明帝武成，移关至青泥故城侧，更名青泥关，武帝建德二年（573），仍为蓝田关，唐时亦称蓝关。如韩愈《左迁至蓝关示侄孙湘》："云横秦岭家何在？雪拥蓝关马不前。"

以上两句中之云际寺、蓝田关皆为渼陂水中倒影的景象。

⑲ 骊龙：古谓黑色之龙。如《庄子·列御寇》："夫千金之珠，必在九重之渊，而骊龙颔下。"

⑳ 冯夷：水神，即河伯，亦作"冰夷""无夷"。如《庄子·大宗师》："冯夷得之，以游大川。"又《楚辞·九歌·河伯》洪兴祖补注引《抱朴子·释鬼》云："冯夷以八月上庚日渡河溺死，天帝署为河伯。"又曹植《洛神赋》："冯夷鸣鼓。"

趋：奔向、奔赴。如《荀子·议兵》："故近者歌讴而乐之，远者竭蹶而趋之。"

㉑ 湘妃：指尧之女，舜之二妃娥皇、女英。舜南巡，死于苍梧之野，二妃遂沉湘水而死，故称湘妃。《史记·秦始皇本纪》："（始皇）浮江，至湘山祠，逢大风，几不得渡，上问博士曰：'湘君何神？'博士对曰：'闻之，尧女，舜之妻，而葬此。'"刘向《列女传·有虞二妃》："舜陟方，死于苍梧……二妃死于湘、江之间，俗谓之湘君。"韩愈《黄陵庙碑》云："尧之长女娥皇为舜正妃，故曰君；其二女女英自宜降曰夫人。"

汉女：传说中汉水之神女。汉水，亦称汉江，为长江最大的支流。源出陕西省宁强县北嶓冢山。初出山时名漾水，东南经沔县为沔水，东经褒城县，合褒水，始为汉水。东南流经陕西省南部、湖北省西北部和中部。有牧马河、洵河、堵水、均水、湑水、涓水、澴水等水流。至武汉市汉阳入长江。

㉒ 金支：犹"金枝"。支，通"枝"。如《汉书·礼乐志·安世房中歌》："金支秀华，庶旄翠旌。"注："臣瓒曰：乐上众饰，有流遡羽葆，以黄金为支，其首敷散，若草木之秀华也。"

翠旗：即翠旌，以翠羽所饰之旌旗。如屈原《九歌·少司命》："孔盖兮翠旌，登九天兮抚彗星。"

光有无：谓灯光或隐或现。张忠纲《杜甫诗选》云："（金支）以上四句极力描摹月出而乐作的奇丽景象，灯火遥映闪烁，犹如骊龙吐珠，远闻音乐间作，恰似冯夷击鼓，晚舟纷渡，宛若群龙争趋，美人歌舞，依稀湘妃汉女，服饰鲜丽，仿佛金支翠旗，置身其间，恍若神游异境。"

㉓ 咫尺：比喻距离很近。如扬雄《长杨赋》："且盲者不见咫尺，而离娄烛千里之隅。"咫，长度单位。周代八寸为一咫。如《史记·孔子世家》："石砮，矢长尺有咫。"

但：只是。如曹丕《与吴质书》："公干有逸气，但未遒耳。"

㉔ 苍茫：即"沧茫"，旷远迷茫的样子。如高适《自蓟北归》："苍茫远山口，豁达胡天开。"

神灵：泛指神。如《汉书·郊祀志》："神灵之休，佑福兆祥。"从上句"但愁雷雨至"可知这里是指雷雨之神。

㉕ "少壮"二句：化用汉武帝《秋风辞》中"欢乐极兮哀情多，少壮几时兮奈老何"句，来表达诗人对人生哀乐无常的感慨。

奈老何：奈……何，即对……怎么办。如《史记·项羽本纪》："虞兮！虞兮！奈若何？"

何其：多么。如《史记·孝文本纪》："夫刑至断支体，刻肌肤，终身不息，何其楚痛而不德也。"

【辑评】

一、王嗣奭《杜臆》卷之一

按《雍大记》："渼陂在鄠县西五里，水出终南山谷，合胡公泉，其周一十四里。"又胡松《游记》云："渼陂上为紫阁峰，峰下陂水澄湛，环抱山麓，方广可数里，中有芙蕖凫雁之胜。"余谓平湖宽阔，湖波浩荡，杜家京师，素不习水，初见不无惊愕，如"鼍作鲸吞""恶风白浪"，皆以意想得之。已而心神稍定，主人开帆，舟子色喜，加以棹讴、丝管，易忧为喜，自是人情之常。如水有菱荷，不过寻丈之水，而谓之"深莫测"，此正不习水人口吻，而忧心终在也。故至夜深，仍见大水茫无际涯，又复惊惶，如雷雨将至，皆疑心幻影，有何神灵使之哉？故湖本无奇，而乍见者误以为奇，又误以岑参为好奇，而二岑固未尝好奇。后来登台泛舟，各自有诗，未尝云奇，而追思前作，亦当失笑耳。"骊龙"数语，亦以意想得之，亦喜亦惊。

二、仇兆鳌《杜诗详注》卷之三

此篇第六段，托假象以写真景，本于汉《艳歌》……又引：卢世㴶曰：此歌变眩百怪，乍阴乍阳，读至收卷数语，肃肃恍恍，萧萧悠悠，屈大夫《九歌》耶，汉武皇《秋风》耶。

三、夏力恕《杜诗增注》卷二

（岑参）兄弟好奇，便以奇字写去，乃至天地波涛，花鸟山月皆奇，阴晴雷雨，百灵幻化无不奇。一日之游，忽哀忽乐，百年之内，倏壮倏老，亦奇也。奇字是此诗筋脉，而哀乐两字却是中间眼目。

秋雨叹三首

其 一

雨中百草秋烂死，阶下决明①颜色鲜。著叶满枝翠羽盖，开花无数黄金钱。②凉风萧萧吹汝急，恐汝后时难独立。③堂上书生空白头④，临风三嗅馨香⑤泣。

其 二

阑风伏雨秋纷纷⑥，四海八荒同一云⑦。去马来牛不复辨⑧，浊泾清渭何当⑨分？禾头生耳黍⑩穗黑，农夫田父无消息⑪。城中斗米换衾裯⑫，相许宁论两相直⑬？

其 三

长安布衣谁比数⑭？反锁衡门守环堵⑮。老夫不出长蓬蒿⑯，稚子无忧走风雨⑰。雨声飕飕催⑱早寒，胡雁翅湿高飞难⑲。秋来未曾见白日，泥污后土何时干？⑳

【题解】

这组诗共三首，作于天宝十三载（754）秋。《旧唐书·玄宗纪》："是秋，霖雨积六十余日，京城垣屋，颓坏殆尽，物价暴贵，人多乏食。"又《资治通鉴》卷二一七"天宝十三载"："自去岁水旱相继，关中大饥……上忧雨伤稼。国忠取禾之善者献之，曰：'雨虽多，不害稼也。'上以为然。扶风太守房琯言所部水灾，国忠使御史推之。是岁天下无敢言灾者。高力士侍侧，上曰：'淫雨不已，卿可尽言。'对曰：'自陛下以权假宰相，赏罚无章，阴阳失度，臣何敢言。'上默然。"杜甫感事伤时写下这3首诗。第一首叹久雨害物。由喜决明耐雨，写到风摧难独立。假物寓意，叹自己的老大无成。第二首实写久雨害人，由积雨之象写到伤稼阻饥。叹人民生活之苦。第三首叹久雨之困，由雨中之寥落，而自伤穷困潦倒。兼叹民困难纾。

【注释】

① 决明：一年生草本植物，叶似苜蓿而稍大，夏秋开黄花，实成荚，似豇豆。龚廷贤

《药性歌括四百味》云:"决明子甘,能祛肝热,目痛收泪,仍止鼻血。"它的药效为清肝明目,主治肝热目赤、风热目赤及肝肾阴虚、目暗不明,向为目疾要药,故名。

②"著叶"二句:意谓决明草花繁叶茂,如用翠鸟的羽毛做成的车盖,颜色鲜艳可爱。

翠羽盖:用翠鸟的羽毛做成的车盖。翠羽,翠鸟的羽毛。如宋玉《登徒子好色赋》:"眉如翠羽,肌如白雪。"翠鸟是一种青绿色的小鸟。如左思《蜀都赋》:"孔翠群翔,犀象竞驰。"盖,车盖,车上用来遮阳避雨的伞形篷子。

黄金钱:决明花为黄色,形如金钱。

③"凉风"二句:意谓在凉风劲吹的秋天,恐怕决明子很难经受得住晚秋严霜的摧残。这也寄寓着作者对自己艰难处境的感叹。

汝:代词,你、你们。如《列子·汤问》:"吾与汝毕力平险。"此处将物体拟人化,指决明子。

急:急速。如《史记·秦始皇本纪》:"项羽急击秦军。"

后时:日后。指晚秋严霜季节。

难独立:难以独自存在。立,存。如《韩非子·五蠹》:"故不相容之事,不两立也。"

④堂上书生:杜甫自谓。堂,正厅。如《论语·先进》:"由也升堂矣,未入于室也。"

空白头:只是白了头发,其他一事无成。空、只、仅。如李颀《古从军行》:"年年战骨埋荒外,空见蒲桃入汉家。"

⑤三嗅:再三地闻。如《论语·乡党》:"曰:'山梁雌雉,时哉,时哉。'子路共之,三嗅而作。"

馨香:芳香。如潘岳《藉田赋》:"黍稷馨香,旨酒嘉栗。"

⑥阑风伏雨:形容风雨不停。阑,残尽。如《史记·高祖本纪》:"酒阑,吕公因目固留高祖。"伏,沉伏。如《左传·昭公四年》:"夏无伏阴。"

纷纷:混乱错杂的样子。如《管子·枢言》:"纷纷乎若乱丝,遗遗乎若从治。"

⑦四海:古代以为中国四周皆有海,所以称中国为"海内",称外国为"海外"。四海,意同天下。如《尚书·大禹谟》:"文命敷于四海。"又屈原《九歌·云中君》:"览冀州兮有余,横四海兮焉穷。"

八荒:极远的地方。如贾谊《过秦论》上:"秦孝公……有席卷天下,包举宇内,囊括四海之意,并吞八荒之心。"又刘向《说苑·辨物》:"八荒之内有四海,四海之内有九州。"又《汉书·陈胜项籍传赞》颜师古注:"八荒。八方荒忽极远之地。"

同一云:此处意为满天阴霾。如《诗经·小雅·信南山》:"上天同云,雨雪雰雰。"

⑧"去马"句:语出《庄子·秋水》:"秋水时至,百川灌河,泾流之大,两涘渚涯之间,不辩牛马。"意谓雨水过多,河流宽阔,连对岸牛马都分辨不清。

⑨浊泾清渭:泾水是渭水的支流,源于六盘山东麓,东南流经甘肃,至陕西高陵入渭水。渭水源于甘肃渭源,东经陕西渭河平原,至潼关入黄河。《诗经·邶风·谷风》:"泾以渭浊,湜湜其沚。"汉代毛亨解释的《传》:"泾渭相入而清浊异。"《释文》:"泾,浊水也;渭,清水也。"《辞源》"泾渭"条:"泾清渭浊,合于实际。其两水交汇之处,泾因渭入而浊,《诗》意甚明,《释文》说误。"

何当：怎能。如王安石《次韵答陈正叔》（之二）："何当水石他年住，更把韦编静处开。"

⑩ 禾头生耳：意谓由于连续阴雨，谷子长出新芽，蜷曲如耳形。如张鹫《朝野佥载》引唐俚语："秋雨甲子，禾头生耳。"禾，谷子。

黍：谷子，其籽实去皮就是黄米，煮熟后有黏性。如孟浩然《过故人庄》："故人具鸡黍，邀我至田家。"这种农作物不耐雨水，久雨其穗会发霉变黑。

⑪ "农夫"句：有讽喻之意，言农夫田父不敢言灾情。

消息：音信。如《三国志·魏书·三少帝纪》："昔诸葛恪围合肥新城，城中遣士刘整出围传消息。"

⑫ "城中"句：极言米价之贵。

衾（qīn）裯：衾裯连用泛指被褥床帐等卧具。衾，大被；裯，床帐。如《诗经·召南·小星》："肃肃宵征，抱衾与裯。"又潘岳《寡妇赋》："归空馆而自怜兮，抚衾裯以叹息。"

⑬ "相许"句：承上句，意谓灾民但求得米充饥，怎么顾得上考虑被褥和床帐的价值是否与斗米相当。《旧唐书·玄宗本纪》："（天宝十五载）八月，京城霖雨，米贵，令出太仓米十万石，减价粜与贫人。"虽然太仓米减价出售，但由于官吏从中勒索，米价仍然很贵。杜甫揭露此事，意寓讥讽。

⑭ 长安布衣：杜甫自谓，犹如"杜陵布衣""少陵野老"等。布衣，古代庶人之服，借指平民。如《荀子·大略》："古之贤人，贱为布衣，贫为匹夫。"又《吕氏春秋·不侵》："孔墨，布衣之士也。"

谁比数：意谓有谁看得起他，与他相提并论。比数，相与并列、相提并论。如司马迁《报任少卿书》："刑余之人，无所比数，非一世也，所从来远矣。"又苏轼《与蔡景繁书》："又念以重罪废斥，不敢复自，比数于士友间。"

⑮ 衡门：横木为门，喻简陋的房屋。如《诗经·陈风·衡门》："衡门之下，可以栖迟。"

环堵：四周为土墙，形容居室的隘陋。如《后汉书·樊英传》："虽在布衣之列，环堵之中，晏然自得。"又陶渊明《五柳先生传》："环堵萧然，不蔽风日，短褐穿结，箪瓢屡空，晏如也。"

⑯ 老夫：杜甫自谓。

蓬蒿：飞蓬和蒿草，泛指杂草、荒草。如《礼记·月令》："（孟春）行秋令，则其民大疫，猋风暴雨总至，藜莠蓬蒿并兴。"

⑰ 稚子：小孩子，这里指儿子宗文。

走风雨：在风雨中跑来跑去。走，跑、疾行。如《韩非子·五蠹》："兔走触株，折颈而死。"

⑱ 飕（sōu）飕：象声词，风雨声。如赵壹《迅风赋》："啾啾飕飕，吟啸相求。"又白居易《效陶潜体诗》："月明愁杀人，黄蒿风飕飕。"又郑谷《鹭鸶》："闲立春塘烟淡淡，静眠寒苇雨飕飕。"

催：促使。如刘过《临江仙》："严风催酒醒，微雨替梅愁。"

⑲"胡雁"句：以胡雁翅湿难飞，暗喻作者自己的困顿处境。

胡雁：从塞北少数民族地区南飞的大雁。

⑳"秋来"二句：化用《楚辞·九辩》"皇天淫溢而秋霖兮，后土何时而得干"，以感叹对霖雨不止的担忧。

后土：大地。如《史记·五帝本纪》："舜举八恺，使主后土，以揆百事，莫不时序。"

【辑评】

一、王嗣奭《杜臆》卷之一

"农夫田父"，似当作"田务"；秋雨催寒，至出衾裯换米，非至急不尔，何暇计价耶？

二、仇兆鳌《杜诗详注》卷之三

此感秋雨而赋诗，三章各有讽刺。房琯上言水灾，国忠使御史按之，故曰"恐汝后时难独立"。国忠恶言灾异，而四方匿不以闻，故曰"农夫田父无消息"。帝以国事付宰相，而国忠每事务为蒙蔽，故曰"秋来未尝见白日"。语虽微婉，而寓意深切，非泛然作也。

三、浦起龙《读杜心解》卷二之一

三叹皆寓言。首章，伤直言不伸也……则"决明"之"鲜"，比直节也。"后时独立"，逗出主意。"凉风吹汝"，塞言路者，怀奸叵测焉。"临风三嗅"，秉苦节者，孤芳相赏焉……次章，伤政府蒙蔽也……愚按：主听蒙而民病隐矣。故曰"八荒同云"，又曰"农无消息"，微词也。不辨不分，雨势也，亦蒙象也。米不论直，饥不暇惜也。蒙者知之乎……三章，伤潦倒不振也。"长安布衣"，即前所云"堂上书生"，皆自谓也。"反锁""长蒿"，寥落如见。夹入"稚子"痴顽"走雨"，点缀生动。"翅湿飞难"，句中有泪，自叹本旨在此。结意更远，日晦而土污，主德掩而庶事堕矣！推极言之，亦岂徒为一身叹哉。

去　矣　行

君不见韝上鹰①，一饱即飞掣②。焉能作堂上③燕，衔泥附炎热④？野人旷荡无靦颜，岂可久在王侯间？⑤未试囊中餐玉法，明朝且入蓝田山。⑥

【题解】

天宝十四载（755）十月，杜甫被任为河西县尉。不就，旋改任右卫率府兵曹参军（掌管兵甲器仗及门禁锁钥等事）。杜甫知率府亦非所欲，为贫而仕，不得已也。于是在任内写了这首诗，表示打算不久便要弃官而去。去矣，也就是弃官的意思。全诗8句，分两段。首4句以比兴起，写自己宁做"韝上鹰"，不为"堂上燕"，表现出豪野旷荡之情。后4句为赋笔，流露出归隐之志。有比有赋，相得益彰。

【注释】

① 韝（gōu）：通常指袖套，用以束衣袖以便动作。如《史记·张耳陈馀列传》："赵王朝夕袒韝蔽，自上食。"此处特指打猎用以停鹰的革制袖套。如元稹《酬翰林白学士代书一百韵》："逸骥初翻步，韝鹰暂脱羁。"

鹰：一种猛禽名。如《荀子·法行》："鹰鸢犹以山为卑而增巢其上。"又王维《观猎》："草枯鹰眼疾，雪尽马蹄轻。"此处是杜甫自比。仇兆鳌《杜诗详注》卷之三：胡夏客曰："韝鹰饱飞，此或一时偶激之言。"但公《送高适》诗云"饥鹰未饱肉，侧翅随人飞"，又云"老骥思千里，饥鹰待一呼"，自喻喻人皆此。

② 飞掣（chè）：迅疾地飞去。掣，闪动、迅疾而过。如梁简文帝《金錞赋》："野旷尘昏，星流电掣。"

③ 焉能：怎么能。焉，疑问代词，哪里、怎么。如《孟子·离娄上》："天下之父归之，其子焉往？"又《左传·僖公三十年》："若不阙秦，将焉取之？"

堂上：宫殿大堂之上，多为尊者所居。如《孟子·梁惠王上》："王坐于堂上。"又《管子·法法》："堂上有事，十日而君不闻。"又《古诗为焦仲卿妻作》："府吏得闻之，堂上启阿母。"

④ 附：归附、归顺。如《史记·晋世家》："桓叔是时年五十八矣，好德，晋国之众皆附焉。"又《后汉书·彭宠传》："王莽居摄，诛不附己者。"

炎热：极热。热，此处用来比喻地位显赫、权威势重的达官贵人。如白居易《初授赞善大夫早朝寄李二十助教》："寂寞曹司非热地，萧条风雪是寒天。"又陆游《感遇》："仕宦五十年，终不慕热官。"

⑤"野人"二句：意谓我心胸正直坦荡，又怎能混迹于达官显贵之间呢？

野人：杜甫自指。

旷荡：空阔无边。如张衡《南都赋》："上平衍而旷荡，下蒙笼而崎岖。"

觍（miǎn）颜：同"腼颜"，面有惭愧之色。如丘迟《与陈伯之书》："将军独腼颜借命，驱驰毡裘之长，宁不哀哉！"

⑥"未试"二句：用"餐玉法"的典故来抒发自己准备辞官归隐的意愿。

未试：还没有尝试过，有准备尝试之意。试，尝试。如《周易·无妄》："无妄之药不可试也。"又《谷梁传·僖公十年》："食自外来者，不可不试也。"

囊：（有底的）袋子。如《诗经·小雅·公刘》："乃裹糇粮，于橐于囊。"

餐玉法：北齐魏收《魏书·李先传》："每羡古人餐玉之法，乃采访蓝田，躬往攻掘。得若环璧杂器形者大小百余，稍得粗黑者，亦篋盛以还，而至家观之，皆光润可玩。预乃椎七十枚为屑，日服食之，余多惠人。"

蓝田山：在今陕西省蓝田县东南30里。临潼区骊山，即此山之北阜也。《后汉书·郡国志》："蓝田出美玉。"

【辑评】

一、仇兆鳌《杜诗详注》卷之三

此诗欲去官而作也。上四属比，下四属赋。宁为鹰之飏，不为燕之附，以野性旷达，不屑觍颜侯门也。餐玉蓝田，盖将托之以遁世矣。

二、杨伦《杜诗镜铨》卷三（引王士禛）

胸次海阔天空。

天育骠图歌

吾闻天子之马走千里①，今之画图无乃是②？是何意态雄且杰③，鬃尾萧梢朔风起④。毛为绿缥两耳黄，眼有紫焰双瞳方。⑤矫矫龙性含变化，卓立天骨森开张。⑥伊昔太仆张景顺⑦，监牧攻驹阅清峻⑧。遂令大奴字天育⑨，别养骥子怜神骏⑩。当时四十万匹马⑪，张公叹其材尽下⑫。故独写真⑬传世人，见之座右⑭久更新。年多物化空形影⑮，呜呼健步无由骋⑯。如今岂无騕褭与骅骝⑰，时无王良伯乐⑱死即休。

【题解】

这是一首咏马的题画诗。诗题一作"天育骠（piào）骑歌"。天育，马厩名，养天子之马。骠骑，犹飞骑，骏马。骠，黄色有白斑的骏马。此诗约写于天宝十三载（754）。诗中由真马说到画马，最后从画马空存，翻出异才常有，惜无识才之人。实以马自喻，抒发对自己政治抱负不能实现的愤慨不平，叹马实为自叹。

【注释】

① "吾闻"句：用周穆王的快马八骏，来形容所画的御马。《穆天子传》卷一有"天子之马走千里"之句，此用其原文，并冠以"吾闻"二字作为交代。

② 无乃是：比较委婉地表示对所画之马的观感。相当于现代汉语的"只怕是"。如《左传·庄公二十四年》："先君有共德，而君纳诸大恶，无乃不可乎？"

③ 意态：神情姿态。如《汉书·广川惠王越传》："荣姬视瞻，意态不善。"

雄：勇武、有力。如《左传·襄公二十一年》："齐庄公朝，指殖绰、郭最曰：'是寡人之雄也。'州绰曰：'君以为雄，谁敢不雄？'"

且：连词，表示递进。

杰：高大。如潘岳《闲居赋》："浮梁黝以径度，灵台杰其高峙。"

④ "鬃尾"句：谓良马的鬃毛和尾巴摇动就好像吹起了北风。

鬃（鬛）：马等兽类颈上的长毛。如李贺《恼公》："含水弯娥翠，登楼澨马鬃。"

萧梢：摇动的样子。如江淹《待罪江南思北归赋》："木萧梢而可哀，草林离而欲暮。"

朔风：北风。

⑤ "毛为"二句：实写所画之马的形象。

缥：淡青色，今所谓月白色。如《急就篇》（二）："缥绫绿纨皂紫硟。"

紫焰：谓（马的）双眼如发出紫色火光。焰，火苗。

双瞳：两只眼睛。

方：两物并兴称方。如《史记·淮阴侯列传》："今井陉之道，车不得方轨，骑不得成列。"

⑥"矫矫"二句：虚写马的神态。

矫矫：威武的样子。如《诗经·鲁颂·泮水》："矫矫虎臣，在泮献馘。"

龙性：谓像龙的倔强难驯的性格。如《宋书·颜延之传》："出为永嘉太守。延之甚怨愤，乃作《五君咏》，以述竹林七贤，山涛、王戎以贵显被黜。咏嵇康云：'鸾翮有时铩，龙性谁能驯？'"古人常用龙来形容高大的马。如《周礼·夏官·庾人》："马八尺以上为龙，七尺以上为騋。"性，事物的特点。

含变化：形容良马有多种多样的神态。

卓立：耸立、特立。如《文心雕龙·诔碑》："清词转而不穷，巧义出而卓立。"

天骨：天生的雄伟骨干。如《三国志·魏志·管辂传》注引《管辂别传》："（骐骥）不得骋天骨，起风尘。"

森：耸立。如《梦溪笔谈·雁荡山》："自岭外望之，都无所见；至谷中则森然干霄。"

开张：扩展。如诸葛亮《出师表》："诚宜开张圣听，以光先帝遗德，恢弘志士之气，不宜妄自菲薄，引喻失义，以塞忠谏之路也。"

⑦伊昔：从前。如颜延之《宋元皇帝元皇后哀策文》："伊昔不造，鸿化中微。"

太仆：官名。传为周穆王所置，见《汉书·百官公卿表》颜师古注引应劭语。职掌车马，秦汉皆有此官，为九卿之一。所辖除京师及附近诸厩外，包括边郡牧场。王莽改为太御，东汉复旧称。魏及两晋沿设。东晋、南朝少马不常置。北齐定官署名为"太仆寺"，官名为太仆寺卿。历代沿置。

张景顺：开元年间太仆少卿兼秦州都督监牧都副使。张说《大唐开元十三年陇右监校颂德碑》："元年牧马二十四万匹，十三年乃四十三万匹……上（玄宗）顾谓太仆少卿监牧使张景顺曰：'吾马繁育，君之力也。'"

⑧攻：治理、训练。

驹：原指两岁以下的小马。如《说文·马部》："驹，马二岁曰驹。"此处泛指幼马。

阅：考察。如《后汉书·和熹邓皇后纪》："乃亲阅宫人，观察颜色，即时首服。"

清峻：形容马体格高大，马毛光鲜洁净。峻，高、高大。如《尚书·五子之歌》："甘酒嗜音，峻宇雕墙。"

⑨遂：于是、就。如《史记·淮阴侯列传》："韩信已定临淄，遂东追（田）广，至高密西。"

令：使、叫、让。如《史记·孙子吴起列传》："臣能令君胜。"

大奴：原指家奴头目。如《汉书·张汤传》附《张延传》："又以县官事怨乐府游徼莽，而使大奴骏等四十余人群党盛兵弩，白昼入乐府攻射官寺，缚束长吏子弟，斫破器物，官中皆奔走伏匿。"此处引申为专指太仆少卿监牧使张景顺属下的马奴头目，即养马人的头领。

字：养育。如《左传·昭公十一年》："其僚无子，使字敬叔。"

天育：天子的马厩。

⑩ 别：另、另外。如《史记·高祖本纪》："汉将别击布军洮水南北，皆大破之。"

骥子：良马。如左思《蜀都赋》："并乘骥子，俱服鱼文。"唐刘良注："骥子，良马。"又《北史·裴延儁传》："二子景鸾、景鸿，并有逸才，河东呼景鸾为骥子、景鸿为龙文。"

怜：爱怜、爱惜。如刘向《战国策·赵策》："丈夫亦爱怜其少子乎？"

神骏：天资杰出。如江淹《伤爱子赋》序："生而神骏，必为美器。"此诗本为喻人，杜甫在此用来喻马。可见此时在杜甫心中，马亦人也。

⑪"当时"句：注见前⑦"伊昔"条。

⑫ 材尽下：皆是驽钝下劣之马。此处说，开元年间，张景顺虽然培育了40多万匹马，受到唐玄宗的称赞，但是如果张景顺看到画中这匹马的话，就会自愧地叹息他当年所培育的，实际上只是一些驽马而已。这是借张景顺之口，用普通的马来衬托画中之马，以显示出画中之马的勇猛。

⑬ 写真：原指摹画人物的肖像。如颜之推《颜氏家训·杂艺》："武烈太子偏能写真，坐上宾客，随宜点染，即成数人，以问童孺，皆知姓名矣。"此处借用为画马。

⑭ 见之座右：张挂在座右。见，显现。如《吕氏春秋·季春》："虹始见，萍始生。"

⑮ 物化：物之变化为异物。如《汉书·扬雄传上》："于是事变物化，目骇耳回。"

形影：形象、形体。如《礼记·檀弓上》："敛首足形。"郑云注："形、体。"影，画像、图像。如范晔《后汉书·朱浮传》："引镜窥影。"

⑯ 呜呼：叹词，表示感慨。如《论语·八佾》："子曰：'呜呼！曾谓泰山不如林放乎！'"

健：强壮有力。如《荀子·王制》："材伎、股肱、健勇、爪牙之士，彼将日日挫顿竭之仇敌。"

无由：无法。如《史记·孝文本纪》："今列侯多居长安，邑远，吏卒给输费苦，而列侯亦无由教训其民。"

骋：奔驰。如刘彻《瓠子歌》："蛟龙骋兮放远游。"

⑰ 骥䮭（yǎo niǎo）：古良马名。如张衡《东京赋》："却走马以粪车，何惜骥䮭与飞兔。"

骅骝（huá liú）：赤色骏马。如《庄子·秋水》："骐骥骅骝，一日而驰千里。"

⑱ 王良：春秋时晋之善御马者。《孟子·滕文公下》《荀子·王霸》《吕氏春秋·审分》《淮南子·览冥》中皆有王良名。

伯乐：春秋秦穆公时人，以善相马著称。屈原《九章·怀沙》："伯乐既没，骥焉程兮？"事见《庄子·马蹄》《孙子·说符》。《庄子·释文》："伯乐姓孙名阳，善驭马。"

【辑评】

一、王嗣奭《杜臆》卷之一

老杜最善咏马，而此篇妙在"卓立天骨森开张"，分明描出豪杰模样。末四句无限悲感，前二句悲既往，如孔明辈；后二句悲见在，而己亦在其内矣。总根"卓立"句来。

二、浦起龙《读杜心解》卷二之一

画为张太仆所传，去此且廿年矣。首从写真作意，中述作画之由，末就今昔有无寄慨，自是题旧画体也。顾炎武谓归功景顺，斥王毛仲为大奴，似未解中幅为实叙画事，得非囈语耶。起二句一提，下六句，都将真马出色写生，却用"是何"两字领起，则句句说真马，即句句是画马也。"伊昔"以下，乃叙事体。以"阅清俊"三字作提，阅之既审，遂将"四十万匹"付之"大奴"。独取"别养骥子"，状其"神骏"。觉此马此画，俱横绝千古，而此图来历，更极明悉。至其筋脉灵动，则"写真传世"，应还首段；"座右更新"，挑动末段也。结更从画马空存，翻出异材常有来，既为画马转一语，亦为奇士叫一屈，又恰与篇首呼应。其寓意也悲矣，其运法也化矣！

三、吴瞻泰《杜诗提要》卷五

以真马起，以真马结，中间真马、画马错序，盖以画马虽得其形影，而不如真马之健步足骋千里为有用。"年多物化"二句，一篇关键。末更为真马惜无知己，则画马虽工何益哉？其言外之寄慨者深矣。

奉先刘少府新画山水障歌

堂上不合生枫树①,怪底②江山起烟雾。闻君扫却赤县图③,乘兴遣画沧洲趣④。画师亦无数,好手不可遇。⑤对此融心神⑥,知君重毫素⑦。岂但祁岳与郑虔⑧,笔迹远过杨契丹⑨。得非玄圃裂⑩,无乃潇湘翻⑪。悄然坐我天姥⑫下,耳边已似闻清猿⑬。反思前夜风雨急⑭,乃是蒲城鬼神入⑮。元气淋漓障犹湿,真宰上诉天应泣。⑯野亭春还杂花远⑰,渔翁暝踏孤舟立⑱。沧浪水深青溟⑲阔,欹岸侧岛秋毫末⑳。不见湘妃鼓瑟㉑时,至今斑竹临江活㉒。刘侯天机精㉓,爱画入骨髓㉔。自有两儿郎,挥洒亦莫比。大儿聪明到,能添老树巅崖里。小儿心孔开,貌得山僧及童子。㉕若耶溪,云门寺㉖,吾独胡为在泥滓㉗,青鞋布袜㉘从此始。

【题解】

此诗写于天宝十三载（754）秋。长安雨积60余日,关中大饥,长安乏粮。杜甫不得已,挈家往奉先（今陕西蒲城）。因此时的奉先县县令乃是杜甫夫人杨氏之宗亲,故得将妻子寄居于县廨。从《文苑英华》注"奉先尉刘单宅作"可知,此诗是为奉先县尉刘单新画的山水屏障所作。刘单为天宝二年（743）状元,天宝六载（747）任高仙芝安西幕府判官。岑参有《武威送刘单判官赴安西行营便呈高开府》诗。代宗朝官到礼部侍郎。这首题画诗先以惊人的起句,叙起屏障山水,即所谓"沧州趣"也。次赞其笔意超绝,并以"悬圃裂""潇湘翻"形容其迹侔仙界,以"风雨急""鬼神入"形容其巧夺天工。接着摹写山水中景物、亭花、岸岛属山、渔舟、沧溟属水,斑竹临江兼映山水。最后见画而思起托身世外。可谓层层紧扣诗题"山水",笔笔绾合诗意。其画中之景象、意境,逼真传神,字字飞跃,生动有趣,且富有生活气息,使人读来如身临其境,对后世的题画诗有一定的影响。

【注释】

① 不合：不应当。合，应当。如白居易《与元九书》："始知文章合为时而著，歌诗合为事而作。"

生枫树：生长枫树。

② 怪：感到奇怪。如《战国策·齐策四》："孟尝君怪其疾也，衣冠而见之。"

底：代词，什么、何。如《乐府诗集·秋歌》："寒衣尚未了，郎唤侬底为？"

③ 君：指刘少府刘单。

扫：抹、画。如张祜《集灵台》："淡扫蛾眉朝至尊。"

却：助词，用在动词后表示完成。如白居易《送萧处士游黔南》："生计抛来诗是业，家园忘却酒为乡。"

赤县图：唐代称县治设在京都城内的县份为赤县。如《通典·职官十五》："京都所治为赤县，京之旁邑为畿县。"刘少府所挂的山水障画的是长安城附近的山水景象。

④ 乘：趁。如《左传·文公十七年》："秋，周甘歜败戎于邥垂，乘其饮酒也。"

兴：兴致。如李白《庐山谣寄卢侍御虚舟》："好为庐山谣，兴因庐山发。"

遣：用。如陆机《文赋》："譬犹舞者赴节以投袂，歌者应弦而遣声。"

沧洲趣：沧洲滨水的地方。古称隐者所居的地方。如谢朓《之宣城郡出新林浦向板桥》："既欢怀禄情，复协沧洲趣。"此处谓刘少府厅上的山水画中的景物有隐者避世的情趣。

⑤ "画师"二句：意谓能画出如此好的山水画的画师，实在是很难找到的。以此赞叹这幅山水画技艺之高超。

⑥ 融：消融、融化。如贺铸《画楼空》："吴门春水雪初融。"

心神：心思与精力。如庾信《代人乞致仕表》："心神已弊，晷刻增悲。"

⑦ 毫素：原指笔和纸，常引申为著作。如陆机《文赋》："纷葳蕤以馺遝，唯毫素之所拟。"此处特指绘画艺术。

⑧ 岂但：难道只是。岂，难道，表示反问。如《史记·项羽本纪》："日夜望将军至，岂敢反乎！"但，仅，只是。如《史记·刘敬叔孙通列传》："匈奴匿其壮士肥牛马，但见老弱及羸畜。"又白居易《李白墓》："但是诗人多薄命，就中沦落不过君。"

祁岳：唐代著名画家。李嗣真《画录》和朱景玄《唐朝名画录》中均载其名，但事迹不详。钱注曰："岑参《送祁乐还山东》诗：'有时忽乘兴，画出江上峰。床头苍梧云，帘下天台松。'瞽者唐仲云，疑即其人。岳之与乐，传写之误也。"

郑虔：唐代诗人、画家。与杜甫相友善，事迹见《醉时歌》注。

⑨ 杨契丹：隋唐间名画家。张彦远《历代名画记》卷八："隋：杨契丹，官至上仪同，僧悰云：'六法备该，甚有骨气，山东体制，允属伊人，品在阎立本下。'"

⑩ "得非"句：以想象的笔法、反问的口气，来形容画中山之美：这难道是从神仙所居之地分割来的吗？

得非：同"得无"，莫不是。如柳宗元《封建论》："余以为周之丧久矣，徒建空名于公侯之上耳。得非诸侯之盛强，末大不掉之咎欤？"

玄圃：相传昆仑山顶，有金台五所，玉楼十二，为神仙所居。如王褒《九怀·通路》："微观兮玄圃，览察兮瑶光。"又《水经注·河注》："昆仑之山三级，下曰樊桐，一名板桐；二曰玄圃，一名阆风；上曰层城，一名天庭；是为天帝仙居。"

裂：分割。如《墨子·尚贤》："般爵以贵之，裂地以封之。"

⑪ 无乃：与上句的"得非"相呼应，比较委婉地表达对事物的一种估计和看法。相当于"恐怕""只怕"的意思。如《左传·庄公二十四年》："先君有共德，而君纳诸大恶，无乃不可乎？"

潇湘：指湖南的潇水和湘江，二水在湖南零陵县合流，因此并称。

翻：翻转、翻卷。如李白《姑熟十咏》："波翻晓霞影，岸叠春山色。"上句用"裂"来形容画中之山。此句用"翻"来形容画中之水。

⑫ 悄：忧愁的样子。如《诗经·陈风·月出》："舒窈纠兮，劳心悄兮。"

然：助词，形容词的词尾，……的样子。

坐：因为、由于。如《陌上桑》："来归相怨怒，但坐观罗敷。"

天姥：山名，在浙江嵊州市与新昌县间。如李白《梦游天姥吟留别》："天姥连天向天横，势拔五岳掩赤城。"又《太平寰宇记》卷九六《越州》引《后吴录》："剡县有天姥山。传云登者闻天姥歌谣之响。"

⑬ 清猿：谓天姥山中发出凄清啼叫声的猿猴。

⑭ 反思：回想。反，返回、回到。如《左传·宣公二年》："亡不越竟，反不讨贼。"

⑮ 蒲城：县名，属陕西省。春秋时贾国，秦置重泉县，汉因之。西魏废帝三年置蒲城县，以县东故蒲城而得名。唐代，因睿宗李旦死后葬于蒲城西北之桥陵，开元四年（716）改为奉先县。杜甫在此处用旧名。此地在宋开宝四年（971）仍恢复旧名为蒲城，历代相因至今。

鬼神入：鬼神进入（此处指山水画中）。入，进入。如《史记·孝文本纪》："后六年冬，匈奴三万人入上郡，三万人入云中。"

⑯ "元气"二句：邓魁英、聂石樵《杜甫选集》注曰："两句意为此画笔墨元气淋漓，夺天地造化之妙，感动天神，上诉天帝，天也为之雨泣。暗用仓颉造字，天雨粟，鬼夜哭之意。"

元气：泛指宇宙自然之气。如《楚辞·九思·守志》："随真人兮翱翔，食元气兮长存。"

淋漓：充满、酣畅的样子。如欧阳修《释秘演诗集序》："无所放（抒发）其意，则往往从布衣野老，酣嬉淋漓，颠倒而不猒（通'厌'）。"

障犹湿：意谓由于这幅山水障是新画的，墨迹未干，所以说"障犹湿"。犹，副词，还、仍然。如《论语·微子》："往者不可谏，来者犹可追。"又苏洵《六国论》："刺客不行，良将犹在。"

真宰：万物的真宰、天神。如《庄子·齐物论》："若有真宰，而特不得其眹。"

⑰ "野亭"句：意谓画面上的亭子周围长满各种花草，一片春意盎然的景象。

还：回来、返回。如《后汉书·刘盆子传》："百姓争还长安，市里且满。"

⑱ "渔翁"句：意谓山水障上画着一位渔翁，站在孤舟上，似乎是傍晚时节，捕鱼归来。

暝：日落，谓天气将晚。如《古诗为焦仲卿妻作》："晻晻日欲暝。"

⑲ 沧浪：原为古汉水名。《尚书·禹贡》："嶓冢道瀁，东流为汉，又东为沧浪之水。"此处用来形容水清，显青绿色。如陆机《塘上行》："发藻玉台下，垂影沧浪泉。"

青溟：仇兆鳌《杜诗详注》："青溟，指海。"青，蓝色。如《荀子·劝学》："青，取之于蓝而青于蓝。"溟，海。如谢灵运《游赤石进帆海》："溟涨无端倪，虚舟有超越。"

⑳ "欹（qī）岸"句：意谓画得极为精细。

欹岸：斜岸。欹，倾斜。如庾信《哀江南赋》："入欹斜之小径，掩蓬藋之荒扉。"

侧岛：意谓画中的岛屿不在水中央。侧，旁边。如《诗经·召南·殷其靁》："在南山之侧。"

秋毫末：秋毫，鸟兽在秋天新长出来的细毛。末，指秋毫中最细的末端。如《孟子·梁惠王上》："明足以察秋毫之末，而不见舆薪。"常用来比喻极纤小的事物。

㉑ 不见：岂不见。仇注曰："古诗尝用不见，犹云岂不见。"

鼓瑟：弹奏瑟。鼓，弹奏。如《史记·廉颇蔺相如列传》："赵王鼓瑟。"瑟，类似琴的弦乐器。如《史记·孝武本纪》："秦帝使素女鼓五十弦瑟，悲，帝禁不止，故破其瑟为二十五弦。"

㉒ 斑竹：紫竹，竹身有紫色或灰褐色的斑纹，也称"湘妃竹"。古代神话谓舜南巡不返，葬于苍悟，舜妃娥皇、女英思帝不已。泪下沾竹，竹悉成斑。（见任昉《述异记》）如韩愈《送惠师》诗："斑竹啼舜妇，清湘沈楚臣。"

临江：靠近江。临，靠近。如刘义庆《世说新语·排调》："盲人骑瞎马，夜半临深池。"

活：（画面）生动。如杜牧《池州送孟迟先辈》："烟湿树姿娇，雨余山态活。"

㉓ 刘侯：即刘单。侯，古代士大夫之间的尊称。如李白《与韩荆州书》："愿君侯不以富贵而骄之。"又李颀《送陈章甫》："陈侯立身何坦荡，虬须虎眉仍大颡。"

天机：天赋之灵性。如《庄子·大宗师》："其耆欲深者，其天机浅。"

精：古谓生成万物的灵性。如《庄子·在宥》："吾欲取天地之精，以佐五谷，以养民人。"

㉔ 骨髓：骨腔中脂膏状物。如《素问·生气通天论》："筋脉和同，骨髓坚固。"通常引申为对某一事物的感情状态甚深。如《战国策·燕策三》："樊将军（于期）仰天太息流涕。曰：'吾每念，常痛于骨髓，顾计不知出耳！'"此处谓刘单对绘画非常热爱。

㉕ "自有"以下6句：赞扬参与作画的刘单的两个儿子的技艺。

挥洒：挥毫泼墨。此处指运笔作画，得心应手。如杜甫《寄薛三郎中据》："赋诗宾客间，挥洒动八垠。"虽指作诗写字，但词义相同。

聪明到：（称赞刘单大儿子）不但聪明，而且（构思画面）十分周到。到，周密、周到。如吴竞《贞观政要·纳谏》："披露腹心，非常恳到。"

心孔开：犹言开窍。心孔，犹心窍。如《元诗百一抄》卷四成廷珪《夜过吴江圣寿寺宿复中行方丈》："对床听法语，心孔愈惺惺。"

貌：描摹。如《新唐书·杨贵妃传》："命工貌妃于别殿，朝夕往，必为鲠欷。"

得：完成。如白居易《琵琶行》："十三学得琵琶成。"

若耶溪：若耶，山名，"耶"亦写作"邪"，在今浙江省绍兴市东南，若耶山下有一条溪流，因山得名"若邪溪"，又名"五云溪"，风景秀美。相传西施曾浣纱于此，故又名"浣纱溪"。如李白《采莲曲》的"若耶溪傍采莲女，笑隔荷花共人语"和宋祁《送僧游越》的"越绝山长晓雾低，若耶云树蔽春晖"皆指此。又相传为春秋时欧冶子铸剑之所。道书称为"福地"。

㉖ 云门寺：在云门山中，唐时僧智永居此30年。云门山在浙江绍兴市南，亦名"东

山"。南齐何胤居授于此,梁武帝选学生往授业。杜甫从画面的景象联想到风景秀美的若耶溪和云门寺,并以此来称赞此幅山水障画之美。

㉗胡:何、何故。如《战国策·齐策四》:"昭王笑而谢之。曰'客胡为若此。寡人直与客论耳!'"

泥滓:本意为污泥杂质。如张彦远《历代名画记·论画六法》:"今之画人,笔墨混于尘埃,丹青和其泥滓,徒污绢素,岂曰绘画?"此处比喻尘世。

㉘青鞋布袜:归隐山野之人的打扮。仇注曰:"此见画而思托身世外。""吾独"二句表现了杜甫观画后产生了向往山水的归隐思绪。

【辑评】

一、王嗣奭《杜臆》卷之一

唐时京邑属县,有赤有畿,其浩穰者为赤,故前有"赤县官曹拥才杰"之句。而奉先次赤,刘为奉先尉,以其邑之山水为障,故云"扫却赤县图"。所画本奉先山水,而不为奉先所局,乘兴自遣,遂写沧州,此一句乃一篇之纲。前后描写,大而玄圃、潇湘,细而野亭、侧岛,皆沧洲景。而身苦漂泊,亦思归老沧洲,故以青鞋布袜终焉,此用谢玄晖语。画有六法:"气韵生动"第一,"骨法用笔"次之。杜以画法为诗法,通篇字字跳跃,天机盎然,见其气韵。乃"堂上不合生枫树",突然而起,从天而下,已而忽入"前夜风雨急",已而忽入两儿挥洒,突兀顿挫,不知所自来,见其骨法。至末因貌山僧、转云门、若耶,青鞋布袜,阕然而止,总得画法经营位置之妙。而篇中最得画家三昧,犹在"元气淋漓障犹湿"一语,试一想象,此画至今在目,真是下笔有神;而诗中之画,令顾、陆奔走笔端。

二、仇兆鳌《杜诗详注》卷之四

赤城谢省曰:此诗一篇之中,微则竹树花草,变则烟雾风雨,仙境则沧洲玄圃,州邑则赤县蒲城,山则天姥,水则潇湘,人则渔翁释子,物则猿猱舟船,妙则鬼神,怪则湘灵,无所不备。而纵横出没,几莫测其端倪……

黄生曰:此篇写画与赞赏,分作数层说,反复浓至。

三、浦起龙《读杜心解》卷二之一

此歌笔势飘洒,第就其句法长短,韵脚转换处,寻出自然节奏,无若坊本横加割裂也。时公在奉先,少府列障于其堂,要公作歌。起就新障作虚摹势,为若疑若讶之词,谓"烟雾"本出于深林,"堂上不合生枫树",何为迷离忽起乎!下二句,乃落出画来,又以别幅陪起本幅,此出题处也,一顿。"画师"四句,泛言画好,又一顿。"岂但"六句,就障上山水之势,统为形容,又一顿。"反思"四句,又就本处近日事,发出奇想,笔法倒装。言山水之奇如此,岂人工能事哉!乃"元气淋漓",而天为雨泣。前夜"蒲城""风雨",

职是故耳。此所谓本地风光也，又一顿。"野亭"六句，才写画中景物。前皆虚拟，此乃实描也。至此叙画已竟，又一顿。"刘侯"八句，明点少府之工画，而并及其子。与前"画师"一段作章法，又一顿。末忽因画而动出世之思，更有含毫邈然之趣。

四、杨伦《杜诗镜铨》卷三

字字飞腾跳跃，篇中无数山水境地人物，纵横出没，几莫测其端倪。沈确士云：题画诗自少陵开出异境，后人往往宗之。

悲 陈 陶

孟冬十郡良家子①,血作陈陶泽中水②。野旷天清无战声,四万义军同日死。③群胡归来血洗箭④,仍唱夷歌饮都市。都人回面向北啼,日夜更望官军至。⑤

【题解】

此诗写于唐肃宗至德元年(756)冬。是年十月,肃宗命房琯收复两京之责。房琯乃是只善于慷慨陈词而不务实际,不懂军事的一介书生。他拘泥古法,用车战,将唐军分北、中、南三路。自将中军,为先锋。十月二十一日,和北军在咸阳东的陈陶斜与叛将安守忠相遇交战。一日之间,唐军溃败,四万人血染陈陶泽。南军于二十三日又大败于青坂,裨将杨希文、刘贵哲皆降叛军。叛军战胜后归长安,在市上痛饮高歌,使长安人民大失所望。此时杜甫身陷长安,耳闻亲见这一切情景,写下了此诗和《悲青坂》《哀王孙》等诗。这首诗全用叙事,在叙事中处处渗透悲愤之情。陈陶,即陈陶泽、陈陶斜,亦作陈涛斜。《资治通鉴》注:"其路斜出,故曰斜。"在陕西省咸阳市东,因而亦作咸阳斜。

【注释】

① 孟冬:农历十月。孟,农历一季的第一个月。如《吕氏春秋·孟冬》:"孟冬行春令,则冻闭不密,地气发泄。"

十郡良家子:谓参加陈陶斜战斗的士兵都是从西北十郡(今陕西一带)新征来的士兵。十郡,指战士所来的地域。良家子,古代指清白人家的子弟。良家,清白的人家。如徐陵《玉台新咏·序》:"四姓良家,驰名永巷。"又《汉书·李广传》:"广以良家子从军击胡。"

② "血作"句:写在陈陶之战中官军伤亡惨重,血流成河。《旧唐书·房琯传》:"(琯)自请将兵以诛寇孽,收复京都,肃宗望其成功,许之。……琯自将中军,为前锋。十月庚子,师次便桥。辛丑(二十一日),二军(中军和北军)先遇贼于咸阳县之陈涛斜……时琯用春秋车战之法,以车二千乘,马步夹之。既战,贼顺风扬尘鼓噪,牛皆震骇,因缚刍纵火焚之,人畜挠败,为所伤杀者四万余人,存者数千而已。"

③ "野旷"二句:形容唐军惨败后的战场凄凉景象。

野旷天清:广阔的原野上呈现出一片凄冷的景象。清,凄冷、清冷。如柳宗元《小石潭记》："以其境过清，不可久居。"

无战声：意谓唐军不战自溃。

义军：指唐朝的军队，因为杜甫认为这是一支平定安史之乱的正义军队。义，合乎正义的。如《论语·述而》："不义而富且贵，于我如浮云。"

④ 群胡：指安史叛军。胡，中国古代对北方和西方各族的泛称。如称匈奴为"胡"，称其东之乌桓、鲜卑先世为"东胡"，称西域各族为"西胡"。其主称"胡王"，器物称"胡服""胡琴""胡桃""胡椒"等。亦为匈奴的自称，如狐鹿姑单于致汉书称："南有大汉，北有强胡。"（《汉书·匈奴传》）西域各族为御匈奴侵扰多设有"邰胡侯""击胡侯""邰胡都尉"等职。

血洗箭：兵器上沾满血，就像用血洗过一样。箭，这里泛指兵器。

⑤ "都人"二句：写长安人民十分盼望唐军能重新收复长安。

都人：京都（长安）的人民。

向北啼：这时唐肃宗在灵武，灵武在长安之北，故曰向北啼。杜甫所写实为当时的实况。《资治通鉴》卷二一八"至德元载"条载："（安禄山）既得长安，命大索三日，并其私财尽掠之……民间骚然，益思唐室。自上（肃宗）离马嵬北行，民间相传太子北收兵来取长安，长安民日夜望之。或时相惊曰：'太子大军至矣！'则皆走，市里为空。"

【辑评】

一、王嗣奭《杜臆》卷之二

真是悲歌当哭，见人哭人未必悲，读此二诗（指《悲陈陶》《悲青坂》）勘弗垂涕者。泽中流血，而群胡歌饮，尤觉可恨。"群胡血洗箭"是实语。血作陈陶水，见之惊心。而胡人且以血洗箭，自是妙语。而赵解谓洗箭上之血，以倒语为句法好处，此小儿解事者。

二、浦起龙《读杜心解》卷二之一

陈陶之悲，悲轻进以致败也。官军之聊草败没，贼军之得志骄横，两两如生。结语兜转一笔好，写出人心不去。

悲 青 坂

　　我军青坂在东门①，天寒饮马太白窟②。黄头奚儿③日向西，数骑弯弓敢驰突④。山雪河冰野萧瑟，青是烽烟白是骨。⑤焉得附书与我军，忍待明年莫仓卒？⑥

【题解】

　　陈陶斜兵败之后，房琯本来打算按兵不进，休整以待战机，但唐肃宗却派中人（监军的宦官）邢延恩等催促。于是房琯等只得在仓皇失据时再次出战。《旧唐书·房琯传》云："癸卯（二十三日），琯又率南军即战，复败。希文、刘悊并降于贼。琯等奔赴行在，肉袒请罪。"此战使唐军再次受到很大的削弱。青坂，离陈陶斜不远的一个地方，确切地点失考。杜甫在此诗中对官军的惨败深表痛惜，又劝朝廷不要轻举妄动、重蹈覆辙，表现了诗人对国家命运深切关怀的高度爱国主义精神。

【注释】

　　①"我军"句：意谓青坂的东门是我军的屯驻之地。

　　军：军队驻扎、屯驻。如《国语·晋语四》："吕甥、冀芮师师，甲午，军于庐柳。"

　　东门：驻军的具体地点。

　　②"天寒"句：以天寒水寒来渲染唐军处于劣势。因为读此句使人自然想起陈琳《饮马长城窟行》中"饮马长城窟，水寒伤马骨"的诗句。当年马饮寒水而伤骨，而现在于败兵之际再战，唐军士兵将何以堪？诗一开头便为全诗定下悲惨的基调。

　　太白：山名，在陕西武功县西南，接洋县界。《水经注》："太白山，去长安三百里，不知其高几何。"俗云："武功太白，去天三百。"由于山顶冬夏常年积雪，望之皓然，故称"太白"。《洞天记》以此山为第十一洞天，山上有大太白、二太白、三太白三池。每逢天旱，秦人多祈雨于此。太白者，西方神名也。这里泛指山地。

　　窟：洼地、水塘。

　　③黄头奚儿：指安禄山所部的边疆少数民族士兵。奚，中国古族名。《旧唐书·北狄传》："奚，盖匈奴之别种也，所居亦鲜卑故地。"《新唐书·北狄传》："奚亦东胡种……元魏时，自号库莫奚……至隋，始去库莫，但曰奚。"分布在弱乐水（即饶乐水，今辽宁的老哈河）流域，东接契丹，西至突厥，南拒白狼河，北邻霫。其习俗与突厥相似，以游牧为主，兼射猎，居有毡帐，兼用车为营，无赋税。隋大业年间（605—618），岁遣使向隋贡方物。唐贞观二十二年（648），其首领可度者率部归唐，官拜饶乐都督，赐姓李。开元三

年（715），封其首领李大辅（酺）为"饶乐郡王"，玄宗妻以固安公主。安禄山起兵反唐，胁迫奚众数万到中原作战。杜诗中所写的正是此事。然而第二年，奚与契丹联军出古北口，袭击安禄山老巢幽州，为唐朝平息安史之乱做出了贡献。尽管中原叛乱，奚仍与唐保持臣属关系。〔见江应梁主编《中国民族史》（中），民族出版社1990年版，第299页〕黄头奚为奚族九部落之一。黄头，因其发黄而得名。

④ "数骑"句：意谓安史叛军骑兵弯弓驰骋，冲向唐军阵地。极写叛军的骄横之状。

数骑：快速飞奔的骑兵。数，通"速"，快。如《尔雅·释诂》："速，亟，屡，数，迅，疾也。"骑，骑兵。如《史记·项羽本纪》："乃令骑皆下马步行。"

敢：有勇气。如《荀子·性恶》："天下有中，敢直其身；先王有道，敢行其意。"

驰突：奔驰突击。驰，奔驰。如《左传·宣公十二年》："遂疾进师，车驰，卒奔。"突，冲击、撞入。如《后汉书·桓帝纪》："惊马逸象突入宫殿。"

⑤ "山雪"二句：意谓唐军再次战败后战场寂寞凄凉的景象。

萧瑟：寂寞凄凉的样子。如杜甫《咏怀古迹》（之一）："庾信平生最萧瑟，暮年诗赋动江关。"

烽烟：古代边境用以报警的烽火。如《史记·廉颇蔺相如列传》："日击数牛飨士，习射骑，谨烽火，多间谍，厚遇战士。"

⑥ "焉得"二句：意谓希望唐军能忍耐，吸取青坂仓促作战的教训，备好战，等待来年再收复两京。

附书：托人带信。附，捎信、捎带。如王维《伊州歌》："征人去日殷勤嘱，归雁来时数附书。"又杜甫《前出塞》："路逢相识人，附书与六亲。"

仓卒：匆忙急促。如《后汉书·顺帝纪》："而即位仓卒，典章多缺。"

【辑评】

一、王嗣奭《杜臆》卷之二

"数骑弯弓敢驰突"，奚儿之轻视我军也，可轻进兵乎？故有"莫仓卒"之戒。盖陈陶之败，既致恨于房琯之疏，尤致恨于中人之促也。

二、浦起龙《读杜心解》卷二之一

青坂之悲，悲屡败而不惩也。与前篇（指《悲陈陶》）一串。"雪""冰""骨"，所见无余物矣。朱云：考史：琯欲持重有所伺，中人邢延恩等促战仓皇，遂及于败。据此，则琯亦有分其责者矣。虽然，琯所为坚持胜算者，果安在哉！曰"附书我军"，曰"莫仓卒"，重为国土危之也。

哀 江 头

少陵野老吞声哭①,春日潜行曲江曲②。江头宫殿锁千门,细柳新蒲为谁绿?③忆昔霓旌下南苑,苑中万物生颜色。④昭阳殿里第一人,同辇随君侍君侧。⑤辇前才人带弓箭⑥,白马嚼啮黄金勒⑦。翻身向天仰射云,一笑正坠双飞翼。⑧明眸皓齿⑨今何在?血污游魂归不得⑩。清渭东流剑阁深,去住彼此无消息。⑪人生有情泪沾臆,江水江花岂终极!⑫黄昏胡骑尘满城,欲往城南望城北⑬。

【题解】

这首诗写于至德二年(757)春。江头,曲江边。这时长安已被安史叛军占据,杜甫也因赴肃宗行在途中被安史叛军裹挟。由于叛军不知他的身份,看管不严,因而他得以悄悄地来到曲江之畔。曲江位于长安城的东南,本来是王公大臣及文人学士们的游赏胜地,曾是说不尽的繁华热闹。但是这年春天,呈现在杜甫眼前的却是分外的萧条冷落,与过去形成强烈的反差,表现出安史之乱使长安由过去的繁华昌盛变得衰败凄凉。抚今追昔,强烈的悲哀之情涌上诗人心头,于是写下了这首充满哀痛之情的诗篇。全诗着力突出一个"哀"字。分3层来写:开头4句为第一层,写诗人潜行曲江,目睹乱后衰败凄凉景象而引起的深哀隐痛;"忆昔霓旌"以下8句为第二层,用追叙手法极写昔日游苑之盛与杨妃的恃宠豪奢,表面上是写昔日之"乐",但"乐"中含哀,乐中衬哀;"明眸皓齿"以下8句为第三层,又从往昔转回现实,写杨妃之不幸,乐极生悲,更哀国家之难,愤叛军之猖獗。哀江头,实哀当时的国运。此诗在叙事和抒情之中,深刻地揭示了导致安史之乱发生的根本原因是李隆基、杨玉环等统治阶级往昔骄奢荒淫的生活。这个悲剧也使统治者自食其果。这一深刻的历史教训有着不可忽视的警示价值。从艺术风格来看,此诗词婉而雅,意深而微,讽而含情,极尽开阖变化之妙。

【注释】

①少陵野老:杜甫自称。《汉书·地理志》载,杜陵属长安,为古代杜伯国。汉宣帝更名杜陵,死后葬在这里。在杜陵东南十余里,又有一陵规模较小,为许后所葬,名曰少陵。少陵原即今西安市郊区浐水和潏水之间的高地。杜甫曾在这里居住,因此自称"少陵野老"或"杜陵布衣"等。野,民间,与"朝廷"相对。如杨炯《宴皇甫兵曹宅诗序》:

"君臣庆色，朝野欢心。"杜甫此时为一介布衣，故称。

吞声哭：无声地哭泣。如鲍照《拟行路难》（之四）："心非木石岂无感，吞声踟蹰不敢言。"

② 潜行：秘密地出外行走。潜，秘密地、偷偷地、悄悄地。如《三国志·魏书·武帝纪》："公乃多设疑兵，潜以舟载兵入渭。"因为杜甫当时身陷叛军之中，怕引起叛军的注意，所以偷偷地前往曲江。

曲江曲：曲江的偏僻之处。曲，偏僻之所。如《史记·游侠列传序》："诚使乡曲之侠，予季次、原宪比权量力，效功于当世，不同日而论矣。"

③ "江头"二句：写长安城被安史乱军占领后，曲江显得萧条冷落。

江头宫殿：指曲江边的紫云楼、芙蓉苑、杏园、慈恩寺等。

锁千门：形容此时许多宫门都关闭了，无人居住。千，表示多。如《史记·贾生列传》："千变万化兮，未始有极。"

细柳新蒲：康骈《剧谈录》："曲江池……花卉周环，烟水明媚。……入夏则菰蒲葱翠，柳阴四合，碧波红蕖，湛然可爱。"蒲，蒲柳，又名水杨。如《诗经·王风·扬之水》："扬之水，不流束蒲。"

为谁绿：有"国破山河在"之意，草木无主，极为沉痛。

④ "忆昔"二句：回忆以前唐玄宗携杨贵妃等王公显贵游赏曲江的盛况。

霓旌：缀以五彩羽毛的旗子，仪仗的一种。如杜甫《滕王亭子》（之二）："尚思歌吹入，千骑把霓旌。"霓，虹的外环，颜色淡者称霓，亦称副虹；其内环，颜色鲜亮者称虹，亦称正虹。如李白《梦游天姥吟留别》："霓为衣兮风为马。"

南苑：即芙蓉苑。（见《乐游园歌》注）

生颜色：产生了美丽的光彩。颜色，美丽的光彩。如白居易《长恨歌》："回眸一笑百媚生，六宫粉黛无颜色。"

⑤ "昭阳"二句：写唐玄宗宠幸杨贵妃的故事。

昭阳殿：汉朝宫殿名。汉成帝宠幸赵飞燕，立为皇后，令居昭阳殿。此处借指杨贵妃。唐人多以赵飞燕喻指杨贵妃。如李白《清平调词》（其二）："借问汉宫谁得似？可怜飞燕倚新妆。"又白居易《长恨歌》："昭阳殿里恩爱绝。"

第一人：最受宠的人。

同辇随君：暗用班婕妤不肯与汉成帝同辇的故事。如《汉书·外戚传》："成帝游于后庭，尝欲与婕妤同辇载，婕妤辞曰：'观古图画，圣贤之君皆有名臣在侧，三代末主，乃有嬖女。今欲同辇，得无近似之乎！'上善其言而止。"辇，皇后所乘之车。诗人这里不但讥杨贵妃无班婕妤之德，同辇侍君，亦暗讽玄宗之不能持正。[此说见邓魁英、聂石樵选注《杜甫选集》（上海古籍出版社1983年版）中本篇第5条]

⑥ 才人：妃嫔的称号。晋武帝始置，位在美人之下。自南北朝至明多曾设置。南朝齐太子宫也有才人。在唐朝，才人为宫中射生的女官。《新唐书·百官志》："内宫才人七人，正四品。掌叙宴寝，理丝枲，以献岁功。"

带弓箭：谓才人在皇帝出巡时，骑马带弓箭护驾。（此制度参见《旧唐书·王才人传》）

⑦ 啮：咬。如《庄子·天运》："今取猨狙而衣以周公之服，彼必龁啮挽裂，尽去而后慊。"

勒：带嚼口的马笼头。如《汉书·匈奴传下》："鞍勒一具，马十五匹。"因为这个马笼头是以黄金为饰，所以名"黄金勒"。

⑧ "翻身"二句：意谓才人仰射云中飞鸟，飞鸟中箭落地，以博得杨妃一笑。仇兆鳌《杜诗详注》："射禽供笑，宫人献媚也。"

一笑：指杨贵妃笑。《杜臆》云："曰中翼，则箭不必言，而鸟下云中，凡同在者虽百千人，无不哑然发笑，此宴游乐事。而注者乃以'一笑'属妃，而又引贾大夫射雉事为证，真堪绝倒。"

双飞翼：双飞鸟。翼，翅膀，此处代指鸟。如周邦彦《六丑》："愿春暂住，春归如过翼。"

⑨ 明眸皓齿：形容美丽的女人。如仇注引曹植《洛神赋》："丹唇外朗，皓齿内鲜，明眸善睐，靥辅承权。"这里指杨贵妃。眸，眼珠，也指眼睛。如《孟子·离娄上》："存乎人者，莫良于眸子。"又白居易《长恨歌》："回眸一笑百媚生，六宫粉黛无颜色。"皓，洁白。如《史记·司马相如列传》："皓齿灿烂，宜笑的皪。"

⑩ 血污游魂：指杨贵妃在马嵬驿被缢死之事。天宝十五载（756）六月九日，安史叛军攻入潼关。十二日，唐玄宗独与杨贵妃姊妹、杨国忠以及皇子皇孙等出延秋门奔蜀。十四日，至马嵬驿（在今陕西兴平市西25里的马嵬镇），禁军杀杨国忠，并杀韩国夫人、秦国夫人；杨国忠妻及虢国夫人走陈仓（今陕西宝鸡），县令薛景仙诛之。又迫使唐玄宗下令缢死杨贵妃。由于杨贵妃不得好死，故曰"血污"。污，脏、不干净。如《史记·滑稽列传》："饭已，尽怀其余肉持去，衣尽污。"

归不得：因为当时长安已沦陷，杨贵妃之魂已无法回归她原来居住的地方。（附记：马嵬镇，亦名马嵬堡。马嵬，原为人名，他曾于此地筑城堡避难，因而后人以他命名。《随园随笔》引《学圃萱苏》云："马嵬，晋人。"）

⑪ "清渭"二句：意谓杨贵妃埋葬在流经马嵬的渭水之滨，而唐玄宗正在奔蜀的旅途中，阴阳相隔，彼此没有消息。犹如白居易《长恨歌》所言，"一别音容两渺茫"。

清渭东流：指杨贵妃藁葬马嵬驿南的渭水之滨。清渭，指渭水（渭河），源出甘肃渭源县西鸟鼠山。东南流经陇西、武山、伏羌、天水、清水诸县。东流入陕西宝鸡、眉县至长安。又东流经潼关入黄河。

剑阁：由陕入川之地，唐玄宗入蜀从这里经过。仇兆鳌注引左思《蜀都赋》："缘以剑阁。注：剑阁，谷名，自蜀通汉中道。"

⑫ "人生"二句：意谓渭水边的花草无知，年年依旧，而人生有情，对世事的巨大变迁不禁泪落胸襟。

臆：胸。如苏轼《韩干画马赞》："丰臆细尾，皆中度程。"又潘岳《射雉赋》："彤盈窗以美发，纷首颓而臆仰。"

岂终极：哪里有穷尽的时候。岂，怎么、难道，表示反问。终，终了、结尾。如《左传·宣公二年》："靡不有初，鲜克有终。"极，极点、尽头。如《史记·礼书》："天者，高之极也；地者，下之极也。"

⑬"欲往"句：自曲江回家，须往城南方向走，但因怀念此时在长安之北灵武的肃宗行在而不禁屡次向城北的方向回望。胡震亨《唐音癸签》卷二十二云："灵武行在，正在长安之北……望城北，冀王师之耳。"仇兆鳌注曰："城南城北，心乱目离也。"此解也符合整篇诗意，言之成理。

【辑评】

一、王嗣奭《杜臆》卷之二

曲江，帝与妃游幸之所，故有宫殿。而公追溯禄山乱自贵妃，故此诗直述其宠幸之盛，宴游之娱，而终以"血污游魂"，所以深刺之也。

二、钱谦益《钱注杜诗》卷一

此诗兴哀于马嵬之事，专为贵妃而作也。苏黄门曰："哀江头，即《长恨歌》也。"斯言当矣。清渭剑阁，寓意于上皇贵妃也。玄宗之幸蜀也，出延秋门，过便桥，渡渭，自咸阳望马嵬而西。则清渭以西，剑阁以东。岂非蛾眉宛转，血污游魂之处乎？故曰："去往彼此无消息。"行宫对月，夜雨闻铃，寂寞伤心，一言尽之矣。"人生有情泪沾臆，江水江花岂终极"，即所谓"天长地久有时尽，此恨绵绵无绝期"也。兴哀于无情之地，沉吟感叹，瞀乱迷惑，虽胡骑满城，至不知地之南北。昔人所谓有情痴也。陆放翁但以避死惶惑为言，殆亦浅矣。

三、浦起龙《读杜心解》卷二之一

黄生曰："诗意本哀贵妃，不敢斥言，故借江头行幸处，标为题目耳。"愚按：起四，写哀标意，浮空而来。次八，点清所哀之人，追叙其盛。"明眸"以下，跌落目前，而"去住彼此"，并体贴出明皇心事。"泪沾""花草"，则作者之哀声也，又回映多姿。"黄昏"一结，愤贼而不咎其君，诗人忠厚。所由接三百、冠千古者，以此。又中间"双飞翼"之下，"明眸皓齿"之上，不掺入"六军不发，婉转马前"等语，黄门论此诗，谓若百金战马，注坡蓦涧如履平地，正言此处也。更可识忠厚之遗。旧谓：讽玄、肃父子。朱谓：忆明皇在蜀，总属曲说。苏黄门云：《哀江头》即《长恨歌》也。《长恨歌》费数百言而成，杜则不然。潘耒驳之曰：《长恨歌》本因《长恨传》而作，公则安知预知其事？《北征》诗："不闻夏殷哀，中自诛褒妲。"公方以妃死卜中兴，岂应于此为天长地久之恨乎！愚谓：潘氏之说亦非也。黄门之意，谓与《长恨歌》同旨，非谓预知其传而赋之。至以《北征》例此诗，则又于甚。

彭衙行

忆昔避贼初①,北走②经险艰。夜深彭衙道,月照白水山。③尽室久徒步,逢人多厚颜。④参差谷鸟吟,不见游子还。⑤痴女饥咬我⑥,啼畏虎狼闻。怀中掩其口,反侧声愈嗔。⑦小儿强解⑧事,故索苦李⑨餐。一旬半雷雨,泥泞相攀牵。⑩既无御雨备⑪,径⑫滑衣又寒。有时经契阔⑬,竟日⑭数里间。野果充糇⑮粮,卑枝成屋椽⑯。早行石上水⑰,暮宿天边烟⑱。小留同家洼⑲,欲出芦子关⑳。故人有孙宰㉑,高义薄曾云㉒。延客已曛黑㉓,张灯启重门㉔。暖汤濯㉕我足,剪纸招我魂㉖。从此出妻孥,相视涕阑干。㉗众雏烂熳睡㉘,唤起沾盘飧㉙。誓将与夫子,永结为弟昆。㉚遂空所坐堂,安居奉我欢。㉛谁肯艰难际㉜,豁达露心肝㉝?别来岁月周㉞,胡羯仍构患㉟。何当㊱有翅翎,飞去堕尔前㊲。

【题解】

天宝十五载(756,七月改元至德元年)正月,安禄山在洛阳自称大燕皇帝。随后叛军向长安方向进攻。五月,为避难,杜甫从奉先携家逃往白水(今陕西白水县南)。六月九日,哥舒翰与叛将崔乾佑战于灵宝,唐军大败,潼关失守。白水处于将被叛军占领的危急之中,杜甫又携家人向鄜州方向奔逃。此时正是雨季,十天五雨,道路泥泞,杜甫一家忍饥挨饿,十分狼狈。所幸在途经同家洼时,受到友人孙宰的热情款待,悉心照料。至德二年(757)闰八月,杜甫从凤翔回鄜州省家,途经同家洼之西,忆起前一年危难之时受到孙宰的热情款待,有意前往致谢,但因时间紧迫,又不能绕道往访,于是写了这首诗寄赠,以诗代书,表达对友人孙宰的感激之情。诗中以绝大篇幅回忆前一年逃难遇孙宰时受到热情的招待,表现了故人的深挚友谊,真实感人。此诗写得明白如话,充分显示了诗人写实才能和坦荡的胸怀。彭衙,春秋时秦邑名,在今陕西省白水县东北60里的彭衙堡。《春秋·文公二年》中"晋侯及秦师战于彭衙",即此地。汉时为粟邑县,北魏和平三年(462)改为白水县,清属陕西同州府。又,白水县因东北有白水而得名。白水,上游曰乌泥川,源出陕西耀州区东北,东流经同官县,至白水县东北注入黄河。

【注释】

①"忆昔"句:指前一年六月间逃难时的情景。全诗除了"别来"以下的最后4句外,

都是写前一年逃难途中的艰难和在同家洼受到友人孙宰的盛情款待之事，因而用"忆昔"两句领起全诗。

贼：指安史叛军。

初：当初。如范晔《后汉书·华佗传》："初，军吏李成苦欬，昼夜不寐。"

②北走：鄜州在白水之北，故曰北走。走，逃走、逃跑。如《孟子·梁惠王上》："弃甲曳兵而走。"又《史记·匈奴列传》："齐桓公北伐山戎，山戎走。"

③"夜深"二句：意谓在彭衙的逃难道路上，有时深夜露宿在野地里，抬头远望只见月光照在白水山上。这是何等的凄凉！

白水山：即白水县的山。

④"尽室"二句：谓全家长途跋涉，没有马骑车载，徒步而行，狼狈不堪，遇到人感到很羞愧。

尽室：全家人。尽，全部。如《孟子·尽心下》："尽信《书》，则不如无《书》（指《尚书》）。"室，家。如《孟子·滕文公下》："丈夫生而愿为之有室，女子生而愿为之有家。"

徒步：步行。如《后汉书·邓禹传论》："邓公赢粮徒步，触纷乱而赴光武，可谓识所从会矣。"

厚颜：难为情、羞愧。如孔稚珪《北山移文》："岂可使芳杜厚颜，薜荔蒙耻……"

⑤"参差"二句：从谷中鸟鸣和路上少行人来表现彭衙路上的荒凉。

参差：高低不齐的样子。如《诗经·周南·关雎》："参差荇菜，左右流之。"此处指山谷中的鸟上下翻飞鸣叫。

谷：彭衙道中的山谷。

吟：动物啼叫。如曹植《杂诗》（之一）："孤雁飞南游，过庭长哀吟。"此处指山谷中的鸟鸣声。

游子：离家远游的人。如《汉书·高帝纪下》："游子悲故乡。"此处指在外逃难的人。

还：返回、回家。如《后汉书·刘盆子传》："百姓争长安。"

⑥痴女：此处杜甫谓小女儿年幼不懂事，与下句"小儿强解事"相对应。痴，不聪慧、呆。如《急就篇·四》："痦疛疥疠痴聋盲。"又《世说新语·赏誉下》："王蓝田（述）为人晚成，时人乃谓之痴。"

饥咬我：意谓年幼女儿因饥饿难忍而在杜甫面前强制乞食。

⑦"啼畏"3句：写小女儿乞食无果而大声啼哭，杜甫怕其哭声引来虎狼猛兽，于是把女儿抱在怀中掩住她的口，以免发出哭声；然而，事与愿违，因小女儿在怀中挣扎，她的哭声反而越来越大了。诗人通过这一细节极写其途中饥寒交迫的苦难。

反侧：翻过来侧过去。如《诗经·周南·关雎》："悠哉悠哉，辗转反侧。"

声愈嗔：指小女儿的哭声。愈，更加。如柳宗元《捕蛇者说》："余闻而愈悲。"嗔，发怒、生气。如刘义庆《世说新语·德行》："丞相见长豫辄喜，见敬豫辄嗔。"

⑧强：勉强。如《史记·留侯世家》："留侯病，自强起。"

解：理解、懂得。如《庄子·天地》："大惑者终身不解。"

⑨故：连词，因此、所以。如《荀子·劝学》："故不积跬步，无以至千里。"又班固

《汉书·赵充国传》:"臣闻兵以计为本,故多算剩少算。"

索:寻找、搜索。如《后汉书·杜林传》:"吹毛索疵,诋欺无限。"又《史记·留侯世家》:"秦皇帝大怒,大索天下,求贼甚急。"

苦李:此指道路边野生味苦的李子。亦是用典"王戎七岁,尝与诸小儿游。看道边李树多子折枝。诸儿竞走取之,唯戎不动。人问之,答曰:'树在道边而多子,此必苦李。'取之,信然"〔见《世说新语·雅量》和《晋书·王戎传(列传十三)》〕。后人因以苦李自比才拙。杜甫顺笔用其事,而不屑于典故原意,有取有舍,不失为活用典故之一例。

⑩"一旬"二句:意谓10天中,有一半的时间是雷雨天气,于是只好在泥泞中相互拉挽着艰难地行路。

⑪御雨备:此处指雨具。御,抵挡、阻止。如《左传·襄公四年》:"匠庆用蒲圃之槚,季孙不御。"又《孟子·梁惠王上》:"民归之,由水之就下,沛然谁能御之。"备,设备、装备。如《周语·国语上》:"于是乎有刑罚之辟,有攻伐之兵,有征讨之备,有威让之令,有文告之辞。"

⑫径:小路。如《论语·雍也》:"行不由径。"亦可指山坡。如《孟子·尽心下》:"山径之蹊闲,介然用之而成路。"此处可泛指道路。如《战国策·东周策》:"寡人将寄径(借路)于梁。"

⑬契阔:劳苦。如《后汉书·傅毅传》:"契阔夙夜,庶不懈忒。"此处指特别难行的路。

⑭竟日:一整天。竟,整个、完全。如归有光《项脊轩志》:"久不见若影,何竟日默默在此,大类女郎也?"

⑮糇(hóu):同"餱",干粮。如《诗经·大雅·公刘》:"乃裹糇粮,于橐于囊。"《释文》:"糇,音侯,食也,字或作餱。"

⑯卑枝:低矮的树。卑,位置低,与"高"相对。如《左传·定公十五年》:"邾子执玉高,其容仰;公受玉卑,其容俯。"又《墨子·备城门》:"审知卑城浅池而错守焉。"

椽:椽子,放在檩子上架屋瓦的木条。如《汉书·艺文志》:"茅屋采椽,是以贵俭。"

⑰"早行"句:意谓在有积水的山石上行走。

⑱"暮宿"句:意谓晚上在天际充满雾气的山中露宿。极写四周是渺无人烟的荒凉之地。

⑲小留:暂时停留。小,短暂。如苏轼《和桃花源》:"桃源信不远,藜杖可小憩。"

同家窪:杜甫的友人孙宰居住的村庄。在白水县往鄜州方向一带的某地,具体位置不详。

⑳芦子关:亦名芦关,在陕西省安塞县境,北接靖边县界。其得名因延州有土门山,两崖峙立如门,形若葫芦,故谓之芦子关。

㉑故人:旧友。如《吕氏春秋·必己》:"出于山,及邑,舍故人之家。"

孙宰:人名,杜甫的老朋友,生平不详。

㉒高义:崇高的道义。如《史记·廉颇蔺相如列传》:"臣所以去亲戚而事君者,徒慕君之高义也。"

薄:迫近、临近。如《尚书·益稷》:"外薄四海,咸建五长。"又李密《陈情表》:

"日薄西山。"

曾云：重叠的云层，高天之云。曾，通"层"。如《文选·陆机〈文赋〉》："浮藻联翩，若翰鸟缨缴，而坠曾云之峻。"又《文选·〈园葵〉诗》："曾云无温液，严霜有凝威。"李善注："曾，重也。"

㉓ 延：宴请。如班固《汉书·王莽传》："开门延士，下及白屋。"又陶渊明《桃花源记》："余人各复延至其家，皆出酒食。"

曛黑：黄昏过后。曛，黄昏、傍晚。如鲍照《冬日》："曛雾蔽穷天，夕阴晦寒地。"黑，昏黑、没有光亮。如班固《汉书·五行志》："厥异日黑，大风起，天无云，日光晻。"

㉔ 启重门：打开一层层的门户。启，开门。如《左传·隐公元年》："夫人将启之。"又戴圣《礼记·月令》："蛰虫咸动，启户始出。"重门，一层层的门户。重，层。如《史记·项羽本纪》："汉军及诸侯兵围之数重。"

㉕ 煖汤：温水、热水。煖，同"暖"，温暖。如《孟子·尽心上》："五十非帛不暖，七十非肉不饱。"又《楚辞·天问》："何所冬暖？何所夏寒？"

濯：洗涤。如陶渊明《归园田居》："山涧清且浅，遇以濯吾足。"

㉖ "剪纸"句：剪纸为生人压惊招魂是古代民间的一种习俗。剪纸为钱形，悬于门檐以示招魂。对杜甫此句诗，宋代蔡梦弼《杜工部草堂诗笺》："甫意若曰：盗贼充斥，身涉艰苦，魂魄为之沮丧，故孙宰剪纸为旐以招其魂也。"这种旧俗至今民间尚有。

㉗ "从此"二句：意谓孙宰接待杜甫后，又叫出他的妻子儿女，相见后泪流满面。

从此：这时。从，介词，表示起点。如《木兰诗》："愿为市鞍马，从此替爷征。"又白居易《长恨歌》："春宵苦短日高起，从此君王不早朝。"

涕：哭泣、流泪。如刘向《战国策·燕策》："士皆垂泪涕泣。"

阑干：纵横或横斜的样子。如《吴越春秋·勾践入臣外传》："言竟掩面，涕泣阑干。"

㉘ 众雏：指杜甫自己的儿女。雏，原指年幼的、幼小的动物或植物。如《礼记·内则》："不食雏鳖。"又李商隐《寄韩冬郎即席为诗相送，一座尽惊，他日余方追吟连宵侍坐徘徊久之句，有老成之风，因成二绝寄酬，兼呈畏之员外》："雏凤清于老凤声。"杜甫在这里用以比喻自己年纪幼小的儿女。

烂熳睡：形容儿女们因极度疲劳散乱地躺下就睡的样子。烂漫，散乱、消散。《庄子·在宥》："大德不同，而性命烂漫矣。"熳，同"漫"，烂漫。

㉙ 沾盘飧：主人施恩的晚饭。沾，恩惠施与。如沈约《齐故安陆昭王碑文》："惠露沾吴，仁风扇越。"盘飧，晚饭。如《左传·僖公二十三年》："乃馈盘飧，置璧焉。"飧，夕食。如《孟子·滕文公上》："饔飧而治。"注："饔飧熟食也。朝曰饔，夕曰飧。"泛指熟食。

㉚ "誓将"二句：意谓孙宰对杜甫说，誓与夫子您永结为兄弟。

誓：立誓、发誓。如《左传·隐公元年》："遂置姜氏于城颍，而誓之曰：'不及黄泉，无相见也！'"

将：助词，加在动词后，无实义。如白居易《长恨歌》："唯将旧物表深情，钿合金钗寄将去。"

夫子：古代对男子的尊称。如《孟子·梁惠王上》："愿夫子辅吾志，明以教我。吾虽不敏，请尝试之。"此处是指孙宰对杜甫的尊称。

结：结交、缔结。如陈寿《三国志·蜀书·诸葛亮传》："外结好孙权。"又范晔《后汉书·刘玄传》："弟为人所杀，圣公结客欲报之。"

弟昆：兄弟。昆，兄。如《诗经·王风·葛藟》："终远兄弟，谓他人昆。"

㉛"遂空"二句：意谓于是孙宰把招待我们的这间房子空出来，让我们高高兴兴地住下。

遂：于是。如《史记·淮阴侯列传》："韩信已定临菑，遂东追（田）广，至高密西。"

空：里面没有东西，即把房间腾出来。

堂：前室、正厅。如《诗经·唐风·蟋蟀》："蟋蟀在堂，岁聿（语气词）其莫（暮）。"

奉：供给。如《后汉书·岑彭传》："所过，百姓皆奉牛酒迎劳。"

㉜肯：愿、能。如《史记·廉颇蔺相如列传》："秦王不肯击缶。"

际：时候。如诸葛亮《出师表》："受任于败军之际，奉命于危难之间。"

㉝豁达：胸襟开阔、性格开朗。如潘岳《西征赋》："观夫汉高之兴也，非徒聪明神武，豁达大度而已也。"

露：显露。

心肝：犹肝胆，比喻真挚的情意。

㉞别来：分别以来，指去年与孙宰分别以来。

岁月周：一周年的时间。岁，年。周，周期。如归有光《通州通判许半斋寿序》："嘉靖丙辰月日，为君之诞辰，盖甲子一周矣。"

㉟胡羯：此处指安史叛军。羯，我国古代北方民族名，匈奴的一个分支。如《晋书·石勒载记上》："石勒，字世龙，上党武乡羯人也。"

构患：指叛乱带来的灾难。构，构成。如《韩非子·存韩》："夫一战而不胜，则祸构矣。"患，祸害、灾难。如《后汉书·郎𫖮传》："陛下不早攘之，将负臣言，遗患百姓。"

㊱何当：何日、何时。如李商隐《夜雨寄北》："何当共剪西窗烛，却话巴山夜雨时。"

翅翎：鸟的翅膀。翅，翅膀。翎，鸟羽。

㊲堕：（坠）落下。如《楚辞·离骚》："朝饮木兰之堕露兮，夕餐秋菊之落英。"

尔：你。如白居易《重赋》："夺我身上暖，买尔眼前恩。"此处指孙宰。

【辑评】

一、王嗣奭《杜臆》卷之二

云"别来岁月周"，是忆去年事也。感孙宰之高谊，故隔年赋诗。感之极，时往来于心，故写逃难之苦极真。追思其苦，故愈追思其恩。结之曰："谁能艰难际，豁达露心肝？"何等激切！读此语知"誓将与夫子，永结为弟昆"，乃述孙宰语，所谓"露心肝"也。宰本故人，盖述昔日交契之厚，非此日才发誓也。且文势亦顺。诠云："夫子"指孙宰。误。"暮宿天边烟"，逃难之人，望烟而宿，莫定其处，虽在天边，不敢辞远，非实历不能道。钟云："小心厚道，一味感恩，忘却自家身分。乃知自处高人才士，见人爱敬以为当然者，妄浅人也。"

二、仇兆鳌《杜诗详注》卷之五

单复注：公避贼艰难之际，得孙宰顾遇，事后感荷而作。黄希曰：公避寇，在天宝十五载，此云"别来岁月周"，知诗是至德二载追忆避贼时事，非谓归鄜州如此也。

此诗用韵，参错不一，经朱注考订，知各本古韵也……萧山毛奇龄《韵学指要》……按毛氏此书，实足破沈韵之拘隘，阅少陵《彭衙行》合六韵于一篇，唐人尚知古韵也。

三、浦起龙《读杜心解》卷一之二

起四，即点"彭衙"，是先出题法。"尽室"以下，乃追叙起身至"彭衙"一句以内所历之苦。正以反蹴下文"延客""奉欢"一段深情也。看其写小儿女态，画不能到。由奉先至白水，本无一旬之行程，不应迟迟若此。故前后用"尽室徒步""竟日数里"点破之。"小留"以下，备述孙宰高义。先着"欲出"一句，益显得高义出。见此来本非有意驻足，而款留不放，全由故人情重也。下则先叙安顿自身，次叙安顿妻孥，再总写四句，再致感两句。非此入情曲笔，那显此曾云高义。结则所谓"静言思之，不能奋飞"也。

四、张上若《读书堂杜诗注解》卷三

写人所不能写处，真极朴极，亦趣极，惟杜老能之。此诗无一字袭汉魏，却逼真汉魏，且有汉魏人所不能到处。

偪侧行赠毕四曜

偪侧何偪侧,我居巷南子巷北。①可怜邻里②间,十日不一见颜色③。自从官马送还官,行路难行涩如棘。④我贫无乘非无足,昔者相过今不得。⑤不是爱微躯⑥,非关⑦足无力。徒步翻愁官长怒,此心炯炯君应识。⑧晓来急雨春风颠⑨,睡美不闻钟鼓传⑩。东家蹇驴⑪许借我,泥滑不敢骑朝天⑫。已令请急会通籍⑬,男儿性命绝⑭可怜。焉能终日心拳拳⑮,忆君诵诗神凛然⑯。辛夷始花亦已落⑰,况我与子非壮年⑱。街头酒价常苦⑲贵,方外酒徒稀⑳醉眠。速宜相就饮一斗,恰有三百青铜钱。㉑

【题解】

此诗写于唐肃宗乾元元年(758)。当年二月,李辅国判行军司马,兼太仆卿,依附张淑妃,势倾朝野。三月,立张淑妃为皇后,时杜甫仍任左拾遗。五月,房琯受贬,贾至坐与琯官交,出为汝州刺史,严武亦出贬巴州刺史,禁掖诗人,因而星散。杜甫对当时之君失望,陷入满腹牢愁无可奈何之境。这首诗是这种无可奈何心境的写照。诗的风格似在自嘲,在自嘲中反映当时的朝政。偪(bī)侧,亦作"偪仄""逼侧",狭窄、拥挤、稠密。如《后汉书·廉范传》:"成都民物丰盛,邑宇偪侧。"又方文《初度书怀》(之四):"偪侧不得施,中年尽消沮。"此处引申为近邻。毕四曜,一作"毕曜",是毕构之从子,排行第四。开元中,毕四曜为县尉。乾元元年,与杜甫在长安共居陋巷为邻里。当时他也是在做一个小官。杜甫在同年写的《赠毕四曜》诗中曰:"才大今诗伯,家贫苦宦卑。"说明他当时官小位卑。乾元二年(759)后,任监察御史。后流黔中,途中卧疾而卒。

诗的开头4句写两人住得很近却不得相见。中间14句进一步多方面解释两人不能经常相见的原因,居官之窘状跃然纸上。后8句叙述愿意邀请友人毕四曜一醉方休之意。诗作笔调诙谐,于轻松幽默之中透露出无奈与哀伤。

【注释】

①"偪侧"二句:意谓我居住在巷南,你居住在巷北,我们两家是多么近的邻居啊!
子:古代对男子的美称。如孔子、孟子。也用来尊称对方。如《左传·僖公三十年》:"吾不能早用子,今急而求子,是寡人之过也。"又曹植《赠丁仪》:"子其宁尔心,亲交义不薄。"

② 可怜：可惜。如李商隐《贾生》："可怜夜半虚前席，不问苍生问鬼神。"又陈与义《邓州西轩书事》（之三）："瓦屋三间宽有余，可怜小陆不同居。"

邻里：此处泛指彼此家住得比较近。

③ "十日"句：十天中也见不到一次面。意谓很少见面。

颜色：容貌。如陆机《拟古诗·拟青青河畔草》："粲粲妖容姿，灼灼美颜色。"又韩愈《与崔群书》："目视昏花，寻常间便不分人颜色。"

④ "自从"二句：仇氏注曰："至德二载二月，上幸凤翔，议大举收复两京，尽括公私马以助军。给事中李广云无马，大夫崔光远劾之，贬广江华太守。"杜甫也是在此时将官马送还官家，从此之后他便无马可骑，只好艰难地步行了。

涩：道路阻滞。如潘尼《迎大驾》诗："世故尚未夷，崤函方崄涩。"

棘：有刺的灌木。如《吕氏春秋·应同》："师之所处，必生棘楚（荆）。"

⑤ "我贫"二句：意谓我虽因家贫没有私人的车马，但并不是没有行路的双脚，那为什么常去的地方现在却不能步行去访友呢？

乘（shèng）：驾车的马。如《韩非子·外储说右下》："援其子之乘，乃始检箠执策，未之用也。"

昔者：往日、从前。如《诗经·小雅·采薇》："昔我往矣，杨柳依依。"者，助词，用在名词之后，表示语气停顿，可不译。如《韩非子·十过》："昔者齐桓公九合诸侯，一匡天下，为五伯长，管仲佐之。"

相过：一次又一次地经过。相，副词，相继、递相、一个接一个。如司马迁《史记·魏公子列传》："平原君使者冠盖相属于魏。"过，走过、经过。如刘向《说苑·奉使》："臣请缚一人过王而行。"又刘禹锡《酬乐天扬州初逢席上见赠》："沉舟侧畔千帆过，病树前头万木春。"

不得：不能够。得，能、能够。如《论语·微子》："趋而辟之，不得与之言。"又《史记·项羽本纪》："沛公军霸上，未得与项羽相见。"

⑥ 微躯：贫贱的身体。微，贫贱。如《尚书·尧典序》："虞舜侧微。"孔颖达疏："不在朝廷谓之侧，其人贫贱谓之微。"

⑦ 非关：不是……的关系。非，不是。如陈寿《三国志·蜀书·诸葛亮传》："非惟天时，抑亦人谋也。"又韩愈《师说》："人非生而知之者，孰能无惑？"关，关联、涉及。如《史记·酷吏列传》："事大小皆关其手。"

⑧ "徒步"二句：意谓（因为我也算是个有官职的人）如果步行走，官长看到了会向我发脾气，我的这个苦衷，想必你也能够理解。仇兆鳌注引："远注：徒步句，即大夫不可徒行意。《魏志》：夏侯玄议：众职之属，各有官长。"

翻：反而。如庾信《卧疾穷愁》："有菊翻无酒，无弦则有琴。"又杜甫《送赵十七明府之县》："论交翻恨晚，卧病却愁春。"

炯炯：光亮貌。如潘岳《秋兴赋》："登春台之熙熙兮，珥金貂之炯炯。"此处引申为心意甚明。

君：对毕四曜的尊称。

应识：该知道。应，该。如苏轼《念奴娇·赤壁怀古》："故国神游，多情应笑我，早生华发。"识，知道、认识、懂得。如《老子·第十五章》："古之善为士者，微妙玄通，深不可识。"又《孙子兵法·谋攻》："识众寡之用者胜。"

⑨ 阗（tián）：通"窴"，充满。如《礼记·玉藻》："盛气阗实，扬休玉色。"仇兆鳌注引："远注：公喜用阗字，如'狂风大放阗'及'急雨春风阗'之类。"

⑩ 睡美：睡得很称心。美，美好、称心。如《韩非子·五蠹》："夫以父母之爱，乡人之行，师长之智，三美加焉，而终不动。"

钟鼓：古代的响器，击以报时。如庾信《陪驾幸终南山和宇文内史》："戍楼鸣夕鼓，山寺响晨钟。"

传：传递。如《墨子·号令》："传令里中者以羽。"

⑪ 蹇（jiǎn）驴：跛脚的驴。蹇，跛脚。如东方朔《七谏·谬谏》："驾蹇驴而无策兮，又何路之能极。"又马中锡《中山狼传》："策蹇驴，囊图书。"

⑫ 朝（cháo）天：上朝廷见天子。此处谓上朝廷站班。朝，古代诸侯见天子、臣见君、子见父母的通称。如《春秋·僖公二十八年》："公朝于王所。"又《墨子·非乐上》："王公大人蚤朝晏退，听狱治政，此其分事也。"又《礼记·内则》："昧爽而朝。"天，天子。古代称统治天下的帝王。如《诗经·大雅·常武》："赫赫业业，有严天子。"又《礼记·曲礼下》："君天下，曰天子。"

⑬ 已令：已经使（人）。令，动词，使、叫、让。如《史记·孙子吴起列传》："臣能令君胜。"又沈括《梦溪笔谈·活板》："火烧令坚。"

请急：犹请假、告假。如《宋书·谢灵运传》："出郭游行，或一日百六七十里，经旬不归，既无表闻，又不请急。"又仇兆鳌注引："黄庭坚曰：书记所称取急、请急，皆谓假也。"又钱谦益注曰："请急，晋令：急假者五日一急，一岁中以六十日为限。如《元熹起居注》云：请急跨月，有违宪制。唐令：诸京官请假，职事三品以上给三日，五品以上给十日。"

会：应当。李白《行路难》（之一）："长风破浪会有时，直挂云帆济沧海。"

通籍：记名于门籍。籍，二尺长的竹片，刻姓名于上，挂于宫门外，可以出入宫门。如《汉书·元帝纪》："令从官给事司马中者，得为大父母、父母、兄弟通籍。"

⑭ 男儿：杜甫自指。

绝：最、非常、极。如杜甫《新安吏》："中男绝短小，何以守王城。"又《新唐书·郑虔传》："（虔）常自写其诗并画以献，帝大署其尾曰：郑虔三绝。"

⑮ 焉能：怎么能够。

拳拳：忠谨恳切的样子。如《汉书·贡禹传》："臣禹不胜拳拳，不敢不尽愚心。"

⑯ 神：神色、表情。如魏学洢《核舟记》："（佛印）神情与苏黄不属。"

凛然：形容令人敬畏的神态。如《宋史·米芾传》："望之凛然犹神明。"

⑰ "辛夷"句：意谓辛夷花开了，现在又落了。花开花落，时不待人。

辛夷：香木名，树高两三丈，叶似柿叶而狭长，花似莲而小如盏，色紫，香气馥郁。初出时，苞长半寸，尖如笔头，故一名本笔。江南地暖，正月花开；北地春寒，二月始开。

花蕾可入药。白者名玉兰，亦称望春、迎春。如屈原《九歌·山鬼》："乘赤豹兮从文狸，辛夷车兮结桂旗。"又韩愈《感春》（之一）："辛夷高花最先开，青天露坐始此回。"

⑱"况我"句：意谓何况我与您都已过了壮年时期。

壮年：古以30岁为壮，称三四十岁壮盛时期为壮年。如《文选》中，袁阳源（袁淑）《效古》："勤役未云已，壮年徒为空。"

⑲苦：担忧、发愁、怨恨。如《列子·汤问》："何苦而不平？"又《韩非子·五蠹》："泽居苦水者，买庸而决窦？"又《吕氏春秋·顺民》："越王苦会稽之耻，欲深得民心，以致必死于吴。"

⑳方外：世俗之外。如《淮南子·俶真训》："若夫真人……驰于方外，休乎宇内。"此处指隐士。

稀：少。如《古诗十九首·西北有高楼》："不惜歌者苦，但伤知音稀。"

㉑"速宜"二句：意谓现在我们应当快些在一起，去喝上一斗酒，因为口袋里恰巧有300多个铜钱。

宜：应当、应该。如诸葛亮《前出师表》："不宜妄自菲薄。"又范晔《后汉书·张湛传》："明府位尊德重，不宜自轻。"

相就：在一起。相，互相。如《史记·陈涉世家》："苟富贵，无相忘。"就，靠近。如沈括《梦溪笔谈·活板》："持就火炀之。"

饮一斗：喝一杯。斗，古代酒器，羹斗。如《诗经·大雅·行苇》："酌以大斗，以祈黄耇。"又《公羊传·宣公六年》："熊蹯不熟，公怒，以斗擊而杀之。"

三百青铜钱：《杜臆》卷之二云，"北齐卢思道尝云：'长安酒贱，斗价三百。'此诗'速宜相就饮一斗'云云，正用其语。虽上云'街头酒价常苦贵'，而此云酒贱，诗家不拘也。注不引卢，而引丁谓对真宗语，误矣。丁不过取办口给，以当戏谑，岂实价乎？乃又有引李白'金陵美酒斗十千'之句，疑李杜同时，酒价顿异。不知李亦用曹植'君王宴平乐，美酒斗十千'之语，乃相援以评酒价，所谓痴人前不得说梦也。且酒有美恶，价亦随之；而钱亦随时贵贱，岂有定准乎？"钱谦益注云："鹤曰：唐初无酒禁，乾元二年，京师酒贵。肃宗以廪食方缺，乃禁京城酤酒。建中三年，置肆酿酒，斛收直三千。贞元二年，斗钱百五十。真宗问唐时酒价，丁晋公引此诗以对。丁盖知诗，而未知史也。"青铜钱，青铜所铸之钱。如《新唐书·张荐传》："员外郎员半千数为公卿，称（张）鷟文辞犹青铜钱。"亦作青钱。又杜甫《北邻》："青钱买野竹，白帻岸江皋。"又陆游《春感》诗："青钱三百幸可办，且判烂醉酬郫筒。"又苏轼《山村》："杖藜裹饭去匆匆，过眼青钱转手空。"

【辑评】

一、王嗣奭《杜臆》卷之二

信笔写意，俗语皆诗，他人反不能到。真情实话，不嫌其俗，然"实""又"二字，真可汰也。

二、浦起龙《读杜心解》卷二之一

照转韵截。上言无马,贫而自怜。下约共饮,聊尔相遣。其"东家"四句,以请假不朝,足上无马意。大旨只是伤贫。

三、杨伦《杜诗镜铨》卷四

只是不能亲来访毕一意,既贫难具马,又不可徒步,至告假后更不便出门。作三层写出,语意曲折。

瘦　马　行

　　东郊瘦马使我伤①，骨骼硊兀如堵墙②。绊之欲动转欹侧③，此岂有意仍腾骧④？细看六印带官字⑤，众道三军遗⑥路旁。皮干剥落杂泥滓⑦，毛暗萧条连雪霜⑧。去岁奔波逐余寇⑨，骅骝不惯不得将⑩。士卒多骑内厩⑪马，惆怅恐是病乘黄⑫。当时历块误一蹶⑬，委弃非汝能周防⑭。见人惨澹若哀诉⑮，失主错莫无晶光⑯。天寒远放雁为伴⑰，日暮不收乌啄疮⑱。谁家且养愿终惠，更试明年春草长。⑲

【题解】

　　诗题《文苑英华》作《老马行》。

　　此诗作于唐肃宗乾元元年（758）冬。是年六月，房琯出贬邠州。此时杜甫在京任左拾遗，曾上书救房琯，于是朝廷视杜甫为房琯同党，贬其为华州司功参军，执掌地方祭祀、学校、选举等管理工作。这年冬，杜甫在华州回忆在长安时，有一次偶然出长安东郊，看见一匹被士兵遗弃在路旁的瘦马。杜甫一生爱马，见此状，甚为哀怜。而当时，他的处境犹如那匹瘦马，感叹自身的遭际，于是写下这首诗。仇兆鳌曰："此是乾元元年谪官华州后，追述其事……蔡兴宗以为乾元元年公自伤贬官而作……当从蔡说。"此诗分为两段：开头至"毛暗"8句为第一段，写其瘦骨的外形；后12句为第二段，写其内心的酸楚。

【注释】

　　① 伤：哀怜。如柳永《雨霖铃》："多情自古伤离别，更那堪，冷落清秋节。"

　　② 骨骼（gé）：保持动物体型的骨架。骼，禽兽的骨。泛指骨。如《礼记·月令》："（孟春之月）掩骼埋胔。"

　　硊兀：亦作"硊砐"，突出。如《文选》郭璞《江赋》："碧沙遭漩而往来，巨石硊砐以前却。"又韩愈《送进士刘师服东归》："低头受侮笑，隐忍硊兀冤。"

　　如堵墙：谓马瘦得如一面墙似的。堵，原为古代建筑的单位，多以长高各一丈为一堵。如《诗经·小雅·鸿雁》："之子于垣，百堵皆作。"又可作量词，面，用于墙壁。如陶渊明《五柳先生传》："环堵萧然，不蔽风日。"此处亦作量词。

　　③ "绊之"句：意谓用马缰绳缠住马足，马抗拒转身便显得有些歪斜。

　　绊：用马缰绳缠住马足。如《淮南子·俶真训》："身蹈于浊世之中，而责道之不行也,是犹两绊骐骥,而求其致千里也。"此处是挡住或缠住的意思。

欲:想要。如《论语·述而》:"仁远乎哉?我欲仁,斯仁至矣。"

转:转变。如白居易《琵琶行》:"却坐促弦弦转急。"

攲(qī)侧:歪歪斜斜。攲,斜、侧倚。如《荀子·宥坐》:"吾闻宥坐之器者,虚则攲,中则正,满则覆。"侧,歪斜。如刘向《战国策·秦策》:"妻侧目而视,倾耳而听。"

④"此岂"句:意谓这样子或许是想仍然像过去一样奔驰(在战场上)。

此:代词,这般、这样。如《庄子·养生主》:"嘻,善哉!技盖至此乎?"

岂:副词,大概、或许。表示揣度。如陈寿《三国志·蜀书·诸葛亮传》:"诸葛孔明者,卧龙也,将军岂愿见之乎?"

意:意图、心意。如《史记·项羽本纪》:"今者项庄拔剑舞,其意常在沛公。"

仍:因袭、沿袭。如《论语·先进》:"仍旧贯,如之何。"

腾:奔驰。如《楚辞·大招》:"腾驾步游,猎春囿只。"又张廷玉《明史·李自成传》:"马腾入田苗者斩之。"

骧(xiāng):奔跑、腾跃。如曹植《七启》:"骏骎齐骧,扬銮飞沫。"

⑤六印带官字:意谓瘦马的身上有六个印记,其中一个是"官"字印,说明这匹马曾是唐廷内厩的官马。《唐六典》卷一七:"太仆寺诸牧监……凡在牧之马,皆印。"注:"印右膊以小官字,右髀以年辰,尾侧以监名。皆依左右厢。若形容端正,拟送尚(上)乘,不用监名。二岁(马齿)始春,则量其力。又以飞字印印其左髀、膊,细马次马以龙形印印其项左。送尚乘者,尾侧依左右闲(马厩)印以三花。其余杂马送尚乘者,以风字印印左膊,以飞字印印左髀……官马赐人者,以赐字印。配诸军及充传送驿者,以出字印。并印左右颊也。"

⑥三军:军队的通称。如《论语·子罕》:"三军可夺帅也,匹夫不可夺志也。"又杜甫《遣兴》(之一):"安得廉颇将,三军同晏眠。"

遗:弃。如曹植《七启》:"举不遗才,进各异方。"

⑦剥落:脱落。如《汉书·五行志中》:"今十月也,李梅当剥落,今反华实。"

杂:掺杂、混合。如陶渊明《桃花源记》:"夹岸数百步,中无杂树。"

泥滓:污泥、杂质。如张彦远《历代名画记·论画六法》:"今之画人,笔墨混于尘埃,丹青和其泥滓,徒污绢素,岂曰绘画?"

⑧暗:暗淡、没有光泽、不鲜艳。如苏轼《咏桔》:"菊暗荷枯一夜霜,新苞绿叶照林光。"此处"毛暗"是形容瘦马因病而使毛头生尘,毛色没有光泽。

连雪霜:身上连带着雪霜。连,相连。如王昌龄《芙蓉楼送辛渐》:"寒雨连江夜入吴,平明送客楚山孤。"点明是在冬季被弃在路旁,写出瘦马之可怜。

⑨"去岁"句:唐肃宗至德二载(757)九月,广平王俶、郭子仪收复西京长安,遣使迎上皇还京师。十月,收复东京。肃宗于本月十九日发凤翔,二十八日入西京。此句所写正是此事,杜甫亦于此时携家返长安。

奔:此处指飞快奔跑。如郦道元《水经注·三峡》:"有时朝发白帝,暮到江陵,其间千二百里,虽乘奔御风不以急也。"

波:跑。如李翊《俗呼小录》:"跑之谓波,立之谓站。"

寇：指安史乱军。

⑩ 骅骝：赤色骏马，亦名枣骝。如《荀子·性恶》："骅骝、骐骥、纤离、绿耳，此皆古之良马也。"注："皆周穆王八骏名。"此处谓瘦马原为良马。

将：随从。如杜甫《新婚别》："生女有所归，鸡狗亦得将。"此处谓瘦马愿跟随三军上战场，而不愿被弃于路旁。

⑪ 内：皇宫。唐有西内（皇城）、东内（大明宫）、南内（兴庆宫）之称。如白居易《长恨歌》："西宫南内多秋草，落叶满阶红不扫。"

厩：马圈。如《诗经·小雅·鸳鸯》："乘马在厩，摧之秣之。"

⑫ 惆怅：因失意而伤感。如《论衡·累害》："盖孔子所以忧心，孟轲所以惆怅也。"

恐是：恐怕、担心。如《孟子·梁惠王上》："此惟救死而恐不赡，奚暇治礼义哉？"

是：判断词。如《史记·刺客列传》："襄子至桥，马惊，襄子曰：'此必是豫让也。'"

乘黄：古代神话中的良马名，亦作訾黄、飞黄。《山海经·海外西经》："白民之国……有乘黄，其状如狐，其背上有角，乘之寿二千岁。"又《周书·王会》："白民乘黄。乘黄者，似骐，背有两角。"与此经略异。又《汉书·礼乐志》："訾黄其何不徕下？"应劭注："訾黄，一名乘黄，龙翼而马身，黄帝乘之而仙。"《淮南子·览冥训》："青龙进驾，飞黄伏皁。"高诱注："飞黄，乘黄也，出西方，状如狐，背上有角，寿千岁。"又韩愈《符读书城南》："飞黄腾踏去，不能顾蟾蜍。"后称发迹为飞黄腾达，此处喻瘦马。

⑬ 历块：跨过土块，比喻急速。如《汉书·王褒传》："纵驰骋骛，忽如景靡，过都越国，蹶如历块。"此处指逐寇。

误一蹶：失足跌倒。在这里杜甫用来暗喻自己因救房琯而触怒唐肃宗，一跌不起，此时的命运有如被弃于路旁的瘦马。蹶，跌倒、绊倒。如《吕氏春秋·慎小》："人之情不蹶于山，而蹶于垤（蚂蚁做窝时堆在洞口的小土堆）。"

⑭ 委弃：弃置、抛弃。如李清照《金石录后序》："冬十二月，金寇陷洪州，遂尽委弃。"

汝：指瘦马。

周防：周到地提防。周，周到、细密。如《孙子·谋攻》："辅周则国必强，辅隙则国必弱。"此处以马喻己，是说马无辜而被委弃，犹如自己无罪而被肃宗冷落一样。

⑮ 惨澹：凄凉的景象。如《世说新语·言语》："道壹道人……经吴中，已而会雪下，未甚寒。诸道人问在道所经。壹公曰：'风霜固所不论，乃先集其惨澹。郊邑正自飘瞥，林岫便已皓然。'"又欧阳修《秋声赋》："盖夫秋之为状也，其色惨澹，烟霏云敛。"亦作"惨淡"。

若哀诉：好像诉说自己的悲伤。哀，悲伤、悲痛。如《左传·襄公二十三年》："臧孙入哭，甚哀多涕。"又《谷梁传·成公三年》："三日哭，哀也。"

⑯ 失主：指瘦马被主人所遗弃，现在已没有主人了。

错莫：犹言"落寞"，寂寞冷落。如韦应物《出还》："咨嗟日复老，错莫身如寄。"

无晶光：没有光泽。如乔备《出塞》："阴云暮下雪，寒日昼无晶。"又刘禹锡《昏镜词》："昏镜非美金，漠然丧其晶。"

⑰ 放：流放。如屈原《渔父》："屈原既放，游于江潭，行吟泽畔。"

雁为伴：言荒寂之极，极写瘦马处境之可怜、可哀。

⑱乌啄疮：乌鸦啄食瘦马的疮口，极写瘦马的可怜和悲哀。乌，乌鸦。如《诗经·邶风·北风》："莫赤匪狐，莫黑匪乌。"啄，鸟用嘴取食的样子。如杜甫《秋兴》（之八）："香稻啄余鹦鹉粒。"

⑲"谁家"二句：意谓有哪一位爱马之人愿收留它，等到明年草长马肥之时，再来报收养之恩。暗喻自己也能得到肃宗的录用为国出力。杜甫写此诗的意旨，在此点明。

【辑评】

一、王嗣奭《杜臆》卷之二

注云："为房琯作。"而辗转沉着，忠厚恻怛，感动千古，信如须溪所评。余谓公以救琯致干帝怒，幸以张镐救得解，然自是不甚省录以致降谪。其受累于琯不小，在他人必当恨之，乃公于谢疏仍称其有大体，不肯徇君而弃友。至《瘦马》之行，《别墓》之作，何等惓切！其笃于友谊如此。公凡关系伦常，无非至情抒之于诗，可谓"大德不踰闲"者，其垂名后世，独以诗而已哉！

二、仇兆鳌《杜诗详注》卷之六

此是乾元元年谪官华州后，追述其事。按：黄鹤以为至德二载为房琯罢相而作，则诗中所谓去年者，指至德元载也。蔡兴宗以为乾元元年公自伤贬官而作，则诗中所谓去年者，指至德二载也。今考至德元载，陈陶、青坂王师尽丧，区区病马又何足云。及二载收复长安，人情安堵，故道路旁瘠马亦足感伤。况诗云"去年奔波逐余寇"，明是追言二载事，当从蔡说。

三、浦起龙《读杜心解》卷二之一

兴宗云：乾元元年华州诗，公自伤贬官而作。其说是也。开口用"东郊"二字，华在长安东也。起句唱破，随以三句写其瘦态。不曰可惜，偏曰岂复有意于世，惋惜倍深。中以"细看"二字作提，四述其见遗于今，四推其立功在昔，二原其委弃所由，二状其哀鸣失色，凡作四层，无限曲折。末以"远放"二字自影被斥，"日暮"二字影途穷，此正起句所谓"使我伤"者也。结联，须体贴当日初谪官情事，从一片恋主效忠惆怅发出，非乞怜语也。"去岁"四句，言当时逐寇，非惯战之骅骝不得与也。此马既是军中所遣，必非街巷凡马，定属"内厩"之"乘黄"矣。"恐是"正与"细看"呼应。"误一蹶"，"非能防"，又从"病"字原其受挫，而谅其无辜。具此深衷，可以无失士矣。

四、刘辰翁《集千家注批点补遗杜工部诗集》卷三

展转沉着，忠厚恻怛，感动千古。

义 鹘 行

阴崖二苍鹰①,养子黑柏颠②。白蛇登③其巢,吞噬恣朝餐④。雄飞远求食,雌者鸣辛酸⑤。力强不可制⑥,黄口无半存⑦。其父从西归,翻身入长烟⑧。斯须领健鹘⑨,痛愤寄所宣⑩。斗上捩孤影⑪,噭哮来九天⑫。修鳞脱远枝⑬,巨颡拆老拳⑭。高空得蹭蹬⑮,短草辞蜿蜒⑯。折尾能一掉,饱肠皆已穿。⑰生虽灭众雏,死亦垂千年⑱。物情有报复⑲,快意贵目前⑳。兹实鸷鸟最㉑,急难心炯然㉒。功成失所往㉓,用舍何其贤㉔!近经滺水湄㉕,此事樵夫传。飘萧觉素发㉖,凛欲冲儒冠㉗。人生许与分,只在顾盼间。㉘聊为㉙《义鹘行》,用激壮士肝㉚。

【题解】

此诗当是至德二载(757)十一月至乾元元年(758)六月杜甫在长安期间所写。义,即合乎正义的行为和事情。如《老子·十八章》:"大道废,有仁义。"鹘(此读 hú,亦读 gǔ),一种鹰类的猛禽。一说即隼(sǔn)。杜甫在《画鹘行》中写的也是这种猛禽。义鹘,意谓有侠义之心的鹘鸟。诗中借猛鹘向吞噬幼鹰的白蛇复仇的故事,热情赞扬了爱憎分明、见义勇为的侠义行为。诗人借物抒怀,表现出疾恶如仇的精神。同时也告诫那些恶人,行贪暴罪恶者是不会有好下场的。唐代是一个崇尚侠义的时代。与杜甫同时代的李白、高适等人都有慷慨任侠的经历。杜甫在诗中记录了这样一个"急难心炯然"的义鹘形象,正好反映了时代的风尚。值得注意的是,"功成失所往,用舍何其贤""人生许与分,只在顾盼间"。杜甫对这种侠义精神的激赏不仅是时代风尚使然,而且还有着强烈的个人原因。杜甫写这首诗时,正当因为仗义疏救房琯,而刚刚被贬之际。其对侠义的呼唤正可以作为他自己侠义精神的写照。诗中说,这个故事是从樵夫那里听来的,说明见义勇为除暴的行为是深受老百姓的欢迎的。这是一首寓言诗。寓言故事往往来自民间口头创作,是人民智慧的结晶,往往是社会斗争经验的综合反映。杜甫这首诗将从樵夫那里听来的民间口头创作,写成故事性强、寄寓性深的诗歌并流传千古,这也是杜甫值得赞扬的贡献。

【注释】

① 阴崖:山的北面的悬崖。阴,指山的北面。如《战中策·魏策》:"夫夏桀之国,左

天门之阴,而右天谿之阳。"

二苍鹰:雌雄两只鹰鸟。苍鹰,猛禽名。如《战国策·魏策》:"要离之刺庆忌也,苍鹰击于殿上。"常省称为鹰。如《荀子·法行》:"鹰鸢犹以山为卑而巢增其上。"又王维《观猎》:"草枯鹰眼疾,雪尽马蹄轻。"

② "养子"句:谓养育小鹰的巢筑在昏暗无光的柏树的高处。

黑:昏暗无光。如卢纶《和张仆射塞下曲》(之三):"月黑雁飞高,单于夜遁逃。"

柏(bǎi,旧读 bó):柏树,常绿乔木。如《荀子·大略》:"岁不寒无以知松柏,事不难以知君子。"

颠(diān):原指头额。此处引申为顶部、高处。如《诗经·秦风·车邻》:"有车邻邻(众车之声),有马白颠(白颠马,即白额马,就是指额头有白色毛的马)。"又《史记·孝武本纪》:"而上又上泰山,有秘祠其颠。"又《论衡·累害》:"处颠者危,势半者亏。"

③ 登:上。如《孟子·尽心上》:"孔子登东山而小鲁,登泰山而小天下。"

④ 吞噬(shì):吞食。如《三国志·魏书·崔琰传》:"哲人君子,俄有色斯之志,熊罴壮士,堕于吞噬之用。"噬,吞。如《文选》中潘安仁(岳)《西征赋》:"竟横噬于虎口。"

恣(zì):放纵。如李白《将进酒》:"陈王昔时宴平乐,斗酒十千恣欢谑。"

朝(zhāo)餐:早餐。朝,早晨。

⑤ 辛酸:原意为辣味和酸味。如《艺文类聚》卷五七:"后汉张衡《七辩》:'审其齐和,适其辛酸。'"这里引喻为悲痛苦楚。如《文选·阮籍·咏怀》:"感慨怀辛酸,怨毒常苦多。"

⑥ "力强"句:意谓白蛇凶残,雌鹰无法制止其侵害。

不可:不能。如《孟子·梁惠王上》:"不违农时,谷不可胜食也。"

制:禁止、遏制。如《后汉书·刘玄传》:"转击云社、安陆,多略妇女……州郡不能制。"

⑦ "黄口"句:谓巢里的雏鹰被白蛇吃掉了一大半。

黄口:雏鸟。如《淮南子·天文训》:"蚊虻不食驹犊,鸷鸟不搏黄口。"又谢朓《咏竹》:"青扈飞不碍,黄口得相窥。"

⑧ 长烟:飘着云气的辽阔天空。长,辽阔、辽远。如杜牧《登乐游原》诗:"长空淡淡孤鸟没,万古销沈向此中。"烟,云气。如鲍照《舞鹤赋》:"烟交雾凝,若无毛质。"

⑨ 斯须:片刻、一会儿。如《荀子·非相》:"先虑之,早谋之,斯须之言而足听。"又《史记·乐书》:"君子曰:'礼乐不可以斯须去身。'"

健鹘,强健有力的鹘鸟。健,强壮有力。如《荀子·王制》:"材伎、股肱、健勇、爪牙之士,彼将日日挫顿竭之于仇敌。"

⑩ 痛愤:悲伤、愤恨。痛,悲痛、伤心。如《史记·秦本纪》:"寡人思念先君之意,常痛于心。"愤,愤懑、怨恨。如屈原《九章·惜诵》:"惜诵以致愍兮,发愤以抒情。"

寄:寄托。如《论语·泰伯》:"可以托六尺之孤,可以寄百里之命,临大节而不可夺也。君子人与?君子人也。"

宣:发泄、疏通。如《左传·昭公元年》:"于是乎节宣其气。"又李商隐《行次西郊作》:"列圣蒙此耻,含怀不能宣。"

⑪ 斗:通"陡",突然。如韩愈《答张十一功曹》:"吟君诗罢看双鬓,斗觉霜毛一半加。"又晏几道《菩萨蛮》:"莺啼似作留春语,花飞斗学回风舞。"

上:上天。

捩(lèi):扭转。如《晋书·安平献王孚传》附司马威:"惠帝反正,曰:'阿皮捩吾指,夺吾玺绶,不可不杀。'"

孤影:指鹘鸟单独的模糊形象。孤,单独。如王维《使至塞上》:"大漠孤烟直,长河落日圆。"影,模糊的形象。如苏轼《卜算子》:"谁见幽人独往来,缥缈孤鸿影。"

⑫ 噭(jiào)哮:此处指鹘鸟怒叫声。噭,大声喊叫、呼喊。如《公羊传·昭公二十五年》:"昭公于是噭然而哭。"哮,野兽怒吼的样子。如曹植《七启》:"哮阚(kàn)之兽,张耳奋鬣。"

九天:极言其高。如《孙子·形》:"善攻者,动于九天之上。"又李白《望庐山瀑布》之二:"飞流直下三千尺,疑似银河落九天。"

⑬ "修鳞"句:意谓白蛇被鹘鸟攻击后从高高的树上掉下来。从此句开始以下8句写鹘鸟击死白蛇的过程。

修鳞:指白蛇。修,长。如屈原《离骚》:"路曼曼其修远兮,吾将上下而求索。"鳞,原为有鳞动物的总称。如《周礼·地官·大司徒》:"其动物宜鳞物。"注:"鳞物,鱼龙之属。"指白蛇。

脱:离开。如《老子·三十六章》:"鱼不可脱于渊,国之利器不可以示人。"

⑭ 巨颡(sǎng):此处指白蛇的大头。颡,原指额。如《周易·说卦》:"其于人也,为寡发,为广颡。"引申为白蛇的头。

拆:裂、绽开。如《诗经·大雅·生民》:"不拆不副,无菑无害。"

老拳:原指结实的拳头。如《晋书·石勒载记下》:"初,勒与李阳邻居,岁常争麻地,迭相殴击……(及为赵王)乃使召阳。既至,勒与酣谑,引阳臂笑曰:'孤往日厌卿老拳,卿亦饱孤毒手。'"此处指鹘鸟健壮有力的利爪。

⑮ 蹭(cèng)蹬:遭到挫折,失势貌。此处指白蛇在空中拼力挣扎。

⑯ 辞蜿蜒(wān yán):指白蛇失去爬行的能力。辞,失去。蜿蜒,龙蛇屈曲爬行的样子。如曹植《九愁赋》:"御飞龙之蜿蜒,扬群电之华旌。"("高空"二句注释参见张忠纲《杜甫诗选》)

⑰ "折尾"二句:谓虽然白蛇那已折断的尾巴还能摇一下,但是曾吃过雏鹰的肚肠却已被鹘爪抓穿。

折:折断。如白居易《李都尉古剑》:"可使寸寸折,不能绕指柔。"

掉:摆动、摇动。如《左传·昭公十一年》:"末大必折,尾大不掉。"

穿:穿透、穿破。如陈寿《三国志·蜀书·诸葛亮传》:"强弩之末,势必不能穿鲁缟。"

⑱ 垂千年:指白蛇之死的故事,可以作为恶有报的事例流传下来,垂鉴千年。

⑲ 物情:人之常情。如《后汉书·爰延传》:"夫爱之则不觉其过,恶之则不知其善,所以事多放滥,物情生怨。"

报复:酬报或复仇。如《三国志·蜀书·法正传》:"一餐之德,睚眦之怨,无不报复。"

⑳ 快意：称心。如《史记·李斯列传》："今弃击瓮叩缶而就郑卫，退弹筝而取昭虞，若是者何也？快意当前，适观而已矣。"又陈师道《绝句》："书当快意读易尽，客有可人期不来。"

贵：宝贵。如《论语·学而》："礼之用，和为贵。"

目前：眼前。如《列子·杨朱》："目前之事，或存或废，千不识一。"

㉑ "兹实"句：意谓这只义鹘实在是鸟中品德最好的。

兹：这、此。如《史记·秦始皇本纪》："登兹泰山，周览东极。"

实：实在。如《左传·庄公八年》："我实不德，齐师何罪？"

鸷鸟：凶猛的鸟。如《孙子·势》："鸷鸟之疾，至于毁折，节也。"此处指义鹘。

最：极。如《论衡·初禀》："王者，尊贵之率，高大之最也。"

㉒ "急难"句：意谓鹘鸟心地光明正大地救人急难。

炯（jiǒng）：心地光明正大。如李白《感兴》（之六）："高节不可奇，炯心如凝丹。"

㉓ "功成"句：意谓鹘鸟为苍鹰报了仇之后就悄悄地飞走了。

失：找不到。如王勃《滕王阁序》："关山难越，谁悲失路之人。"

所往：到什么地方去了。所，地方、处所。屈原《离骚》："何所独无芳草兮，尔何怀乎故宇？"往，去。如《尚书·舜典》："帝曰：'俞，汝往哉！'"

㉔ "用舍"句：谓鹘鸟从飞来到飞走表现了它是多么有德行有才能呵！

用舍：即"用行舍藏"的省语。意谓被任用即行其道，不任用即退而隐居。如《论语·述而》："子谓颜渊曰：'用之则行，舍之则藏，惟我与尔有是夫。'"蔡伯喈（邕yōng）《陈太丘碑文序》："其为道也，用行舍藏，进退可度。"（《文选》）

何其：多么、何等，用于感叹句。如《礼记·哀公问》"哀公问于孔子曰：'大礼何如？君子之言礼，何其尊也？'"又《史记·樊哙列传》："始陛下与臣等起丰沛，定天下，何其壮也！"宋代郭祥正《金山行》："一朝登临重太息，四时想像何其雄！"

㉕ 潏（jué）水湄（méi）：潏水，亦名沈水或沇水。关中八川之一。源出陕西西安市长安区南秦岭，西北流歧为二：一北流为皂水（今名皂河），注入渭水；一西流合高水，注于沣水。湄，岸边水与草交接的地方。如《诗经·秦风·蒹葭》："所谓伊人，在水之湄。"

㉖ 飘萧：飘动的样子。如元稹《书异》诗："飘萧北风起，皑雪纷满庭。"

觉：发觉、察觉。如王勃《滕王阁序》："天高地迥，觉宇宙之无穷。"

素发：白发。如《文选》：潘安仁（岳）《秋兴赋》："斑鬓髟以承弁兮，素发飒以垂领。"

㉗ 凛（lǐn）：令人敬畏。如刘禹锡《蜀先生庙》："天下英雄气，千秋尚凛然。"

欲：即将、快要。如许浑《咸阳城东楼》："溪云初起日沉阁，山雨欲来风满楼。"又白居易《问刘十九》："晚来天欲雪，能饮一杯无？"

儒冠：儒生戴的帽子。如《史记·郦生陆贾列传》："沛公不好儒，诸客冠儒冠者，沛公辄解其冠，溲溺其中。"后来转作儒生之称。此处是杜甫自称。

㉘ "人生"二句：意谓在与人相处时，应许帮助对方时，在那片刻之间就能表现出来是否真诚。

许与（yǔ）：应允助别人。许，应允。如《左传·隐公元年》："亟请于武公，公弗许。"与，帮助。如欧阳修《泷冈阡表》："汝父为吏廉，而好施与。"

分（fèn）：情分。

顾盼：指极短的时间。如沈括《梦溪笔谈·杂志二》："冬月风作有渐，船行可以为备。唯盛夏风起于顾盼间，往往罹难。"

㉙ 聊为：姑且、暂且。如屈原《九章·哀郢》："登大坟以远望兮，聊以舒吾忧心。"

㉚ "用激"句：意谓写这首诗的用意是以此来激发壮士们的心。

肝：胆量、血性。如《史记·淮阴侯列传》："臣愿披腹心，输肝胆，效愚计。"

【辑评】

一、王嗣奭《杜臆》卷之二

是太史公一篇义侠客传，笔力相敌，而叙鸟尤难。鸟有"父"，下语极新极稳，更无字可代。至"斗上捩孤影"八句，模神写照，千载犹生。"快意贵目前"一语，令人快心，令人解颐。谭云："天道反不能如此。""功成失所往，用舍何其贤"，分明是一个鲁仲连。钟云："发许大道理。"又云："住此便有味有法，多下一段可恨。"余谓论他人诗应如是，杜又不然。"人情许与分，只在顾盼间"，道理更大，明是季札挂剑心事，其可少耶？

二、仇兆鳌《杜诗详注》卷之六

鹤注：当是乾元元年在长安作。诗云"近经滴水湄"可见。王彦辅曰："此感禽鸟能见义而动也。"周甸注《埤雅》：旧言鹊有义性，有擒有纵。李邕《鹘赋》所谓"营全鸠以自暖，乃诘朝而见释"者也。……吴山民曰：子美平生，要借奇事以警世，故每每说得精透如此。诗说老鹘仁慈义勇，所以感动人情，而其慷慨激昂，正欲使毒心人敛威夺魄。

三、浦起龙《读杜心解》卷一之二

奇情恣肆，与子长《游侠》《刺客》列传，争雄千古。首一段，原题也，叙事明净，而"斯须领健鹘"一句暮入，手法矫捷。中一段，先八句写生，笔笔叫绝：其来有声势，其击有精神，其负痛伏辜有波折。"饱肠已穿"，令我一叹，炯鉴在"饱"字。次八句，咏叹，笔又超绝。"死垂千年"，犹所谓"遗臭万年"也。"心炯然"，所谓较然不欺其志者也。"失所往"，更超，所谓不矜其能，羞伐其德，世所称贤豪间者也。后一段，明作诗之由。"飘萧"十字作一句读。"许与""顾盼"，通篇结穴。读此而无动于中者，全无心肝人也。评者云：假事为此，用意在末。其说非也。公自是闻此事而作。大手笔人，正要即物写照，不肯学躲闪法。公有《雕赋》，天宝间作。类附于此。

四、卢世㴶《杜诗胥钞·大凡》

子美千古大侠，司马迁之后一人。子长为救李陵，而下腐刑；子美为救房琯，几陷不测，赖张相镐申救获免，坐是蹉跌，卒老剑外，可谓为侠所累。

戏赠阌乡秦少府短歌

去年行宫当太白①,朝回君是同舍②客。同心不减③骨肉亲,每语见许文章伯④。今日时清两京道⑤,相逢苦觉人情好⑥。昨夜邀欢乐更无⑦,多才依旧能潦倒⑧。

【题解】

此诗作于唐肃宗乾元元年(758)冬。阌(wén)乡,汉湖县,属京兆府,因津以名邑。北周明帝二年(558)置阌乡郡,隋开皇十六年(596)改为阌乡县。宋以后属陕州。1954年并入河南灵宝县(今灵宝市)。秦少府,名不详,是杜甫的旧友。少府为县尉的别称。唐代称县令为明府,县尉为县令之佐,故称少府。一作"少公"。杜甫写此诗时,秦少府在阌乡县尉任。这首诗写旧友重逢,感情依旧。赞美友情持久,是杜甫的一贯主题,见其为人的忠厚。前4句回忆两人往日的交情,后4句写两人途中的欢聚。诗的末尾对秦少府不被重用的潦倒境况进行调侃,实乃代为不平。同时亦为自况。

【注释】

①"去年"句:意谓至德二载(757)唐肃宗在凤翔,直至十月归长安。

行宫:古代京城以外供帝王出行时居住的宫殿。如左思《吴都赋》:"古先帝代,曾览八纮之洪绪,一六合而光宅……乌闻梁岷有陟方之馆、行宫之基欤。"又白居易《长恨歌》:"行宫见月伤心色,夜雨闻铃肠断声。"

当:相当于"在"。如《史记·项羽本纪》:"当是时,项王兵四十万。"

太白:山名。也作太乙、太壹。在今陕西省周至县南,南连武功山。于诸山最为秀出,冬夏积雪,望之皓然,故名曰太白。如李白《蜀道难》:"西当太白有鸟道,可以横绝峨眉巅。"由于太白山距离肃宗凤翔行宫很近,故曰:"行宫当太白。"

②朝(cháo)回:下朝回去之后。杜甫去年在凤翔任肃宗朝的左拾遗,故云。

君:指秦少府。

同舍:共同住在一个客舍。当时凤翔是肃宗的行宫,官员都在临时房舍居住,故云。

③同心:思想感情和睦。同,和睦。如《吕氏春秋·君守》:"离世别群,而无不同。"心,思想感情。如《荀子·非相》:"故相形不如论心。"

减:次于。如《晋书·谢安传》:"此儿风神秀彻,后当不减王东海。"

④"每语"句:意谓常常在交谈中,表现出你出众的文学才华。每,常常。如《后汉书·孝仁董皇后纪》:"后每欲参干政事,太后辄相禁塞。"语,诗文或谈话中所指的字、

词、句。如杜甫《江上值水如海势聊短述》："为人性僻耽佳句，语不惊人死不休。"又《宋史·李肃传》："十岁为诗，往往有警语。"

见（xiàn）：表现。如《荀子·儒效》："造父者，天下之善御者也，无舆马则无所见其能。"

许：赞许。如《孟子·梁惠王上》："明足以察秋毫之末而不见舆薪，则王许之乎？"

文章：文辞、文采。如《汉书·公孙弘传论》："文章则司马迁、相如，滑稽则东方朔、枚皋。"又《后汉书·爱窦章传》："章字伯向，少好学，有文章。"

伯：擅长一技或某一方面出众。此处指其出众的文学才华。

⑤"今日"句：意谓现在长安和洛阳（没有战乱）道路都很太平。

清：太平。如《吕氏春秋·序意》："盖闻古之清世，是法天地。"

两京：汉代西京长安、东京洛阳。如谢灵运《会吟行》："两京愧佳丽，三都岂能似。"此处沿用汉代的旧称。

⑥苦觉好：仇注：乃当时方言。苦，极力、竭力。如《世说新语·识鉴》："王大将军（敦）始下，杨朗苦谏，不从。"又《晋书·王洽传》："寻加中书令，……苦让，遂不受。"觉，感到。如《后汉书·爰延传》："夫爱之则不觉其过，恶之则不知其善。"

⑦乐更（gèng）无：仇注："更无如此之乐。"更，再、复。如王维《送元二使安西》："劝君更进一杯酒，西出阳关无故人。"

⑧能：如此、这样。如张九龄《庭梅咏》："芳意何能早，孤荣亦自危。"

潦倒：蹉跎失意、不得志。如李华《卧疾舟中相里范二侍御先行赠别序》："华也潦倒龙钟，百疾丛体，衣无完帛，器无兼蔬。"

【辑评】

一、王嗣奭《杜臆》卷之二

"行宫在凤翔，时两京未复。今两京复矣，时已清矣，相逢而情好如故。邀欢而乐不如前，岂谓两京虽复，而史思明安庆绪未平耶？"潦倒：当是失意貌。

二、仇兆鳌《杜诗详注》卷之六

四句转韵。上忆往日交情，下喜中途欢聚。乐更无，谓更无如此之乐。秦抱才而为下吏，故曰依旧潦倒。

三、浦起龙《读杜心解》卷二之一

结语隽，"多才"则不堪下位矣，少府乃依旧"能"之，"能"字绝难。

洗 兵 行

　　中兴诸将收山东①，捷书夜报清昼同②。河广传闻一苇过③，胡危命在破竹中④。只残邺城不日得⑤，独任朔方无限功⑥。京师皆骑汗血马，回纥馁肉蒲萄宫⑦。已喜皇威清海岱⑧，常思仙仗过崆峒⑨。三年笛里关山月⑩，万国兵前草木风⑪。成王功大心转小⑫，郭相谋深古来少⑬。司徒清鉴悬明镜⑭，尚书气与秋天杳⑮。二三豪俊为时出⑯，整顿乾坤济时了⑰。东走无复忆鲈鱼⑱，南飞觉有安巢鸟⑲。青春复随冠冕入⑳，紫禁正耐烟花绕㉑。鹤驾通宵凤辇备，鸡鸣问寝龙楼晓㉒。攀龙附凤势莫当㉓，天下尽化为侯王㉔。汝等岂知蒙帝力㉕，时来不得夸身强㉖。关中既留萧丞相㉗，幕下复用张子房。张公一生江海客，身长九尺须眉苍㉘。征起适遇风云会，扶颠始知筹策良㉚。青袍白马更何有㉛，后汉今周喜再昌㉜。寸地尺天皆入贡，奇祥异瑞争来送㉝。不知何国致白环㉞，复道诸山得银瓮㉟。隐士休歌紫芝曲㊱，词人解撰河清颂㊲。田家望望惜雨干，布谷处处催春种㊳。淇上健儿归莫懒，城南思妇愁多梦㊴。安得壮士挽天河，净洗甲兵长不用㊵。

【题解】

　　此诗一作《洗兵马》。洗兵，谓洗净兵器，收藏起来，指停止战争。如《文选》中，晋代左思《魏都赋》："洗兵海岛，刷马江洲。"唐代吕向注："谓战胜将休兵，欲还师，乃洗刷兵马于海岛江洲也。"诗题下原注："收京后作。"此诗大约写于乾元二年（759）春二月，正当唐军围攻邺城尚未溃败之时，当时杜甫自陆浑庄至东都洛阳。诗中对当时唐军用兵之形势充满殷切的希望。据《资治通鉴》载，乾元元年（758）十月，郭子仪自杏园渡黄河，东至获嘉，破安太清叛军。安太清走保卫州，郭子仪进军围之。鲁炅自阳武，季光琛、崔光远自酸枣渡河，李嗣业在卫州与郭子仪会合。安庆绪叛军聚集邺中之众七万人来救卫州，郭子仪又大破之，遂拔卫州。安庆绪败走，郭子仪等追至卫城，许叔冀、董秦、王思礼及河东兵马使薛兼训等皆引兵继至。安庆绪拒战于悉思冈，又败，乃入城困守，郭子仪等围之。这时唐军又以宦官鱼朝恩为观军容使，围邺城之九节度之师，号令不一。故杜甫在诗中提出任命朔方节度使郭子仪为统帅，以收战功。诗中"中兴诸将"，即指郭子仪等。诗末提出收京之后，"净洗甲兵长不用"。然而，这只是一种幻想。当时以及后来的事实证明（如后来诸多杜诗所描写的），这仅是一个不可能实现的愿望。全诗以喜胜利、颂中兴、望太平为再昌，情深气壮，最见诗人的政治气度。全诗共分4段，每段一韵，每韵12句，且平仄相间，笔力矫健，词气苍老，洵称杰作。

【注释】

① 中兴：指王朝由衰落而重新振兴。如《诗经·大雅·烝民·序》："任贤使能，周室中兴焉。"此处谓杜甫希望唐王朝经安史之乱后能出现中兴。

诸将：指成王（先为广平王）李俶、郭子仪、李光弼等将领。

收山东：收，指收复曾被安史叛军占领的地方。山东，泛指华山以东，包括河北一带的地区。

天宝十四载（755）十一月，安禄山在范阳发动叛乱。河北郡县多望风瓦解。在京城，于时承平日久，民不知战，六军宿卫皆市人，不能受甲，高仙芝、封常清等师出均败。十二月，陷东京，前锋西至陕郡。[参见岑仲勉《隋唐史》（上册），中华书局1982年版，第270页]天宝十五载即肃宗至德元载（756）正月，安禄山在洛阳称帝，国号燕，年号圣武。六月，哥舒翰兵败灵宝被俘，潼关失守。玄宗幸蜀，留太子李亨讨安禄山。长安沦陷。七月，太子李亨到灵武（今宁夏灵武南），即位后改元至德，是为肃宗，尊玄宗为太上皇。九月，以广平王李俶（后改名豫，唐肃宗之子，后即位为代宗）为天下兵马元帅，李泌为侍谋军国、元帅府行军长史。战屡胜。至德二载（757）正月，安禄山被其子安庆绪所杀。安禄山本姓康，名轧荦山，营州柳城（今辽宁朝阳）人，从突厥族后父姓安。当月，史思明围太原。二月，河北节度使李光弼从太原出兵解围。九月，回纥怀仁可汗子叶护率精兵4000余人到凤翔（此前二月，唐肃宗已从灵武迁到凤翔）。广平王李俶、天下兵马副元帅郭子仪率朔方军与回纥、西域之众，大破叛军，收复西京长安。十月，唐军收复东京洛阳，安庆绪杀所获唐将哥舒翰等而逃。回纥兵入东京，收府库积帛。又大掠三日而去，"回纥之对唐，与突厥无异，止贪财货而非贪土地"[岑仲勉《隋唐史》（上册），中华书局1982年版，第273页]。安庆绪在邺郡（治今河南安阳）改元天成。至德三载（二月改"载"为"年"，改元乾元，时公元758年）二月，以殿中监李辅国兼太仆卿，判元帅府行军司马，势倾朝野。三月，立张淑妃（即张良娣）为后。五月，立成王俶为太子（十月，改名豫）。九月，命郭子仪、李光弼等九节度使攻安庆绪，不立元帅，以宦官鱼朝恩为观军容使。乾元二年（759）正月，史思明在魏州称大圣燕王。三月，郭子仪等九节度使与史思明战，兵溃。郭子仪以朔方军断河阳桥，保东京。

② "捷书"句：意谓捷报昼夜不停地传来，夜里与白天传来的内容相同。王师胜利已确定无疑。

③ "河广"句：化用《诗经·卫风·河广》中的"谁谓河广，一苇航之"，形容官军很容易地渡过黄河。

河：指黄河。如《书经·禹贡》："导河，积石，至于龙门。"又《尔雅·释水》："河出昆仑虚，色白；所渠并千七百一川，色黄；百里一小曲，千里一曲一直。"

传闻：自他人转述而得到，有别于亲见亲闻。如《汉书·西域传·乌弋山离国》："安

息长老传闻条支有弱水。"

一苇：捆苇草当筏。后用作小船的代称。如《诗经·卫风·河广》："一苇航之。"又《疏》："言一苇者，谓一束也；可以浮之水上而渡，若桴筏然，非一根苇也。"又《三国志·吴书·贺邵传》上疏："长江之限，不可久恃，苟我不守，一苇可航也。"又苏轼《前赤壁赋》："纵一苇之所如，凌万顷之茫然。"苇，芦苇。李时珍《本草纲目·草部》："毛苌诗疏云：'苇之初生曰葭，未秀曰芦，长成曰苇。'"

④"胡危"句：意谓唐军节节胜利，势如破竹，叛军被歼灭的命运就在眼前。

胡：指安禄山叛军。

危：危急、危险。如《孟子·梁惠王上》："上下交征利，而国危矣。"又《韩非子·难一》："民怨则国危。"

命：命运。如《孟子·万章上》："莫之为而为者，天也；莫之致而至者，命也。"

破竹：比喻顺利无阻，极言其易。如《晋书·杜预传》："今兵威已振，譬如破竹，数节之后，皆迎刃而解，无复着手处也。"

⑤只残：仅剩下。只，仅仅的意思。如《汉书·司马迁传》："今虽欲自雕琢，曼辞以自解，无益于俗不信，只取辱耳。"残，剩余。如《汉书·楚元王传附刘歆》："信口说而背传记，是末师而非往古……犹欲保残守缺，挟恐见破之私意，而无从善服义之公心。"

邺（yè）城：即相州。北周于安阳置相州。隋废。唐复曰相州。改邺郡。后复为相州。治所在今河南省安阳市。

不日得：形容很快就能收复邺城。此诗写在九节度使围邺城兵溃之前。不日，不到一天时间。不，不到。如《孟子·梁惠王上》："直不百步耳，是亦走也。"

⑥"独任"句：意谓只有任用郭子仪的朔方军就可以成就大功。

独：只有。如《史记·孝文本纪》："方今高帝子独淮南王与大王。"

任：用、任用。如《吕氏春秋·乐成》："此二君者，达乎任人也。"

朔方：唐代方镇名，为玄宗时边防十大节度使之一。治所在灵州，今宁夏灵武西南。此处指朔方节度使郭子仪和他所率领的朔方军。

⑦"京师"二句：意谓许多回纥军人骑着汗血马进入长安，他们备受唐皇室的优待。

汗血马：古代一种骏马。如《汉书·武帝纪》："太初四年春，贰师将军李广利，斩大宛王首，获汗血马来，作《西极天马之歌》。"注："应劭曰：大宛旧有天马种，蹋石汗血。汗从前肩髆（bó，古同"膊"，肩膀）出，如血。号一日千里。"此处指回纥军队骑的骏马。

回纥：古族名。北魏时称"袁纥"，为当时铁勒东支诸氏族之一，游牧于鄂尔浑河和色楞格河流域。隋时改称"韦纥"，迁至土拉河北。大业年间（605—618），因反抗西突厥统治的压迫，联合附近仆固、同罗、拔野古等部落，成立同盟，总称"回纥"。唐贞观三年（629）助唐灭东突厥。贞观二十年（646），助唐灭薛延陀，唐朝即以漠北地区置回纥瀚海都督府。显庆元年（656），助唐灭西突厥。天宝三载（744），得唐朝助力，再灭后起的东突厥。建牙鄂尔浑流域上游于都介山，仍以游牧为主。辖境东起大兴安岭，西至阿尔泰山，南界河套，北抵贝加尔湖。有文字（突厥文、粟特文）。两次助唐平定安史之乱，唐三次以公主嫁回纥可汗。贞元四年（788），自请改称"回鹘"。开成五年（840）为叶尼塞河上游的黠戛斯人所破，余众三支西迁，和原住在河西和西域的同族人相汇合而分为河西回鹘（或甘州回鹘）、高昌回鹘（或西州回鹘）和喀喇汗王朝（即黑汗王朝，或葱岭西回鹘）。

饻：同"喂"，喂养。如白居易《与沈杨二舍人阁老同食敕赐樱桃玩物感恩因成十四韵》："最惭恩未报，饱喂不才身。"

蒲萄宫：如仇兆鳌注引《匈奴传》："元帝元寿二年，单于来朝，舍之上林苑蒲陶宫。"此处借喻唐肃宗在宣政殿接待回纥叶护可汗一事。又《通鉴》卷二二〇："（至德二载十月）癸酉，回纥叶护自东京还，上命百官迎之于长乐驿。上与宴于宣政殿。"

⑧皇：君主。上古有三皇，秦后称君主为皇帝，简称皇。如杜牧《阿房宫赋》："王子皇孙，辞楼下殿。"

清：清除。如刘肃《大唐新语·文章》："岂不厌艰险，只思清国仇。"此处指清除叛军。

海岱：《禹贡》："青徐二州之地。东海与泰山之间之地。"指代今山东一带地区。

⑨"常思"句：提醒唐肃宗在回到西京后，要时常回想以前在灵武即位时的艰难困苦。

仙仗：皇帝的仪仗。如岑参《奉和中书舍人贾至早朝大明宫》："金阙晓钟开万户，玉阶仙仗拥千官。"

崆峒：山名，在甘肃平凉市西。亦作"空桐""空同"。又名鸡头、笄头、汧屯、牵屯、薄洛等。《史记·五帝纪》中，"（黄帝）西至于空桐，登鸡头"的"空桐"即此。泾水发源于此山。见《元和郡县志》卷三"原州"。西京沦陷后，唐肃宗往灵武、凤翔时经过此山。

⑩"三年"句：意谓三年来战争一直不断。

三年：浦起龙注曰："自至德元载至是，凡越三年。"此处谓唐肃宗至德元年（756）七月在灵武即位至乾元二年（759）二月，已有三年多时间。

笛里关山月：笛声里奏出关山月的乐曲。关山月，汉乐府横吹曲名，多写边塞士兵久戍不归和家人伤离别之情。原歌词已亡佚，现存歌词为南北朝以来文人所作。（参见《乐府诗集·卷二一·横吹曲辞序》和该诗集卷二十三《关山月序》）

⑪"万国"句：意谓到处兵荒马乱，人心惶惶。

万国：统指全国各地。万，极言其多。如王充《论衡·艺增》："夫千与万，数之大名也，万言众多，故《尚书》言万国，《诗》言千亿。"国，地域。如王维《相思》："红豆生南国，春来发几枝。"

兵前草木风：杨伦《杜诗镜铨》引《晋书·苻坚载记》："苻坚与苻融登城而望王师……八公山草木皆类人形……风声鹤唳，草木皆兵。"之后解释曰："此言兴师以来，笛咽关山，兵惊草木，征戍之勤，锋镝之惨，为不可忘也。"此处是提醒唐肃宗要想到自发生安史之乱以来，人心惶惶，草木皆兵，广大人民深受战乱之苦，希望唐肃宗积极组织平叛，使人民早日恢复安定的生活。

⑫成王：指李俶，初封广平王。至德二载（757）十二月，进封楚王。乾元元年（758）三月，徙封为成王。五月，立为皇太子。更名豫，即后来的代宗。

功大：在收复两京的战争中，李俶任天下兵马元帅。《旧唐书·肃宗纪》载，至德二

载冬十月,"广平王统郭子仪等进攻,与贼战陕西之新店,贼众大败,斩首十万级,横尸三十里。……壬戌(十九日),广平王入东京,陈兵天津桥南,士庶欢呼路侧。"

心转小:思想转变得精细起来。心,思想。如《后汉书·霍谞传》:"人心不同,譬若其面。"转,转变。如白居易《琵琶行》:"却坐促弦弦转急。"小,细。如《周礼·考工记·轮人》:"毂小而长则作柞。"此处引申为精细。这句诗为褒扬之中寓含规诫之意。

⑬郭相:指郭子仪。他在至德元年(756)八月为兵部尚书。同中书门下平章事(商量、处理国家政事)。乾元元年(758)八月又为中书令(居于相位)。

谋深古来少:《唐大诏令集》:"肃宗于乾元元年三月三日下《郭子仪东京畿山东河南诸道元帅制》:称赞郭子仪'识度弘远,谋略冲深……故能扫清强寇,收复二京,建兹大勋,成我王业。……以今观古,未足多之。'"杜甫的赞语据此。

⑭司徒:指李光弼。至德二载(757)四月他以功加检校司徒。

清鉴悬明镜:高明的鉴别力如高悬的镜子一样。如《旧唐书·高季辅传》:"凡所铨叙,时称允当。太宗赐金背镜一面,以表其清鉴焉。"史载,至德二载(757)十二月,史思明请降,封归义王、范阳节度使。此时,李光弼料定史思明此后必定再叛。果然不出所料,至德三载(758)六月,史思明再叛。乾元二年(759)正月,史思明在魏州称大圣燕王。可见李光弼鉴明能力之高。

⑮尚书:指王思礼,时任兵部尚书。

气:气概。如《商君书·算地》:"勇士资在于气。"又《孙子·军争篇》:"故三军可夺气,将军可夺心。"

秋天杳(yǎo):如秋季天空一样高远广大。杳,遥远、广大。如江淹《杂体诗·谢临川游山》:"平明登云峰,杳与庐霍绝。"又鲍照《芜城赋》:"灌莽杳而无际。"

⑯二三豪俊:指以上诗中所褒扬的李俶、郭子仪、李光弼、王思礼等。

为(wèi)时出:应时运而产生的意思。为,介词,表示原因可译为"因为"。如《史记·留侯世家》:"为其老,强忍,下取履。"时,时势。如《史记·淮阴侯列传》:"夫功者,难成而易败;时者,难得而易失也。"出,显现、显露。如《周易·系辞上》:"河出图,洛出书,圣人则之。"

⑰"整顿"句:意谓靠这些英才平定安史之乱,整治好国家。如《资治通鉴》卷二二〇,至德二载十一月,"广平王俶、郭子仪来自东京,上劳子仪曰:'吾之家国,由卿再造。'"

整顿:整治。如《史记·张耳陈馀列传》:"今范阳令宜整顿其士卒以守战也。"

乾坤:原意为《周易》的乾卦和坤卦。《周易》认为"乾坤"属于阴阳范畴,是构成宇宙万物的原始物质。后用来指"天地"。如班固《东都赋》:"俯仰乎乾坤,参象乎圣躬。"指日月。如杜甫《登岳阳楼》:"吴楚东南坼,乾坤日夜浮。"此处指国家。如《敦煌曲子词·浣溪沙》:"竭节尽忠扶社稷,指山为誓保乾坤。"

济时:救世。如《国语·周语中》"宽所以保本也,肃所以济时也,宣所以教施也,惠所以和民也。"

了:完毕、结束。如李煜《虞美人》:"春花秋月何时了,往事知多少?"

⑱"东走"句:意谓用西晋张翰因忆鲈鱼东归的事。《世说新语·识鉴》:"西晋时吴人张翰(字季鹰),为齐王东曹掾,在洛阳因见秋风起,思吴中菰菜羹、鲈鱼脍,曰:'人

生贵得适意尔，何能羁宦数千里以要名爵？'遂命驾便归。俄而齐王败，时人皆谓见机。"张翰东归是以思乡为名，实为避西晋末年之乱。杜甫反用其意，谓安史之乱即将平息，不必因避乱而东归了。此句运用倒装句法，实为"无复忆鲈鱼东走"。

⑲"南飞"句：意谓因战乱流落他乡的人可以回家过安居乐业的生活。

南飞：曹操《短歌行》："月明星稀，乌鹊南飞；绕树三匝，何枝可依？"杜甫反用其意，谓安史乱平，南归不再是"无枝可依"。

安巢鸟：以鸟安逸地在巢中，喻人民安居乐业。鸟之"安巢"如人之"安宅"。《孟子·离娄上》："仁，人之安宅（安居）也。"

⑳"青春"句：意谓（收两京后）仿佛春光又随着百官进入朝廷。

青春：指春季。如《楚辞·大招》："青春受谢，白日昭只。"

冠冕：仕宦的代称。如《三国志·魏·王昶传》："今汝先人，世有冠冕。"

入：此指进入皇宫。

㉑紫禁：即皇宫。古代以紫微星比喻皇帝的住处，故称皇宫为"紫禁宫"。紫微，星座名，三垣之一。又星名。参见《史记·天官书》《宋书·天文志》，后以此星名喻帝王宫殿。《艺文类聚》卷六十二："《后汉李尤德阳殿铭》曰：皇穹垂象，以示帝王，紫微之则，弘诞弥光。"禁，帝王宫殿。如《史记·秦始皇本纪》："二世常居禁中。"

正耐：正好能够相称。正，正好、刚好、恰好。如《资治通鉴·汉献帝建安十三年》："今卿廓开大计，正与孤同。"耐（旧读 néng），通"能"，能够。如戴圣《礼记·乐记》："故人不耐无乐。"又王充《论衡·无形》："试令人损益苞瓜之汁，令其形如故，耐为之乎？"

烟花：泛指春天的景色。如李白《黄鹤楼送孟浩然之广陵》："故人西辞黄鹤楼，烟花三月下扬州。"又杜甫《清明》："秦城楼阁烟花里，汉主山河锦绣中。"

绕：环绕。如《后汉书·西域传》："河水分流绕城，故号交河。"

㉒"鹤驾"二句：意谓太子李豫的鹤驾既来，肃宗的凤辇也已准备完毕。父子二人每天按时向太上皇玄宗请安，在玄宗的宫殿前等到天亮。玄宗、肃宗父子之间存在矛盾已不是秘密，而杜甫偏要这样颂扬，实为寄寓着讽喻之意。

鹤驾：太子所乘之车。旧题刘向《列仙传上·王子乔》："王子乔者，周灵王太子也。好吹笙，作凤凰鸣，游伊洛之间。道士浮丘公接以上嵩高山。三十余年后……果乘白鹤驻山头，望之不可到，举手谢时人，数日而去。"后世因此称太子之驾为鹤驾。此处指太子李豫之车。

凤辇：帝王之车。如《文苑英华》卷一七五·沈佺期：《陪幸韦嗣立山庄·侍宴应制》："虹旗紫秀木，凤辇拂疏筇。"又《宋史·舆服志一》："凤辇，赤质，顶轮下有二柱，绯罗轮衣，络带，门帘皆绣云凤。顶有金凤一，两壁刻画龟文、金凤翅。"

备：准备。

鸡鸣：黎明之时。如《史记·孟尝君列传》："孟尝君至关，关法鸡鸣而出客。"

问寝：问安。如李善《上文选注表》："昭明太子，业膺守器，誉贞问寝。"

龙楼：帝王宫阙。如欧阳修《鸭鸱词》："龙楼凤阁攀峥嵘，深宫不闻更漏声。"此处指唐玄宗的住处。

晓：早上、黎明。

㉓攀龙附凤：原喻依附有声望的人。如扬雄《法言·渊骞》："攀龙鳞，附凤翼，巽以扬之，勃勃乎其不可及也。"又《三国志·蜀志·秦宓传》："如李仲元不遭《法言》，令名必沦，其无虎豹之文故也，可谓攀龙附凤者矣。"后来特指依附帝王以建立功业。此处喻王玙、李辅国等宦官、宠臣，因在灵武拥立肃之功，又附张淑妃而飞扬跋扈，势倾朝野。《资治通鉴》卷二二〇："乾元元年：二月癸卯朔，以殿中监李辅国兼太仆卿。辅国依附张淑妃，判元帅府行军司马，势倾朝野。……（三月）戊寅，立张淑妃为皇后。"

势：势力。

莫（mò）：代词，没有谁。如《诗经·邶风·北门》："终窭且贫，莫知我艰。"

当：动词，抵挡、阻挡。如《史记·平原君虞卿列传》："以楚之强，天下弗能当。"此形容李辅国等宦官宠臣势力之大。对此有不满和讽喻的意思。

㉔"天下"句：暗喻唐肃宗在收复两京后，对跟随玄宗入蜀和肃宗灵武扈从之臣滥加官受赏。形容李辅国等依附后妃升官得势。

㉕汝等：你们这些人，指李辅国等人。汝，你、你们。如《列子·汤问》："吾与汝毕力平险。"这里指李辅国等。等，（名词）处于同一地位的人、辈。如《汉书·苏武传》："匈奴留汉使郭吉、路充国等，前后十余辈。"

岂知：怎么知道。岂，副词，表示反问，可译为"怎么"。如《诗经·小雅·采薇》："岂敢定居，一月三捷。"

蒙帝力：指受到皇帝的重用。蒙，敬辞，承蒙。王安石《答司马谏议书》："昨日蒙教。"帝力，帝王的作用。古传《击壤歌》："日出而作，日入而息，凿井而饮，耕田而食，帝力何有于我哉！"（见晋朝皇甫谧《帝王世纪》载《群书治要》本）《汉书·张耳陈馀传》："先王亡国，赖皇帝得复国，德流子孙，秋豪皆帝力也。"

㉖时来：恰逢时机。时，时机。如《史记·淮阴侯列传》："夫功者，难成而易败；时者，难得而易失。"来语气词，无实际意义。如陶渊明《归去来兮辞》："归去来兮，田园将芜胡不归？"

不得：不能。《史记·孔子世家》："孔子使从者为宁武子臣于卫，然后得去。"

夸身强：夸耀自己能力强。夸，夸耀。如李白《上皇西巡南京歌》之六："北地虽夸上林苑，南京还有散花楼。"身，自己、我。如《三国志·蜀书·张飞传》："飞据水断桥，瞋目横矛，曰：身是张翼德也。"强，强壮、有力。如《礼记·曲礼》："四十曰强而仕。"又《疏》："强有二义：一则四十不惑，是智虑强，二则气力强也。"又《荀子·劝学》："蚓无爪牙之利，筋骨之强。"

㉗关中：地域名，相当于今陕西省。《史记·项羽本纪》："人或说项王曰：'关中阻山河四塞，地肥饶，可都以霸。'"《集解》引徐广曰："东函谷，南武关，西散关，北萧关。"一说东自函关，西自陇关，两关之间谓之关中。参见晋代潘岳《关中记》。

既：既然。如《论语·季氏》："既来之，则安之。"

萧丞相：指萧何，公元前257年至前193年。汉代沛人，曾为沛吏。佐刘邦（汉高祖）建汉王朝。高祖入咸阳，何收秦律令图籍，得以掌全国山河险要、郡县户口、社会情况。高祖为汉王时，何为丞相；楚汉战争中，何留守关中，补兵馈饷，军得不匮。天下既定，论功第一，封萧侯。汉之律令典制，多其制定，故世称萧何定律。见《史记·萧相国世家》《汉书·萧何传》。钱谦益曰："萧丞相，指房琯也。琯自蜀郡奉册，留相肃宗。故曰既留。"房琯（697—763），河南人，字次律。玄宗（李隆基）奔蜀，官文部尚书，同中书门下平章事。肃宗（李亨）立，多参与决断朝中机密事务。琯有重名，而疏阔好大言，至德元年自清领兵讨安禄山，战于陈陶斜，全军覆没。后贬为邠州刺史。宝应二年（763），召拜刑部尚书，死于途中。新、旧《唐书》有传。杜甫在这里将房琯与萧何比作是希望肃宗（在房琯罢官之后）能再次起用他。

㉘复用张子房：钱谦益曰："琯既罢，张镐代琯为相，故曰'复用张子房。'"张子房，即张良。张良，汉代韩人，字子房。家五世相韩。秦灭韩，良结纳刺客，椎击秦始皇于博浪沙，未遂，逃匿下邳。秦末，陈胜、吴广领导农民起义，刘邦乘机起兵，良为谋士，佐汉灭秦楚，因功封留侯。（参见《史记·留侯世家》《汉书》本传）

幕下：即帐下，幕府。此句在推重张镐。

㉙"张公"二句：张公，指张镐。张镐，博州人。出身布衣，大半生浪迹江海，没有做官。《旧唐书》本传说："镐为人简澹，不事中要。"因而杜甫说他是"一生江海客"。肃宗时，拜同平章事，后遂罢相。代宗时，起为江南西道观察使，后官至宰相。他居身廉洁，议论持大体。"身长"句是形容张镐相貌瑰伟，《旧唐书》本传说他"风仪魁岸"。

㉚"征起"二句继续写张镐。

征起：起用。指张镐隐居于南山，天宝十四载，由布衣隐逸召拜为左拾遗。征、召、征召。如《史记·吕太后本纪》："赵相征至长安，乃使人复召赵王。"

适：恰好、恰巧。如《战国策·赵策三》："此时鲁仲连适游赵，会秦围赵。"

风云会：好的际遇。《昭明文选》载，吴季重（质）《答魏太子笺》："臣幸得下愚之才，值风云之会。"晋代陆机《陆士衡集》卷六《塘上行》："被蒙风云会，移居华池边。"此处喻指贤臣与明主的遇合，从《易·乾·文言》中"云从龙，风从虎"之语，化用而成。

扶颠：扶救唐王朝因安史之乱而带来的危难。化用《论语·季氏》："危而不持，颠而不扶，则将焉用彼相矣。"扶，扶持。颠，跌倒、坠落。

筹策：计谋、谋划。如《史记·留侯世家》："高帝曰：'运筹帷帐中，决胜千里外，子房功也。'"

㉛"青袍"句：用梁时侯景作乱事来比拟安始之乱不难平定。侯景，朔方胡人，或云雁门人，字万景。有膂力，善骑射。选为北镇戍兵。魏明帝殂，其后胡氏临朝。尔朱荣自晋阳入弑胡氏，景以私众见荣。荣擢（zhuó）为定州刺史。齐神武帝为魏相，又入洛诛尔朱氏，景复以众降之，仍为神武所用。……魏以为司徒、南道行台，拥众十万，专制河南。神武疾笃，召景，景虑祸及，太清初上表请降于武帝，武帝封为河南王。后举兵反。如《梁书·侯景传》："普通中，童谣曰：'青丝白马寿阳来。'后景果乘白马，兵皆青衣（即青袍）。"作乱，围建康，陷台城。帝以忧愤死。遂立简文。侯景复弑之而自立，称汉帝。后由王僧辨讨平之。侯景为朔方胡人乱梁，安禄山、史思明亦为朔方胡人。因而以此喻安史之乱。

更：再、复。如王维《送元二使安西》："劝君更进一杯酒，西出阳关无故人。"

何有：即"有何"，意谓现在平定安史之乱何难之有？

㉜ 后汉：指东汉光武帝。

今周：指周宣王。杨伦注曰："以汉光周宣比肃宗，言能专用（张）镐，则余寇（安史叛军）不足平，而太平可坐致也。"

再昌：谓中兴。光武帝和周宣王都是历史上的中兴之主，因而用来喻唐肃宗。

㉝ "寸地"二句：意谓全国各地纷纷争相进奉祥瑞的物品，哪怕是很小的一片土地。

寸：比喻微小。如《淮南子·原道训》："故圣人不贵尺之璧而重寸之阴（光阴），时难得而易失也。"

尺：尺子，形容距离短。如《史记·范雎蔡泽列传》："齐尺寸之地无得焉者，岂不欲得地哉？"

奇祥异瑞：奇、异均为奇特罕见的意思。如《后汉书·西南夷传》："画山神海灵奇禽异兽。"祥瑞，吉祥的征兆。如《汉书·郊祀志下》："祥瑞未著，咎征乃臻。"又《后汉书·明帝纪》："祥瑞之降，以应有德。"此处谓奇特罕见的吉祥征兆。

送：指送来的贡品。

㉞ 国：此处指城邑。如《国语·周语》："国有班事，县有序民。"注："国，城邑也。"或指封地、食邑。如《战国策·齐策四》："孟尝君就国于薛。"

致：送来。如《荀子·解蔽》："远方莫不致其珍。"

白环：《竹书纪年》："帝舜九年，西王母来朝，献白环、玉玦。"

㉟ 诸山：众多的山。诸，表示多数。如《汉书·贾谊传》："廷尉乃言谊年少，颇通诸家之书。"

银甕：银制的酒器。《初学记》卷二七中，南朝梁孙柔之《瑞应图》："王者宴不及醉，刑罚中，人不为非，则银甕出。"如元代张昱《可闲老人集》卷三《湖山堂观牡丹》："秋香偏惹宦游人，银甕连车载酒频。"

㊱ "隐士"句：意谓隐士不必再归隐了。

休：不要。辛弃疾《摸鱼儿》："休去倚危栏，斜阳正在，烟柳断肠处。"紫芝曲：古歌名。传说秦末商山四皓以乱世退隐而作。《乐府诗集》卷五八《琴曲歌辞》作《采芝歌》。唐代崔鸿仿作题名《四皓歌》。歌词皆见《乐府诗集》。唐人或作《紫芝曲》《紫芝谣》。白居易《和令公问刘宾客归来称意无之作》："闲尝黄菊酒，醉唱紫芝谣。"明代冯惟讷《诗纪》作《紫芝歌》。

㊲ 词人：擅长文辞的人。《梁书·沈约传》："又撰《四声谱》，以为在昔词人，累千载而不寤（wù，通'悟'），而独得胸衿，穷其妙旨，自谓入神之作。"

解撰：能够编写。解，能、会。如李白《月下独酌》："月既不解饮，影徒随我身。"撰，编写。如《汉书·礼乐志》："今叔孙通所撰礼仪，与律令同录，臧于理官，法家又复不传。"

河清颂：南朝宋元嘉中，黄河、济水俱清，鲍照因作《河清颂》，其序甚工。见《宋书·临川烈武王道规传》附《刘义庆传》。后用为歌颂时世升平的作品的泛称。

㊳ "田家"二句：意谓春天季节，布谷鸟声声催着春种，但是天时干，农民眼巴巴地望着下雨。

望：盼望。如《左传·昭公三十二年》："闵闵焉如农夫之望岁"。"望"字重叠，以加语意，而且与下句的"处处"相对立。

惜雨干：（农民）哀伤天气干旱无雨。惜，痛惜、哀伤。如《汉书·李广传》："惜广不逢时，令当高祖世，万户侯岂足道哉！"干，干燥。如《左传·襄公九年》："与大国盟，口血未干而背之，可乎？"此处指干旱。

布谷：布谷鸟。又名勃姑、拔谷、鸤鸠、郭公、戴胜、戴纸。以鸣声似"布谷"，鸣又当播种时，故相传布谷为勤耕之鸟。如《后汉书·襄楷传》："臣闻布谷于孟夏，蟋蟀吟于始秋。"

㊴"淇上"二句：意谓包围邺城的唐军战士在战胜叛军之后，要早点到自己的家乡和亲人团聚，以免他们思念。

淇上健儿：指包围邺城的唐军将士。淇上，淇水之滨，指邺城一带。淇水在今河南省北部。源出淇山，南流至今汲县东北淇门镇南入黄河。淇水在古卫地，与邺城相邻。（参见《汉书·地理志上》《水经注·卷九·淇水》）

懒：怠惰。如沈约《宋书·范晔传》："吾少懒学问。"

城南思妇：泛指从军战士的妻子。

㊵"安得"二句：从哪里得到壮士引来天河的水，把盔甲和兵器洗得干干净净，从此之后再不用它呢？

安：副词，哪里。如《史记·项羽本纪》："沛公安在？"

得：得到。如《后汉书·班超传》："不入虎穴，焉得虎子。"

挽天河：引天河之水。天河亦称"银河""明河"。如晋代张华《博物志·杂说》："旧说云，天河与海通。"

甲：铠甲。古代战士穿的皮革或金属片制成的护身服。如《左传·成公二年》："擐（huàn，穿）甲执兵，固即走向死也。"

【辑评】

一、王嗣奭《杜臆》卷之三

一篇四转韵，一韵十二句，句似排律，自成一体，而笔力矫健，词气老苍，喜跃之象浮动笔墨间。

二、仇兆鳌《杜诗详注》卷之六

鹤注：当是乾元二年仲春作。按相州兵溃在三月壬申，乃初三日，其作诗时，兵尚未败也。原注：收京后作。朱注：公《华州试进士策问》云："山东之诸将云合，淇上之捷书日至。"诗盖作于其时也。……唐汝询曰：《洗兵马》一篇，有典有则，雄浑阔大，足称唐雅。识者详味，当不在《老将行》下。蔡絛曰：作诗者陶冶物情，体会光景，必贵乎自得。盖格有高下，才有分限，不可强致也。譬之秦武阳，气盖全燕，见秦王则战栗失色。淮南王安，好为神仙，谒帝犹轻其举止。此岂由素习哉？予谓少陵、太白，当险阻艰难，流离困

蹎，意欲卑而语未尝不高。至于罗隐、贯休辈，得意偏霸，夸雄逞奇，语欲高而意未尝不卑。乃知天禀自然，有不能易也。

三、浦起龙《读杜心解》卷二之一

时庆绪围困，官军势张，公在成都，作《洗兵马》以鼓舞其气，皆欣喜愿望之词。统言之，六韵四段，章法整齐。前二段，注意将。任将专，则现在廓清之功立奏。后二段，注意相。良相进，则国家治平之运复开。此本朱氏鹤龄所谓："中兴大业，全在将相得人。"前云"独任朔方"，后云"复用子房"，为一诗眼目。其说最为当矣。细绎之，则首段仍是全局总冒。先言邺即捷，贼即清，以预为欣动，而"常思仙仗""笛月""兵风"等句，便是图治张本。其神直贯后幅也。至次段，才是归功诸将。见将帅得人如此，行且人安旧业，官庆随班，君得从容以全慈孝，皆将见之寇尽之余，此即篇首意而申之。第三段，乃出议论，先以滥恩宜抑，引起任相需贤，贤相久任，则余寇不足平，盛业不难再。是皆本于人君图治之心，正与"常思仙仗"相应。末段，纯作注想太平，满心满意语，紧承"后汉今周"说下。至结处"淇上"四句，又兜转围邺之事，遥应发端，警之祝之，仍是全局总收也。"鹤驾""鸡鸣"，钱氏以为刺肃宗不能尽子道，朱氏非之，吴江潘氏驳之，允矣。但其立说，止据"博议"，以此二句望肃宗能修人子这礼也。愚谓大错。夫"驾鹤"，太子故实也，而移之天子，不仍然钱氏"不欲其成乎君"之旨哉。《收京》诗不云乎："羽翼怀商老，文思忆帝尧。"盖兼父道之道言之也。先是广平有大功，良娣忌而谮之，动摇发发。至是已立为太子，谮竟不行。乃若上皇长庆楼置酒之衅，全然未启。公此时深幸外寇将尽，而内嫌不生。特为工丽之辞，铺张盛美。其曰"鹤驾通宵"，言东宫早晚入侍，爱子之诚，无嫌无疑也。其曰"鸡鸣问寝"，言南内晨昏恋切，孝亲之道，尽礼尽制也。或问："凤辇"，天子所御，何可移之太子？"问寝"，乃《文王世子》语，何偏以此为帝孝？余曰：不然！此二句正须看得活相，益显天伦之乐。"鹤驾"既来，"凤辇"亦备，父子相随以朝寝门。欢然交欣，"龙楼待晓"，岂不休哉！以此诗走马为对仗，乃杜公长技。至《文王世子》之文，本属帝王通用。观颜鲁公《请立放生池表》云："一日三朝，大昭天子之孝，问安视膳，不改家人之礼。"亦尝以此颂帝矣。故余断此句为兼父子言之也。彼驳钱者，忘却太子一边，强就肃宗回拥，未足关其口矣。钱氏以"萧湘"坐实房琯，以"关中"一段为琯、镐继罢而讽之。其言曰：肃宗猜忌其父，因而猜忌其父之臣云云。潘氏驳之曰：房琯负重名而鲜实效，罢相亦不为过。子美论救，逾年乃谪官，不知坐何事。今言其坐琯党，亦臆词耳。钱氏直欲以此为杜一生气节，欲推高杜，则极赞房，因及赞房，遂痛贬帝。明末党人，多依傍一二大老。失路，辄言坐某人故。牵连怨诽，无所不至。此自门户习气，杜岂是哉！愚按：牧斋借面吊丧，次耕顶门下砭，快绝矣！但房之罢，实以丧师。杜这谪，自因房党。事迹本明明白白。钱以罢房为忌疾父臣，诚属深交。潘以谪杜为不知所坐，亦滋疑案。一因护杜故，而推房以贬帝。一因驳钱故，而挽杜以斥房，皆意见末化也。钱笺此等，坏心术，堕诗教，不可以不辨。予岂为肃宗曲护哉！此篇是初唐四家体，貌同而骨自异。今人好以乱头粗服，优孟少陵，而于四家之清辞丽句，忘加嗤点。不知少陵固尝为之，曾不贬其气格也。

四、钱谦益《钱注杜诗》卷二

笺曰：洗兵马。刺肃宗也，刺其不能尽子道。且不能信任父子贤臣，以致太平也。首叙中兴诸将之功。而即继之曰：已喜皇威清海岱，常思仙仗过崆峒。崆峒者，朔方回銮地。安不忘危，所谓愿君无忘其在莒也。两京收复，銮舆反正，紫禁依然，寝门无恙。整顿乾坤皆二三豪杰之力，与灵武诸人何与？诸人徼天之幸，攀龙附凤，化为侯王。又欲开猜阻之隙，建非常之功，岂非所谓贪天功以为己力者乎？斥之曰汝等，贱而恶之之辞也。当是时，内则张良娣、李辅国；外则崔圆、贺兰进明辈。皆逢君之恶，忌疾蜀郡元从之臣。而玄宗旧臣，遣赴行在，一时物望最重者，无如房琯、张镐。琯既以进明之谮罢去，镐虽继相而旋出，亦不能久于其位，故章末谆复言之。青袍白马以下，言能终用镐，则扶颠筹策。太平之效，可以坐致，如此望之也，非寻常颂祷之词也。张公一生以下，独详于张者。琯已罢矣，犹望其专用镐也。是时李邺侯亦先去矣。泌亦琯镐一流人也。泌之告肃宗也，一则曰：陛下家事，必待上皇。一则曰：上皇不来矣。泌虽在肃宗左右，实乃心上皇。琯之败，泌力为营救，肃宗必心疑之。泌之力辞还山，以避祸也。镐等终用，则泌亦当复出。故曰"隐士休歌紫芝曲"也。两京既复，诸将之能事毕矣，故曰"整顿乾坤济时了"。收京之后，洗兵马以致太平，此贤相之任也。而肃宗以谗猜之故，不能信用其父之贤臣，故曰"安得壮士挽天河，净洗甲兵常不用"，盖至是而太平之望益邈矣！呜呼！伤哉！

五、刘凤诰《杜工部诗话》

王荆公选杜诗，以《洗兵马》压卷，是篇四转韵，句兼排律，别成一体。首述河北之捷，欲专任郭子仪以收战功。曰："万国兵前草木风"，志会师之喜。此是一篇中关键。次述将得人，故青春紫禁中复睹朝仪如旧。曰："鹤驾通宵凤辇备，鸡鸣问寝龙楼晓"，正用肃宗制诏"导銮舆而反正，朝寝门以问安"语。此是一篇中书法转笔。"攀龙附凤势莫当，天下尽化为侯王"。盖因扈从滥恩，望终用张镐为相，以复周室、汉武之业。末纪符瑞选见，欲及时洗甲以慰苍生。通体气象裔皇，词旨显白。大抵元肃父子之间，不无可议。此时初闻恢复，臣子欣跃非常，断不敢逆探后日移仗之举，稍后隐刺。笺解处处附会，非论史之过，乃实说待之谬，不可诬老杜也。

六、刘凤诰《杜工部诗话》

少陵志气恢宏，心存济世，古诗直摅胸臆，往往于结句作殷殷属望之词。《洗兵马》："安得壮士挽天河，净洗甲兵长不用。"《石笋行》："安得壮士掷天外，使人不疑见本根。"《石犀行》："安得壮士提天纲，再平水土犀奔茫"。《茅屋为秋风所破歌》："安得广厦千万间，大庇天下寒士皆欢颜，风雨不动安如山。"《王兵马使二角鹰》："恶鸟飞飞啄金屋，安得尔辈开其群，驱出六合枭鸾分。"《苦寒行》："安得春泥补地裂。"《喜雨》："安得鞭雷公，滂沱洗吴越。"想其恣情指挥，语语皆令小夫咋舌，不得谓言大而夸也。

七、王楙《野客丛书》卷二十九

吴曾《漫录》曰：杜诗有《洗兵马》。末云："安得壮士挽天河，净洗甲兵长不用。"按《说苑》：武王伐纣，风霁而乘以大雨，散宜生谏曰：此非妖与？王曰：非也，天洗兵也。仆观梁简文诗：洗兵逢骤雨，送陈出黄云。裴行俭碑曰：洗兵诺真之水，刷马草心之山。此皆洗兵之语。所谓挽天河语，子美之前罕闻。张说诗：贯索挽河流。

八、鲁一同《鲁通甫读书记》

杜七古中第一篇。他篇尚可摹拟，此则高词伟义，峻拔天表，后人更无从望其项背。

九、张戒《岁寒堂诗话》卷下

观此诗闻捷书之作，其喜气乃可掬，真所谓情动于中而形于言，言之不足，不知手之舞之，足之蹈之也。

乾元中寓居同谷县作歌七首

其 一

有客有客字①子美，白头乱发垂过耳。岁拾橡栗随狙公②，天寒日暮山谷里。中原无书③归不得，手脚冻皴皮肉死④。呜呼一歌兮歌已哀⑤，悲风为我从天来。

其 二

长镵⑥长镵白木柄，我生托子以为命⑦。黄独无苗山雪盛⑧，短衣数挽不掩胫⑨。此时与子空归来，男呻女吟四壁⑩静。呜呼二歌兮歌始放⑪，闾里为我色惆怅⑫。

其 三

有弟⑬有弟在远方，三人各瘦何人强⑭？生别展转不相见⑮，胡尘暗天道路长⑯。东飞鴐鹅后鹜鸧⑰，安得送我置汝⑱旁？呜呼三歌兮歌三发⑲，汝归何处收兄骨？

其 四

有妹有妹在钟离⑳，良人早殁诸孤痴㉑。长淮浪高蛟龙怒㉒，十年不见来何时㉓？扁舟欲往箭满眼㉔，杳杳南国多旌旗㉕。呜呼四歌兮歌四奏㉖，林猿为我啼清昼㉗。

其 五

四山多风溪水急，寒雨飒飒㉘枯树湿。黄蒿㉙古城云不开，白狐跳梁㉚黄狐立。我生何为在穷谷㉛？中夜起坐万感集㉜。呜呼五歌兮歌正长㉝，魂招不来归故乡㉞。

其 六

南有龙兮在山湫㉟，古木巃嵷㊱枝相樛。木叶黄落龙正蛰㊲，蝮蛇㊳东来水上游。我行怪此安敢出？拔剑欲斩且复休。㊴呜呼六歌兮歌思迟㊵，溪壑为我回春姿。

其　七

　　男儿生不成名身已老㊶，三年饥走荒山道㊷。长安卿相多少年㊸。富贵应须致身早㊹。山中儒生旧相识㊺，但话宿昔伤怀抱㊻。呜呼七歌兮悄终曲㊼，仰视皇天白日速㊽。

【题解】

　　此诗写于唐肃宗乾元二年（759）十一月间。这一年，关中饥馑，京师生活昂贵不可居。这时杜甫客居秦州（今甘肃天水）东柯谷，于是决定西行往秦州。在秦州居不满4个月，衣食不能自给。忽同谷县有"佳主人"来信说同谷（今甘肃成县）可居，劝杜甫携家前往，辞意恳切，仿佛旧相识一般，又闻同谷附近有栗亭，其下有良田，产薯蓣，崖上有蜂蜜，竹林中产冬笋，于是在十月间，从秦州出发，经赤谷、铁堂峡、法镜寺、积草岭、凤凰台、万丈潭等地，历尽艰辛到达同谷。到同谷后，原来力邀杜甫去同谷的"佳主人"对他毫无协助，使杜甫在这里生活更加困苦，在寓居一月有余的十一月间，写下由7首诗组成的同谷七歌，唱出其拾橡栗、挖黄独充饥的穷困生活；写出思念其弟颖、观、丰3人各在一方及其妹在钟离寡居的愁思。这7首诗在诗法上，仿取九歌、四愁诗和胡笳十八拍诸调的变化而出之，既属连章，亦成创体。7首诗的结构相同。开头两句点明主题，中间4句叙事，末尾两句感慨悲歌。萧涤非先生在《杜甫诗选注》本诗题下注中说："这一年是杜甫行路最多的一年……也是他一生中最苦的一年……他采用七古这一体裁，大概也就是为了'长歌可以当哭'吧！"杜甫这首诗对后世的影响很大，宋末文天祥曾模仿《七歌》作《六歌》。

【注释】

　　① 有：名词的词头，无实义。如《诗经·大雅·文王》："有周不显，帝命不时。"
　　客：杜甫自称。因此时是寓居同谷，故称"客"。
　　字：人的表字。在本名之外另取一个和本名意思有某种关系的名字，叫作字。如《史记·陈涉世家》："陈胜者，阳城人也，字涉。"
　　② 岁：年。如《吕氏春秋·长见》："故圣人上知千年，下知千岁也。"又《后汉书·顺帝纪》："令郡国守相视事未满岁者，一切得举孝廉吏。"又《古诗十九首》（之十二）："四时更变化，岁暮一何速。"
　　橡栗：橡栎树的果实。如《晋书·庚衮传》："又与邑人入山拾橡。"又《本草纲目·果部》："栎有两种……一种结实者，其名曰栭，其实为橡。"橡栗，即橡实，栎树的果实，似栗而小。如《列子·说符》："冬日则食橡栗。"

随：跟从。如刘向《战国策·楚策》："吾为子先行，子随我后。"

狙公：养猴的老翁。狙，猕猴。《庄子·齐物论》："狙公赋芧（橡子），曰'朝三而暮四'，众狙皆怒；曰'朝四而暮三'，众狙皆悦。"

③ 中原：此原来是相对于边境而言。其主要地理位置在今河南及山东西部，河北、山西之南部和陕西东部，皆古所谓中原之地。此句中的"中原"，专指河南杜甫的家乡。

书：书信。如《韩非子·内储说下》："宋石遗卫君书。"又穆修《答乔适书》："近辱书并示文十篇，始终读之，其命意甚高。"

④ 冻皴（cūn）：皮肤受冻而开裂。如贾思勰《齐民要术·种红蓝花》："令手软滑，冬不皴。"

皮肉死：皮肉僵硬，几乎失去感觉。

⑤ 哀：悲伤。如《诗经·小雅·采薇》："我心伤悲，莫知我哀。"又《论语·伯泰》："曾子言曰：'鸟之将死，其鸣也哀……'"

⑥ 长镵（chán）：镵，一种铁制的掘土工具。因有长木柄而称之"长镵"。

⑦ "我生"句：意谓靠长镵掘得黄独充饥活命。

子：本来是对人的泛称。《荀子·王霸》："何法之道，谁子（杨倞注："谁子，犹谁人也。"）之与也。"这里用拟人化的手法，借指长镵。

讬（tuō）子以为命：意谓把生命交给你"长镵"了。讬，同"托"。

⑧ 黄独：一种可食的野生芋类植物。因根唯一颗而色黄，故名。如唐代戴叔伦《草堂一上人》："地瘦无黄独，春来草更深。"又宋代王柏《和立斋书怀二首》："恨无百亩地，相与种黄独。"又宋代刘宰《速陈李二居士还茅山》："山僮倚担迟君归，语君雨过黄独肥。"

盛：多。如《后汉书·张步传》："步拓地寝广，兵甲日盛。"这里用来形容山里的积雪之深。

⑨ 数：多次、屡次。如《汉书·高帝纪上》："范增数目羽击沛公。"

胫（jìng）：小腿。如《论语·宪问》："以杖叩其胫。"

⑩ 四壁：暗喻家贫。如《史记·司马相如传》："家居徒四壁立。"

⑪ 放：放纵、放任。如《吕氏春秋·审分》："听其言而察其类，无使放悖。"此处指放声歌唱。

⑫ 闾里：乡里。如《汉书·爰盎传》："爰盎病免家居，与闾里浮湛，相随行，斗鸡走狗。"

色：神态。如《论语·学而》："巧言令色，鲜矣仁。"

惆怅：因失意而伤感。如《论语·累害》："盖孔子所以忧心，孟轲所以惆怅也。"

⑬ 有弟：蔡梦弼云："赵一《诗史》云：公四弟，曰颖、曰观、曰丰、曰占，各在他郡，惟占从公入蜀。公剑外有《占归草堂》曰：'久客应吾道，相随独尔来。'"

⑭ "三人"句：意谓兄弟们皆生活困苦，境况不佳。

强：壮健。如《荀子·劝学》："蚓无爪牙之利，筋骨之强。"

⑮ "展转不相见"：化用汉乐府《饮马长城窟行》"他乡各异县，展转不可见"句。

⑯ 胡：我国古代泛称北方边地与西域的民族为胡。如《史记·秦始皇本纪》："乃使蒙

恬北筑长城而守藩篱,却匈奴七百余里,胡不敢南下而牧马。"

尘:本义为飞扬的细土,可引申为指敌寇的骚扰或战争。此处特指安史之乱。

道路长:用《诗经·秦风·蒹葭》中"道阻且长"句,以表明兄弟何以不得相见的缘由。

⑰ 鴐(jiā)鹅:一种野鹅,似雁而大于雁。如《汉书·扬雄传上》:"凤皇翔于蓬陼兮,岂鴐鹅之能捷?"

鹙(qiū):水鸟名,似鹤而大。又名"秃鹙"。如《诗经·小雅·白华》:"有鹙在梁,有鹤在林。"

鸧(cāng):鸧鸹,即灰鹤,似雁而黑。如《诗经·商颂·烈祖》:"约軝错衡,八鸾鸧鸧,以假以享,我受命溥将。"

⑱ 汝:指杜甫在远方的兄弟。

⑲ 歌三发:意谓唱第三首歌。发,量词,表示次数。如《后汉书·鲜卑传》:"鲜卑寇边,自春以来,三十余发。"三发,意谓第三首歌。

⑳ 有妹:杜甫有妹嫁韦氏,早年丧夫寡居。其《元日寄韦氏妹》诗曰:"近闻韦氏妹,迎在汉钟离。"

钟离:《元和郡县志》,"河南道濠州:春秋时为钟离子之国。……秦并天下,属九江郡,汉置钟离县,复ержите九江郡,晋立为钟离郡"。故城在今安徽省凤阳县东北,即临淮关。

㉑ 良人:指丈夫。如《孟子·离娄下》:"齐人有一妻一妾而处室者,其良人出,则必餍酒肉而后反。"

殁(mò):死亡。如《吕氏春秋·诚廉》:"至于岐阳,则文王已殁矣。"

孤:幼年丧父。如《后汉书·光武帝纪上》:"光武年九岁而孤,养于叔父良。"

痴:呆傻、无知。如《韩非子·内储说上》:"婴儿、痴聋、狂悖之人尝有入此者乎?"

㉒ 长淮:淮,即淮河,源出河南,流经安徽等地。长,形容淮河的宽阔。如杜牧《登乐游原》:"长空澹澹孤鸟没,万古销沉向此中。"

蛟龙怒:此处以蛟龙发怒来形容淮河波浪翻滚舟船难行。蛟龙,古代传说能翻江倒海、腾云驾雾的一种龙。如《庄子·秋水》:"夫水行不避蛟龙者,渔夫之勇也。"

㉓ 来何时:意谓什么时候才有见面的机会呢。

㉔ 箭满眼:战火满目。

㉕ 杳(yǎo)杳:广大。如鲍照《芜城赋》:"灌莽杳而无际,丛薄纷其相依。"

南国:南方。如王维《相思》:"红豆生南国,春来发几枝。"

多旌旗:意谓战乱频繁,社会不安宁。

㉖ 奏:演奏。如刘禹锡《杨柳枝词》:"请君莫奏前朝曲,听唱新翻《杨柳枝》。"此处是吟唱诗歌的意思。

㉗ "林猿"句:意谓自己的愁苦境遇连森林中的猿猴都伤心地在大白天啼哭。(猿猴多在夜间啼哭)

清昼:寒凉的白天。清,寒凉。如《吕氏春秋·功名》:"大寒既至,民暖是利;大热在上,民清是走。"又曹邺《续幽愤》:"清昼冷无光,兰膏坐销歇。"

㉘ 飒(sà)飒:象声词,风雨声。如宋玉《风赋》:"有风飒然而至。"又黄巢《题菊

118

花》:"飒飒西风满院栽,蕊寒香冷蝶难来。"又欧阳修《秋声赋》:"初淅沥以萧飒。"

㉙ 黄蒿:野草名,艾类。多生长在原野,高三尺。如蔡琰《胡笳十八拍》:"塞上黄蒿兮枝枯叶干,沙场白骨兮刀痕箭瘢。"

㉚ 狐:狐狸。如《诗经·卫风·有狐》:"有狐绥绥,在彼淇梁。"

跳梁:跳跃。如《庄子·逍遥游》:"东西跳梁,不辟高下,中于机辟,死于罔罟。"

㉛ 何为:做什么。何,什么。如《论语·颜渊》:"内省不疚,夫何忧何惧?"为,做。如《孟子·梁惠王上》:"故王之不王,不为也,非不能也。"

穷谷:荒僻幽邃的山谷。如《左传·昭公四年》:"深山穷谷,固阴冱寒。"

㉜ "中夜"句:用典。如阮籍《咏怀》:"中夜不能寐,起坐弹鸣琴。"

万感集:意谓百感交集。

㉝ 歌正长:意谓长歌当哭。正,表示动作或状态的进行和持续。如《世说新语·政事》:"丞相尝夏月至石头看庾公,庾公正料事。"

㉞ "魂招不来"句:意谓魂魄早已飞向故乡,想招也招不来了。极写思乡之急切。古人招魂有两种:一种是招死者的魂,另一种是招活人的魂。化用《楚辞·招魂》:"魂兮归来,反故居些。"反其意而用之。

㉟ 湫(qiū):原意为空洞。如《吕氏春秋·审分》:"此之谓定性于大湫,命之曰无有。"可引申为深潭。此处指同谷县的万丈潭。据《大清统一志》:"甘肃阶州:《方舆胜览》:万丈潭在县(即同谷县)东南七里,相传曾有黑龙自潭飞出。"杜甫《万丈潭》中有"清溪合冥冥,神物有显晦。龙依积水蟠,窟压万丈内"的诗句。

㊱ 龙嵷(lóng sǒng):山高峻貌。如司马相如《上林赋》:"崇山矗矗,龙嵷崔巍。"

樛(jiū):纠结、缠绕。如《仪礼·丧服传》:"不樛垂。"郑玄注曰:"不樛垂者,不绞其带之垂者。"

㊲ 龙正蛰(zhé):龙正在冬眠蛰伏。蛰,指冬眠蛰伏的动物。如张衡《东京赋》:"既春游以发生,启诸蛰于潜户。"

㊳ 蝮蛇:一种毒蛇。如《汉书·严助传》:"林中多蝮蛇猛兽。"

㊴ "我行"二句:接上句,意谓"我"惊异蝮蛇竟敢于冬天出游,"拔剑欲斩",而终未斩之。

怪:惊异。如屈原《九章·怀沙》:"邑犬群吠兮,吠所怪也。"此处指蝮蛇。

㊵ 迟:犹言"迟迟",缓慢从容的样子。如白居易《长恨歌》:"迟迟钟鼓初长夜,耿耿星河欲曙天。"又《礼记·孔子闲居》:"无声之乐,气志不违;无体之礼,威仪迟迟。"

㊶ "男儿"句:杜甫自叹身世。是年杜甫48岁,生活困苦,身体衰老。

㊷ "三年"句:意谓出长安之后,辗转于秦州、同谷的荒山僻谷之间,在饥饿中艰难奔走。

㊸ "长安"句:指唐肃宗朝官弄权,排斥老臣,援引新进。杜甫常用激愤语,此句即为激愤语。

卿:官阶名、爵位名。周制,天子及诸侯都有卿,分上、中、下三等。秦汉三公以下设九卿,为中央政府各部门行政长官。如《孟子·告子上》:"公卿大夫,此人爵也。"

相:古官名。辅佐君主的大臣。后专指宰相。如《战国策·东周策》:"周相吕仓见客于周君。"又《史记·齐悼惠王世家》:"勃既将兵,使围相府。"

㊹ "富贵"句:意谓欲取得富贵,须及早以身营求。此句亦为激愤语。

㊺ "山中"句:"山中儒生"或即为李十一(衔)。杜甫《长沙送李十一(衔)》中"与子避地西康州"的"西康"即同谷县。

㊻ 宿昔:从前。如阮籍《咏怀》之曰:"携手等欢爱,宿昔同衾裳。愿为双飞鸟,比翼共翱翔。"

怀抱:抱负。如李白《于五松山赠陵常赞府》:"远客投名贤,真堪写怀抱。"

㊼ 悄终曲:默默地停止吟诵。悄,寂静无声。如白居易《琵琶行》:"东船西舫悄无言,唯见江心秋月白。"

㊽ 皇天:对天的尊称。旧时常与"后土"并,合指天地。如《左传·僖公十五年》:"君履后土而戴皇天,皇天后土,实闻君之言。"

白日速:光阴流逝得很快。

【辑评】

一、王嗣奭《杜臆》卷之三

《七歌》创作,原不仿《离骚》,而哀实过之。读《骚》未必堕泪,而读此不能终篇,则节短而声促也。七首脉理相通,音节俱协,要摘选不得。

第一章"有客有客",而次章以"长镵长镵"继之,分明一宾一主相对;而"托子为命",若将依为地主然者,见其无地主可依,而作客之穷也。"黄精",山谷有辨云:"旧作'黄独',解云土芋,饥岁掘以充粮。"可无疑矣。而蔡因他诗有黄精,而定以为是,岂此时暇为轻身延年计耶?谬矣。男呻女吟,声未尝息,而云"四壁静",其意可思。

其三:鹙鹅雁属,以比兄弟,而恶鸟在后,安得送我在汝旁乎?公今在西,则诸弟在东,故云"东飞"。收骨而莫知何处,其痛极矣,此根"展转"来。《西清诗话》云:"'林猿'古作'竹林'。尝有自同谷来,笼一禽大如雀,色青善鸣,问其名,曰:'此竹林鸟也。'后人不知而改之。"

其五:忽然转调,如天阴云惨,风霰骤至,令魂惊胆碎,亦音节恰当如此。"魂招不来归故乡",刘解亦得。余意谓魂不傅体,不能招之使来同归故乡也。文气顺而情更惨。

其六:以前说苦已尽,此说开去,前说得急,此稍缓,体势自当如此。山有龙湫,因之起兴,大抵以"龙"比君,而"蝮蛇"以比小人或乱贼,非实事也。盖此时蛇龙俱蛰矣。末句刘谓顾车驾反正,于文理不协。盖哀痛之极,溪壑无情,犹将怜之而特回春姿。此属缓调,而愈见其悲。东坡云:"此为明皇作。明皇以至德二年至自蜀,居兴庆宫,谓之南内。明年改元乾元。时持盈公主往来宫中,李辅国阴候其隙间之,故上元二年,帝迁西内。"

其七：收拾已前不尽之意，而提出"旧相识"，见新知之不如也。"仰视皇天白日速"，是七章总结，刘云"声气俱尽"是也。赵云："末句又变新意，以终七歌之义。自一歌至七歌，歌声既穷而日晚暮矣。"

前《积草岭》诗云："邑有佳主人。"不知谓谁，岂同谷令耶？歌内甚有不足主人之意，如托长镵以为命，如同里惆怅，主人何独不以为意也。又如"黄蒿古城云不开"，见城中无相知，故但言"山中儒生旧相识"。余前已及之，再为洗发。

二、仇兆鳌《杜诗详注》卷之八

其一点评：此章从自叙说起。垂老之年，寒山寄迹，无食无衣，几于身不自保，所以感而发叹也。悲风天来，若助旅人之愁矣。首二领意，中四叙事，末二感慨悲歌。七首同格。

蔡琰《胡笳十八拍》结语曰：笳一会兮琴一拍，心愤怨兮无人知。曰：两拍张弦欲绝，志摧心折兮自悲嗟。曰：伤今感昔兮三拍成，衔悲畜恨兮何时平。曰：寻思涉历兮多艰阻，四拍成兮益凄楚。曰：攒眉向月兮抚雅琴，五拍泠泠兮意弥深。冰霜凛凛兮身苦寒，饥对肉酪兮不能餐。夜闻陇水兮声呜咽，朝见长城兮路杳漫。曰：追思往日兮行李难，六拍悲兮欲罢弹。曰：草尽水竭兮羊马皆徙，七拍流恨兮恶居于此。七歌结语，皆本笳曲。

其二点评：上章自叹冻馁，此并痛及妻孥也。命托长镵，一语惨绝。橡栗已空，又掘黄独，直是资生无计。雪满山，故无苗可寻。风吹衣，故挽以掩膝。男女呻吟，饥寒并迫也。前日悲风，天助之哀。此日同里，则人为之悯矣。前后章，以有客对弟妹，叙骨肉之情也。中间独将长镵配言，盖托此为命，不啻一家至亲。

其三点评：此章叹兄弟各天也。生别展转，自东都而长安，又自秦陇而同谷。胡尘暗天，申言生别之故。弟在东方，因欲东飞而去也。始念生离，终恐死别，故有收骨之语。

其四点评：此章叹兄妹异地也。嫠妇客居，孤儿难倚。十年，妹不能来。扁舟，公不得往。蛟龙，防路之险。旌旗，患时之危。猿啼清昼，不特天人感动，即物情亦若分忧矣。

其五点评：此章咏同谷冬景也。此歌忽然变调，写得山昏水恶，雨骤风狂，荒城昼冥，野狐群啸，顿觉空谷孤危，而万感交迫，招魂不来，魂惊欲散也。收骨于死后，招魂于生前，见存亡总不能自必矣。招魂句，有两说。《杜臆》谓：魂离形体，不能招来，使之同归故乡。此顺解也。胡夏客谓：身在他乡，而魂归故乡，反若招之不来者。此倒句也。依后说，翻古出新，语尤奇警。

其六点评：此章咏同谷龙湫也。古木巃嵷，树覆湫潭，神龙蛰伏，而蝮蛇肆行，此阳微阴胜之象。拔剑且休，诛之不能胜诛也。溪壑回春，盖望阳长阴消，回造化于指日，其所慨于身世者，大矣。《易传》以潜龙比君子，蔡琰谓暴猛如虺蛇。此君子小人之别也。时在仲冬，而曰春回者，天气晴和有似春意耳。

其七点评：此章仍以自叹作结，盖穷老流离之感深矣。卿相少年，反照首句。山中话昔，同应次句。皇天日速，叹不能挽暮景之衰颓也。首尾两章，俱结到天，盖穷则呼天之意耳。三年走山，谓自至德二载至乾元二年，奔凤翔，贬华州，客秦陇，迁同谷也。赵注：末句又变新意，自一至七，歌声既终，而日色暮矣。

总评：朱子曰：杜陵此歌七章，豪宕奇崛，至其卒章，叹老嗟卑，则志亦陋矣，人可以不闻道哉。

孙季昭《示儿编》云：欧阳公伤五季之离乱，故作《五代史》，于序论每以"呜呼"冠其首。杜公伤唐末之离乱，故作诗史，于歌行每以"呜呼"结其篇末。前此诗人，用"呜呼"二字寓于歌诗者稀，公独有伤今思古之意焉。

胡应麟曰：杜《七歌》亦仿张衡《四愁》，然《七歌》奇崛雄深，《四愁》和平婉丽。汉唐短歌，各为绝唱，所谓异曲同工。

陆时雍曰：《同谷七歌》，稍近骚意，第出语粗放，其粗放处，正是自得也。

董益曰：李鹰《师友纪闻》谓太白《远别离》《蜀道难》，与子美《寓居同谷七歌》，风骚极致，不在屈宋之下。愚谓一歌结句"悲风为我从天来"，七歌云"仰视皇天白日速"，其声慨然，其气浩然，殆又非宋玉、太白辈所及。

申涵光曰：《同谷七歌》，顿挫淋漓，有一唱三叹之致，从《胡笳十八拍》及《四愁诗》得来，是集中得意之作。

三、浦起龙《读杜心解》卷二之二

七首皆身世乱离之感。遍阅旧注，疑后三首复杂不伦。杜氏连章诗，最严章法，此歌何独不讲？及反复观之，始叹其丝丝入扣也。盖穷老作客，乃七诗之宗旨，故以首尾作关照，余皆发源首章，条疏于左。

一歌，诸歌之总萃也。首句，点清"客"字。"白头""肉死"，所谓通局宗旨，留在末章应之。其"拾橡栗"，则二歌之家计也。"天寒""山谷"则五歌之流寓也。"中原无书"，则三歌、四歌之弟妹也。"归不得"，则六歌之值乱也。结独逗一"哀"字、"悲"字，则以后诸歌，不复言悲，而声声悲哀矣。故曰诸歌之总萃也。各章结句，亦首首贴应，语不浪下。

二歌，悲家计也。申"拾橡栗"。一家倚仗，只靠"长镵"。仍复"空归"，"呻""吟"曷已！呻吟则盈耳嘈嘈矣！却下一"静"字愈妙。"四壁静"者，空无所有也。"闾里"有相赒恤之义，故必于家计言之。

三歌，悲诸弟也。申"中原无书"之。"鸧鹅""鹙鸧"，总是连翩飞逐之意。鸟群逐而已孤飞，所以兴也。旧注好鸟、恶鸟之别，殊属多事。结语又翻进一层，莫说各自漂流也。汝纵得归故乡，我究不知何适！语更凄婉。

四歌，悲寡妹也。申"中原无书"之二。"满眼"上着一"箭"字，隽绝。结语下一"啼"字，便映切儿女子态。自是忆妹，不得移之忆弟矣。

五歌，悲流寓也。申"天寒山谷"。旧注泛言咏同谷，非也。七诗总是贴身写。上四，确是谷里孤城，惨凄怕人。结语，恰好切合流寓。古曰招魂，今曰"魂招不来"，翻用更深。

六歌，悲值乱也。申"归不得"。伪苏注以龙喻明星在南内，《博议》非之，谓咏万丈潭之龙。愚按：牵扯玄，肃父子，固不为伦；泛咏龙湫，更没交涉。七歌总是身世之感，何容无慨世一诗。值乱乃作客之由也，不敢斥言五位，故借南湫之龙为比。"龙在山湫"，君当厄运也。"枝樛""龙蛰"干戈森拢也。"蝮蛇东来"史萆寇逼也。"我安敢出"，所以远避也。"欲斩且休"，力不能殄也。是皆"归不得"之故也。各首结句多说悲，此独言"溪壑回春"，为厌乱故，指望太平也。如此看，无一语落空矣。

七歌，仍收到穷老作客之感，与首章"白头乱发，冻皴肉死"相呼应。是为收结之体。结语有汲汲顾影之意。公时年四十八，多愁者易老，无复出头之望矣。亦是乐府遗音，兼取《九歌》《四愁》《十八拍》诸调，而变化出之，遂成杜氏创体。

题壁上韦偃画马歌

韦侯别我有所适①,知我怜渠画无敌②。戏拈秃笔扫骅骝③,欻见骐驎④出东壁。一匹龁草一匹嘶⑤,坐看千里当霜蹄⑥。时危安得真致此?与人同生亦同死。⑦

【题解】

此诗作于上元元年(760)暮春。韦偃(一作"鹍"),唐代著名画家,京兆(长安)人,诗人韦应物伯父韦鉴之子、杜甫的友人。杜甫成都草堂刚建成,此时流寓成都的唐代著名画家韦偃准备到别的地方去,来向杜甫告别。韦偃知道杜甫很喜欢他的画,特别是他画的马。唐人有题壁画的习惯,于是便用一支秃笔,在杜甫新建的草堂墙壁上画了一幅千里马图,作为留念。杜甫便写了这首题画诗,诗中叙写了韦偃画这幅画的缘由、画家高超的绘画技巧以及诗人对宝马的向往之情。此诗借画马以当真马,又以真马比人才。由于此时安史之乱尚未结束,因此杜甫在诗中表示愿得人中骐骥与人民同艰苦而救时危。

【注释】

① 侯:古时士大夫之间的尊称,犹言君。如李颀《送陈章甫》:"陈侯立身何坦荡,虬须虎眉仍大颡。"此处是对韦偃的尊称。

有所适:将到别的地方去。有,与"无"相对,表示存在。如《战国策·齐策》:"齐人有冯谖者,贫乏不能自存。"所,处所、地方。如《楚辞·离骚》:"何所独无芳草兮,尔何怀乎故宇?"适,到……去。如《庄子·天地》:"三人行而一人惑,所适者犹可致也,惑者少也。"

② 怜:喜爱。如《战国策·赵策四》:"丈夫亦爱怜其少子乎?"

渠:他。如白居易《答户都崔侍郎书》:"渠从事东川,近得书,且知无恙矣。"

画无敌:意谓韦偃画艺的高超是无人可以相敌的。敌,对等、相当。如《孙子·谋攻》:"敌则能战之,少则能逃之。"

③ 戏拈(niān)秃笔:此处谓轻慢地拿起没有毛尖的毛笔。戏,轻慢、当作游戏似的。如《汉书·司马相如传》:"扬雄以为靡丽之赋,劝百而风一,犹骋郑卫之声,曲终而奏雅,不已戏乎!"拈,用手指捏取东西。秃,物体磨去尖端。如梅尧臣《次韵和永叔饮余家咏枯菊》:"诸公醉思索笔吟,吾儿暗写千毫秃。"

扫:抹、画。如张祜《集灵台》:"淡扫蛾眉朝至尊。"

骅骝:赤色的骏马。如《庄子·秋水》"骐骥骅骝一日而驰千里。"

④歘（xū）：忽然。如张衡《西京赋》："神山崔巍，歘从背见。"

骐骥：骏马名。如《战国策·齐策四》："君子厩马百乘，无不被绣衣而食菽粟者，岂有骐骥騄耳哉？"

⑤龁（hé）：嚼。如《荀子·正论》："彼乃将食其肉而龁其骨也。"

嘶：马、驴等牲口叫。此处指马叫。如李贺《平城下》："风吹枯蓬起，城中嘶瘦马。"

⑥坐看：遂见、将见。坐，遂、即将。如白居易《别元九后咏所怀》："同心一人去，坐觉长安空。"又柳宗元《早梅》："寒英坐销落，何用慰远客。"

当霜蹄：践霜雪的马蹄。如《庄子·马蹄》："马，蹄可以践霜雪，毛可以御风寒。"杜甫化用此语而成。当，面对、向。如《论衡·命义》："蹈死亡之地，当剑戟之锋。"

⑦"时危"二句：意谓当今时局艰危之际，如果能得到韦偃画中的兵马，就会和它去为国家一同生死。这一方面是对韦偃所画的马的赞扬，同时也表达了自己的心愿。

【辑评】

一、仇兆鳌《杜诗详注》卷之九

朱景玄《画断》："韦偃，京兆人，寓居于蜀。常以越笔点簇鞍马，千变万态，或腾或倚，或龁或饮，或惊或止，或走或起，或翘或跂。其小者，或头一点，或尾一抹，巧妙精奇。韩幹之匹也。"朱注："张彦远《画记》韦偃作鶠。"黄长睿《东观余论》云："少陵诗韦偃当作鶠，传写误耳。"今存其说以待考。

二、浦起龙《读杜心解》卷二之二

愚按：上两联，逆入得势。"一匹"二句，简括如飞。结联，见公本色。

戏题王宰画山水图歌

十日画一水，五日画一石。①能事不受相促迫②，王宰始肯留真迹③。壮哉昆仑方壶④图，挂君高堂之素壁⑤。巴陵洞庭日本⑥东，赤岸⑦水与银河通，中有云气随飞龙⑧。舟人渔子入浦溆⑨，山木尽亚⑩洪涛风。尤工远势⑪古莫比，咫尺⑫应须论万里。焉得并州⑬快剪刀，剪取吴淞⑭半江水。

【题解】

题下原注："宰画丹青绝伦。"

这是一首用想象夸张的手法，来赞美王宰的山水画的题画诗，故言"戏题"。王宰，唐代画家，善画山水、树石，出于象外。张彦远《名画记》云："王宰，蜀中人，多画蜀山，玲珑嵌空，巉嵯巧峭。"唐肃宗上元元年（760），杜甫在成都去访王宰，应邀题画，于是写了这首诗。诗中以充满想象的浪漫主义语言，赞美了这幅画的神奇和画家高超的艺术才能，表现了杜甫对这幅画的热情赞赏和深刻理解。

【注释】

①"十日"二句：金圣叹《杜诗解》云，"盖守之以十日，仅得一水；又守之以五日，仅得一石。……王宰原无此事，却是求王宰作画者必须办此一副深心静气，方与妙画少分相应。此是先生于未出题前，凭空发此极奇极怪、不顾人笑之四句"。言外谓王宰画极难得。

②能事：擅长的事、能干的事。如《周易·系辞上》："引而伸之，触类而长之，天下之能事毕矣。"

受：遭受。如贾谊《论积贮疏》："一夫不耕，或受之饥。"

相：互相、交互。如《孙子·势》："奇正相生，如循环之无端，孰能穷之？"

促迫：紧迫。如沈俶《谐史》："国家用法，敛及下户，期会促迫，刑法惨酷。"

③真迹：书画家的手迹。真，本来面目。如《庄子·秋水》："谨守而勿失，是谓反其真。"又嵇康《幽愤诗》："志在守朴，养素全真。"

④壮哉：雄壮啊。如《汉书·东方朔传》："拔剑割肉，一何壮也。"

昆仑：即昆仑山，古代传说中的仙山，在西极。如《山海经·海内西经》："帝之下都，昆仑之虚，方八百里，高万仞。"

方壶：古代传说中的仙山，在东海。《列子·汤问》："渤海之东，不知几亿万里，有大壑焉。……其中有五山焉：一曰岱舆，二曰员峤，三曰方壶，四曰瀛洲，五曰蓬莱。"

⑤君：指王宰。

高堂：正堂。如《后汉书·马融传》："常坐高堂，施绛纱帐，前授生徒，后列女乐。"

素壁：白色的墙壁。素，白色。如《国语·吴语》："万人以为方阵，皆白裳、白旗、素甲、白羽之矰，望之如荼。"

⑥巴陵：山名。在今湖南省岳阳县西南隅，下临洞庭湖。如《山海经·中山经》："郭璞注：'长沙巴陵县西，又有洞庭陂，潜伏通江。'"

日本：今日本国。如《旧唐书·东夷传》："日本国者，……或曰倭国，自恶其名不雅，改为日本。"在古籍中，亦称日本为扶桑。如《梁书·扶桑国传》："扶桑国者，齐永元元年，其国有沙门慧深来至荆州。"

⑦赤岸：山名，在江苏省六合区东南40里，亦名红山。如郭璞《江赋》："鼓洪涛于赤岸。"又《舆地纪胜》："其山岩与江岸数里，土色皆赤。"此诗中的地名皆非实指。

⑧"中有"句：语本《庄子·逍遥游》："藐姑射（yè）之山，有神人居焉。……乘云气，御飞龙，而游乎四海之外。"此处借以形容画中天空云气流动，非常壮观。

⑨舟人渔子：船工、渔夫。舟人，即舟子。如《诗经·邶风·匏有苦叶》："招招舟子，人涉卬否。"渔，捕鱼。如《吕氏春秋·决胜》："譬之若渔深渊，其得鱼也大，其为害也亦大。"

浦：水边、入海口（江河交汇口）。如《战国策·秦策四》："吴之信越也，从而伐齐，既胜齐人于艾陵，还为越王禽于三江之浦。"

溆：水边。如何逊《赠江长史别》："长飙落江树，秋月照沙溆。"

⑩山木：指王宰所画的山水画面。

亚：通"压"，低垂。如张升《离亭燕》："云际客帆高挂，烟外酒旗低亚。"

⑪尤工：尤其擅长。工，擅长、擅于。如《论衡·书解》："人有所工，固有所拙。"

远势：远景。如储光羲《游茅山五首》："远势一峰出，近形千嶂分。"又方干《东山瀑布》："遥夜看来疑月照，平明失去被云迷。挂岩远势穿松岛，击石残声注稻畦。"

⑫咫（zhǐ）尺：比喻画面中的近处。周代八寸为一尺。如《史记·孔子世家》："石砮，矢长尺有咫。"此句化用《南史·齐武帝诸子传》："贲字文奂……能书善画，于扇上图山水，咫尺之内，便觉万里为遥。"

⑬并州：唐代属河东道。《唐六典》卷三："河东道古冀州之境，今太原……厥贡龙骨、甘草、礜石、钢铁。"即今山西省太原市。由于此地以产剪刀著名，故曰"并州快剪刀"。

⑭吴淞：即吴淞江，在今江苏省。如《元和郡县志》："江南道苏州吴县：松江在县南五十里，经崐山入海。"两句用晋索靖故事。索靖看见名画家顾恺之画，赞赏说："恨不带并州快剪刀来，剪松江半幅纹练归去。"

【辑评】

　　一、浦起龙《读杜心解》卷二之二
　　首六句出题，品高则画自高，故先推画品，次落图名，得争上流法。中五句，叙画正文，即上所谓"壮哉"，下所谓"远势"也。本写水势，兼带风势，笔墨生动。末四，咏叹以束前文。"焉得"，犹云何处得来，非有待将来之辞。言此非复笔墨之技，直是觉得"快剪"，剪来"江水"也。诗至此，亦化作烟波一片矣。

　　二、金圣叹《杜诗解》卷二
　　不维写妙画，兼写出王宰妙士来。天下妙士，必为有妙眼。渠见妙景，便会将妙手写出来。有时或立地便写出来。有时或迟三五日，十日方写出来，有时或迟乃至于一年、三年、十年后方写出来，有时或终其身竟不会写出来。无他，只因他妙手所写，纯是妙眼所见。若眼未见，他决不肯放手便写，此良工之所以永异于俗工也！凡写山水，写花鸟，写真，写字，作文，作诗，无不皆然。

戏为韦偃双松图歌

天下几人画古松？毕宏①已老韦偃少。绝笔长风起纤末②，满堂动色嗟神妙③。两株惨裂苔④藓皮，屈铁⑤交错回高枝。白摧朽骨龙虎死，黑入太阴雷雨垂。⑥松根胡僧憩寂寞⑦，庞眉皓首⑧无住著。偏袒右肩⑨露双脚，叶里松子僧前落。韦侯⑩韦侯数相见，我有一匹好东绢⑪，重之不减锦绣段⑫。已令拂拭光凌乱⑬，请公放笔为直干⑭。

【题解】

此诗于上元元年（760）十二月作于成都。此题一作"戏为双松图歌"。

韦偃，唐代名画家，杜甫的友人，时正流寓成都。《历代名画记》卷十："（韦）鉴子鶠工山水，高僧奇士，老松异石，笔力劲健，风格高举，善小马牛羊。山原俗人空知鶠善马，不知松石更佳也。"杜甫此诗赞韦偃所画的双松图笔力劲健，具有绝妙的神韵和高举的风格。最后4句表达了向韦偃索画的要求。此诗写得亦庄亦谐，幽默风趣，受到诗评家的好评。

【注释】

① 毕宏：天宝中御史，善画古松。（参见封演《闻见记》）

② 绝笔：妙笔，与下句的"神妙"相呼应。绝，独一无二的、绝妙的。如《三国志·华佗传》："佗之绝技，凡此类也。"又曾巩《送李材叔知柳州序》："食有海之百物，累岁之酒醋，皆绝于天下。"

长风：长天之风。长，辽远、辽阔。如杜牧《登乐游原》："长空淡淡孤鸟没。"

起：兴起、发生。如《荀子·天论》："一废一起，应之以贯，理贯不乱。"又《史记·吕太后本纪》："不然，祸且起。"

纤（xiān）末：纤细的末端。此处指画笔的笔尖。纤，本意为细纹丝帛。如《楚辞·招魂》："被文服纤，丽而不些（语气词）。"可引申为纤细、柔美。如杜甫《立春》："盘出高门行白玉，菜传纤手送青丝。"杜甫用以形容画笔也有此意。

③ 动：动容，心中有所动而改变容态。如《三国志·吴书·吴主传》："心用慨然，凄怆动容。"

色：神态。如《论语·学而》："巧言令色，鲜矣仁。"

嗟（jiē）：赞叹。如《后汉书·丁鸿传》："诸儒称之，帝数嗟美焉。"

神：玄妙、神奇。如《孟子·尽心下》："大而化之之谓圣，圣而不可知之之谓神。"

妙：美妙。如《战国策·楚策一》："大王诚能听臣之愚计，则韩、魏、齐、燕、赵、卫之妙音美人，必充后宫矣。"

④惨裂：此谓松树皮裂得很厉害。惨，厉害。如《荀子·天论》："其说甚尔，其灾甚惨。"

苔：指苔藓类隐花植物。常贴地面生长，根茎叶不明显。如刘禹锡《再游玄都观绝句》："百亩庭中半是苔，桃花开尽菜花开。"

⑤屈铁：指画中的松树枝，盘回，坚硬，如弯曲的铁条似的。屈，弯曲。如《老子·第四十五章》："大直若屈，大巧若拙，大辩若讷。"

⑥"白摧"二句：写画中松树的枯枝，意谓松树的枯枝，其皮被剥落犹如龙虎死后白色的朽骨。在冬天的夜里，下垂在狂风暴雨之中。

摧：坠落。如张说《送岳州李十从军桂州》："剑拔蛟随断，弓张鸟自摧。"

黑入：入夜。黑，此处指黑夜。如王建《和门下武相公春晓闻莺》："侵黑行飞一两声，春寒啭小未分明。"

太阴：指代冬季。如曹植《蝉赋》："盛阳则来，太阴逝兮。"

⑦憩（qī）：休息。如《后汉书·张衡传》："跻日中于昆吾兮，憩炎天之所陶（犹炎炽）。"又苏轼《记游定惠院》："既饮，往憩于尚氏之第。"

寂寞：寂静。如《后汉书·冯衍传》："陂山谷而闲处兮，守寂寞而存神。"

⑧庞眉皓首：眉发花白。庞，多而杂乱。如《新唐书·李吉甫传》："方今置吏不精，流品庞杂。"此处指杂色、花白。皓，白。如《楚辞·大招》："朱唇皓齿。"

⑨偏袒右肩：即"袒右"，解开上衣露出右肩。佛家词汇，为"通肩"一词之相对语，即披着袈裟时袒露右肩，覆盖左肩。袒，脱去上衣，露出身体的一部分。如《战国策·齐策六》："王孙贾乃入市中，曰：'淖齿乱齐国，杀闵王，欲与我诛者，袒右！'市人从者四百人。"又《汉书·陈胜传》："乃诈称公子扶苏、项燕，从民欲也。袒右，称大楚。"注："袒右者，脱去右肩之衣。当时取异于凡众也。"

⑩韦侯：对韦偃的尊称。侯，古时士大夫之间的尊称，犹言君。如李颀《送陈章甫》："陈侯立身何坦荡，虬须虎眉仍大颡。"

⑪东绢：因川东陵州以出产丝织品著称，故曰东绢。东，此指四川陵州。如《唐书·地理志》："陵州仁寿郡（今四川仁寿故名）属剑南东道。"又《唐志》："东川陵州，土贡鹅溪绢。"绢，生丝织成的一种丝织品。如《墨子·辞过》："治丝麻，捆布绢，以为民衣。"

⑫重：贵重。如《战国策·东周策》："西周者，故天子之国也，多名器重宝。"

减：次于。如苏轼《答秦太虚书》："大芋长尺余，不减蜀中。"

锦绣段：精美的丝织品。锦，有彩色花纹的丝织品。如《左传·襄公二十六年》："夫人使馈之锦与马。"绣，华美的、精美的。如苏轼《题织锦图上回文》："人随远雁边城暮，雨映疏帘绣阁空。"段，丝织品的一种，缎子。如李贺《荣华乐》："绣段千寻贴皂隶，黄金百镒赇家臣。"

⑬令：使、让。如《老子·十二章》："五色令人目盲，五音令人耳聋。"

拂拭：掸去灰尘。拂、掸，掸去灰尘。如《战国策·魏策四》："今以臣凶恶，而得为王拂枕席。"拂，揩、擦。如《公羊传·哀公十四年》："反袂拭面。"

光凌乱：指素绢舒展时光影凌乱的样子。凌乱，杂乱无条理。如鲍照《舞鹤赋》："轻迹凌乱，浮影交横。"又元稹《五弦弹》："风入春松正凌乱。"

⑭ 公：对人的敬称。如《史记·高祖本纪》："高祖曰：'公知其一，不知其二。'"此处是对韦偃的敬称。

放笔：不受约束地纵笔。放，放纵。如《汉书·严延年传》："宾客放为盗贼。"又杜甫《闻官军收河南河北》："白日放歌须纵酒。"

为（wéi）：创作、写。如《史记·屈原贾生列传》："及渡湘水，为赋以吊屈原。"又《史记·吕太后本纪》："王乃为歌四章，令乐人歌之。"此处指绘画。

直干：此处指松树。

【辑评】

一、王嗣奭《杜臆》卷之四

起来二句极宽静，而忽接以"绝笔长风起纤末"，何等笔力！至于描写双松止四句，而冥思玄构，幽事情深，更无乘语。后入"胡僧"，窅冥灵超，更有神气。然韦之画松，以屈曲见奇，直便难工，一匹束绢，长可二丈，汝能"放笔为直干"乎？所以戏之也。

二、浦起龙《读杜心解》卷二之二

首四句，总统赞之。次四句，细摹其状。"裂皮""回枝"，写出体干。"白摧"，写枯梗拗折处。"黑入"，写风针蓬松处。又次四句，点缀法。"无住著"，神理都现；"僧前落"，空寂萧然。末五句，于诸题画诗，结法又出一奇，与"心乎爱矣，遐不谓矣"同一意境，盖倾倒之极也。旧注认真作索画解，便痴。

茅屋为秋风所破歌

八月秋高风怒号①，卷我屋上三重茅②。茅飞渡江洒江③郊，高者挂罥长林梢④，下者飘转沉塘坳⑤。南村群童欺我老无力，忍能⑥对面为盗贼，公然抱茅入竹去，唇焦口燥呼不得⑦。归来倚杖自叹息。俄顷⑧风定云墨色，秋天漠漠向⑨昏黑。布衾多年冷似铁⑩，娇儿恶卧踏里裂⑪。床头屋漏无干处，雨脚如麻⑫未断绝。自经丧乱少睡眠⑬，长夜沾湿何由彻⑭？安得广厦千万间，大庇天下寒士俱欢颜，风雨不动安如山？⑮呜呼⑯！何时眼前突兀见⑰此屋，吾庐⑱独破受冻死亦足！

【题解】

上元二年（761）秋八月，一场狂风袭击了杜甫居住的浣花溪畔的草堂，卷走了屋顶覆盖的茅草。一群顽皮的邻居小孩又把吹在地上的茅草抱去玩耍，这使杜甫十分着急和无奈。接着又下了秋雨，淋得他屋内床头全是湿漉漉的。眼前狼狈的处境，触发了诗人对战乱以来所经历的种种苦难的回忆，并由己及人，喊出了"安得广厦千万间，大庇天下寒士俱欢颜"的心愿。这种崇高的精神是难能可贵的，对后世影响深远，也使这首诗成为感动无数读者的千古名作。

【注释】

① 风怒号：大风猛烈地呼啸。怒，猛烈。如《汉书·沟洫志》："镌之裁没水中，不能去，而令水益湍怒，为害甚于故。"号，呼啸、引声长鸣。如《史记·历书》："时鸡三号，卒明。"

② 三重茅：茅屋上盖的多层茅草。三，言其多。如《左传·定公三年》："三折肱，知为良医。"又《战国策·赵策三》："鲁仲连辞让者三。"茅，草名，即茅草。如《战国策·赵策四》："昔者尧见舜于草茅之中。"可以用来盖屋。如《后汉书·王霸传》："隐居守志，茅屋蓬户。"

③ 江：此处指浣花溪。杜甫草堂在此溪之畔。

④ 挂罥（juàn）：缠挂。如鲍照《芜城赋》："泽葵依井，荒葛罥涂。"

长林梢：高大的树梢。长，高大。如《吕氏春秋·谕大》："井中之无大鱼也，新林之无长木也。"梢，禾的末梢。如《周礼·天官·大府》："四郊之赋，以待稍秣。"

⑤ 塘坳（ào）：低洼积水的地方或水池。塘，水池。古时方形的为塘，圆形的为池。

此处是池塘的泛称。如朱熹《观书有感》:"半亩方塘一鉴开,天光云影共徘徊。"又高骈《山亭夏日》:"绿树浓阴夏日长,楼台倒影入池塘。"坳,低洼的地方。如柳宗元《零陵三亭记》:"万石如林,积坳为池。"

⑥忍能:竟然忍心如此。忍,忍心。如《吕氏春秋·去私》:"子,人之所私也。忍所私以行大义,钜子可谓公矣。"能,通"恁",如此、这样。如张九龄《庭梅》:"芳意何能早,孤荣亦自危。"

⑦唇焦口燥:意谓竭尽全力呼喊而无效果。焦,干燥、干渴。如《史记·仲尼弟子列传》:"孤尝不料力,乃与吴战,困于会稽,痛入于骨髓,日夜焦唇干舌,徒欲与吴王接踵而死,孤之愿也。"燥,干燥。如《周易·乾》:"水流湿,火就燥。"

呼不得:意谓虽竭力呼喊,却不能得到自己的心愿。得,获得、得到。如《后汉书·班超传》:"不入虎穴,焉得虎子。"

⑧俄顷:一会儿、顷刻之间。如《文选》中,晋代郭璞《江赋》:"倏忽数百,千里俄顷。"

⑨漠漠:烟尘弥漫的样子。如韩愈《同水部张员外春游寄白二十二舍人》:"漠漠轻阴晚自开,青天白日映楼台。"

向:接近。如《旧唐书·颜真卿传》:"吾今年向八十,官至太师。"

⑩衾(qīn):大被子。如潘岳《悼亡》(之二):"凛凛凉风升,始觉夏衾单。"

冷似铁:布被子盖了多年,又脏又硬,保温效果差,如铁一样冰冷。

⑪恶卧:睡相不好。恶,坏、不好。如《吕氏春秋·简选》:"今有利于此,以刺则不中,以击则不及,与恶剑无择。"

踏里裂:把被里子都蹬破了。里,衣服、被褥等的里子。如《楚辞·九叹·愍命》:"今反表以为里兮,颠裳以为衣。"裂,绽开、裂开。如《后汉书·冲帝纪》:"是日,京师及太原、雁门地震,三郡水涌土裂。"

⑫雨脚如麻:密密连接像麻线一样的雨点。如贾思勰《齐民要术·胡麻》:"种欲截雨脚,一亩用子二升。"又杜牧《念昔游》(之二):"云门寺外逢猛雨,林黑山高雨脚长。"

⑬"自经"句:意谓安史之乱使杜甫一家在中原流离失所,很少睡过安稳觉。

丧:逃亡。如《诗经·唐风·葛生序》:"好攻战,则国人多丧矣。"

乱:战乱。如陶渊明《桃花源记》:"自云先世避秦时乱,率妻子邑人来此绝境。"此处指安史之乱。

⑭"长夜"句:意谓屋里被雨水漏得湿漉漉的,怎么样才能渡过这漫漫长夜呢。

何:怎么样。如《战国策·齐策一》:"徐公何能及君也。"

由:经过、通过。如《孙子·九变》:"涂有所不由,军有所不击。"

彻:彻夜,一直到天亮。如《初学记》卷十五中隋朝薛道衡《和许给事善心戏场转韵》:"竟夕鱼负灯,彻夜龙衔烛。"

⑮"安得"3句:从哪里才能得到千万间的大屋子,使天下那些贫寒的读书人脸上带着笑容、安安稳稳地住上好房子呢?

安得:焉得、从哪里得到。安,疑问副词,哪里。如《史记·陈涉世家》:"嗟呼,燕雀安知鸿鹄之志哉!"

广厦：宽敞的大屋。广，宽敞。晁错《言兵事疏》："平原广野。"

大庇：大范围地遮蔽。大，大范围地。如《汉书·梁孝王刘武传》："大治宫室。"庇，遮蔽、掩蔽。如苏舜钦《东京宝相禅院新建大悲殿记》："京城之西南，有佛庙曰宝相院，中有层阁，杰然（高耸雄壮的样子）以庇大像。"

寒士：贫苦的读书人。如《明史·海瑞传》："瑞无子，卒时，佥都御史王用汲入视，葛帏敝籝，有寒士所不堪者。"

⑯呜呼：叹词，表示感慨。如《论语·八佾》："子曰：'呜呼！曾谓泰山不如林放乎！'"

⑰突兀：高耸的样子。如李白《明堂赋》："观夫明堂之宏壮也，则突兀瞳眬，乍明乍蒙，若太古元气之结空。"

见（xiàn）：通"现"，出现。如《论语·泰伯》："天下有道则见。"

⑱吾庐：杜甫指自己的茅屋。庐，房屋。如柳宗元《捕蛇者说》："殚其地之出，竭其庐之入。"

【辑评】

一、浦起龙《读杜心解》卷二之二

起五句完题，笔亦如飘风之来，疾卷了当。"南村"五句，述初破不可耐之状，笔力恣横。单句缩住、黯然。"俄顷"八句，述破后拉杂事，停"风"接"雨"，忽变一境；满眼"黑""湿"，笔笔写生。"自经丧乱"，又带入平时苦趣，令此夜彻晓，加倍烦难。末五句，翻出奇情，作矫尾厉角之势。宋儒曰：包与为怀。吾则曰：狂豪本色。结仍一笔兜转，又复飘忽如风。《楠树篇》峻整，《茅屋篇》奇异。彼从拔后迫羡其功而惜之，此从破后完极其苦而矫之。不可轩轾。

二、郭曾炘《读杜记》

前半如说白话，而笔力恣横，自非凡手所能。后段拓开，发出一大议论。……余谓杜公于流离困顿中忽然发此异想，乃《北征》诗"默思失业徒，因念远戍卒"之反面观，乃真阅历语、真沉痛语，非身经世难者不能道其只字，不仅仁心为质也。

石笋行

君不见益州①城西门,陌上石笋双高蹲②。古来相传是海眼,苔藓蚀③尽波涛痕。雨多往往得瑟瑟④,此事恍惚难明论⑤。恐是昔时卿相冢⑥,立石为表⑦今仍存。惜哉俗态好蒙蔽⑧,亦如小臣媚至尊⑨。政化错迕失大体⑩,坐看倾危受厚恩⑪。嗟尔石笋擅虚名⑫,后来未识犹骏奔⑬。安得壮士掷天外,使人不疑见本根。⑮

【题解】

此诗以及作于同时且格调相似的《石犀行》《杜鹃行》,都是杜甫于上元二年(761)在成都所见所闻有感而作。石笋,即圆柱状的石柱。成都西门外有两株,一南一北,原是古蜀国的墓志,而蜀人则是用以镇海眼的,移动则洪水泛滥。关于石笋的古代传说,《华阳国志》云:蜀五丁力士,能移山,举万钧。每王薨,辄立大石,长三丈,重千钧,为墓志,今石笋是也。号曰笋里。《成都记》云:距石笋二三尺,每夏月大雨,往往陷作土穴,泓水湛然,以竹测之,深不可及。以绳系石投其下,愈投而愈无穷。凡三五日,忽然不见,故有海眼之说。《成都记》又云:石笋之地,雨过必有小珠,或青黄如栗,亦有细孔,可以贯丝。这些都是当时的传说。杜甫在诗中驳斥了这些说法,联系当时的社会现实,讽喻当时朝政,有一定的启示意义。

【注释】

① 君不见:汉以来的乐府诗常用此3字开端。作者沿用此法。

益州:原汉置。今四川省地。《风俗通》:"益之为言阨也,言其地险阨。亦曰(汉武)帝开西南夷,疆壤益大,故名。"后汉益州刺史治雒。今四川广汉市治。中平年中刘焉为州牧,徙治绵竹。在今四川德阳市北35里。兴平中,复治成都。隋废,唐复置益州。改曰蜀郡。寻复为益州,又改为成都府。杜甫此处用旧名。

② 陌上:田间。陌,田间小路。如《楚辞·九思·悯上》:"逡巡兮圃薮,率彼兮畛陌。"

高蹲:高高地蹲着。蹲,蹲着,似坐而臀不着地。如《庄子·外物》:"蹲乎会稽,投竿东海。"

③ "苔藓"句:意谓传说石笋上原本有波涛冲击的痕迹,后因长期以来受长出来的苔藓的侵蚀而掩盖埋没了。

蚀:侵蚀。

④"雨多"句：意谓传说在多雨的时候往往可以在石笋边捡到碧珠。

瑟瑟：宝珠。如《新唐书·于阗国传》："德宗即位，遣内给事朱如玉之安西，求玉于于阗，得……瑟瑟百斤，并它宝等。"

⑤ 此事：指以上所讲述的传说。

恍惚：模糊不清，不易捉摸。如《韩非子·忠孝》："恍惚之言，恬淡之学，天下之惑术也。"

难明论：很难明确地评定。明，明确。如《孟子·公孙丑上》："明其政刑，虽大国必畏之矣。"论，评定、考核。如《汉书·高惠高后文功臣表》序："八载而天下乃平，始论功而定封。"

⑥"恐是"句：是诗人以猜测的语气提出自己的看法，他认为石笋可能是存留至今的古卿相的墓表。

昔时：从前的时候。昔，从前。如《国语·周语上》："昔我先王后稷，以服事虞夏。"

卿相（xiàng）：古代地位很高的官员。卿，官阶名，爵位名。周制，天子及诸侯都有卿，分上、中、下三等。秦汉三公以下设九卿，为中央政府各部行政长官。如《孟子·告子上》："公卿大夫，此人爵也。"又《汉书·霍光传》："自先帝时，桀已为九卿，位在光右。"相，古官名，辅佐君主的大臣，后来专指宰相。如《战国策·东周策》："周相吕仓见客于周君。"又《史记·齐悼惠王世家》："勃既将兵，使围相府。"

冢（zhǒng）：高大的坟墓。如《史记·高祖本纪》："项羽烧秦宫室，掘始皇帝冢。"

⑦ 表：标志。如《吕氏春秋·慎大》："封比干之墓，靖箕子之宫，表商容之闾。"又《战国策·燕策三》："暮舍，使左右司马各营壁地，已，植表。"

⑧ 俗态：世俗的风尚，此处指传播迷信传说的风尚。俗，世俗、一般人。如《商君书·更法》："论至德者不和于俗。"又《后汉书·冯衍传下》："惟吾志之所庶兮，固与俗其不同。"态，风尚。如《楚辞·离骚》："宁溘死以流亡兮，余不忍为此态也。"

好：易于、便于。如韩愈《左迁至蓝关示侄孙湘》："知汝远来应有意，好收吾骨瘴江边。"又杜甫《闻官军收河南河北》："白日放歌须纵酒，青春作伴好还乡。"

蒙蔽：遭受遮挡而看不见真相。蒙，遭受、承受。如《论衡·累害》："夫未进也，身被三累，已用也，身蒙三害。"蔽，遮挡、遮蔽。如《汉书·元帝纪》："秋八月，有白蛾群飞蔽日。"

⑨ 小臣：人格卑鄙、品质坏的朝臣。小，品质坏的人。如王褒《四子讲德论》："信任群小，憎恶仁智。"又《尚书·大禹谟》："君子在野，小人在位。"

媚：巴结、讨好。如《史记·孝武本纪》："康后闻文成已死，而欲自媚于上。"

至尊：最尊贵的位置，特指皇帝。如《汉书·路温舒传》："陛下初登至尊，与天合符，宜改前世之失，正始受之统。"又嵇康《与山巨源绝交书》："欲献之至尊。"

⑩ 政化：政治教化。政，政治、政事。如《左传·隐公十一年》："政以治民，刑以正邪。"又《论语·泰伯》："不在其位，不谋其政。"化，教化、感化。如《礼记·学记》："君子如欲化民成俗，其必由学乎！"

错迕（wǔ）：乖戾不顺。如杜甫《新婚别》："人事多错迕，与君永相望。"错，不合。如《汉书·五行志上》："刘向治《谷梁春秋》……与仲舒错。"迕，违反、抵触。如晁错

《论贵粟疏》："上下相反，好恶乖（违背）迕。"

大体：重要的原则。如《荀子·天论》："不知贯不知应变，贯之大体未尝亡也。"又《史记·孝文本纪》："楚王，季父也，春秋高，阅天下之义理多矣，明于国家之大体。"又陈亮《中兴五论序》："臣闻治国有大体，谋敌有大略。"

⑪"坐看"句：意谓媚君邀宠的卑鄙"小臣"，对唐王朝的危险形势坐视不问，而只图皇帝给他恩惠赏赐。

坐看：此处谓旁观而无行动。

倾危：倾覆、危殆。如《三国志·吴书·鲁肃传》："今汉室倾危，四方云扰，孤承父兄余业，思有桓、文之功。"

⑫"嗟尔"句：可叹啊，石笋你徒有虚名。此处是将石笋拟人化。

嗟：慨叹、忧叹。如《诗经·周南·卷耳》："嗟我怀人，寘彼周行。"又《后汉书·冯衍传》："嗟我思之不远兮，岂败事之可悔？"

尔：你、你们。如《左传·宣公十五年》："我无尔诈，尔无我虞。"

擅：占有、独有。如《战国策·秦策三》："且昔者中山之地，方五百里，赵独擅之。"

⑬未识：没有见识的人。识，知识、见识。如张衡《东京赋》："鄙夫寡识。"又《晋书·谢鲲传》："鲲少知名，通简有事识，不修威仪，好《老》《易》。"

骏奔：骑着马快跑，来看石笋。骏，迅速。如《诗·周颂·清庙》："对越在天，骏奔走在庙。"又《木兰诗》："东市买骏马，西市买鞍鞯（jiān）。"奔，跑。如《墨子·非攻》："奉甲执兵，奔三百里而舍焉。"

⑭"安得"二句：意谓希望有大力士来，将石笋扔到天空之外，使人再也看不见它，再也不受迷信传说所迷惑。

安得：从哪里能够得到。安，疑问代词，哪里、哪儿。如《史记·项羽本纪》："项王曰：'沛公安在？'"

⑮本根：根底。如《晋书·刘颂传》："而树国本根不深，无干辅之固。"此处指石笋的底细。

【辑评】

一、王嗣奭《杜臆》卷之四

此诗专为俗好蒙蔽，小臣献媚，有感而借石笋以发之。如武后时新丰县有山涌出，则名之为庆山。开元廿九年，上梦玄元皇帝云："吾像在京城西南。"遣使求，得之于周至。此必有小臣为之先导。又天宝七载，或言玄元皇帝降于华清宫之朝元阁；后山人王玄翼上言宝仙洞有妙宝真符，求得之，是也。

二、钱谦益《钱注杜诗》卷四

赵曰：此诗作于上元元年。是时李辅国离间两宫。擅权蒙蔽。故赋石笋以指讥之。

三、吴瞻泰《杜诗提要》卷五

绝大议论，忽发在石笋极细事中，使人动心骇目，正不必泥其所指也。

百忧集行

忆年十五心尚孩,健如黄犊走复来。庭前八月梨枣熟,一日上树能千回。①即今倏忽②已五十,坐卧只多少行立③。强将笑语供主人④,悲见生涯⑤百忧集。入门依旧四壁空,老妻睹我颜色同。⑥痴儿不知父子礼,叫怒索饭啼门东。⑦

【题解】

此诗于上元二年(761)写于成都,此时杜甫50岁。诗人在年已半百之时,回忆起自己在少年时代体格强健,性格活泼,生气勃发,一生当大有作为。而今,年已衰迈,功业无成,壮志难酬;生活无着,家徒四壁,妻儿同受穷困;强将笑语,求助于人,窘屈难堪。忧端重重,齐集于怀,因而以"百忧集行"为题写下此诗。

【注释】

① "忆年十五"4句:写自己年少时天真活泼的情状。

心尚孩:(15岁时)身上依旧还有孩子气。尚,还、仍然、依旧。如《诗经·大雅·抑》:"白圭之玷,尚可磨也;斯言之玷,不可为也。"又《汉书·司马迁传》:"嗟乎!嗟乎!如仆,尚何言哉!尚何言哉!"虽然这时的杜甫仍是一个孩子气的少年,但已被当时的文豪比作班固、扬雄等。此时,他开始出入翰墨之场,与崔尚(郑州刺史)、魏启心(豫州刺史)、李龟年等同游。他在《壮游》诗中写道:"往昔十四五,出游翰墨场。斯文崔魏徒,以我似班扬。"

黄犊(dú):黄毛小牛。如《韩非子·内储说上》:"南门之外有黄犊,食苗道左者。"

走复来:反复地跑来跑去。复,再、又。如陶渊明《桃花源记》:"复前行,欲穷其林。"

能千回:形容(上枣树)次数之多。能,达到。如韩愈《马说》:"安求其能千里也?"千,形容数量大或次数多。如白居易《琵琶行》:"千呼万唤始出来,犹抱琵琶半遮面。"

② 倏忽:转眼之间、极快。如《吕氏春秋·君守》:"故至神逍遥倏忽而不见其容。"

③ 只多:多。只,语气词。如《诗经·小雅·采菽》:"乐只君子,天子命之。"又《楚辞·大招》:"魂乎归徕,乐不可言只。"

少行立:(由于身体衰老)很少行走和站立。

④ "强将"句:意谓(寄人篱下)在所依附的人面前特意地装出笑容,取悦于人。

强:故意、特意。如卢肇《戏题》:"知道相公怜玉腕,强将纤手整金钗。"

将：用。如《战国策·赵策一》："及三晋分知氏，赵襄子最怨知伯，而将其头以为饮器。"

供：供奉、奉献。如《后汉书·和熹邓皇后纪》："凡供荐新味，多非其节。"

主人：指诗人所依附和求援的官僚、宾客的主人。如《左传·僖公三十年》："若舍郑以为东道主。"

⑤生涯：生活。如刘长卿《过湖南羊处士别业》："杜门成白首，湖上寄生涯。"

⑥"入门"二句：意谓回到家所见家中依旧家徒四壁，心中不禁十分悲伤，妻子见我伤心的样子，也同样表现出很凄苦的神色。

⑦"痴儿"二句：刻画出小儿子的稚气，同时也表现出杜甫的慈祥和愧为人父的悲哀。

痴儿：幼稚无知的儿子。痴，傻呆、无知。如张迁玉《明史·海瑞传》："此人素有痴声。"

索饭啼门东：因古代庖厨的门在家的东边，故曰"啼门东"。如《漫叟诗话》曰："（引杜句）说者谓庖厨之门在东。"［据郭绍虞《宋诗话辑佚》（上册）］

【辑评】

一、王嗣奭《杜臆》卷之四

"强将笑语供主人"，写作客之苦刻骨，身历始知。四壁依旧空，老妻颜色同，痴儿索饭啼，不亲历，写不出。写得情真自然，妙绝。

二、浦起龙《读杜心解》卷二之二

黄鹤多方考核，谓主人是成都尹李若幽、崔光远辈。愚按：公在成都，与李、崔曾无往还之文，何得强派。且此诗是总慨入蜀以来落寞之况。居草堂席不及暖，之蜀州，之新津，之青城，又尝闻彭州高适、唐兴王潜。凡所待命，皆主人也。凡面谈简寄，皆笑语也。奚沾沾胶柱为。

戏作花卿歌

成都猛将有花卿①,学语小儿知姓名②。用如快鹘风火生,见贼唯多身始轻。③绵州副使著柘黄④,我卿扫除即日平⑤。子璋髑髅血模糊,手提掷还崔大夫。⑥李侯重有此节度,人道我卿绝世无。⑦既称绝世无,天子何不唤取守东都?⑧

【题解】

此诗作于唐肃宗上元二年(761),杜甫时居成都草堂。花卿,指成都崔光远牙将花惊定。上元二年四月,四川梓州刺史段子璋反,陷绵州,自称梁王,以绵州为黄龙府。东川节度使李奂奔成都。五月,高适率彭州兵与成都尹崔光远合兵讨之。崔光远部下牙将(低级的军官)花惊定擒获段子璋,并将其斩之。于是花惊定恃功骄横,在东川大掠,川东一带人民损失甚重,怨声载道。花惊定甚至每于谵会,不守当时制度,僭用朝廷礼乐。当时杜甫居成都草堂,写了《戏作花卿歌》和《赠花卿》两首诗,对这一事件做了反映,并加以质问和讥刺。崔光远因不能约束花惊定之僭妄而被朝廷罢职。遂以严武为成都尹,兼剑南东川节度使,高适改蜀州刺史。

这首诗可分3段:开头6句为第一段,正面描写花惊定在平叛中的勇猛;"子璋"以下4句为第二段,再次铺叙他的战功;最后"既称"两句为第三段,用质问的语气一反前面赞扬其战功之词,以点睛之笔表达了作者对花惊定恃功骄横的讽刺。

【注释】

① 卿:古代对男子的敬称。如《汉书·孟喜传》:"父号孟卿,善为《礼》《春秋》,授后苍、疏广。"

② "学语"句:意谓连刚刚学说话的小孩也知道他的大名。

③ "用如"二句:意谓(花惊定)在战场上如雄鹰一样勇猛,不怕牺牲,勇敢向前。

用:任用、举用。如《战国策·秦策五》:"应侯之用秦也,孰与文信侯专?"

鹘:一种鹰类的猛禽。一说即隼。如杜甫《画鹘行》:"高堂见生鹘,飒爽动秋骨。"

风火生:形容花惊定在战场上的勇猛。仇兆鳌注云:"《世说》:曹景宗谓所亲曰:'昔在乡里,骑快马如龙,拓弓弦作霹雳声,箭如饿鸱叫,平泽中逐獐,数肋射之,觉耳后风生,鼻头火出,此乐使人忘死。'"

唯：助词，加强语气作用，无实义。如《尚书·洪范》："唯十有三祀，王访于箕子。"
身：生命。如屈原《九歌·国殇》："身既死兮心以灵。"
始：曾、尝。如桓宽《盐铁论·论儒》："若此，儒者之安国尊君，未始有效也。"
轻：不贵重、不重要。如《孟子·尽心下》："孟子曰：'民为贵，社稷次之，君为轻。'"
④ 绵州副史：因梓州刺史段子璋兼绵州副史，故称。
著（zhuó）柘（zhè）黄：穿着用柘木料染黄的衣服。封建社会只有帝王才能穿黄色服饰，这就表明段子璋背叛朝廷。著，同"着"，穿着。如《木兰诗》："着我旧时裳。"柘黄，即柘树汁染成的赤黄色。柘，一种桑科的树木。叶子可养蚕，木材可做弓，树汁黄赤色，又叫黄桑。如陆厥《奉答内兄希叔》："归来翳桑柘，朝夕异凉温。"
⑤ 我卿：指花惊定。
扫除：平定、清除。扫，平定。如《南史·宋武帝纪》："扫定荆楚。"除，去掉、清除。如《汉书·高帝纪上》："凡吾所以来，为父兄除害，非有所侵暴，毋恐。"
平：平息（叛乱）。如刘安《淮南子·汜论训》："平夷狄之乱。"
⑥ "子璋"二句：意谓牙将花惊定擒斩段子璋，而功劳归于主将成都尹崔光远。
髑髅（dú lóu）：死人的骨头。如《庄子·至乐》："庄子之楚，见空髑髅。"
崔大夫：指成都尹崔光远。
⑦ "李侯"二句：意谓原先东川节度使李奂驻绵州。段子璋发动叛乱后，李奂逃到成都。后来，在崔光远平定叛乱之后，他又重回东川当节度使。这个功劳应归于有绝世勇猛的花惊定。
⑧ "既称"二句：意谓既然花惊定如此勇猛，为什么皇帝不让他去守卫东都洛阳呢？
天子：指唐肃宗。
东都：隋唐都长安以洛阳为东都。如白居易《西明寺牡丹花时忆元九》："何况寻花伴，东都去未回。"当时安始之乱尚未平息。洛阳一带尚有战事。史思明正据东都洛阳。二月李光弼与叛军战于洛阳，败于邙山（今河南偃师北），退保闻喜，河阳、怀州。《旧唐书·高适传》："花惊定恃勇，既诛子璋，大掠东蜀。天子怒光远不能戢军，乃罢之。"

【辑评】

一、刘凤诰《杜工部诗话》

《花卿歌》："子璋髑髅血模糊，手提掷还崔大夫。"咏蜀将花惊定攻拔绵州斩伪梁王段子璋事。崔大夫，谓成都尹崔光远；曰掷还者，归功主将也。唐诗纪事愈疟之说，固属委巷游谈，然二语至今读之，犹凛凛有生气。

二、仇兆鳌《杜诗详注》卷之十

卢注："公为此歌，本称述花卿，题曰戏作，有讽意焉。"又注云：写得壮气勃勃。明人沈明臣诗："狭巷短兵相接处，杀人如草不闻声。"可与此诗，关树旗鼓。

三、浦起龙《读杜心解》卷二之二

前韵叙述,后韵赏叹,本皆赞词也,然前叙平乱,自有一种剽悍之气,跃见出来。后言"髑髅""掷还","重有节度",功已烈矣,而气则傲睨,誉亦假托。结语亦于言外见非重用之器,即赞为贬。使笔如骇鸡之犀。

越王楼歌

绵州州府何磊落①,显庆年中越王作②。孤城西北起③高楼,碧瓦朱甍④照城郭。楼下长江⑤百丈清,山头落日半轮⑥明。君王旧迹今人赏,转见千秋万古情。⑦

【题解】

此诗作于宝应元年(762)。越王楼,又称越王台,故址在今四川省绵阳市西北。唐高宗显庆年间,第八子越王李贞为绵州刺史时所建。《绵州图经》曰:"越王台,在州城外西北,有台高百尺,上有楼,下瞰州城。"唐代宗宝应元年七月,严武奉召还朝,杜甫送至绵州之奉济驿分手。不料此时,徐知道在成都起兵反叛,杜甫回成都江村的道路被阻。只得暂留绵州,依绵州刺史杜济。一日,登览越王楼,抚今追昔,写下了这首诗。此诗上下各4句转韵,前半部分咏越王楼,记其建造者、建造时间和地点,并赞其拔地照郭的宏伟气象。后半部分登楼吊古。第五、第六句既是楼上所见壮阔之景,又包蕴着丰富的意象,大有时光如流,岁月悠悠的味道。末两句慨叹越王楼俯仰之间已成陈迹。

【注释】

① 绵州:州名。本汉广汉郡涪县地。后魏废帝二年(553)置潼州。隋开皇五年(585),改潼州为绵州,大业三年(607),改为金山郡。唐武德元年(618),改绵州,治巴西(今四川绵阳东)。(参见《旧唐书·地理志四》)唐代绵州辖境相当于今四川罗江上游以东、潼河以西江油、绵阳间的涪江流域。

州府:此指绵州州治的所在地,约在今四川省绵阳市市区。府,官府的统称。如《管子·权修》:"府(尹知章注:'府,官府。')不能积货,藏于民也。"又《后汉书·胡广传》:"值王莽居摄,(胡)刚解其衣冠,县(即'悬')府门而去。"

何:多么。如《汉书·东方朔传》:"朔来朔方,受赐不待诏,何无礼也!拔剑割肉,壹何壮也!割之不多,又何廉也!归遗细君,又何仁也!"

磊落:雄伟壮大的样子。如郭璞《江赋》:"衡霍磊落以连镇,巫庐嵬崛(同'崛')而比峤(高)。"(衡、霍、巫、庐都是山名)

② 显庆:唐高宗的年号。

作:建造。如《周礼·考工记·意序》:"作车以陆,作舟以行水。"

③孤城：单独一个城堡。此处指绵州州府。孤，特立、单独。如陶渊明《归去来兮辞》："景翳翳以将入，抚孤松而盘桓。"又王维《使至塞上》："大漠孤烟直，长河落日圆。"

起：兴建。如范晔《后汉书·光武帝纪》："十四年春正月，起南宫前殿。"又郦道元《水经注·济水》："大起殿舍。"

④碧瓦：青绿色的琉璃瓦。如李商隐《令狐舍人说昨夜西掖玩月因戏赠》："凉波冲碧瓦，晓晕落金茎。"

朱甍（méng）：大红色的屋脊。朱，大红色，古代称之为正色。如《诗经·豳风·七月》："我朱孔阳，为公子裳。"又《论语·阳货》："恶紫之夺朱也。"甍，屋脊。如王勃《滕王阁序》："披绣闼，俯雕甍。"

⑤楼下长江：指越王楼下的涪江。浦起龙《读杜心解》卷二之二："长江，涪江也。由西而来，过绵境，东南入长江。"

⑥半轮：指半圆的月亮或太阳。如江总《秋日登广州城南楼》："野火初烟细，新月半轮空。"此处指半圆的落日。

⑦"君王"二句：抒发登楼吊古之情；慨叹越王楼于俯仰之间，已成供人们游赏的陈迹。

君王：诸侯与天子。如《诗经·小雅·斯干》："朱芾斯皇，室家君王。"注："宣王将生之子，或且为诸侯，或且为天子。"此处指越王李贞。他是唐太宗第八子。善骑射，涉文史。武后初累迁太子太傅、豫州刺史。中宗废居房陵，贞乃与韩王元等起兵反武。仓促起兵，众无斗志。兵溃，仰药死。开元间追认谥敬。

旧：从前的。如《后汉书·公孙述传》："成都郭外有秦时旧仓。"

迹：事迹、功业。如《庄子·天运》："夫六经，先王之陈迹也。"又《荀子·非相》："欲观圣王之迹，则于粲然者矣，后王是也。"此处指李贞建造的越王楼。

转：一会儿。如《论衡·说日》："凿地一丈，转见水源。"

千秋：千年，形容岁月长久。如王安石《望夫石》："还似九嶷山上女，千秋长望舜裳衣。"

万古：永久、千秋万世。如杜牧《春日古道傍作》："万古荣华旦暮齐，楼台春尽草萋萋。"又杜甫《牵牛织女》："万古永相望，七夕谁见同？"

【辑评】

一、王嗣奭《杜臆》卷之五

"越王作"，言作绵州刺史也。曰"照城郭"，则此楼又为磊落之助。而楼下长江，山头落日，山高水清，奇观胜赏。然君王身造此楼，不能长享，已成旧迹，而今人赏之，古诗所谓"万岁更相送"者信矣。千秋万岁，其情尽然，不可转见乎？

二、仇兆鳌《杜诗详注》卷之十一

此诗上下转韵，上半咏越王楼，下则登楼而吊古也。越王刺绵州，故先作府而后建楼。……此章体格，仿王子安《滕王阁》，而风致稍逊。卫万《吴宫怨》，亦本《滕王阁》，而姿韵自胜。今附录参观："滕王高阁临江渚，珮玉鸣銮罢歌舞。画栋朝飞南浦云，珠帘暮卷西山雨。闲云潭影日悠悠，物换星移几度秋。阁中帝子今何在？槛外长江空自流。""君不见，吴王宫阁临江起，不卷珠帘见江水。晓气晴来双阙间，潮声夜落千门里。勾践城中非旧春，姑苏台下起黄尘。只今惟有西江月，曾照吴王宫里人。"末二句与李白相同，不知孰为先后也。

三、浦起龙《读杜心解》卷二之二（引朱注）

越于则天时起兵兴复，不克，死。盖贤王也。据此，公殆以斯楼为岘山碑与？

备考：朱注：本传不载刺绵州，盖史略之耳。

海 棕 行

左绵公馆清江濆①,海棕一株高入云②。龙鳞犀甲相错落③,苍稜白皮十抱文④。自是众木乱纷纷,海棕焉知身出群?⑤移栽北辰不可得⑥,时有西域胡⑦僧识。

【题解】

此诗作于唐代宗宝应元年(762)。时杜甫因成都兵乱而滞留绵州。海棕,树名。海,谓此树种是从海外引进的(参看"辑评")。椰,椰木的一种,果实甘甜,别名"椰枣"。据传该树种是从波斯国引进,又名"波斯枣""番果"。焦裕银以为"或谓伊拉克蜜枣"。[参见《杜甫全集校注(五)》,人民文学出版社2014年版,第2632页]可备一说。这是一首咏物诗。诗人借咏海棕而喻自己的怀才不遇。全诗共8句,前4句赞美海棕资质超群,为后4句做铺垫。后4句写其混迹众木,无人赏识,以表现怀才不遇之遭际。此诗前6句押的是平声的韵字,唯独第八句最后一个韵脚"识"用的是入声的韵字,以表现诗人愤愤不平之情。

【注释】

①"左绵"句:意谓绵州官署和海棕树都位于涪江的东岸。仇注云:"《蜀都赋》:于乐则左绵巴东,百濮所充。旧注:绵州,涪水所经。涪居其右,绵居其左,故曰左绵。"

公馆:诸侯的宫室或离宫别馆。如《礼记·杂礼上》:"大夫次于公馆以终丧。"注:"公馆,君之舍也。"又:"公馆者,公宫与公所为也。"注:"公所为,君所作离宫别馆也。"也泛指官府所造之馆舍。如《礼记·曾子问》:"《礼》曰:'公馆复,私馆不复。'"注:"公馆,若今县官宫也。"此处指绵州府的房舍。

清江濆(fén):涪江岸边高的地方。濆,水边的高地。如《诗经·大雅·常武》:"铺敦淮濆,仍执丑虏。"

②"海棕"句:形容海棕树长得很高大。浦注引刘恂《岭表异录》:"广中有波斯枣,木无旁枝,直耸三四丈,至颠四向生十余枝。叶如棕榈,彼土人呼为海棕。三五年一著子,都类北方青枣,但小耳。"又《酉阳杂俎》称波斯枣"树长三四丈,围五六尺,叶似土藤。不凋。二月生华,状如蕉华,有两甲。渐渐开罅,中有十余房,子长二寸,黄白色,有核,熟则子黑,状类干枣,味甘如饴,可食"。

③"龙鳞"句:意谓海棕树之叶如龙鳞犀甲,错落丛生。

龙鳞:龙的鳞甲,常用来形容鳞状之物。如《史记·司马相如传》:"众色炫耀,照烂龙鳞。"

犀甲：古以犀兕（sì，一种与犀牛相当类似的生物，古书上所说类似犀牛的一种异兽，一说就是雌性犀牛）之皮为甲。犀兕之革不常有，亦用牛皮，通称"犀甲"。如屈原《九歌·国殇》："操吴戈兮被犀甲，车错毂兮短兵接。"

错落：交错缤纷。如班固《西都赋》："随侯明月，错落其间。"又李白《赠宣城赵太守悦》："错落千丈松，虬龙盘古根。"

④"苍棱（léng）"句：意谓海棕树的树干苍老粗大。

苍棱：有棱角的青色树干。苍，青色（深蓝或暗绿色）。如《诗经·秦风·黄鸟》："彼苍者天，歼我良人。"棱，有棱角的木头。如班固《西都赋》："设璧门之凤阙，上觚棱而栖金爵。"

十抱：形容树之粗大。抱，两臂围拢所抱的大小粗细。如《老子》："合抱之木，生于毫末。"

文：花纹。如《韩非子·十过》："白壁垩墀，茵席雕文。"如《后汉书·郎顗传》："木器无文。"此处指海棕树干的纹理。

⑤"自是"二句：意谓在众木乱纷纷的环境中，不但他人不知道，就连海棕自己也搞不清楚自己与众不同的品格。

是：这，此。如《左传·僖公三十年》："吾不能早用子，今急而求子，是寡人之过也。"又《论语·八佾》："是可忍，孰不可忍。"

乱纷纷：混乱错杂的样子。乱，混淆、混杂。如《韩非子·喻老》："乱之楮叶之中而不可别也。"纷纷，混乱错杂的样子。如《管子·枢言》："纷纷乎若乱丝，遗遗乎若有所从治。"又《汉书·陈平传》："汉王谓平曰：'天下纷纷，何时定乎？'"

焉知：怎知。如《论语》："子曰：'后生可畏，焉知来者之不如今也？'"

⑥北辰：指北极星。如《论语·为政》："为政以德，譬如北辰，居其所，而众星共（通'拱'，环绕）之。"又《史记·孝景本纪》："荧惑逆行，守北辰。"此处指天上。

得：能。如《杜臆》卷之五："除非移栽北辰众星所拱之地，必有天上人识之，而不可得（不可能）。"又《孟子·滕文公上》："当是时也，禹八年于外，三过其门而不入，虽欲耕，得乎？"

⑦西域：古地区名。汉代以后称玉门关、阳关以西的地区。狭义的西域专指葱岭以东地区；广义的西域指凡是通过狭义的西域所能达至的地区，包括亚洲中、西部，印度半岛，欧洲东部和非洲北部。汉武帝派张骞初通西域中，汉宣帝时设西域都护。（见《汉书·西域传》）唐代在西域设安西、北庭都护府。如杜甫《遣怀》诗"猛将收西域，长戟破林胡"中的"西域"，即指此地域。

胡：我国古代泛称北方边地与西域的民族，后来也泛指一切外国。如《史记·秦始皇本纪》："乃使蒙恬北筑长城而守藩篱，却匈奴七百余里，胡人不敢南下而牧马，士不敢弯弓而报怨。"又李颀《听董大弹胡笳声兼寄语弄房给事》："胡人落泪沾边草，汉使断肠对归客。"

【辑评】

一、王嗣奭《杜臆》卷之五

棕与椶同，即椶榈。前已有《枯椶》诗，但海棕以高大异常棕耳。"十抱"十把也，高入云，大十抱，棕之出群如此。因众木纷纷，故不但人不知，即海棕亦不自知，除非移栽北辰众星所拱之地，必有天上人识之；而竟不可得，时有胡僧能识之耳，安可望之世人乎！"焉知身出君"，奇；"移栽北辰"，更奇，此从"天上种白榆"脱来。公抱经济而不得试，自负自叹，非咏海棕也。"胡僧"借用昆明劫灰事。

二、仇兆鳌《杜诗详注》卷十一注引

赵曰：《海棠记》载李赞皇云：花木以海名者，悉从海上来。宋祁《益部方物赞》：海棕，大抵棕类，然不皮而干叶丛于杪，至秋乃实，似楝子。今城中有四株，理致干坚，风雨不能撼。刘恂《岭表录》：广中有一种波斯枣木，无旁枝，直耸三四丈，至颠四向，共生十余株，叶如棕榈，彼土人呼为海棕木。三五年一著子，类北方青枣，但少尔。舶商亦有携至中国者，色类沙糖，味极甘。陶九成《辍耕录》：成都有金果树，顶上叶如棕榈，皮如龙鳞，实如枣而大，番人名为苦鲁麻枣，一名万年枣。李时珍曰：虽有枣名，别是一物，南番诸国多有之，即杜甫所赋海棕也。鹤曰：唐子西《游治平院》诗：江边胜事略寻遍，不见海棕高入云。注云：即老杜所谓东津者。据此，则馆与棕，皆在涪江之东津也。……上四，咏海棕，下乃抚棕有感。一株入云，远望也。鳞甲苍白，近视也。惜乎混迹群木，无从自见其奇，孰能移之以植禁苑乎？然抱此异质，终当遇识者之鉴赏矣！

三、卢元昌《杜诗阐》卷一四

才大沦落，世无知己，率此海棕类也夫。

从事行赠严二别驾

我行入东川①,十步一回首。成都乱罢气萧索②,浣花草堂亦何有③?梓中豪俊大④者谁?本州从事⑤知名久。把臂开樽⑥饮我酒,酒酣击剑蛟龙吼⑦。乌帽拂尘青骡粟⑧,紫衣将炙绯衣走⑨。铜盘烧蜡光吐日,夜如何其初促膝⑩。黄昏始扣主人门,谁谓俄顷胶在漆⑪。万事尽付形骸外,百年未见欢娱毕⑫。神倾意豁真佳士,久客多忧今愈疾⑬。高视乾坤又可⑭愁,一体交态同悠悠⑮。垂老遇君未恨晚⑯,似君须向古人求⑰。

【题解】

此诗作于唐代宗宝应元年(762年,四月前为肃宗朝)秋。杜甫此时在梓州。诗题一作《相从歌赠严二别驾》,或作《相从行赠严二别驾歌》,又作《严别驾相逢歌》。严二,名未详,排行第二。宝应元年,在梓州别驾任。别驾,官名。全称为"别驾从事史",亦称"别驾从事"。汉置,为州刺史的佐官。因其地位较高,出巡时不与刺史同车,别乘一车,故名。魏晋南北朝沿设。别驾为州府中总理众务之官。隋初废郡存州,改别驾为长史。唐初改郡丞为别驾,高宗又改别驾为长史。另以皇族为别驾,后废置不常。诗中叙写作者受到严二的热情招待,表达了感激之情,赞扬严二别驾待客殷勤、英爽豁达、豪兴满怀,感叹别驾交谊世间少有。此诗词气慷慨,笔力雄健,极为沉郁顿挫,是杜甫晚年歌行诗的力作。

【注释】

① 东川:地区名。唐肃宗于梓潼置剑南东川节度使。治梓州,今四川省三台县。《元和郡县图志·剑南道下·梓州》云,"(州城)左带涪水,右挟中江,居水陆之冲要",为当时与成都齐名的剑南重镇。宝应元年(762)七月,严武奉诏返京,杜甫送至绵州(今四川绵阳),适逢剑南兵马使徐知道在成都造反,杜甫滞留绵州,后又到梓州。故言"入东川"。单复曰:"首言入东川而回顾者,以成都之乱而忆草堂也。"

② 成都乱罢:《资治通鉴》:宝应元年秋七月,剑南兵马使徐知道反。八月,知道为其将李忠厚所杀,于是剑南悉平。罢,结束。如《韩非子·外储说左上》:"及反,市罢,遂不得履。"

气:气势、气概。如《商君书·算地》:"勇士资在于气。"

萧索:凄凉、萧条。如陶渊明《自祭文》:"天寒夜长,风气萧索。"

③亦：又。如《左传·文公七年》："先君何罪？其嗣亦何罪？"

何有：有什么呢。何，什么。如《论语·颜渊》："内省不疚，夫何忧何惧？"

④豪俊：才智出众的人，犹豪杰。如《汉书·董仲舒传》："故广延四方之豪俊，郡国诸侯公选贤良修絜博习之士，欲闻大道之要，至论之极。"又李白《与韩荆州书》："海内豪俊，奔走归之。"

大：年长。如《汉书·淮南厉王刘长传》："从上入苑猎，与上同辇，常谓上大兄。"

⑤本州从事：指严二别驾。仇注云：严二为梓州别驾，如今之通判，乃梓州人为本州从事。鹤曰：……治中、别驾、诸部从事，秩六百石。

⑥把臂：握住对方的手臂表示亲密。如钱起《过沈氏山居》："贫交喜相见，把臂欢不足。"

樽：盛酒器。如《易经·习坎》："樽酒簋贰，刚柔际也。"又《左传·襄公二十三年》："新樽絜（古同'洁'）之。"

⑦"酒酣"句：意谓严二酒酣感慨，击剑以抒激昂之情。

酒酣：酒喝得很畅快。如《战国策·齐策六》："貂勃从楚来，王赐诸前，酒酣，王曰：'如相田单而来。'"又《史记·廉颇蔺相如列传》："秦王饮酒酣。"

蛟龙吼：形容严二击剑的声音。蛟龙，古代传说中能翻江倒海、腾云驾雾的一种龙。如《荀子·劝学》："积水成渊，蛟龙生焉。"又《庄子·秋水》："夫水行不避蛟龙者，渔父之勇也"。吼，指鸟兽大声鸣叫。如《后汉书·童恢传》："一虎低头闭目，状如震惧，即时杀之。其一视恢鸣吼，踊跃自奋。"

⑧乌帽：乌纱帽的省称。东晋时宫官着乌纱帢（qià），古代士人戴的一种丝织的便帽，以不同的颜色区别品级。南朝宋明帝刘初，建安王休仁置乌纱帽，以乌纱抽扎帽边，民间谓之司徒状。隋代帝王贵臣多服黄纹绫袍、乌纱帽、九环带、乌皮鞍，其后逐渐行于民间，贵贱皆服。自折上巾后，乌纱帽渐废为折上巾，乌纱帽成为闲居的常服。如李白《答友人赠乌纱帽》："领得乌纱帽，全胜白接䍦。"又白居易《初冬早起寄梦得》："赴戴乌纱帽，行披白布裘。"又陆游《东阳道中》："风吹乌纱送轻寒，雨点春衫作醉班。"又范仲淹《依韵酬章推官见赠》诗："山人惊戴乌纱出，溪女笑隈红杏遮。"

拂尘：拂去（帽上）尘土。拂，轻轻地掸掉，拂拭尘垢。如《战国策·魏策》："今以臣凶恶，而为王拂枕席。"

骤粟：蔡梦弼曰："骤粟，谓帽纹，舞剑袖拂纹上尘也。"粟，此处指如粟的细小花纹。如《山海经·南山经》：（柜山）其中多白玉，多丹粟。注：细丹砂如粟也。

⑨"紫衣"句：意谓年轻的厨子来来往往地往宴席上送菜肴。

将：送。如《淮南子·览冥训》："不将不迎。"

炙：烤的肉。如扬雄《解嘲》："司马长卿窃赀于卓氏，东方朔割炙于细君。"此处泛指菜肴。

绯衣：杨伦注曰：殆指其子弟之供役者。蔡梦弼曰："紫衣绯衣，指言当时执事者也。"

⑩"铜盘"二句：意谓一直到夜已深的时候，严二还与杜甫秉烛促膝交谈，没有倦怠的神色。《杜甫全集校注》引：张溍曰："言夜已深，而始促膝谈心，见无倦色。"邵宝曰：

"促膝，膝相近，可密语也。"

铜盘：蔡梦弼曰："铜盘"，烛台。

光吐日：形容烛光照耀得如同白昼。吐，放出。如《楚辞·九思·守志》："桂树列兮纷敷，吐紫华兮布条。"

⑪"黄昏"二句：邵宝曰："始扣门，言初交也。"卢世㴑曰："观黄昏扣门，俄顷胶漆，则严二是一新相知。"

胶在漆：喻事物的牢固结合，此处比喻友谊之亲密。如《庄子·骈拇》："待绳约胶漆而固者，是侵其德也。"又《韩非子·安危》："尧无胶漆之约于当世而道行，舜无置锥之地于后世而德结。"在，存在。如《论语·八佾》："祭如在，祭神如神在。"

⑫"万事"二句：邵宝曰："言身世两忘也。"吴见思曰："即相与百年，亦未见欢娱之尽也。"

万事尽付：许多事情全部交付。付，交付。如诸葛亮《出师表》："若有作奸犯科及为忠善者，宜付有司。"

形骸：人的躯体。如《论衡·无形》："体气与形骸相抱，生死与期节相须。"又王羲之《兰亭集序》："或因寄所托，放浪形骸之外。"

⑬"神倾"二句：意谓严二对我倾心相待，披露肝胆。我客居梓州，多病。现在病也好多了。

神：精神。如《庄子·达生》："用志不分，乃凝于神。"

倾：倾心。如王勃《送白七序》："天下倾心，尽当年之意气。"

意：思想。如《后汉书·桓帝纪》："戮力一意，勉同断金。"

豁：开朗。如杜甫《巴西驿亭观江涨呈窦十五使君》（之一）："天边同客舍，携我豁心胸。"

佳士：好的官吏。此处指严二。士，官吏的通称。如《仪礼·丧服》："公士大夫之众臣，为其君布带绳屦。"

忧：疾病的代称。如《孟子·公孙丑下》："昔者有王命，有采薪之忧，不能入朝。"汉赵岐注："忧，病也。"又《礼记·曲礼下》："君使士射，不能，则辞以疾，言曰：'某有负薪之忧。'"

愈：病好转、痊愈。如《史记·高祖本纪》："卢绾与数千骑居塞下候伺，幸上病愈自入谢。"又《后汉书·光武帝纪下》："是夏，京师礼泉涌出，饮之者痼疾皆愈，惟眇、蹇者不瘳。"

⑭高视：傲视。如《三国志·魏书·陈思王植传》注引《典略》："德琏发迹于大魏，足下高视于上京。"又杨炯《大周明威将军梁公神道碑》："高视翰墨之英，独布爪牙之旅。"

乾坤：指天地。如班固《东都赋》："俯仰乎乾坤，参象乎圣躬。"

可：岂、哪。如李商隐《锦瑟》："此情可待成追忆，只是当时已惘然。"又白居易《欲与元八卜邻先有是赠》："可独终身数相见，子孙长作隔墙人！"

⑮一体：关系密切，如同一体。如杜甫《咏怀古迹》之四："武侯祠屋长邻近，一体君臣祭祀同。"

交态：友情的深浅程度。如《史记·汲黯郑当时传赞》："一贫一富，乃知交态。"
同：相同、一样。如《孟子·滕文公上》："布帛长短同，则贾（即'价'）相若。"
悠悠：闲静的样子。如王勃《滕王阁》："闲云潭影日悠悠，物换星移几度秋！"
⑯垂老：已近老年。垂，将近。如《后汉书·张纯传》："阳气垂尽，岁月迫促。"
君：古代用于第二人称的一种尊称。此处指严二别驾。
未恨晚：不恨晚。未，表示否定，相当于"不"。如《左传·庄公十年》："食肉者鄙，未能远谋。"又《战国策·楚策四》："见兔而顾犬，未为晚也；亡羊而补牢，未为迟也。"恨，遗憾、后悔。如《史记·商君列传》："梁惠王曰：'寡人恨不用公叔痤之言也。'"又王充《论衡·齐世》："语称上世之人重义轻身，遭忠义之事，得已所当赴死分明也，则必赴汤趋锋，死不顾恨。"
⑰古人求：即求古人。求，寻找、寻求。如《孟子·梁惠王下》："为巨室，则必使工师求大木。"蔡梦弼注："如严二今世无有，当于古人中求之。"

【辑评】

一、王嗣奭《杜臆》卷之五

别驾乃州刺史佐贰，故称从事。题云《相从行》，无谓，似应作《从事行》。"高视乾坤"二句甚妙，有起伏顿挫，落下有力。"一躯"，一体也。乾坤之大而悠悠交态一体相同，则交情如严，可复求于今世哉！

二、仇兆鳌《杜诗详注》卷之十一

鹤曰：鲁师二注及梁氏编次，皆以为永泰元年梓州避乱时作。考崔旰之乱，在是年闰十月，公已次云安矣。当是宝应元年，避徐知道入梓州时作，故诗云："成都乱罢气萧索，浣花草堂亦何有。"若在永泰元年，则决意下忠渝矣。岂复十步一首回于草堂乎？诸本题下并注云："时方经崔旰之乱。"此皆注家妄添，而后人不察，以为公自注耳。

三、浦起龙《读杜心解》卷二之二

初识面而能鬯欢，故即席为赠。公诗所谓"久客惜人情"者，此也。起四反势。中段，上六下八，述相待之厚。或顺叙，或倒找，不分两层，总见倾倒之至。后四感叹作结。

冬 狩 行

　　君不见东川节度兵马雄①,校猎亦似观成功②。夜发猛士三千人,清晨合围步骤同③。禽兽已毙十七八,杀声落日回苍穹④。幕前生致九青兕⑤,驼驘㟪垒垂玄熊⑥。东西南北百里间,髣髴蹴踏寒山空⑦。有鸟名鹡鸰⑧,力不能高飞逐走蓬⑨。肉味不足登鼎俎⑩,胡为见羁虞罗⑪中?春蒐冬狩侯得同⑫,使君五马一马骢⑬。况今摄行大将权,号令颇有前贤风⑭。飘然时危一老翁⑮,十年厌见旌旗红⑯。喜君士卒甚整肃⑰,为我回辔擒西戎⑱。草中狐兔⑲尽何益?天子不在咸阳宫⑳。朝廷虽无幽王祸㉑,得不哀痛尘再蒙㉒。呜呼!得不哀痛尘再蒙。

【题解】

　　冬狩,即冬季打猎。此诗作于唐代宗广德元年(763),当时杜甫在四川梓州(今四川三台县)。诗题下原注"时梓州刺史章彝(yí),兼侍御史,留后东川"。这年秋天,吐蕃入侵,攻陷长安,代宗出走。后来,郭子仪等带兵救驾,长安战事危急。而身拥重兵的章彝在国家面临战乱之时,不是想着如何平乱,而是在梓州大搞冬季打猎。有感于此,杜甫写下这首诗。诗中描写打猎的壮观场面,看似赞美,实为委婉地批评讽刺。篇末告诫章彝应关心国家大事,为国分忧,而不应以打猎自娱。刺史,官名,汉武帝元封五年(前106)始置。"刺"为检核问事之意。魏晋刺史有领兵、单车之别,单车即不领兵之意。领兵刺史四品,单车刺史五品。领兵刺史多加将军号,任重者称使持节都督(某某等州)。隋文帝撤销郡,州长官除雍州牧外,均为刺史。炀帝改州为郡,改刺史为太守。唐改郡为州,以太守为刺史。玄宗又改为郡,以刺史为太守。肃宗再复旧制。隋、唐时,州、郡相同,刺史、太守亦同。侍御史,官名。汉沿秦置。受命御史中丞,接受公卿奏事,举刻非法,有时受命执行办案,镇压农民起义等任务。唐侍御史属台院,殿中侍御史属殿院,监察侍御史属监院,三者并列。侍御史掌纠举百官,入阁承诏,知推(推鞫)、弹(弹举)、公廨(知公廨事)、杂事(御史台中其他各事)等事,以知杂事最忙。留后,官名。唐安史之乱后,节度使不服朝命,遇事或年老不能任事,常以子弟或亲信代行职务,称节度使留后或观察留后。亦有士卒自推留后,事后强迫朝廷补行任命为正式节度使或观察使。

【注释】

① 东川节度：此以官名，指代曾任此职的章彝。钱谦益《钱注杜诗》注曰：《旧唐书·严武传》：上皇诰，以剑两川为一道。是时已废东川节度使。故章以刺史领留后事。诗云东川节度，则循其旧称也。东川，地域名，唐至德初分置剑南东川节度使。治梓州（今四川三台县），领梓、遂、绵、剑、龙、阆、普、陵、泸、荣、渝，合十二州（今四川中部之地）。节度，即节度使，官名。唐初沿北周及隋朝旧制，重要地区置总管统兵，旋改称都督，唯朔方仍称总管，边州别置经略使，有屯田州置营田使。永徽后，都督带"使持节"者称节度使，代皇帝领军政，但非正式官名，另有按察使、黜陟使等监察地方官吏及民政。景云二年（711），以贺拔延嗣为正式梁州都督、河西节度使，开始以节度使为正式官名。开元年间，朔方、陇右、河东、河西等镇亦陆续置节度使。每以数州为一镇，节度使即统此数州，在任所住在州刺史外，并多兼按察使、安抚使、支度使、营田使等，总揽军权、民权、财权，逐渐形成强大的地方势力。安史之乱后，内地亦陆续设置节度使，朝廷直辖区日益缩小。河北与其他部分地区节度使不服朝廷之命，互相勾结，传位于子或部下，强迫朝廷承认，形成藩镇割据。

雄：勇武有力。如刘禹锡《奉送裴司徒令公自东都留守再命太原》："行色旌旗动，军声鼓角雄。"

②"校猎"句：意谓章彝校兵打猎，阵势颇雄壮，如同凯旋阅兵一样。

校猎：设栅栏以便圈围野兽，然后猎取。如枚乘《七发》："恐虎豹，慑鸷鸟，逐马鸣镳，鱼跨麋角……此校猎之至壮也。"

亦似：也像。亦，也。如范仲淹《岳阳楼记》："是进亦忧，退亦忧。"似，相像、类似。如白居易《新丰折臂翁》："新丰老翁八十八，头发眉须皆似雪。"

观成功：仇兆鳌注曰："谓兵马雄壮，似凯旋奏功。"成功，成就事业。如《尚书·禹贡》："禹锡玄圭，告厥成功。"

③ "清晨"句：意谓早晨战士们统一行动，从四面八方围猎野兽。

步骤同：仇兆鳌注曰："谓进止齐习，无先后参差。"

④ "杀声"句：仇兆鳌注引金氏曰："回苍穹，暗用鲁阳挥戈反日"的典故。典出《淮南子·览冥训》："鲁阳公与韩构难，战酣日暮，援戈而㧑（huī）之，日为之返三舍。"唐代诗人曾用此典故来形容人气概豪壮，震撼日月；也用来形容感慨光阴流逝，希望时光停留。如李涉《再游头陀寺》："无因暂泊鲁阳戈，白发兼愁日日多。"又岑参《送裴侍御赴岁入京》："惜别津亭暮，挥戈忆鲁阳。"又李白《日出入行》："鲁阳何德，驻景挥戈？"又王翰《饮马长城窟行》："壮士挥戈回白日，单于溅血染朱轮。"又李商隐《寄太原卢司空三十韵》："酣战仍挥日，降妖亦斗霆。"又元稹《献荥阳公诗五十韵》："移时停笔砚，挥景乏戈铤。"

苍穹：苍天、天空。如李白《门有车马客行》："大运且如此，苍穹宁匪仁。"

⑤ 幕：将帅在外临时设置作为府署的军帐。如《史记·李将军列传》："大将军使长史急责广之幕府对簿。"

生致：活捉。生，活、活的。如《后汉书·景丹传》："会陕贼苏况攻破弘农，生获郡守。"致，取得、得到。如《史记·孝武本纪》："不死之药可得，仙人可致也。"

青兕：古代犀牛一类的兽名。皮厚，可以制甲。如《诗经·小雅·何草不黄》："匪兕匪虎，率彼旷野。"古书中常拿兕和犀对举。如《尔雅·释兽》认为兕似牛，犀似猪。《山海经·南山经》也将兕犀分为两种动物。或说兕就是雌犀。又《左传·宣公二年》："犀兕尚多。"

⑥ 驼（tuō）驼：即骆驼。《北齐书·文宣帝纪》："时乘驼驼牛驴，不施鞍勒。"

嵬嵬（léi wēi）：亦作"嵬嵬"，高大的样子。如何景明《霍山辞》："襄陵嵬嵬而在下。"

垂：挂。如《庄子·逍遥游》："其翼若垂天之云。"又柳宗元《三戒·临江之麋》："群犬垂涎。"

玄熊：指猎获之黑熊。玄，泛指黑色。如《吕氏春秋·孟冬》："天子……乘玄辂，驾铁骊，载玄旂，衣黑衣，服玄玉。"

⑦ "东西"二句：意谓在方圆百里的山野中，狩猎的兵马仿佛将野兽猎获一空。

髣髴：也作"仿佛"，好像，看不真切的样子。如《楚辞·九章·悲回风》："存仿佛而不见兮，心踊跃而若汤。"

蹴（cù）：踩踏。如《战国策·韩策三》："许异蹴哀侯而殪之。"

寒山：冷落寂静的山。如谢灵运《入华子岗是麻源第三谷》："南州实炎德，桂树凌寒山。"此处为冬天狩猎，故云寒山。

空：空虚，里面没有东西。如《后汉书·陈蕃传》："田野空，朝廷空，仓库空。"此处意谓寒山中再也没有乘下什么野兽了。

⑧ 鸲鹆（qú yù）：也作"鸲鹆"。鸟名，毛色纯黑，能学人言，俗名"八哥"。如《楚辞·九思·疾世》："鹑雀列兮哗讙，鸲鹆鸣兮聒余。"

⑨ "力不能"句：意谓鸲鹆力弱，飞得不高，因而不能追逐飞蓬。

走蓬：飞蓬。蓬，草名，多年生草本植物，花为白色，叶似柳叶，子实有毛，蓬之末大于本，遇风辄拔而旋，故名飞蓬。如《诗经·卫风·伯兮》："看成伯之东，首如飞蓬。"又《后汉书·舆服志》："上古圣人，见转蓬始知为轮。"

⑩ "肉味"句：意谓由于鸲鹆的肉味不美，不能够烹作佳肴，供祭祀用。

不足：不值得。如《商君书·更法》："拘礼之人不足与言事。"

登：置于其上。如《左传·隐公五年》："鸟兽之肉不登于俎。"

鼎俎（dǐng zǔ）：鼎和俎，皆为礼器。鼎，古代的一种烹饪器，又用为礼器。多以青铜铸成，三足（或四足）两耳。如《左传·宣公四年》："子公怒，染指于鼎，尝之而出。"又《战国策·东周策》："秦兴师临周而求九鼎（相传为夏禹收九州之金铸成，遂为传国之重器）。"俎，古代祭祀或宴会时用的盛牲的礼器。如《诗经·小雅·楚茨》："为俎为硕。"又《史记·礼书》："大飨上玄尊，俎上腥鱼，先大羹，贵食饮之本也。"鼎俎也可泛指烹割的用具。如《淮南子·说山训》："鸡知将旦，鹤知夜半，而不免于鼎俎。"

⑪ 胡为：何为、为了什么。胡，何、何故。如《战国策·齐策四》："昭王笑而谢之曰：'客胡为若此，寡人直与客论耳。'"又陶渊明《归去来兮辞》："田园将芜，胡不归？"为，为了。如《史记·货殖列传》："天下皆为利来，天下攘攘皆为利往。"

见羁（jī）：被拴住。见，在动词前表被动，可译为"被"。如《楚辞·九章·惜往日》："何贞臣之无罪兮，被离谤而见尤。"羁，拴住。如《庄子·马蹄》："是故禽兽可系羁而游，鸟鹊之巢可攀援而窥。"

虞：古时掌管山泽禽兽之官。如《史记·五帝本纪》："舜曰：'谁能驯予上（原）下（隰）草木鸟兽？皆曰益可，于是以益为朕虞。'"

罗：捕鸟的网。如《论衡·书虚》："公子耻之，即使人多设罗，得鹊数十枚。"又《后汉书·王乔传》："于是候凫至，举罗张之。"

以上4句极力形容章彝猎兽之贪婪，使其百里之内之山野成为空山。

⑫"春蒐（sōu）"句：暗含对章彝贪婪的讥讽。

春蒐：春天打猎。蒐，同"搜"。如《国语·齐语》："春以蒐振旅，秋以狝治兵。"又《后汉书·马融传》："遂寝蒐狩之礼，息战阵之法。"

侯：古代五等爵位的第二等。如《左传·襄公十五年》："王及公、侯、伯、子、男、甸、采、卫、大夫，各居其列，所谓周行也。"又《礼记·王制》："王者之制禄爵，公、侯、伯、子、男凡五等。"秦汉以后仅次于王的爵位。如《史记·陈涉世家》："王侯将相宁有种乎？"亦可指封官。如李白《赠张相镐》（之二）："苦战竟不侯，当年颇惆怅。"此处指章彝。因为章彝作为梓州刺史，也是封疆之臣，故称。

得：得到、获得。如《战国策·东周策》："夫存危国，美名也；得九鼎，厚宝也。"得也可作贪得解。如《论语·季氏》："及其老也，血气既衰，戒之在得。"又《国语·晋语七》："戎狄无亲而好得，不若伐之。"

⑬使君：因章彝此时任刺史兼侍御史，故称。汉代称刺史为使君，汉代以后尊称州郡长官为使君。如《陌上桑》："使君从南来，五马立踟蹰。"又《三国志·蜀书·刘璋传》："刘豫州，使君之肺腑，可与交通。"

五马：汉代太守乘坐的5匹马驾的车，因借指太守的车驾。此处指章彝的车驾。

骢：青白杂色的马。如《乐府诗集》卷二四中车敫《骢马》："骢马镂金鞍，柘弹落金丸。"

⑭"况今"二句：在宣大将威风中寓暗讽之意。为诗的结尾批评章彝埋下伏笔。

摄行：统辖兼摄。摄，统辖。如桓谭《新论·识通》："汉文帝总摄纪纲，故遂褒增隆为太宗也。"又《隋书·郭荣传》："请于州镇之间更筑一城，以相控摄。"行，兼摄（官职）。如《汉书·韩安国传》："丞相蚡薨，安国行丞相事。"又《后汉书·光武帝纪上》："及更始至洛阳，及遣光武以破虏将军行大司马事。"

大将权：暂代大将军的官职。权，权摄，暂代官职。如《宋史·李纲传上》："积官至监察御史兼权殿中侍御史。"此处指章彝的"留后"官职。

前贤：前代的贤人或名人。如杜甫《戏为六绝句》："今人嗤点流传赋，不觉前贤畏后生。"

风：指人的节操、品质、作风。如《孟子·万章下》："故闻伯夷之风者，顽夫廉，懦夫有立志。"又范仲淹《严先生祠堂记》："先生之风，山高水长。"

⑮"飘然时危"句：在时局动荡危急的年代，过着行止不定的生活。

飘：漂泊，比喻行止无定所。如《北史·袁式传》："虽羁旅飘泊，而清贫守度，不失士节。"

然：助词，表状态。如《孟子·梁惠王上》："天油然作云，沛然下雨，则苗浡然兴之矣。"

时：时势、当时的形势。如《战国策·齐策五》："夫权藉者，万物之率也，而时势者，百事之长也，故无权藉，倍（背）时势。而能事成者寡矣。"

危：危险、危急。如《孟子·梁惠王上》："上下交征利，而国危矣。"又《韩非子·难一》："民怨则国危。"

一老翁：一个老年人，此处是杜甫自谓。如杜甫《客亭》诗："圣朝无弃物，老病已成翁。"翁，泛指老年人。如《史记·魏其武安侯列传》："与长孺共一老秃翁，何为首鼠两端？"

⑯ 十年：从天宝十四年载（755）至作者在梓州写这首诗的广德元年（763），已有9年，可谓将近10年。

旌（jīng）旗红：仇兆鳌注引鹤注："天宝九载五月，诸卫与诸节度所用绯色旗旛，并改为赤，故《诸将》诗云'曾闪朱旗北斗殿'。"此处指章彝军中所使用的红色军旗，这里也暗指战争。由于作者从安史之乱爆发以来，就饱受战乱之苦，因此说"厌见旌旗红"。旌，古代旗的通称。《仪礼·乡射礼》："旌各以其物。"郑玄注："旌，总名也。"《周礼·春官·司常》："凡军事，建旌旗。"

⑰ 整肃：整齐严肃。整，整齐。如《左传·庄公十年》："宋师不整，可败也。"肃，严肃。如《三国志·蜀书·诸葛亮传》："赏罚肃而号令明。"

⑱ 回辔（pèi）：回马。辔，驾驭牲口的缰绳。如屈原《离骚》："饮余马于咸池兮，总余辔乎扶桑。"又《后汉书·灵帝纪》："又驾四驴，帝躬自操辔，驱驰周旋。"这里指马缰绳。

西戎：中国古代西北戎族的总称。周初指纖皮、昆仑、析支、渠搜。（见《尚书·禹贡》）春秋时指绵诸、绲戎、翟、豲、义渠、大荔、乌氏、朐衍之戎八部。（见《史记·匈奴列传》）殷周之际居于黄河上游（今青海东南部、甘肃西北部）。东周时已移到今甘肃东南部及陕西西北部一带，与秦为邻。秦穆公称霸西戎，大部分为秦所并。魏晋南北朝时，今甘肃、青海一带的河南（即吐谷浑），宕昌、邓至、武兴等族部亦称为西戎。（见《南史·夷貊传》）此处指当时正在侵扰京城长安的吐蕃军队。

⑲ 狐兔：泛指野兽。如仇兆鳌注引桓谭《新论》："狐兔穴其中。"

⑳ 天子不在咸阳宫：指广德元年（763）十月，吐蕃军陷长安，唐代宗逃往陕州（今河南灵宝）。咸阳宫，借指长安的宫殿。

㉑ 幽王祸：指公元前771年，庚午，周幽王十一年。申侯（太子宜臼的外祖父）联合缯、犬戎攻镐京，杀幽王于骊山之下，掳褒姒而去。诸侯立太子宜臼，是为平王。

㉒ 得不：能不。得，能、可能。如《孟子·滕文公上》："当是时也，禹八年于外，三过其门而不入，虽欲耕，得乎？"

尘再蒙：即再蒙尘。蒙尘，蒙受尘垢，指王公流亡受辱。如《三国志·魏书·刘馥传》注引《晋阳秋》："广汉太守辛冉以天子蒙尘，四方云扰，进从横计于弘。"又《世说新语·言语》："顺司空时为扬州别驾，援翰曰：'王光禄远避流言，明公蒙尘路次。'"天

宝十五载（756）六月，潼关失守，唐玄宗仓皇奔蜀。（代宗广德元年，公元763年十月）吐蕃军队攻陷长安，唐代宗逃往陕州，因此说"再蒙尘"。诗的末尾又重复前一句，大声疾呼："呜呼！得不哀痛尘再蒙！"表现出杜甫对代宗蒙尘的哀痛之情，同时以复笔点出并强调主题。

【辑评】

一、王嗣奭《杜臆》卷之五

此诗所致规于章公不浅，非止阴讽之。至云"亦似观成功"，"颇有前贤风"，俱致不满之意；此公竟为严武所杀，得非有可指之罪乎？禽兽毙尽，百里山空，已无剩语，而忽入"鹡鸰"法奇而意足。末念天子蒙尘，援及幽王，非哀痛之极，岂忍写到此，章能无疚乎？《鹤林》云："篇末引幽王，盖幽王以褒姒至犬戎之祸；明王以妃子致禄山之变，正相似也。今无妃子孽矣，而銮舆乃再蒙尘，何哉？此必胎变稔祸，有出于女宠之外者，不可不哀痛而悔艾也。"此看得好。"幽王""再蒙"字面，才有着落。

二、仇兆鳌《杜诗详注》（引罗大经曰）

篇末引幽王，盖幽王以褒姒至犬戎之祸，明皇以妃子致禄山之变，正相似也。今无妃子孽矣，而銮舆乃再蒙尘，何哉？此为胎变稔祸，有出于女宠之外者，不可不哀痛而悔艾也。

三、浦起龙《读杜心解》卷二之二

夏客云：因校猎之盛，思外清西戎，内匡王室。愚按：讽章之旨，最为深切。起四句，明提出猎，暗击勤王。次十句，详校猎之事，是题面。先两句挈，再两层写，见得游畋（tián）之乐，恣意纵杀，对面便是置国祸于度外，与篇末激射，即所谓"草中狐兔尽何益"也。中四句，上下关钮，以"蒐""狩"承上，以"将权"起下。后九句，借军容以讽勤王，是本旨。"老翁""厌见"，插入自己，生动。"甚整肃"，应前"步骤""号令"。"草中"四句，撇开前幅。"不在咸阳"，点醒主脑。结用复笔，大声疾呼。

四、金圣叹《杜诗解》卷二

是冬猎也，而曰"狩"者，意谓东川，天子之地；猛士，天子之兵，不过令章彝代将之耳，奈何肆意大阅，而全不以吐蕃为心？称"狩"，以讥之也。

五、张溍评《读书堂杜诗注解》卷十

以流寓一老，而正词举义，督强镇勤王，真过人胆力，真有用文章。

桃竹杖引赠章留后

　　江心磻石生①桃竹，苍波喷浸尺度足②。斩根削皮如紫玉，江妃水仙惜不得③。梓潼使君开一束④，满堂宾客皆叹息。怜我老病赠两茎⑤，出入爪甲铿有声⑥。老夫复欲东南征⑦，乘涛鼓枻白帝城⑧。路幽必为鬼神夺⑨，拔剑或与蛟龙⑩争。重为告⑪曰：杖兮杖兮，尔⑫之生也甚正直，慎勿见水踊跃学变化为龙⑬，使我不得尔之扶持，灭迹于君山⑭湖上之青峰。噫！风尘澒洞兮豺虎⑮咬人，忽失双杖兮吾将曷⑯从？

【题解】

　　此诗作于广德元年（763）冬，由阆州回梓州时。桃竹，名"桃笙"，又名"桃枝竹""桃丝竹"，今名"棕竹"，可以做杖，为四川特产。左思《蜀都赋》有"灵寿桃枝"。刘渊林注："桃竹，竹属，出垫江县（唐改曰合州），可以为杖。"《新唐书·地理志》：合州土贡尚有"桃竹箸（筷子）"。引：曲调名，汉乐府有《箜篌引》。章留后，指章彝。留后是官名，始于唐中叶。凡节度使出缺，由部属代领其众，称为留后，意谓留主后务。章彝以刺史摄行东川节度使职权，故称章留后。章赠桃竹杖于甫，甫赠诗以答。诗中通过对桃竹杖的赞美，希望那些正直的良臣能为国家的拨乱反正出力。全诗语多赞美，而意存规讽。韵散结合，构思巧妙，想象奇瑰，造语警拔。

【注释】

　　① 江心：江中心。如白居易《琵琶行》："东船西舫悄无言，惟见江中秋月白。"

　　磻（bō）石：箭头形状的石头。磻，石制的箭头。如《战国策·楚策四》："被礛磻，引微缴，折清风而抎矣，故昼游乎江河，夕调乎鼎鼐。"

　　生：长出、生长。如《荀子·劝学》："蓬生麻中，不扶而直。"

　　② 苍波：深蓝色的波浪。苍，深蓝色或暗绿色。如《诗经·秦风·黄鸟》："彼苍者天，歼我良人。"

　　喷浸：喷射浸泡。喷，喷射。如李白《古风》（之三）："颊（鼻梁）鼻象五岳，扬波喷云雷。"浸，浸泡。如《诗经·曹风·下泉》："洌彼下泉，浸彼苞粮（狗尾草）。"

　　尺度足：长短足够（拄杖）的尺度。度，标准、限度。如《国语·周语下》："用物过度妨于财。"

　　③ 江妃水仙：泛指男女水神。妃，古代对女神的尊称。如《楚辞·离骚》："吾令丰隆

乘云兮，求宓（神话中的人物）妃之所在。"

惜不得：爱不释手。惜，爱惜、珍视。如《晋书·陶侃传》："大禹圣者，乃惜寸阴，至于众人，当惜分阴。"

④梓潼：即四川梓州。

使君：指章彝，当时他为梓州刺史，故称之为使君。

开一束：打开一捆（桃竹杖）。开，打开。如《礼记·月令》："开府库，出币帛。"束，捆。如《诗经·鄘风·墙有茨》："墙有茨，不可束也。"

⑤"怜我"句：意谓章留后怜我老病，惠赠两根桃竹杖。

两茎：两根。茎，量词，用于计量长条形的东西。如杜甫《乐游园歌》："数茎白发那抛得，百罚深杯亦不辞。"

⑥"出入"句：意谓桃竹杖节密而中实，故用手拄地铿然有声。

爪：指甲和趾甲的通称。如《史记·蒙恬列传》："及成王有病甚殆，公旦自揃其爪以沈于河。"

铿（kēng）有声：指桃竹杖拄地铿然有声。铿，象声词，形容钟声、鼓瑟声等。如《史记·乐书》："钟声铿。"又《论语·先进》："鼓瑟希，铿尔。"

⑦"老夫"句：蔡梦弼《草堂诗笺》曰："甫思归故乡，欲之吴楚也。"

老夫：杜甫自称。

⑧鼓枻（yì）：敲击船桨，意谓荡桨。如《楚辞·渔父》："渔父莞尔而笑，鼓枻而去。"

白帝城：地名，在四川奉节县，东白帝山上，为出峡必经之地。三国时蜀汉以此为防吴重险。

⑨路幽：（东南征之）道路幽深。幽，幽深。如《诗经·小雅·伐木》："出自幽谷，迁于乔木。"

鬼神：鬼与神灵。

夺：剥夺、强取。如《史记·周本纪》："及惠王即位，夺其大臣园以为囿。"

⑩或：或者、也许。如《周易·系辞上》："君子之道，或出或处，或默或语。"

蛟龙：古代传说能翻江倒海、腾云驾雾的一种龙。如《荀子·劝学》："积水成渊，蛟龙生焉。"

⑪重：重复、再次。如陆游《游山西村》："山重水复疑无路，柳暗花明又一村。"又杜甫《赠卫八处士》："重上君子堂。"

告：请求。如《仪礼·乡饮酒礼》："征唯所欲，以告于先生君子，可也。"

⑫尔：你（们）。如《左传·宣公十五年》："我无尔诈，尔无我虞。"又白居易《重赋》："夺我身上暖，买尔眼前恩。"此处指桃竹杖，将桃竹杖拟人化。

⑬化为龙：用典，仇注引《神仙传》："壶公遣费长房归，以一竹杖与之曰：'骑此当还家中矣。'长房骑杖，忽然如眠，便到家，以竹杖投葛陂中，视之乃青龙耳。"

⑭灭迹：消除在人世间的踪迹。如曹植《潜志赋》："退隐身以灭迹，进出世以取容。"

君山：在湖南省岳阳市西南的洞庭湖中。《水经注·湘水》："是山湘君之所游处，故曰君山矣。"

⑮风尘：比喻战乱。如《汉书·终军传》："边境时有风尘之警，臣宜被坚执锐，当矢石，启前行。"又《后汉书·班彪传附班固》："设后北虏稍强，能为风尘，方复求为交通，将何所及？"

　　澒洞（hòng dòng）：弥漫无际的样子。如《淮南子·原道训》："（水）靡滥振荡，与天地澒洞。"

　　豺虎：比喻寇盗。豺，野兽名，形似犬而残猛如儿狼。如《论衡·命义》："声似豺狼。"

⑯忽失：因不注意而失去。忽，不注意。如《战国策·秦策一》："苏秦曰：'嗟乎！贫穷则父母不子，富贵则亲戚畏惧。人生世上，势位富贵，盖可忽乎哉！'"

　　曷（hé）：通"何"。如《汉书·王褒传》："其得意若此，则胡禁不止，曷令不行？"

【辑评】

一、王嗣奭《杜臆》卷之五

　　观东坡《跋桃竹》，即今之棕竹也，川东至今有之。"出入爪甲铿有声"，竹坚故也。珍爱（桃竹杖）之极，遂想到鬼夺、龙争、真是奇怪。至"重为告"以下，又换一意，变幻恍惚，不可端倪。总是感章公用情之厚，以双杖比之，恃之而得以安居于蜀，出蜀便失所恃，欲再觅一章留后而不可得，故赋此为赠，非赋竹杖也。起来六句，用韵参错，不可拘束。只"江妃水仙"句便奇，后来俱从此脱化。钟评："调奇、法奇、语奇，而无泼撒之病，由其气奥故也。"余谓："老去诗篇浑漫兴"是实话。广德以来之作，俱是漫兴。而得失相半，失之则浅率无味，得之则出神入鬼。如此等诗，俱非苦心极力所能至也。

二、仇兆鳌《杜诗详注》卷之十二

　　朱鹤龄曰："此诗盖借竹杖规讽章留后也。既以踊跃为龙戒之，又以忽失双杖危之，其微旨可见。"……黄生曰："一竹杖耳，说得如此珍贵，便增其诗多少斤两。"又曰："前是对主人语，后是对杖语，故作一转，用'重为告曰'字，盖诗之变调，而其源出于骚赋者也。后段亦非告杖，暗讽朋友之不可倚仗者耳，细味语气自见。"

三、吴瞻泰《杜诗提要》卷六

　　一杖耳，忽而磻石苍波，忽而江起水仙，忽而宾客叹息，忽而鬼神奇变化，不可端倪。

阆 山 歌

阆州城东灵山白①,阆州城北玉台碧②。松浮欲尽不尽云③,江动将崩未崩石④。那知根无鬼神会⑤,已觉气与嵩华敌⑥。中原格斗⑦且未归,应结茅斋著青壁⑧。

【题解】

唐代宗(李豫)广德二年(764)春,杜甫携家眷往阆州(今四川阆中市东20里),准备沿阆水入嘉陵江至渝州东下。至阆州后,写了《阆山歌》《阆水歌》《玉台观》等诗作,描写阆州山水之胜。这些诗,对阆州山水名胜,皆写得壮丽生动,而不露刻画雕琢痕迹。这首诗专咏阆山景色。阆山在阆州城南,即锦屏山。亦泛指阆州周围的山,如诗中提到的灵山、玉台山。阆州紧靠嘉陵江,以风景秀丽著称。诗中写灵山、玉台山一白一碧,彼此相映,松浮淡云,江绕险石,景色之美、气势之雄峻,可与嵩山匹敌。因中原战乱,杜甫欲避乱而结庐于此。结尾两句即为赞美阆山用意之所在。

【注释】

① 灵山:在今四川省阆中市东北10里。如《寰宇记》:"周地图云:'灵山峰多杂树。昔蜀王鳖灵帝登此,因名灵山。山顶有池常清,洞穴悬绝,唐敕改为仙穴山。'"

白:此处指山上的白雪。

② 玉台:指阆州城北7里的玉台山。山上有玉台观。浦起龙注云:"《舆地纪胜》:'玉台山,在阆州城北。'"

碧:指青绿色的山景。如晏殊《蝶恋花》:"昨夜西风凋碧树,独上高楼,望尽天涯路。"

③ "松浮"句:意谓山上的树林上空,飘着薄薄的云层。

浮:飘在天空中。如韩愈《别知赋》:"雨浪浪其不止,云浩浩其常浮。"

欲尽不尽云:谓云层很薄,似尽非尽。欲,将要、快要。如许浑《咸阳城东楼》:"溪云初起日沉阁,山雨欲来风满楼。"

④ "江动"句:意谓激荡的江水拍击着山脚下看似将崩塌而未崩塌的石根。

动:动荡、激荡。如王安石《忆昨诗示诸外弟》:"归心动荡不可抑,霍若猛吹翻旌旗。"

⑤ "那知"句:意谓怎么知道不是有鬼神在呵护呢。(承上句江流激荡而石根不崩)

那知:岂知、怎么知道。那,通"哪"。陆游《书愤》:"早岁那知世事艰。"

鬼神会：萧涤非注云："有鬼神呵护。"杨伦《杜诗镜铨》云："仇注：石根下蟠，乃鬼神所护。"按：仇兆鳌《杜诗详注》并无此语。仇氏原注为："《杜臆》：地志：阆中山四合于郡，多仙圣游迹，则鬼神之会可知。"然杨氏之说可取。

⑥"已觉"句：从灵山联想到嵩山和华山，以渲染灵山的高大气势。

气：气势。如曹丕《典论·论文》："文以气为主，气之清浊有体，不可力强而致。"

嵩：指中岳嵩山。在今河南省登封县北。古曰外方，亦曰太室，又名嵩高。如《史记·封禅书》："昔三代之君，皆在河洛之间。故嵩高为中岳。"

华：指西岳华山。在今陕西省华阴市南10里。因西有少华山，故亦称太华山。如《山海经》："太华之山，削成而四方。其高五千仞，其广十里。"

敌：同等、相当。如《孙子兵法·谋攻》："敌者能战之，少则逃之。"

⑦中原格斗：谓中原地区安史之乱尚未平息。格斗，搏斗。如陈琳《饮马长城窟行》诗："男儿宁当格斗死，何能怫郁筑长城。"

⑧青壁：青色的石崖。仇兆鳌注云："《晋书·宋纤传》：'马岌铭诗于西壁，丹崖百丈，青壁万寻。'"

【辑评】

一、仇兆鳌《杜诗详注》卷十二

此咏阆山之胜，上六叙景，下二述情，灵山玉台，近阆山名。云在山上，石在山下。浮字写不尽之态，动字摹欲落之势。石根下盘，乃鬼神所获，云气上际，与嵩华并高，结庐其下，聊堪避乱矣。胡夏客曰：此歌似拗体律诗。

二、浦起龙《读杜心解》卷二之二

二歌志阆中之胜，亦聊为不归者解嘲耳。起联提明"山"字。"松云""江石"，美其景物。"那知""已觉"，壮其形势。结语叹其仙境可隐，非果欲"结茅"也。"松云"写得缥缈，"江石"写得玲珑。"那知"其"无"，正见其有。举"嵩华"相形，恰与"中原未归"合缝。

阆 水 歌

嘉陵江色何所似①？石黛碧玉相因依②。正怜日破浪花出，更复春从沙际归。③巴童荡桨欹④侧过，水鸡衔鱼来去飞⑤。阆中胜事可肠断⑥，阆州城南天下稀⑦。

【题解】

此诗与《阆山歌》同时写于广德二年（764）初春。阆水，古西汉水，是嘉陵江流经四川阆中市的一段水域，亦称阆江。《旧唐书·地理志》："阆水迂曲经郡三面，故曰阆中。"此诗咏阆水之胜，与《阆山歌》专咏阆山之胜为姐妹篇，写作时间相同。阆水景色之美，为嘉陵江之最。此诗描写角度与《阆山歌》取其总貌不同，而是选取几个最能体现阆水之美的景象逐一描写。其中的"巴童荡桨""水鸡衔鱼"，更是阆江自然景色的补充。结尾大加赞叹，爱怜之情溢于言表。

【注释】

① 嘉陵江：此处指阆水。

色：一本作"水"。

似：相像。如白居易《新乐府·新丰折臂翁》诗："新丰老翁八十八，头发眉须皆似雪。"

② "石黛"句：形容江水之色清绿。

石黛：即石墨，古代女子画眉用的青黑色颜料。如徐陵《玉台新咏·序》："南都石黛，最发双蛾，北地燕支，偏开两靥。"

碧玉：青玉。《山海经·北山经》："又北三百里维龙之山，其上有碧玉，其阳有金，其阴有铁。"

因依：依靠、依倚。如阮籍《咏怀》诗："回风吹四壁，寒鸟相因依。"

③ "正怜"二句：可爱的嘉陵江水，在日光照射下，不时激起浪花，再看岸边沙滩草绿，好像春天从江边而来。

正：恰好、正好。如《资治通鉴》汉献帝建安十三年："今卿廓开大计，正与孤同。"

怜：喜爱、爱惜。如《战国策·赵策四》："丈夫亦爱怜其少子乎？"

破：碎裂、毁坏。如《诗经·豳风·破斧》："既破我斧，又缺我斨。"

更：复、再。如《汉书·高帝纪上》："不如更遣长者扶义而西，告谕秦父兄。"

沙际：沙滩。如《诗经·大雅·凫鹥》："凫鹥在沙。"际，边际。如范仲淹《岳阳楼记》："衔远山，吞长江，浩浩荡荡，横无际涯。"

④巴童：巴地的儿童。巴，古国名，位于今四川省东部地方，为秦惠王所灭，置巴、蜀、汉中郡。见《华内国志》卷一：巴郡。汉末刘璋置巴西郡于阆中市西。

敧（qī）：斜、倾侧。如苏轼《上韩魏公论场务书》："其势不足以久安，未可以随敧而拄，随坏而补也。"

⑤水鸡：水鸟名。朱鹤龄云："尝闻一蜀士云：水鸡，其壮如雄鸡而短尾，好宿水田中，今川人呼为水鸡翁。"

⑥胜事：指阆中山水的优美。胜，美好、优美。如王勃《滕王阁序》："胜地不常，盛筵难再。"

可：能、能够。如《战国策·齐策》："虽欲言，无可进者。"

肠断：信应举《杜诗新注补》卷之十三云："有令人惊喜之意。《本事诗》：刘尚书禹锡罢和州……李绅……慕刘名，尝邀至第中，厚设饮馔，酒酣，命妙妓歌以送之，刘于座上赋诗曰：'鬖髿梳头宫样妆，春风一曲杜韦娘。司空见惯浑闲事，断尽江南刺史肠。''江南刺史'，乃刘自指。谓闻此妓歌，惊喜得肠为之断。'阆中胜事可肠断'，即阆中胜事令人欣喜之极。"（参见《杜诗新注补》卷三十三，中州古籍出版社2002年版，第222页）

⑦天下稀：形容风景之美。仇兆鳌云："《方舆胜览》：锦屏山，在城南三里。冯忠恕记云：阆之为郡，当梁、洋、梓、益之冲，有五城十二楼之胜概。师氏曰：城南屏山，错绣如锦屏，号为天下第一，故曰天下稀。"

【辑评】

一、仇兆鳌《杜诗详注》卷之十三

此咏阆水之胜，亦在六句分别景情。水兼黛碧，清绿可爱也。日出阆中，照水加丽，春回沙际，映水倍妍。浆敧侧，江流急也。鸟来去，江波静也。肠可断，中原未归。天下稀，胜地堪玩。张綖注：公当远离之时，而不失山水之乐，亦足见其处困而享矣。

二、浦起龙《读杜心解》卷二之二

首句问，次句答。"石黛碧玉"，写水正笔已竟。"日出""春归"，从生色处写。"巴童""水鸡"，又从点缀处写。都是烘染法。结有赞不容口之致。苦爱"阆中"二句，似旧歌谣。

丹青引　赠曹将军霸

　　将军魏武①之子孙，于今为庶②为清门。英雄割据③虽已矣，文采风流今尚存④。学书初学卫夫人⑤，但恨无过王右军⑥。丹青不知老将至，富贵于我如浮云。⑦开元之中常引见⑧，承恩数上南薰殿⑨。凌烟功臣⑩少颜色，将军下笔开生面⑪。良相头上进贤冠⑫，猛将腰间大羽箭⑬。褒公鄂公毛发动⑭，英姿飒爽来酣战⑮。先帝御马玉花骢⑯，画工如山貌不同⑰。是日牵来赤墀⑱下，迥立阊阖生长风⑲。诏谓将军拂绢素⑳，意匠惨澹经营中㉑。须臾九重真龙㉒出，一洗万古凡马空㉓。玉花却在御榻上，榻上庭前屹相向。㉔至尊含笑催赐金，圉人太仆皆惆怅㉕。弟子韩幹早入室㉗，亦能画马穷殊相㉘。幹惟画肉不画骨，忍使骅骝气凋丧。㉙将军画善盖有神㉚，必逢佳士亦写真㉛。即今漂泊干戈际，屡貌寻常行路人。㉜途穷反遭俗眼白㉝，世上未有如公贫。但看古来盛名㉞下，终日坎壈㉟缠其身。

【题解】

　　丹青，原为绘画用的丹砂和青䕫两种颜料，此处借以指绘画。引，歌行诗的别称之一。明代徐师曾《文体明辨》歌行条云："述事本末，先后有序，以抽其臆者曰'引'。"此诗题注："赠曹将军霸。"关于曹霸的身世，张彦远《历代名画记》卷九中载："曹霸，魏曹髦（曹操的曾孙）之后。髦画称于后代。霸在开元中已得名，天宝末，每诏写御马及功臣，官至左武卫将军。"唐玄宗末年得罪，削籍为庶人。安史乱后，流落蜀中。唐代宗广德二年（764），杜甫在成都与之相识，写下了这首诗。诗中写曹霸的家世，应诏作画所表现的高超艺术和后来的不幸遭遇。由于杜甫的身世遭遇与曹霸有某些相似之处，因而寄寓自伤之愤。全诗40句，每8句一转韵。意随韵转，写得感慨淋漓，极尽宛转跌宕之妙。

【注释】

　　① 魏武：魏武帝曹操。《三国志·魏书·武帝纪》："太祖武皇帝，沛国谯人也。姓曹，讳操，字孟德，汉相国参之后。"首句即点出曹霸显贵的家世。
　　② 庶：平民老百姓。如《左传·昭公三十年》："三后之姓，于今为庶。"
　　③ 英雄割据：指东汉末年曹操割据中原。仇兆鳌《杜诗详注》卷十三引："申涵光曰：公于昭烈、武侯，皆极推尊，此于魏武，只以割据已（过去）矣一语轻述，便见正闰低

昂。"贾谊《陈政事疏》:"夫三代之所以长久者,其已事可知也。"

④"文采"句:意谓曹霸善于书、画是曹操文采风流的余韵。

文采:文章、文辞。如司马迁《报任安书》:"所以隐忍苟活,幽于粪土之中而不辞者,恨私心有所不尽,鄙陋没世,而文采不表于后也。"

风流:遗风。如《新唐书·杜甫传赞》:"唐兴,诗人承陈隋风流,浮靡相矜。"

⑤ 书:指书法。

卫夫人:指书法家卫铄。《法书要录》卷八引张怀瓘《书断》:"卫夫人,名铄,字茂猗,廷尉展之女弟,恒之从女,汝阴太守李矩之妻也。隶书尤善,规矩钟公(钟繇)。……永和五年卒,年七十八。"王羲之曾向她学习书法。

⑥ 王右军:指王羲之。王羲之(321—379,一作303—361),字逸少,号澹斋,原籍琅琊临沂(今属山东),后迁居山阴(今浙江绍兴),官至右军将军、会稽内史,是东晋伟大的书法家。

⑦"丹青"二句:化用《论语》中的话,赞扬曹霸一生致力于绘画艺术,而对于功名利禄并不放在心上。

不知老将至:语见《论语·述而》:"发愤忘食,乐以忘忧,不知老之将至云尔。"

富贵于我如浮云:语见《论语·述而》:"不义而富且贵,于我如浮云。"

⑧ 引见:指被皇帝诏见。引,领。如《史记·廉颇蔺相如列传》:"乃设九宾礼于廷,引赵使者蔺相如。"

⑨ 南薰殿:宫殿名,在唐长安南内兴庆宫中。《长安志》卷九:"南内兴庆宫……宫内正殿曰兴庆殿……前有瀛洲门,内有南薰殿,北有龙池。"

⑩ 凌烟功臣:指凌烟阁上所画的功臣像。关于凌烟阁,《玉海》卷一六三"宫室"引《五代会要》:"阁在西内三清殿侧,画像皆北向,阁有隔,隔内北面写功高宰辅,南面写功高诸侯王,隔外次图画功臣题赞。"关于凌烟功臣,《唐会要》卷四五载:"贞观十七年二月二十八日诏曰:自古皇王,褒崇勋德,既勒名于钟鼎,又图形于丹青……司徒赵国公无忌……等二十四人……可并图画于凌烟阁。"

⑪ 将军:对画家曹霸的称呼。因其在天宝年间曾官至左武卫将军,故称。

开生面:即别开生面。如赵翼《瓯北诗话》卷五"苏东坡诗":"以文为诗,自昌黎始,至东坡益大放厥词,别开生面,成一代之大观。"

⑫ 良相:指凌烟阁功臣画像中的文臣。

进贤冠:《后汉书·舆服志》:"进贤冠,古缁布冠也,文儒者之服也。"

⑬ 猛将:此处指凌烟阁功臣画像中的武将。

大羽箭:唐太宗时习用的四羽大竿长箭。仇兆鳌注引《酉阳杂俎》:"太宗好用四羽大笴长箭,尝一抉射洞门阖。"

⑭ 褒公:指褒国公段志玄。临淄人,资质伟岸骁勇善战。从太宗拒屈突通,讨王世充,破窦建德,平东都,皆有勇名。累官左骁卫大将军。尝奉命勒兵卫章武门。太宗夜遣使至。志玄拒曰:"军门不夜开。"使者示以手诏。曰:"夜不能辨。"太宗叹曰:"真将军!周亚夫何以加。"封褒国公,卒谥壮肃。《旧唐书》有传。

鄂公:指鄂国公尉迟敬德。善阳人。名恭,以字行。隋末归唐。从讨窦建德、王世充、

刘黑闼等功居多。善避槊。武德初秦王引为右府参军,屡立大功。隐太子尝以书诏之,赠金皿一车,固辞不受。太宗尝谓敬德曰:"人言卿反,何也?"对曰:"臣从陛下身经百战,今之存者,皆锋镝之余也。天下已定,乃更疑臣反乎?"因解衣投地,出露瘢痍。帝流涕指抚之。欲妻以女。敬德曰:"臣妻虽陋,相与共贫贱久矣!臣虽不学,闻古人富不易妻,此非臣所愿也。"帝乃止。以功封鄂国公。卒谥忠武。《旧唐书》有传。在凌烟阁二十四位功臣画像中,尉迟敬德排第七位,段志玄排第十位。

毛发动:须发形象生动有神。毛,须发。如贺知章《回乡偶书》诗:"少小离家老大回,乡音未改鬓毛衰。"

⑮"英姿"句:意谓两人的形象英姿猛健,神气飞动,如临战老场酣战一样。

酣战:猛烈交战。如《韩非子·十过》:"昔者,楚共王与晋厉公战于鄢陵……酣战之时,司马子反渴而求饮,竖谷阳操觞酒而进之。"

⑯先帝:指唐玄宗。

玉花骢:骏马名。如《明皇杂录》:"上所乘马有玉花骢、照夜白。"

⑰画工如山:言许多画师。

貌不同:描绘得不像、不逼真。貌,描绘、摹写。如《新唐书·杨贵妃传》:"命工貌妃于别殿。"

⑱赤墀(chí):宫殿的台阶。古时因涂以红漆,故又名"丹墀"。墀,殿前台阶。如杨衒之《洛阳伽蓝记》卷一:"丛竹香草,布护阶墀。"

⑲迥(jiǒng)立:卓然独立的样子。如杜甫《秦州杂诗》(之五):"哀鸣思战,迥立向苍苍。"

阊阖:原指神话中的天门,这里指皇宫的宫门。如《三国志·魏书·王烈传》:"望暮阊阖,徘徊阙庭。"

生长风:形容此马神骏,有奔驰生风之势。生,产生、发生。如《左传·僖公三十年》:"敌不可纵,纵敌患生。"

⑳"诏谓"句:写唐玄宗曾下诏书命令曹霸展开白绢画马。

拂:掸去灰尘。如《战国策·魏策四》:"今以臣凶恶,而得为王拂枕席。"

绢:生丝织成的一种丝织品。如《墨子·辞过》:"治丝麻,捆布绢,以为民衣。"

素:白色的生绢。如《礼记·玉藻》:"大夫素带,辟重。"

㉑"意匠"句:如造诣很深的人一样按照意图进行构思。

意:意图。如《战国策·西周策》:"今秦者,虎狼之国也,兼有吞周之意。"

匠:此处指有某种专业知识或技能造诣很深的人。如《隋书·包恺传》:"于时《汉书》学者以萧包二人为宗匠(宗师、大师)。"

惨澹经营:指在作画前,先用浅淡颜色勾勒轮廓,苦心构思,经营位置。杜甫此语后来被人们用来泛指苦心规划与经营。如楼钥《它山堰》:"想得惨淡经营时,下上山川应饱看。"经营,筹划、安排。如《世说新语·雅量》:"祖士少好财,阮遥集好屐,并恒自经营。"

㉒须臾:片刻、一会儿。如刘向《说苑·贵德》:"行须臾之怒,而斗终身之祸。"

九重:帝王住的宫禁之地。如王鏊《亲政篇》:"陛下虽深居九重,而天下之事,灿然毕陈于前。"

真龙:真马。如《周礼·夏官》:"马八尺以上为龙。"此处指玉花骢。

㉓"一洗"句:意谓曹霸画的马是千秋万世的人间凡马所没有的马。

一洗:犹一扫。

万古:千秋万世。如杜牧《春日古道旁作》:"万古荣华旦暮齐,楼台春尽草萋萋。"

空:没有。如韩愈《送温处士赴河阳军序》:"伯乐一过冀北之野,而马群遂空。"

㉔"玉花"二句:意谓御榻上曹霸画的马与庭前拴着的玉花骢极为逼真,使人真假难辨。

玉花:玉花骢马的简称。

却:难道、岂。如杨万里《自嘲白须》:"涅髭只诳客,却可诳妻儿!"

屹相向:真马和画的马高耸相对,真假难辨。屹,高耸的样子。如杜牧《池州送孟迟先辈》诗:"古训屹如山,古风冷刮骨。"相向,互相朝着对方。相,互相。如《孙子·势》:"奇正相生,如循环之无端,孰能穷之?"向,朝着、面对。如《庄子·秋水》:"河伯始旋其面目,望洋向若而叹。"

㉕至尊:指皇帝。如嵇康《与山巨源绝交书》:"欲献之至尊。"此处指唐玄宗。

㉖圉(yǔ)人:专管给皇帝养马的官。《周礼·夏官》:"圉人,掌养马刍牧之事,以役圉师。"

太仆:太仆寺官员。太仆寺是朝廷中掌厩牧车舆政令的机构。《汉书·百官公卿表》:"太仆,秦官,掌舆马。"

惆怅:因失意而感伤、懊恼。如《楚辞·宋玉·九辨》:"廓落兮羁旅而无友生,惆怅兮而私自怜。"又《后汉书·冯衍传显志赋》:"风波飘其并兴兮,情惆怅而增伤。"又《论衡·累害》:"盖孔子所以忧心,孟轲所以惆怅也。"又《后汉书·吕强传》:"天下惆怅,功臣失望。"

圉人、太仆为何失意而感伤?金圣叹《杜诗解》卷三做了精辟的解释:"至尊于画马者,不觉得意含笑,直谓之真马。彼圉人、太仆,乃主真马者,能不对之惆怅乎?写一时人情注视榻上之马,有不能自持者然。"这就是说,由于唐玄宗醉心于欣赏曹霸所画之马,而使得钟爱自己所养的真马的圉人、太仆产生"既生瑜何生亮"的感叹。这就从另一角度突出了曹霸画马所取得的成就。

㉗韩干:唐代著名画家。大梁人,一作蓝田人,又作长安人。善写貌人物,尤工鞍马。初师曹霸,后乃别自成家。王维见其画,极推奖之。官至太府寺丞。玄宗好大马,西域大宛,岁有来献,命韩干悉图其骏。有玉花骢、照夜白等。时岐薛申王殿中皆有善马,韩干并图之,遂为古今独步。《历代名画记》卷九记叙其生平。

入室:旧时称学到了老师亲授嫡传的真本领者为"入室弟子"。语出《论语·先进》:"由(指仲由,孔子的学生)也升堂矣,未入于室也。"

㉘穷殊相:极尽各种不同的形貌,都能描绘得很逼真。穷,极、尽。如《吕氏春秋·下贤》:"以天为法,以德为行,以道为宗,与物变化而无所终穷。"殊,不同、差异。如《后汉书·王良传》:"事实未殊而誉毁别议。"相,形貌、壮貌。如《荀子·非相》:"长短、大小、美恶形相,岂论也哉?"

169

㉙"幹惟"二句：意谓马以矫健为上，然而韩幹此时把马画得比较肥大，表现不出名马的锋棱骨相。

忍使：忍心。如《孟子·梁惠王上》："王曰：'舍之！吾不忍其觳觫（因恐惧而发抖），若无罪而就死地。'"

骅骝：本为传说中的周穆王八骏之一，可参见《穆王子传》卷一："天子之骏，赤骥、盗骊、白义、逾轮、山子、渠黄、骅骝、騄耳。"又《水经注》："桃林多野马，造父于此得骅骝。"此处泛指骏马。

气凋丧：因受到损害而使名马失去原来的气势。气，气势。如《商君书·算地》："勇士资在于气。"凋，损害。如《论衡·寒温》："故寒温渥盛，凋物伤人。"丧，失去。如《论语·子路》："一言而丧邦，有诸？"

㉚盖有神：大概是因为能传其玄妙。盖，连词，大概因为，说明原因，并带有测度的意味。如《左传·襄公十四年》："今诸侯之事我寡君不如昔者，盖言语漏泄。"神，玄妙、神奇。如《孟子·尽心下》："大而化之之谓圣，圣而不可知之之谓神。"

㉛"必逢"句：意谓遇到"佳士"也会肯为他画像，不一定只是应诏才画像。此句为下面转入写曹霸近况做铺垫。

必：一定、必定。如《韩非子·显学》："宰相必起于州部，猛将必发于卒伍。"

佳士：美好的人、君子。如宋之问《下山歌》："携佳人兮步迟迟。"

㉜"即今"二句：从以上写曹霸的过去，回到广德二年（764）流落四川的境况——在安史之乱的岁月中，漂泊到四川，不得以卖画为生，常给一般的路人画像。

干戈：指战争。如欧阳修《丰乐亭记》："滁于五代干戈之际，用武之地也。"

屡貌：多次描摹画像。屡，接连多次、累次。如《后汉书·顺帝纪》："吏政不勤，故灾咎屡臻，盗贼多有。"

㉝途穷：穷途、穷途末路，形容处境困窘。如《吴越春秋·王僚伎公子光传》："（伍子胥）乞食溧阳，适会女子……子胥曰：'夫人赈穷途，少饭亦何嫌哉？'"

俗：庸俗。如《后汉书·朱晖传》："俗吏苟合，阿意面从。"

眼白：即白眼，表示轻视或鄙视。如《晋书·阮籍传》："籍又能为青白眼。见礼俗之士，以白眼对之。"

㉞盛名：很大的名气。如《世说新语·品藻》："诸葛瑾弟亮，及从弟诞，并有盛名，各在一国。"

㉟坎壈（lǎn）：亦作"坎廪"，不平、不得志。如陆游《东屯高斋记》："而身愈老，命愈大谬，坎壈且死，则其悲如此，亦无足怪也。"

【辑评】

一、洪迈《容斋续笔》卷三

杜子美《丹青引赠曹将军霸》云："先帝天马玉花骢……至尊含笑催赐金，圉人太仆皆惆怅。"读者或不晓其旨，以为画马夺真，圉人太仆所为不乐，是不然。圉人太仆盖牧养官曹及驭者。而黄金之赐，乃画史得之，是以惆怅。杜公之意深矣。

二、张邦基《墨庄漫录》卷四

杜子美微意深远，考之可见。如《丹青引赠曹霸》诗有云："至尊含笑催赐金，圉人太仆皆惆怅。"说者谓帝喜霸之能写真画马也，故催金赐之。而圉人太仆自叹其无技以蒙恩赉（lài）耳。如此说则意短无工，殊不知此画深讥肃宗也。

三、王嗣奭《杜臆》卷之六

余谓此诗公借曹霸以自状，与渊明之记桃源相似；读公《莫相疑行》而知余言不妄。公于邂逅间一言契合，辄赠佳诗，是亦貌路人者。

四、浦起龙《读杜心解》卷二之二

读此诗，莫忘却"赠曹将军霸"五字，犹《入奏行》之"赠窦侍御",《桃竹林引》之"赠章留后"也。通篇感慨淋漓，都从此五字出。自来注家只解作题画，不知诗意却是感遇也。但其盛其衰，总从画上见，故曰《丹青引》。起四句，两层抑扬，总为下文四段作地。"于今为庶"，照到末段"漂泊""途穷"。"文采尚存"，照起中三段奉诏作画。而"学书"二句乃陪笔，"丹青"二句乃点笔也。中三段，是追昔之盛。末一段，是叹今之衰。析言之，则"开元"八句，叙奉诏重画功臣。四总提，四分写，抽写也。"先帝"八句，叙奉诏画"玉花骢"，二衬笔，二生马，二画态，二画妙也。"玉花"八句，再就画马申赞。"榻上"是貌得者，"庭前"是牵来者。写生出色，又以"韩幹"作衬，非贬幹，乃尊题法也。而三段中人略马详，章法相间。以上总言其盛，应篇首"文采风流"句。末段，"尽善"句，总笔束前。"佳士"句，补笔引下。须知将军画不止前二项，故以佳士补之。其前只铺排奉诏所作者，正与此处"屡貌寻常"相照耀。见今昔异时，喧寂顿判，此则赠曹感遇本旨也。结联又推开作解譬语，而寄慨转深。此段极言其衰，与篇首"于今为庶"应，其命意作法盖如此。至于摹写丹青之绝特，前人论之详矣。此白传《琵琶行》等诗所自出。

莫相疑行

男儿生无所成头皓白①,牙齿欲落真可惜②。忆献三赋蓬莱宫③,自怪一日声烜赫④。集贤学士如堵墙⑤,观我落笔中书堂⑥。往时文彩动人主⑦,此日饥寒趋⑧路旁。晚将末契托年少⑨,当面输心背面笑⑩。寄谢悠悠世上儿,不争好恶莫相疑。⑪

【题解】

此诗拈末3字为题,作于唐代宗永泰元年(765)在成都。当年正月,杜甫经再三请求,辞去在严武幕府中的职务之后,在草堂修葺茅屋,除竹薙草,与家里老少共同劳动。有时以诗邀严武到草堂小饮。回想起自己以往在严武幕府中,与同僚不合,因严武特意优待,未免见忌,然自问实无心与他人争好恶了,于是写下了这首诗和《赤霄行》。莫相疑,即不要疑忌。诗为讽少年轻薄而作。诗的前6句,于暮中抚今追昔,不胜悲怆;后6句,途穷而慨世情,虽冷暖、炎凉难测,终以开诚相见。

【注释】

① 男儿:杜甫自指。儿,名词词尾。如杜甫《水槛遣心》(之一):"细雨鱼儿出,微风燕子斜。"

生:生存的时间。如李商隐《马嵬》:"海外徒闻更九州,他生未卜此生休。"

无所成:没有成就事业。所,用在动词之前,构成名词性的词组,指代人或事物。如《孟子·公孙丑上》:"管仲,曾西之所不为也。"又《庄子·养生主》:"始臣之解牛时,所见无非牛者。"成,完成、实现。如《汉书·异姓诸侯王表》:"是以汉无尺土之阶,繇一剑之任,五载而成帝业。"此处可作成事、成就事业解。如《史记·平原君虞卿列传》:"公等录录,所谓因人成事者也。"又《汉书·高帝纪上》:"刘季固多大言,少成事。"

头皓白:意谓头发已白。皓,白。如《楚辞·大招》:"朱唇皓齿,嫭以姱只。"又苏舜钦《杜公求退第一表》:"虽健才利刃,犹或不支,而皓发羸躯,安能集事。"

② 欲:即将、快要。如《古诗为焦仲卿妻作》:"鸡鸣外欲曙,新妇起严妆。"又许浑《咸阳城东楼》:"溪云初起日沉阁,山雨欲来风满楼。"又白居易《问刘十九》:"晚来天欲雪,能饮一杯无?"

真可惜:实在令人哀伤。惜,哀伤。如《后汉书·伏湛传》:"有识所惜,儒士痛心。"又苏洵《六国论》:"惜其用武而不终也。"

③ 献三赋:天宝十载(751)正月(一说天宝九载冬),玄宗祠太清宫、太庙,祀南

郊。杜甫时在长安,献《朝献太清宫赋》《朝享太子庙赋》《有事于南郊赋》(即所谓"三大礼赋")。献赋之后,"帝奇之,使待制集贤院,命宰相试文章"。杜甫为这段不寻常的际遇而自豪。(参见陈贻焮《杜甫评传》第六章四:献三大礼赋的前前后后)

蓬莱宫:即大明宫。唐贞观八年(634),建永安宫;九年(635),改名大明宫。高宗龙朔三年(663)增建,改名蓬莱宫。长安元年(701)复称大明宫。亦谓之东内。内有含元、宣政、紫宸三殿。宣政左右为中书、门下二省,弘文、史二馆。自高宗后,皇帝常居东内。故址在今陕西省西安市长安区东。

④ 怪:感到奇怪、惊异。如刘向《战国策·齐策》:"孟尝君怪其疾也,衣冠而见之。"又《论衡·累害》:"夫如是,市虎之讹,投杼之误,不足怪。"

声:名声、声誉。如《后汉书·杜根传》:"位至巴郡太守,政甚有声。"又孔稚珪《北山移文》:"希踪三辅豪,驰声九州牧。"

烜赫(xuǎn hè):声威很盛的样子。如李白《侠客行》:"千秋二壮士,烜赫大梁城。"又李商隐《韩碑》:"呜呼圣皇及圣相,相与烜赫流淳熙。"

⑤ 集贤学士:即集贤院学士。集贤院,官署名。唐开元五年(717),于乾元殿写经、史、子、集四部书,署乾元院使。次年,改名丽正修书院。十三年(725),改名集贤殿书院,通称集贤院。置集贤学士、直学士、侍读学士、修撰官等,以宰相一人为学士知院事,常侍一人为副知院事,掌刊缉校理经籍。

如堵墙:形容列观者之多。语出《礼记·射义》:"孔子射于矍相之圃,盖观者如堵墙。"

⑥ 落笔中书堂:在中书堂下笔应试文章。《新唐书·杜甫传》云:"甫奏赋三篇,帝奇之,使侍制集贤院,命宰相试文章。"集贤院隶属中书省,杜甫在中书省之政事堂考试文章,故云。落,开始。如《诗经·周颂·访落》:"访予落止(语气词),率时昭考。于乎悠哉,朕未有艾。"

⑦ 往时:指天宝十载(751)献赋之时。

动:感动。如《孟子·离娄上》:"至诚而不动者,未之有也。"又班固《汉书·艺文志》:"动之以仁义,行之以礼让。"

人主:人君。如《老子·三十章》:"以道佐人主者,不以兵强于天下。"又《史记·孝文本纪》:"人主不德,布政不均,则天示之菑(同'灾'),以戒不治。"此处指唐玄宗。

⑧ 趋:奔走。如《荀子·议兵》:"故近者歌讴而乐之,远者竭蹶而趋之。"

⑨ 末契:老者与后辈的交谊。如陆机《叹逝赋》:"托末契于后生,余将老而为客。"又沈辽《送夏八赴南陵》:"高堂老人八十一,不问衰微论末契。"

年少:此指幕府中的年轻人。少,年轻人。如韩愈《寄卢仝》诗:"昨晚长须来下状,隔墙恶少恶难似。"

⑩ "当面"句:意谓幕府中的后生们对杜甫当面一套背后一套。

输心:交心,表示诚心。输,交出。如杜甫《秋日荆南送石首薛明府辞满告别奉寄薛尚书景仙颂德叙怀斐然之作三十韵》:"努力输肝胆,休烦独起予。"

笑:讥笑、嘲笑。如《荀子·儒效》:"(大儒)其穷也,俗儒笑之。"又《后汉书·庞萌传》:"吾常以庞萌社稷之臣,将军得无笑其言乎。"

⑪"寄谢"二句：意谓写此诗寄语幕府的年轻同僚们，我是不会和你们争强斗胜的，无论在什么情况下，都请不要猜疑我。

谢：告知、告诉。如《孙子·兵法·行军》："来委谢者，欲休息也。"又《古诗为焦仲卿妻作》："多谢后世人，戒之慎忽忘。"

悠悠：众多的样子。如《后汉书·李固传》："悠悠万事，唯此为大。"

世上儿：指诗中的"年少"者。世，世间、人世。如《楚辞·渔父》："举世皆浊我独清，众人皆醉我独醒。"儿，青年男子。如《史记·高祖本纪》："高祖还归，过沛，留。置酒沛宫，悉召故人父老子弟纵酒，发沛中儿得百二十人，教之歌。"

不争好恶：不争论好坏。争，争论。如王安石《答司马谏议书》："盖儒者所争，尤在名实。"恶，坏、不好。如《吕氏春秋·简选》："今有利剑于此，以刺则不中，以击则不及，与恶剑无择。"又《后汉书·赵熹传》："于是擢举义行，诛锄奸恶。"

【辑评】

一、王嗣奭《杜臆》卷之六

余尝谓《丹青引》为公自状，盖以此诗证之。"不争好恶"，傲甚。傲虽圣贤有之，但恶其辞耳。犯而不较，此颜之傲也，人未必知。

二、仇兆鳌《杜诗详注》卷之十四

此诗为少年轻薄而作也。上六，暮景而追往事。下六，途穷而慨世情。申涵光曰：起句，说得突兀悲怆。自怪句，从失意中忽作惊人语。"当面输心背面笑"，视天下朋友皆胶漆，人情风俗可想见矣。卢注：输心文采，窃笑饥寒，此辈好恶无常，老翁漠然不与之争，彼亦何用相疑哉。末二句，盖开诚以示之也。

黄生曰：公以白头趋幕，不免为同列少年所侮，故一则云："晚将末契托年少，当面输心背面笑。"一则云："老翁慎莫怪少年，葛亮贵和书有篇。"合二作观之，显是幕中所赋，从未经人拈出。

三、浦起龙《读杜心解》卷二之二

公在幕时呈严公诗云："平地专敬侧，分曹失异同。"则知辞幕之故，半以同列见嫉。此诗追昔抚今，不胜悲慨，于篇尾流露其意。"不争好恶"，犹言不与汝斗高低也。卢注读去声，作此辈好恶无常解，语气不顺。

负 薪 行

夔州处女发半华①,四十五十无夫家。更遭丧乱嫁不售②,一生抱恨长咨嗟③。土风坐男使女立,男当门户女出入。④十有八九负薪归,卖薪得钱应供给。⑤至老双鬟只垂颈⑥,野花山叶银钗并⑦。筋力登危集市门⑧,死生射利兼盐井⑨。面妆首饰杂啼痕,地褊衣寒困石根。⑩若道巫山⑪女粗丑,何得此有昭君村⑫?

【题解】

负薪,即背着可做燃料的木柴。这首诗为杜甫于大历元年(766)在夔州时所写。杜甫以沉痛的心情描写了夔州乡村的劳动妇女为了一家生计,常年过着砍柴、卖柴或到盐井背盐的劳苦至极的生活,表达了对她们因男子多去当兵阵亡或因生活拖累而"四十五十无夫家"的深切同情。写当地妇女主外的土风,文字质朴,可谓别具一格。

【注释】

① 发半华:头发花白。"华发""华颠""华首",皆有头发花白的意思。如苏轼《念奴娇·赤壁怀古》词:"故国神游,多情应笑我,早生华发。"又《后汉书·崔骃传》:"唐且华颠以悟秦,甘罗童牙而报赵。"又《后汉书·樊准传》:"又多征名儒,以充礼官……故朝多皤皤之良,华首之老。"

② "更(gèng)遭"句:意谓多次遭遇死丧战乱,使得女子出嫁困难。

更:复、再。如《汉书·高帝纪上》:"不如更遣长者扶义而西,告谕秦父兄。"

丧乱:死丧战乱等灾祸。如《诗经·小雅·常棣》:"丧乱既平,既安且宁。"

售:原意为卖出去。如《荀子·儒效》:"卖之,不可偻(快)售也。"此处引申为"嫁出去"。

③ 长:经常。如张籍《猛虎行》:"谷中近窟有山村,长向村家取黄犊。"

咨嗟(zī jiē):叹息。如韩愈《平淮碑》:"帝时继位,顾瞻咨嗟!"

④ "土风"二句:写当时夔州男尊女卑的风俗习惯。

土风:当地的风俗习惯。如陈子昂《白帝城怀古》:"日落沧江晚,停桡问土风。"

使:让、令。如《诗经·郑风·狡童》:"维子之故,使我不能餐兮。"

当门户:当家、掌管家庭。当,掌管。如《史记·周本纪》:"周公恐诸侯畔周,公乃摄行政当国。"门户,家庭。如《后汉书·盛道妻传》:"君可速潜逃,建立门户。"又《玉台新咏·陇西行》:"健妇持门户,胜一大丈夫。"

出入：进出。如《汉书·梁孝王刘武传》："梁之侍中、郎、谒者，著引籍出入天子殿门。"此处指进进出出，早出晚归地操劳生计。

⑤"十有"二句：意谓大多数的女子都从上山背着柴回家，然后将柴卖到市上，所得到的钱用于维持家庭生活。

应：对付。如《三国志·魏书·陈群传》："臣惧百姓遂困，将何以应敌。"

供给（jǐ）：供应给与。如《史记·封禅书》："使者存问供给，相属于道。"又《左传·僖公四年》："贡之不入，寡君之罪也，敢不供给？"

⑥"至老"句：意谓至老未嫁。

双鬟（huán）：古代汉族未嫁女子的发式。鬟，古代妇女的环形发髻。如杜牧《阿房宫赋》："绿云扰扰，梳晓鬟也。"

只：仅。如韩愈《咏雪赠张籍》："只见纵横落，宁知远近来。"

⑦"野花"句：意谓将野花山叶当作银钗插在头上，可见其生活贫穷。

钗：古代妇女别在发髻上的一种首饰，由两股簪子合成。如白居易《长恨歌》："惟将旧物表深情，钿合金钗寄将去。钗留一股合一扇，钗擘黄金合分钿。"

并：同、混同。如《后汉书·和熹邓皇后纪》："华夏乐化，戎狄混并。"

⑧筋力登危：因打柴用力气登上高山峭壁。筋，肌腱或骨头的韧带。如《战国策·楚策四》："淖齿用齐，擢闵王之筋，县于其庙梁，宿夕而死。"危，高处。此处指高山。如《国语·晋语八》："拱木不生危，松柏不生埤（指地势低的地方）。"

集市门：指到集市上卖柴。集，至。如《国语·晋语一》："大家邻国将师保之，多而骤立，不其集亡。"

⑨"死生"句：意谓因生活所迫而不顾生死地去打柴、背盐。

射利：追逐财利。如《新唐书·食货志四》："盐估益贵，商人乘时射利。"

兼：同时进行几种动作。如《战国策·秦策一》："以此与天下，天下不足兼而有也。"

盐井：唐产盐地之一。《元和郡县志》："盐井，在成州长道县东三十里。"杜甫《发秦州》12首纪行诗中有《盐井》一诗，这是杜甫由秦州往同谷经过的地方。

⑩"面妆"二句：意谓因打柴背盐，她们衣衫单薄地走在崎岖的山路上，脸上常留下啼哭的泪痕。

杂：混杂、不纯。如《庄子·刻意》："水之性不杂则清。"

地褊（biǎn）：指狭窄不平的山谷地带。褊，泛指狭窄、狭小。如《吕氏春秋·博志》："用智褊者无遂功，天之数也。"

困：疲乏、疲倦。如《汉书·高帝纪上》："行数里，醉困卧。"

石根：指山脚下。如李涉《竹里》："竹里编茅倚石根，竹茎疏处见前村。"又杜牧《夜泊桐庐先寄苏台卢郎中》："水槛桐庐馆，归舟系石根。"又郦道元《水经注·沔水》："水中有孤石，挺出其下，澄潭时有见此石根，如竹根而黄色，见者多凶，相与号为承受石。"

⑪若道：假如要说。若，假如。如《孟子·梁惠王上》："王若隐（怜恤）其无罪而就死地，则牛羊何择焉？"

巫山：山名，在今重庆市巫山县东南，即巫峡。有十二峰，下有神女庙。

⑫ 昭君村：地名，在归州（今湖北秭归县）东北，传说这是王昭君的故乡而得名。归州与夔相邻近，用以说明这一带的妇女并非天生粗丑，而是生活过于贫苦，劳动强度过大所致。表达了作者对夔州劳动妇女不幸遭遇的深切同情。

【辑评】

一、王嗣奭《杜臆》卷之七

与下《最能行》俱因夔州风俗薄恶而发，结之以"昭君村""屈原宅"，又为夔人解嘲；文人之游戏笔端如此。"处女发半华"，五字便堪大嚓。至云"丧乱嫁不售"，更堪流涕。盖男子皆阵亡，无娶妻者。女当门户，男坐女立，又往负薪卖钱以供一家；而既"登危"，又"集市"，属之一人，又以"射利"忘其"死生"，而兼"盐井"，形容妇女人之苦极矣！然以"野花山叶"比于金钗，则当之者以为固然，不知其苦也，尤可悲也！

二、浦起龙《读杜心解》卷二之二

起四句，伤老女之失时，在题前。次四句，指出峡中土风，是点题。此却统说，不专指未嫁者。"至老"四句，复承"无夫"者言，就述"射利"之苦，就中且有老而未嫁者。故篇中述风土处则统言，而前后则谓无夫者亦不免，盖伤之也。若认十有八九皆无夫之女，则碍理矣。

三、张远《杜诗会稡》卷一四

此首结并下首（指《最能行》）结句，无限激发，大有移风易俗意。

四、鲁一同《鲁通甫读书记·七古》

（此）风土诗开张（籍）、王（建）先声。

最　能　行

峡中丈夫绝①轻死，少在公门多在水②。富豪有钱驾大舸③，贫穷取给行艓④子。小儿学问止⑤《论语》，大儿结束随商旅⑥。欹帆侧柂⑦入波涛，撇漩捎濆⑧无险阻。朝发白帝暮江陵⑨，顷来目击信有征⑩。瞿塘漫天虎须怒⑪，归州长年行最能⑫。此乡之人器量⑬窄，误竞南风疏北客⑭。若道士⑮无英俊才，何得山有屈原宅⑯。

【题解】

最能，一般解作驾船的能手，也有人以为最能为水手之称。（参见《集千家注杜工部诗集》注）这首诗是《负薪行》的姊妹篇，均写夔州一带的风俗。诗的写作时间同为大历元年（766），为杜甫初到夔州时所写。这两首诗结构相似。此诗开篇点出夔州人冒险趋利的习俗，次写夔州一带操舟者技艺之高超，峡中行舟迅速而无恙，诗人伤之。杜甫以为，这种轻生逐利风习的形成，盖源于他们的疏于北方文物衣冠，诗人又伤之。诗的结尾以戏谑的口吻发问，而致规劝之词。

【注释】

① 峡中：长江三峡一带。夔州在瞿塘峡畔。

绝：极、非常。如《史记·伍子胥列传》："秦女绝美。"

② 公门：官府、衙门。如柳宗元《田家》（之二）："公门少推恕，鞭朴恣狼藉。"

在水：在水中驾船当水手。

③ 舸：船。如《三国志·吴书·周瑜传》："又豫备走舸，各系大船后。"

④ 取给（jǐ）：取得供给。给，供给使足。如《战国策·齐策四》："孟尝君使人给其食用，无使乏。"此处指赚钱。

行：运行。如《荀子·天论》："天行有常。"

艓（dié）：小船。如《宋书·沈攸之传》："轻艓一万，截其津要。"

⑤ 小儿：年幼的孩子。小，年幼。如《世说新语·言语》："小时了了，大未必佳。"

学问：学习和问难。如《孟子·滕文公上》："吾他日未尝学问，好驰马试剑。"又《后汉书·马武传》："臣少尝学问，可郡文学博士。"

止：仅仅、只是。如《庄子·天运》："止可以一宿，而不可久处。"

⑥ 大儿：大孩子。大，年长。如《汉书·淮南厉王刘长传》："从上入苑猎，与上同辇，常谓上大兄。"

结束：整理行装。如《后汉书·东夷列传》："其男衣皆横幅结束相连。"

商旅：长途贩卖的商人。如《周礼·考工记·总序》："通四方之珍异以资之，谓之商旅。"

⑦ 欹：斜、倾侧。如苏轼《上韩魏公论场务书》："其势不足以久安，未可以随欹而拄，随坏而补也。"

柂（duò）：通"舵"，船舵。如《晋书·夏统传》："统乃操柂正橹。"

⑧ 撇漩：撇开漩涡。漩，回旋的水流形成的水涡。如元稹《遭风二十韵》："龙归窟穴深潭漩，鼍作波涛古岸聤。"

捎濆：掠过涌起的波涛。捎，拂掠。如张耒《春阴》（之一）："风捎檐滴难开幌，润引炉香易着衣。"濆，波涛涌起。如左思《蜀都赋》："龙池滈（xuè）瀑（水沸涌的样子）濆其隈，漏江伏流溃其阿。"

⑨ "朝发"句：意谓自夔州至江陵乘船一日便可到达。语本《水经注·江水注》："有时朝发白帝，暮到江陵，其间千二百里，虽乘奔（快马）御风，不以疾也。"

白帝：即白帝城，在夔州城东。如杜甫《夔州歌十绝句》（之二）："白帝夔州各异城，蜀江楚峡混殊名。"此句中借指夔州。

江陵：地名，在今湖北省江陵县。

⑩ 顷来：近来。顷，近来。如《后汉书·和熹邓皇后纪》："顷以废病沉滞，久不得侍祠。"

信：言语真实。如《老子》："信言不美，美言不信。"

有征：有事实可以证明。征，证明。如《论语·八佾》："夏礼吾能言之，杞不足征也。"

⑪ 瞿塘：即瞿塘峡，长江三峡中最短的一个。瞿塘峡西起奉节县白帝山，东迄巫山县大溪镇，长八公里。奉节，古属夔州。

漫天：水浩茫无际的样子。如左思《吴都赋》："溃渱泮汗，滇湎森漫。"

虎须怒：形容瞿塘峡江水波涛汹涌，似虎怒咆哮。虎须，亦为险滩名。

⑫ 归州：地名。（参见《负薪行》注）

长（zhǎng）年：蜀中对船夫的称呼。如陆游《入蜀记》："长年三老，梢公是也。"

行最能：驾船于江中，最有才能。行，运行。如荀子《天论》："天行有常。"此处指驾船运行。能，才能。如《史记·屈原贾生列传》："上官大夫与之同列，争宠而心害（嫉妒）其能。"

⑬ 器量：指人的气量、度量。如蔡邕《郭林宗碑》："器量弘深。"

⑭ 竞：争着、追逐。如《汉书·艺文志》："其后宋玉、唐勒，汉兴枚乘、司马相如，下及杨子云，竞为侈丽闳衍之词，没其风谕之义。"

南风：南方的社会风尚、习俗。风，风俗。如《孟子·公孙丑上》："其故家遗俗，流风善政，犹有存者。"

疏：疏远。如《老子》："故不可得而亲，不可得而疏。"

北客：此处指流寓（夔州一带）的北方人。

⑮ 土：本土、乡土。如《论语·里仁》："君子怀德，小人怀土。"此处指夔州一带。

又颜之推《颜氏家训·治家》:"今北土风俗,率能躬俭节用。"

⑯屈原宅:相传湖北秭归县东北有屈原故宅。《艺文类聚》卷六十四《居处部四》:"庾仲雍《荆州记》曰:秭归县有屈原宅、伍胥庙,捣衣石犹存。"

【辑评】

一、王嗣奭《杜臆》卷之七

"最能"当是峡中"长年"之称。入公门者须识字,"学问止《论语》",则不识字者多,故"多在水"也。"大儿""小儿",就一人分大小,非两人也。"瞿塘""虎须",此峡中最险者,则归州长年,必让最能矣。生于水,食于水,此无足怪,但自"竞南风"而"轻北客",此其气量之窄而可恨者。"北客"谓归州长年,盖峡中水从西南下东北也。朝发白帝,暮宿江陵,出《庾信集》。"渍"非水涯,乃水之涌起者,音"奋",今川东犹有此语;若水涯者音"文"。注误。

二、浦起龙《读杜心解》卷二之二

起四句,先提出峡中风气。"公门",谓文章学殖之门。"富豪"句是陪笔。"小儿"四句,申言陋而习水。"朝发"四句,征之"目击",以作点题。后四句,因其见小而鄙,特致激励之语也。"竞南疏北"者,竞为南中轻生逐利之风,而疏于北方文物冠裳之客也。解者以为恃强慢客,谬甚。

三、汪灏《树人堂读杜诗》卷一五

上章(指《负薪行》)叹息女苦,此章叹息男苦,遂以结作章法。

古　柏　行

孔明庙①前有老柏，柯如青铜根如石②。霜皮溜雨四十围，黛色参天二千尺。③云来气接巫峡长，月出寒通雪山白。④君臣已与时际会⑤，树木犹为人爱惜。忆昨路绕锦亭东⑥，先主武侯同閟宫⑦。崔嵬枝干郊原古⑧，窈窕丹青户牖空⑨。落落盘踞虽得地，冥冥孤高多烈风⑩。扶持自是神明力，正直元因造化功。⑪大厦如倾要梁栋，万牛回首丘山重⑫。不露文章世已惊⑬，未辞剪伐⑭谁能送？苦心岂免容蝼蚁⑮，香叶终经宿鸾凤⑯。志士幽人莫怨嗟，古来材大难为用。⑰

【题解】

此诗是大历元年（766）杜甫在夔州时所作。诗咏夔州武侯庙古柏，然实借咏柏以自况，以古柏的孤高正直，来抒发自己怀才不遇的感慨。全诗共24句，凡押3韵，每韵8句，自成段落。前8句咏夔州孔明庙前古柏之高大，引出君臣遇合的感慨。中间8句与成都武侯祠古柏相比较，突出夔州古柏的孤高正直。最后8句"卒章显其志"，发出"古来材大难为用"的深沉感慨。此诗明里咏物，实为喻人，托物兴感，委婉含蓄，寄托深远，极沉郁顿挫之致。

【注释】

① 孔明庙：此处指夔州的武侯庙。诸葛亮，字孔明。

② 柯：树枝。如陶渊明《归去来兮辞》："引壶觞以自酌，眄庭柯以怡颜。"

青铜：深绿色的古铜，形容古柏枝干的颜色苍老。青，深绿色。如刘禹锡《陋室铭》："草色入帘青。"

根如石：形容古柏的根很坚硬。石，石头、岩石，亦有坚实之意。如《荀子·议兵》："譬之若以卵投石。"又《素问·示从容论》："沉而石者，是肾气内著也。"

③"霜皮"二句：以夸张的手法，写古柏长得又粗又高大。

霜皮：柏树皮如沾上一层霜似地苍白。霜，喻白色。如范成大《寒亭》："老农霜须鬓，矍铄黄犊健。"

溜：滑动、圆转的样子。如欧阳修《玉楼春》："佳人向晚新妆就，圆腻歌喉珠欲溜。"

四十围：形容柏树的粗大。围，两臂合抱为一围。如《汉书·邹阳传》："夫十围之木，始生如蘖。"

黛色：青黑色。如王维《崔濮阳兄季重前山兴》："千里横黛色，数峰出云间。"

参天二千尺：以夸张的手法，形容古柏高入云天。

④"云来"二句：进一步展开描写古柏群与周围环境的关系——东接巫山之云气，西受雪山的寒光。

巫峡：因巫山而得名，在四川巫山县东，接湖北巴东县界，与西陵峡、瞿塘峡合称长江三峡。此处泛指长江三峡。《水经注》云："江水东迳巫峡，杜宇所凿以通江水。江水历峡东迳新崩滩。其下十余里有大巫山。其间首尾百六十里，谓之巫峡。自三峡七百里中，两岸连山，略无缺处，重岩叠嶂，隐天蔽日，自非亭午夜分，不见曦月。每晴初霜旦，林寒涧肃，常有高猿长啸，属引凄异。故渔者歌曰：'巴东三峡巫峡长，猿鸣三声泪沾裳。'"

雪山：又名西山，在四川松潘县南，为岷山山脉的起峰。《元和郡县志》："剑南道松州嘉诚县，雪山在县东八十里，春夏积雪，故名。"此处泛指岷山。

⑤与时际会：指刘备和诸葛亮这一对君臣在特殊的历史时代，适逢其会，相知相合，共同创造了历史。时，指机会、时机，或指特殊的历史时代。际会，指风云际会。际，本义为墙壁的边际，墙壁两面相合，叫作际会。后来泛指一切事物的边际，也可以虚化，如"天际"。又可用作动词，如《汉书·严助传》："称三代至盛，际天接地。"此处指正当其时的遇合或会合。如《九家集注杜诗》："孟达辞先主表云：'际会之间，请命乞身。'"孟达说自己虽然有难得的机遇，在刘备赏识任用他的时候，却请求退休。

⑥锦亭东：锦亭即成都锦江亭。因成都武侯祠在锦江亭之东，故云。

⑦先主：指蜀先主刘备。

武侯：指诸葛亮，他曾被封为蜀武乡侯，谥忠武，世称诸葛武侯。

閟宫：神宫、庙宇。如《诗经·鲁颂·閟宫》："閟宫有侐，实实枚枚。"郑笺："閟，神也。姜嫄神所依，故庙曰神宫。"诸葛孔明庙共有3处：一在陕西勉县定军山墓地；一在夔州，与刘备庙分立；一在成都，附于先主刘备的庙中，故曰"同閟宫"。

⑧崔嵬：高耸的样子。如李白《蜀道难》："剑阁峥嵘而崔嵬。"

郊原古：古老的城郊原野。

⑨窈窕：幽深的样子。如白居易《题西亭》："直廊抵曲房，窈窕深且虚。"

丹青：原指丹砂和青雘，两种可作颜料的矿物。如《管子·小称》："丹青在山，民知而取之。"后泛指绘画用的颜色。如《汉书·苏武传》："今足下还归，扬名于匈奴，功显于汉室，虽古竹帛所载，丹青所画，何以过子卿。"此处指建筑物上红绿的涂饰。

户牖（yǒu）空：形容武侯祠内寂静无人。牖，窗户。如《论语·雍也》："伯牛有疾，子问之，自牖执其手。"

⑩"落落"二句：转写夔州武侯祠之古柏。

落落：高大、卓异的样子。如杜笃《首阳山赋》："长松落落，卉木蒙蒙。"

得地：得地势之宜。得，得当、合适。如《荀子·强国》："刑范正，金锡美，工冶巧，火齐得。"

冥冥：高远。如《法言·问明》："鸿飞冥冥，弋人何篡焉？"又苏轼《喜雨亭记》："归之太空，太空冥冥，不可得而名。"

⑪"扶持"二句：意谓夔州武侯祠的古柏能在烈风中巍然挺立，固然有赖于神明的扶持之力，也由于得到大自然的造化之功。

182

自是：原来是、本来是。自，原来、本来。如《韩非子·显学》："恃自圆之木，千世无轮矣。"

神明：天地间神的总称。如《周易·系辞下》："以通神明之德。"孔颖达疏："万物变化，或生或成，是神明之德。"

元因：根本的原因。元，根本、根源。如《论衡·对作》："《易》之乾坤，《春秋》之元。"又《资治通鉴》："（齐明帝建武三年）夫土者，黄中之色，万物之元也。"

造化：指大自然。如《论衡·自然》："天地为炉，造化为工，禀气不一，安能皆贤。"

功：功能。如《荀子·劝学》："以全其天功。"

⑫"大厦"二句：自此二句至结尾，均以古柏喻人事，亦以古柏之命运喻作者自身。

如倾：假如倾倒。如，假如。如《孟子·梁惠王上》："王如知此，则无望民之多于邻国也。"

回首：不能前进而返回走。回，返回。如扬雄《甘泉赋》："于是事毕功弘，回车而归。"

⑬不露文章：谓柏树古朴得并无鲜艳的花纹。文章，错杂的花纹。古以青与赤配为文，赤与白配为章。如《楚辞·九章·橘颂》："青黄杂糅，文章烂兮。"

世已惊：震惊世人。惊，惊动、震惊。如范晔《后汉书·皇后纪》："后长七尺二寸，姿颜姝丽，绝异于众，左右皆惊。"

⑭未辞剪伐：不推辞被砍伐用作栋梁之材。（将柏树拟人化）辞，推却。如《荀子·解蔽》："是之则受，非之则辞。"又《史记·项羽本纪》："臣死且不避，卮酒安足辞！"剪，砍伐。如《庄子·人间世》："不为社者，且几有剪乎！"

⑮"苦心"句：意谓枝干味道苦涩的柏树也难免受到虫害的侵蚀。

岂免：难道能避免。

容：容忍。如《汉书·高帝纪上》："夫为人臣而杀其主，杀其已降，为政不平，主约不信，天下所不容，大逆无道，罪十也。"

蝼蚁：蝼蛄与蚂蚁。蝼蛄也称"天蝼""土狗""蛞蝼"等。体黄褐色，长寸余。前肢成掌状，利于掘地，啮食植物的根，对农作物危害很大。此处泛指对农作物有害的小昆虫。

⑯"香叶"句：意谓因柏树叶有香气，是凤凰栖息的地方。

香叶：指柏树叶。

终经：始终时常。终，始终。如《汉书·李广传》："他日射之，终不能入矣。"经，常、时常。如《后汉书·朱晖传》："是时谷贵，县官经用不足，朝廷忧之。"

宿：住宿的地方。如《周礼·地官·遗人》："三十里有宿，宿有路室。"

鸾凤：鸾鸟与凤凰。鸾鸟，凤凰之类的神鸟。《说文》："鸾，亦神灵之精也。赤色，五采，鸡形，鸣中五音。"凤凰，"凰"本作"皇"，传说中的鸟名。雄曰凤，雌曰凰。《诗经·大雅·卷阿》："凤皇于飞，翙翙其羽。"古人认为凤凰是一种高贵的鸟，常用来比喻美善贤俊。

⑰"志士"二句：意谓如夔州古柏一样，自古以来大材难以为用，志士仁人不必为此而"怨嗟"。这两句点明全诗的中心意旨，亦是杜甫自伤之叹。

志士：有远大志向的人。如曹植《赠徐干》："志士营世业，小人亦不闲。"

幽人：隐士。如王勃《秋晚入洛于毕公宅别道王宴序》："青溪数曲，幽人长往；白云万里，帝乡难见。"

嗟：遗憾、惋惜。如《史记·陈涉世家》："嗟乎！燕雀安知鸿鹄之志哉！"

【辑评】

一、王嗣奭《杜臆》卷之七

成都、夔州各有孔明祠，祠前各有古柏。此因夔祠之柏而并及成都，然非咏柏也。公平生极赞孔明，盖有窃比之思。孔明材大而不尽其用，公尝自比稷、契，材似孔明而人莫用之，故篇终而结以"材大难为用"，此作诗本意，而发兴于柏耳。不然，庙前之柏，岂梁栋之需哉？

二、仇兆鳌《杜诗详注》卷之十五

赵次公曰：成都先主庙，武侯祠堂附焉。夔州先主庙、武侯祠各别。此诗云"孔明庙前有老柏"，盖指夔州柏也。中云"忆昔路绕锦亭东，先主武侯同閟宫"，追言成都庙中柏也。……少陵题先主武侯诗，特具论世知人之识，从古诗家所仅见者。

三、李之仪《姑溪居士前集》卷四一《跋〈古柏行〉后》

或谓子美作此诗，备诗家众体。非独形容一时君臣相遇之盛，亦所以自况，而又以悯其所值之时不如古也。第深考之，信然。

李潮八分小篆歌

　　苍颉鸟迹既茫昧①，字体变化如浮云②。陈仓石鼓又已讹③，大小二篆生八分④。秦有李斯汉蔡邕⑤，中间作者绝不闻。峄山之碑野火焚⑥，枣木传刻肥失真⑦。苦县光和尚骨立⑧，书贵瘦硬方通神⑨。惜哉李蔡不复得，吾甥李潮下笔亲。⑩尚书韩择木⑪，骑曹蔡有邻⑫。开元已来数⑬八分，潮也奄有⑭二子成三人。况潮小篆逼秦相⑮，快剑长戟森相向⑯。八分一字直⑰百金，蛟龙盘拏肉屈强⑱。吴郡张颠⑲夸草书，草书非古空雄壮⑳。岂如吾甥不流宕㉑，丞相中郎丈人行㉒。巴东㉓逢李潮，逾月㉔求我歌。我今衰老才力薄，潮乎潮乎奈汝何㉕。

【题解】

　　此诗为大历元年（766）杜甫在夔州时所作。李潮，杜甫的外甥，唐代书法家，善小篆八分书。周越《书苑》载："李潮善小篆，师李斯《峄山碑》。"赵明诚《金石录》卷八："唐慧义寺《弥勒像碑》，韩俶撰，李潮八分书。"大历元年，李潮亦在夔州，与杜甫多次相见。李潮善书法，但尚未见重于世，故杜甫写了这首诗向世人推荐。杜甫从篆书源流入手，并以张旭草书衬之，极力推扬。"书贵瘦硬方通神"，是对李潮小篆特色的概括。而"快剑长戟""蛟龙屈强"，俱形容此"瘦硬"之"通神"，可谓"字直百金"。八分，汉字书体名，即八分书，也称"分书"，字体似隶而体势多波磔，相传为秦时上谷人王次仲所造。关于八分，历来有很多不同的解释：或以为其二分似隶八分以篆，故称八分；或以为似汉隶的波磔，向左右分开，像八分背，故称八分。（参见唐代张怀瓘《书断》）近人以为八分非定名，汉隶为小篆的八分，小篆为大篆的八分，分隶为汉隶的八分。宋代刘克庄《后村集》卷十五《阿买》："如何万金产，只解八分书。"

【注释】

　　① 苍颉：黄帝的史臣，传说他是文字的创造者。许慎《说文·序》："黄帝之史仓颉，见鸟兽蹄迒之迹，知分理之可相别异也，初造书契，百工以乂，万品以察。"《汉学堂丛书》辑《春秋纬元命苞》云："仓帝史皇氏，名颉，姓侯冈，龙颜侈侈，四目灵光，实有睿德，生而能书。……于是穷天地之变，……指撑而创文字，天为雨粟，鬼为夜哭，龙乃潜藏。"

　　鸟迹：鸟之爪迹。仓颉是从鸟迹中受到启发而创造文字。卫恒《书势》："黄帝之史沮

诵、苍颉,眺彼鸟迹,始作书契。"此处指文字。

既:终结。如韩愈《进学解》:"言未既,有笑于列者曰……"

茫昧:模糊不清。茫,模糊不清。如李白《嘲鲁儒》:"问以经济策,茫如坠烟雾。"昧,愚昧、无知。如《尚书·仲虺之诰》:"兼弱攻昧,取乱侮亡。"

② 浮云:比喻轻快。如《晋书·王羲之传》:"尤善隶书……论者称其笔势,以为飘若浮云。"

③ 陈仓:古县名,故城在今陕西省宝鸡市东。秦文公筑。《括地志》:"陈仓故城中,有宝鸡神祠。"陈仓当雍梁之衡。汉魏以来,为攻守要地。汉王东出陈仓,败雍王章邯之兵,遂定三秦。诸葛亮围陈仓,郝昭拒守,亮攻围20余日不能克而还,此其最著者也。隋复置陈仓县,唐改凤翔,又改宝鸡。

石鼓:秦时的石刻,其形如鼓,共有10个。其上刻有文字为大篆,唐人均信为是周宣王时史籀(zhòu)所书,因称籀书或石鼓文。《元和郡县志》:"凤翔府天兴县:石鼓文在县南二十许里,石形如鼓,其数有十。盖纪周宣王田猎之事,其文即史籀之迹也。"其实石鼓文为秦文公时所刻。

又已讹:谓石鼓上所刻的大篆与仓颉鸟篆(古文)又有变化。讹,改变、变化。如《宋书·恩幸传论》:"岁月迁讹,斯风渐笃。"

④ "大小"句:意谓大篆、小篆以后出现八分书。大篆,指史籀的籀文;小篆,指秦朝李斯等对大篆加以简化的一种文字。卫恒《四体书势》:"昔周宣王时史籀始著大篆十五篇,或与古同,或与古异,世谓之籀书者也。……(李)斯作《仓颉篇》,中车府令赵高作《爰历篇》,太史令胡毋敬作《博学篇》,皆取史籀大篆,或颇省改。"

⑤ 李斯:秦丞相。《史记》本传:"李斯者,楚上蔡(今河南上蔡县)人也。……秦王拜斯客卿。……官至廷尉(掌刑狱)。二十余年,竟并天下,尊主为皇帝,以斯为丞相。"李斯等人省改大篆为小篆,以统一全国文字。

蔡邕:东汉人。《后汉书》本传:"蔡邕,字伯喈,陈留圉(今河南杞县南)人也。……少博学,师事太傅胡广。好辞章、数术、天文、妙操音律。"蔡邕还擅长八分书法,曾为汉石经书丹。

⑥ 峄(yì)山之碑:《史记·秦始皇本纪》:"二十八年,始皇东行郡县,上邹峄山,立石,与鲁诸儒生议,刻石颂秦德,议封禅望祭山川之事。"但未言为李斯篆书。峄山,即邹峄山,在今山东邹县东南20里,亦名邾峄山。

野火焚:谓后来此碑被野火烧毁。《封氏闻见记》卷八:"(峄山)始皇刻石纪功,其文字李斯小篆。后魏太武帝登山,使人排倒之,然而历代摹拓以为楷则。邑人疲于供命,聚薪其下,因野火焚之。由是残缺,不堪摹写,然犹上官求请,行李登涉,人吏转益劳弊。有县宰取旧文勒于石碑之上,凡成数片,置之县廨,须则拓取。……今闻有峄山碑,皆新刻之碑也。"

⑦ 枣木传刻:刻于枣木之上流传于世。关于此条,聂石樵、邓魁英选注《杜甫选集》中解释曰:"封氏说'取旧文勒于石',与杜甫'枣木传刻'之说不合,可能关于峄山碑有不同传说,杜甫取其一说。"

肥失真:字体肥胖无筋骨,已失基本面目。此处慨叹李斯《峄山碑》之失传。

⑧ 苦县：春秋楚地，故城在今河南鹿邑县东10里。《史记·老子列传》："老子者，楚苦县厉乡曲仁里人也。"《太康地记》：苦县有赖（一作"厉"）乡祠，老子所生地也。此处的"苦县"特指《苦县铭》，蔡邕篆，东汉桓帝延熹八年（165）立碑。

光和：东汉灵帝的年号。这是指光和二年（179）所立的《西岳碑》或《华山亭碑》（一说指《北岳碑》）。

骨立：本用来形容人极端消瘦，似骨而立。如《后汉书·韦彪传》："彪孝行纯至，父母卒，哀毁三年，不出庐寝。服竟，羸瘠骨立异形。"又《世说新语·德行》："和峤虽备礼，神气不损；王戎虽不备礼，而哀毁骨立。"此处用来比喻书法笔力遒劲、有骨气。如韦续《书品优劣》："释玄悟骨气无双，迥出时辈。"

⑨ 瘦硬：笔力细劲有力。如苏轼《孙莘老求墨妙亭》："杜陵评书贵瘦硬，此论未公吾不凭。"

方通神：方可达到神品。通，达到。如《庄子·天下》："昔禹之湮洪水，决江河而通四夷九州也。"神，玄妙、神奇。如《宋史·岳飞传》："生有神力，未冠，挽弓三百斤，弩八石。学射于周同，尽其术，能左右射。"

⑩ "惜哉"二句：意谓李斯、蔡邕的书法作品现在已无法得到；而李潮作为当代书法家，他的书法作品和我们比较亲近，不难得到。

亲：亲近。如《孟子·梁惠王下》："君行仁政，斯民亲其上。"

⑪ 韩择木：昌黎（郡名，故治在今辽宁朝阳县）人，唐代书法家，工隶兼八分书，时称能继蔡邕，曾官礼部尚书。《旧唐书·肃宗本纪》："上元元年四月……以右散骑常侍韩择木为礼部尚书。"又《宣和书谱》卷二："韩择木……工隶，兼作八分字。隶学之妙，唯蔡邕一人而已。择木乃能追其遗法，风流闲媚，世谓蔡邕中兴焉。"

⑫ 骑曹：指骑曹、马曹参军一类闲散、卑微的小官。如顾况《哭从兄苌》诗："身终一骑曹，高盖者为谁。"又元好问《送曹吉甫兼及通甫》诗："意气羡君豪，怜君屈骑曹。"

蔡有邻：济阳（郡名，故治在今河南省兰考县境）人，蔡邕后代。唐代书法家，工八分书，瘦劲自如。曾官右卫率府兵曹参军。陶宗仪《书史会要》卷五："蔡有邻……汉左中郎将邕十八代孙，官至右卫率府兵曹参军。工八分书……书法劲险，驱使笔墨尽得如意，当与鸿都石经相继也。"杜甫说他官"骑曹"，不知何据。

⑬ 开元：唐玄宗李隆基的年号，自713年至741年。

数：几个。如《孟子·梁惠王上》："数口之家，可以无饥矣。"

⑭ 奄（yǎn）有：拥有。如《诗经·周颂·执竞》："自彼成康，奄有四方。"

⑮ 逼：接近。如司马光《资治通鉴·太康七年》："秦兵逼肥水而陈，晋兵不得渡。"

秦相：指李斯。

⑯ "快剑"句：比喻李潮小篆笔势森严如剑戟兵器矗立似的。

森相向：森严地相对。森，森严。如杜牧《朱坡》："偃蹇松公老，森严竹阵齐。"

⑰ 直：通"值"，价值。如李白《行路难》（之一）："金樽清酒斗十千，玉盘珍羞直万钱。"

⑱ 盘拏（ná）：迂曲做攫拿状。盘，迂曲。如司马相如《子虚赋》："其山则盘纡岪郁（山高险的样子）。"拏，同"挐""拿"，拘捕。如《京本通俗小说·菩萨蛮》："教人分付

临安府，差人去灵隐寺挈可常和尚。"

肉屈强：喻笔力遒劲。形容李潮书法的瘦硬特征。（参见聂石樵、邓魁英《杜甫选集》本篇注）屈强，即倔强、不屈服。如《盐铁论·论功》："倔强倨傲，自称老夫。"

⑲ 张颠：即张旭，善草书。（详见《饮中八仙歌》张旭条注）

⑳ "草书"句：意谓草书空有雄壮的笔势，但不合古法。此句为杜甫褒李潮的瘦硬八分小篆而贬张旭草书不合古法。此说明知不可为而为之，只因甥舅亲情，为杨李焉。

㉑ 流宕：放任、放荡。如《后汉书·方术传序》："意者多迷其统，取遣颇偏，甚有虽流宕过诞亦失也。"又陆游《跋花间集》："方斯时，天下岌岌，生民救死不暇，士大夫乃流宕如此，可叹也哉！"

㉒ 丞相：指李斯。
中郎：指蔡邕。
丈人：对年长人的尊称。如《吕氏春秋·异宝》："至江上，欲涉，见一丈人。"
行（háng）：辈分。如班固《汉书·李广苏建附苏武》："汉天子，我丈人行也。"

㉓ 巴东：即巴东郡。后汉刘璋分巴郡置。梁改信州，隋改州为巴东郡。唐复曰信州，改夔州。此用旧地名，实指夔州，故治在今四川奉节县东北。

㉔ 逾月：一个月后。《释文》："逾，亦作踰。"逾，超过。如《尚书·武成》："既戊午，师逾孟津。"又《禹贡》："浮于江、沱、潜、汉，逾于洛，至于南河。"

㉕ 奈汝何：对李潮你的书法之高超，怎样才能表达清楚呢。汝，指李潮。奈……何，把……怎么样。如《史记·项羽本纪》："虞兮！虞兮！奈若何？"

【辑评】

一、王嗣奭《杜臆》卷之八

"字体变化如浮云"，一语便括全篇。鸟迹变而大小篆，又变而八分，至变而草书极矣。大小二篆与八分犹未失古意，若草书则非古矣，雄壮何足取！"快剑长戟""蛟龙屈强"，俱形容"瘦硬"，而书已通神矣，宜其"字值百金"也。瘦硬之书，未易形容，故自恨才力之薄，暗相照应，如此作结亦新。瘦硬兼分、篆言之，刘止云八分，亦非也。

二、仇兆鳌《杜诗详注》卷之十八

潮乃公之甥，诗云："巴东逢李潮。"夔本巴东郡也。周越《书苑》：李潮，善小篆，师李斯《峄山碑》，见称于时。赵明诚《金石录》：《唐慧义寺弥勒像碑》，李潮八分书也。潮书初不见重当时，独杜诗盛称之。今石刻在者，惟此碑与《彭元曜墓志》，其笔法亦不绝工。

三、浦起龙《读杜心解》卷二之三

篇中述书源流，最委悉矣！其将古今书家，拉杂援引，宾中宾也。后幅"吴郡张颠"，书之变，借来作托，亦宾中宾也。斯、邕小篆八分，为李潮本派，此属正陪，乃宾中主也。择木、有邻，时代与潮为近，贴身又入一陪。主中再请宾也。然则潮为主中主矣。而着笔反不多，惟以奄有韩、蔡，辈行斯、邕为称许。则仍用借宾定主法。至其评书之旨，则以"肥"为宾，以"瘦硬"为主。"光和骨立""瘦硬"中之宾也。"剑戟森向""蛟龙盘拏"，乃李潮瘦硬真形，则主也。结以作歌"力薄"自谦，亦是"瘦硬"反面话头。故曰："潮乎潮乎奈汝何。"言"力薄"之歌，如何配汝"瘦硬"之字也。又是一样借宾定主法。解者不晓作法，但演其论书牙后，苏学士云："杜陵评书贵瘦硬，此论未公吾不凭。"旨趣不妨异尚，固无须于附和耳。

四、赵明诚《金石录》卷八

《唐慧义寺弥勒像碑》：韩俶撰，李潮八分书也。

五、陈訏《读杜随笔》下卷二

波澜起伏，宾主分明。笔笔变化，须识其控纵转折之妙。

缚　鸡　行

小奴缚鸡向①市卖，鸡被缚急相喧②争。家中厌③鸡食虫蚁，不知鸡卖还遭烹。虫鸡于人何厚薄④？吾叱⑤奴人解其缚。鸡虫得失无了时，注目寒江倚山阁。⑥

【题解】

大历元年（766）秋，杜甫移居寓于夔州之西阁，有《西阁雨望》等诗。是年岁暮，杜甫有见于小奴缚鸡往市头发卖，想到鸡被卖出则遭杀烹之祸，念之心有不忍。在家见鸡啄虫蚁而食，念及虫蚁被食，亦心有不忍，因作《缚鸡行》。这首诗表达了作者深深的无奈，表达了事物有得即有失，难以尽如人意的思想。由于此诗蕴含哲理性，后来由此而出现了"鸡虫得失"的典故，以喻细微之得失。宋人周紫芝《竹坡词》卷二《渔家傲》："遇坎乘流随分了，鸡虫得失能多少。"

这首诗写得很别致，在对日常生活小事的描写中，蕴含深刻的道理，耐人寻味。同时，杜诗的这种议论化、散文化的特点，对宋诗有很大的影响。

【注释】

① 向：赶往、奔向。如《资治通鉴·汉献帝建安十三年》："到夏口，闻操已向荆州。"

② 喧：声音大而嘈杂。如陶渊明《饮酒》："结庐在人境，而无车马喧。"

③ 厌：嫌。如曹操《短歌行》："山不厌高，水不厌深。"

④ "虫鸡"句：意谓虫、鸡对人来说并不分厚薄，而人又为什么对其厚此薄彼呢？此句化用《庄子·列御寇》："在上为乌鸢食，在下为蝼蚁食，夺彼与此，何其偏也！"

何：何故、为什么。如《论语·先进》："夫子何哂由也？"

厚薄：厚此薄彼。厚，看重、重视。如《史记·秦本纪》："遂复三人官秩如故，愈益厚之。"薄，轻视、看不起。如《史记·孙子吴起列传》："（吴起，尝学于曾子，）其母死，起终不归。曾子薄之，而与起绝。"

⑤ 叱（chì）：斥责、大声呵斥。如《史记·廉颇蔺相如列传》："相如张目叱之。"

⑥ "鸡虫"二句：王嗣奭《杜臆》卷八云："鸡得则虫失，虫得则鸡失，世间类者甚多，故云'无了时'。计无所出，只得'注目寒江倚山阁'而已。写出一时情景如画，信

是诗家妙手。"

了：了结、完结。如《晋书·傅咸传》："官事未易了也。"

【辑评】

一、王嗣奭《杜臆》卷之八

老杜自"乾坤一腐儒"，余读此诗而笑其能自知也。公晚年溺佛，意主慈不杀。见鸡食虫蚁而怜之，遂命缚鸡出卖。见其缚喧争，知其畏死。虑及卖去遭烹，遂解其缚，又将食虫蚁矣。鸡得则虫失，虫得则鸡失。世间类者甚多，故云"无了时"。计无所出，只得"注目寒江倚山阁"而已。写出一时情景如画，信是诗家妙手。

二、仇兆鳌《杜诗详注》卷十八

首二叙题。三、四缚鸡之故，恶之也。五、六释鸡之缚，悯之也。末以设难作结，爱物而几于齐物矣。又引：师厚云：天下利害，当权轻重。除寇则劳民，爱民则养寇。与其养寇，孰若劳民。与其惜虫，孰若存鸡。此论圣人不易，天下亦无难处之事，始知浮屠法不可治世。

三、洪迈《容斋三笔》卷五

此诗自是一段好议论，至结句之妙，非他人所能企及也。

同元使君《舂陵行》 并序

览道州元使君结《舂陵行》,兼《贼退后示官吏作》二首,志之①曰:当天子分忧之地,效汉官良吏之目。②今盗贼未息,知民疾苦,得结辈十数公,落落然参错天下为邦伯③,万物吐气,天下小安,可待矣!不意复见比兴体制④,微婉顿挫⑤之词,感而有诗,增诸⑥卷轴,简知我者⑦,不必寄元。

遭乱发尽白,转衰病相婴⑧。沉绵⑨盗贼际,狼狈⑩江汉行。叹时药力薄⑪,为客羸瘵⑫成。吾人诗家秀,博采世上名⑬。粲粲元道州⑭,前圣畏后生⑮。观乎《舂陵》作,欻⑯见俊哲情。复览《贼退》篇,结也实国桢⑰。贾谊昔流恸,匡衡尝引经。⑱道州忧黎庶⑲,词气浩纵横⑳。两章对秋月,一字偕华星。㉑致君唐虞际,纯朴忆大庭。㉒何时降玺书,用尔为丹青?㉓狱讼永衰㉔息,岂唯偃甲兵㉕。悽恻念诛求㉖,薄敛近休明㉗。乃知正人意,不苟飞长缨。㉘凉飙振南岳㉙,之子宠若惊㉚。色沮金印大㉛,兴含沧浪清㉜。我多长卿病㉝,日夕思朝廷。肺枯㉞渴太甚,漂泊公孙城㉟。呼儿具纸笔,隐几临轩楹㊱。作诗呻吟内,墨淡字欹倾。㊲感彼危苦词,庶几知者听。㊳

【题解】

元使君,指盛唐诗人元结,字次山,号漫叟。他在唐代宗广德元年(763)任道州刺史。同,是和诗的意思,是就他人的诗所写的和诗。使君,是对地方长官的尊称。元结在做刺史期间,目睹当地因战乱,百姓生活十分困苦,因此宁可违抗朝廷的诏令,也不肯横征暴敛,压榨百姓。于是写了《舂陵行》《贼退示官吏作》两首诗。舂陵,汉侯国,故城在今湖南省宁远县西北,是道州的古称。由于当时交通不便,直至大历二年(767)杜甫在夔州时才读到这两首诗。杜甫深为感动,于是写了这首和诗。诗中赞扬元结同情人民疾苦,钦佩他敢于违命为民的高尚品德。

【注释】

① 志:记。如《史记·屈原贾生列传》:"博闻强志。"
之:代词,指元结写《舂陵行》之事。
② "当天子"二句:赞美元结是一个好地方官,他的"知民疾苦",不肯横征赋税符合汉宣帝所说的"循吏"(即良吏)的标准。《汉书·循吏传》:"宣帝常云:'庶民所以安

其田里而亡叹息愁恨之心者，政平讼理也。与我共此者。其唯良二千石乎！'"元结为道州刺史，其官阶即汉之二千石（太守），故曰"当天子分忧之地"。

目：品目、条目。如《论语·颜渊》："子曰：'克己复礼为仁。'颜渊曰：'请问其目。'"注："知其必有条目，故请问之。"又《周礼·天官·宰夫》："一曰正，掌官法以治要；二曰师，掌官成以治凡；三曰司，掌官法以治目。"此处用来称赞元结符合汉代循吏的标准。

③ 落落：高起不凡。如庚（yǔ）信《庚子山集·谢赵王示新诗启》："落落词高，飘飘意远。"

然：如此、这样。如《孟子·梁惠王上》："河内凶（庄稼收成不好），则移其民于河东，移其粟于河内，河东凶亦然。"

参（cēn）错：参差交错。如归有光《答唐虞伯书》："所虑狱词参错，虽得逃死，亦恐非其然之见。"

邦伯：州牧、刺史。如《尚书·召诰》："命庶殷，侯甸男邦伯。"注："邦伯，方伯，即州牧也。"后因称州刺史为邦伯。如高适《登子贱琴堂赋诗三首》（之二）："邦伯感遗事，慨然建琴堂。"

④ 不意：意料之外。如《孙子·计》："攻其不备，出其不意。"

比兴体制：指继承《诗经·国风》的传统，反映人民疾苦的诗篇。比兴，《诗经》的表现手法。《诗经·大序》："故诗有六义焉：一曰风，二曰赋，三曰比，四曰兴，五曰雅，六曰颂。"此处代指《诗经》。体制，指诗文的体裁。如嵇康《琴赋序》："历世才士并为之赋颂，其体制风流莫不相袭。"又刘勰《文心雕龙九·附会》："夫裁量学文，宜正体制。"

⑤ 微婉：微妙婉转。微，微妙。如《史记·屈原贾生列传》："其文约，其辞微，其志洁，其行廉。"婉，婉转。如曹植《洛神赋》："其形也，翩若惊鸿，婉若游龙。"

顿挫：抑扬，指音调或感情上的起伏变化。如《后汉书·郑孔荀传赞》："北海天逸，音情顿挫。"又苏舜钦《答马永书》："又观其感二鸟赋，悲激顿挫，有骚人之思。"

⑥ 增诸：加入。诸，相当于"之于"。如《列子·汤问》："投诸渤海之尾。"

⑦ 简知我者：寄给知己的友人。简，信札、书信。如柳宗元《答贡士元公瑾论仕进书》："辱致来简，受赐无量。"知，相知、交好。如何逊《赠诸游旧》："新知虽已乐，旧爱尽暌违。"

⑧ "转衰"句：连接上句的"发尽白"，意谓身体因年老而变衰。

婴：被……所缠。如刘桢《赠五官中郎将》（之二）："余婴沈痼疾，窜身清漳滨。"

⑨ 沉绵：承接上句指久病延续不愈。沉，沉溺。如刘向《战国策·赵策》："学者沉于所闻。"绵，延续、连续不断。如张衡《思玄赋》："潜服膺以永靓兮，绵日月而不衰。"

⑩ 狼狈：困窘、窘迫。如李密《陈情表》："臣欲奉诏奔驰，则刘病日笃；欲苟顺私情，则告诉不许。臣之进退，实为狼狈。"

⑪ "叹时"句：意谓因为担心唐朝当时的局势，所以吃药的效果也比较差。时，当时。如《资治通鉴·汉献帝建安十三年》："时曹军已有疾疫。"

薄：微小。如《周易·系辞下》："德薄而位尊，知小而谋大。"

⑫ 羸（léi）：瘦弱。如《孟子·公孙丑下》："凶年饥岁，子之民，老羸转于沟壑，壮

者散而之四方者,几千人矣。"

瘵(zhài):疾病。如李白《为吴王谢责赴行在迟滞表》:"年过耳顺,风瘵日加。"

⑬"博采"句:意谓广泛地搜集世间著名诗人的诗作。

博:广泛。如《史记·屈原贾生列传》:"博闻强志,明于治乱。"

名:有名气、著名。如刘禹锡《陋室铭》:"山不在高,有仙则名。"

⑭粲粲:鲜明的样子。如陆机《日出东南隅行》:"暮春春服成,粲粲绮与纨。"此处用来赞美元结才华出众。

⑮"前圣"句:化用《论语·子罕》中孔子的话("后生可畏,焉知来者之不如今也")来赞美元结的才华足以使前贤感到可畏。

⑯欻(xū):忽然。如张衡《西京赋》:"神仙崔巍,欻从背见。"

俊哲:才智出众的人。俊,才智出众。如《孟子·告子下》:"养老尊贤,俊杰在位。"哲,有智慧的人。如陆机《汉高祖功臣颂》:"明明众哲,同济天网。"

⑰国桢:比喻国家的骨干人才。桢,筑土墙时两端竖立的木桩,比喻支柱、骨干。如任昉《出郡传舍哭范仆射》:"平生礼数绝,式瞻在国桢。"

⑱"贾谊"二句:以贾谊、匡衡喻元结。贾谊(前200—前168),雒阳(今河南洛阳)人。西汉初期杰出的政治家和文学家,以博学能文闻名于世。

流恸:流涕痛哭。此处指贾谊在《陈政事疏》中说到当时的政事时曾写道:"可为痛哭者一,可为流涕者二,可为长太息者六。"(参见《汉书·贾谊传》)恸,悲哀过度,大哭。如《论语·先进》:"颜渊死,子哭之恸。"

"匡衡"句:意谓匡衡在朝廷议论政事时,往往援引儒家经典作为论据。

匡衡:汉代儒生。《汉书·匡衡传》:"衡为少傅数年,数上疏陈便宜,及朝廷有政议,傅经以对,言多法义。"

⑲黎庶:平民、百姓。黎,即"黎民",众民、百姓。如《孟子·梁惠王上》:"七十者衣帛食肉,黎民不饥不寒,然而不王者,未之有也。"庶,平民、百姓。如《左传·昭公二十二年》:"三后之姓,于今为庶。"

⑳词气:指诗的气势。如曹丕《典论·论文》:"文以气为主,气之清浊有体,不可力强而致。"

浩:浩气、正大刚直之气。如曾巩《与北京韩侍中启二》:"顺天时之常序,养浩气之至和。"

纵横:奔放、无拘束。如《三国志·吴书·孙策传》:"孙氏因扰攘之际,得奋其纵横之志。"

㉑"两章"二句:赞美元结的《舂陵行》和《贼退示官吏》两首诗中的每个字都如同星月一样放出光辉。

对:匹配。如《诗经·大雅·皇矣》:"帝作邦作对,自大伯王季。"

偕:比并。如高晦叟《席珍放谈》:"王文章俊颖,人罕偕者。"

㉒"致君"二句:意谓元结写的这些诗,其目的是使唐王朝的政治恢复至尧舜时代,使民风淳朴得像远古社会那样,使人民安居乐业。

唐虞:唐尧、虞舜。唐,尧帝的封号。如《论衡·书虚》:"唐虞之前也,其发海中之时，漾驰而已。"虞，远古部落名，舜为其酋长，居于蒲阪（今山西省永济市附近）。

纯朴：单纯质朴。如《论衡·艺增》："使夫纯朴之事，十剖百判。"又《抱朴子·明本》："曩古纯朴，巧伪未萌。"

忆：回忆。如庾信《奉和永丰殿下言志》（之八）："还思建邺水，终忆武昌鱼。"

大庭：即大庭氏，传说中的古帝王。如《庄子·胠箧》："昔者容成氏，大庭氏……当是时也，民结绳而用之，甘其食，美其服，乐其俗，安其居，邻国相望，鸡狗之音相闻，民至老死而不相往来，若此之时，则至治也。"

㉓ "何时"二句：意谓希望朝廷能任命如元结这样的贤能之人为大臣，使朝政清明。

降（jiàng）：赐给、赐予。如《孟子·告子下》："故天将降大任于斯人也，必先苦其心志。"

玺书：古代原指用印章封记的文书。如《国语·鲁语下》："襄公在楚，季武子取卞，使季冶逆，追而与之玺书。"秦以后专指皇帝的诏书。如《后汉书·祭肜传》："玺书勉励，增秩一等，赐缣百匹。"

丹青：原指绘画用的颜料。如《汉书·苏武传》："今足下还归，扬名于匈奴，功显于汉室，虽古竹帛所载，丹青所画，何以过子卿！"此处用来比喻朝中的大臣。语出《盐铁论·相刺》："公卿者，四海之表仪，神化之丹青也。"

㉔ 狱讼：诉讼。如《史记·五帝本纪》："诸侯朝觐者不之丹朱而之舜，狱讼者不之丹朱而之舜。"

衰（cuī）：减少。如《战国策·赵策》："日饮食得无衰乎？"

㉕ 岂：难道，表示反问。如《吕氏春秋·察今》："以此为治，岂不悲哉！"

偃（yǎn）：停止。如《史记·律书》："刑罚不可捐于国，诛伐不可偃于天下。"

甲兵：本指铠甲和兵器，此处指战争。如《墨子·备城门》："甲兵方起于天下。"

㉖ 悽恻：同"凄恻"，哀伤。如江淹《别赋》："是以行子肠断，百感悽恻。"

诛求：强行征敛。如李觏《村行》："产业家家坏，诛求岁岁新。"

㉗ 薄敛：减轻税收。薄，减轻、减少。如《孟子·尽心上》："易其田畴，薄其税敛，民可使富也。"敛，征收、收缴。如《韩非子·显学》："今上征敛于富人。"

近：接近。如李商隐《乐游原》："夕阳无限好，只是近黄昏。"

休明：美好而清明。如《史记·秦始皇本纪》："大义休明，垂于后世，顺承勿革。"

㉘ "乃知"二句：意谓由于上述行为，进而赞扬元结的人品。

乃知：于是知道。乃，于是。如柳宗元《黔之驴》："断其喉，尽其肉，乃去。"

正人：正直的人。此处指元结。正，正直、正派。如《后汉书·赵憙传》："熹内典宿卫，外干宰职，正身立朝，未尝懈惰。"

不苟：不苟且。苟，苟且、随便。如《论语·子路》："君子于其言，无所苟而已矣。"

长缨：长的帽带，此处喻高的官位。缨，系冠的带子。如刘向《战国策·楚策》："遂以冠缨绞王，杀之。"

㉙ 凉飙：凉爽的清风。飙，泛指风。如班婕妤《怨歌行》："常恐秋节至，凉飙夺炎热。"

南岳：衡山，为五岳中的南岳，在今湖南衡山等县境。道州在今湖南省遂县，在衡山附近,所以诗中以南岳来借喻元结的高尚品格。

㉚ 之子:此子。之,指代词,相当于"这""这个"。此处指元结。

宠若惊:元结听到称赞,感到惊异,因为他为百姓着想,而并不期望图好名声。宠,荣耀、荣誉。如范仲淹《岳阳楼记》:"心旷神怡,宠辱偕忘。"

㉛ "色沮(jǔ)"句:意谓元结并不想做大官,如果官做大了反而会感到懊丧。

色沮:神色懊丧。色,神态、气色。如《论衡·变虚》:"人病且死,色见于面。"沮,沮丧、懊丧。如《宋书·颜延之传》:"岂识向之夸漫(慢),只足以成今之沮丧邪?"

金印大:喻官位高,有"金印紫绶"之意。金印,以金为印;紫绶,系于印柄的紫色丝带。秦汉魏晋时,丞相、将军等位在二品以上者用之,三品则用银印青绶,再次者则用铜印墨绶。

㉜ "兴含"句:意谓元结诗中含有功成退隐之意。

兴:《诗经》六义之一。如《论衡·商虫》:"同一祸败,诗以为兴。"此处用来指元结的《贼退示官吏》等诗中所包含的功成退隐之意。

沧浪清:《孟子·离娄上》:"沧浪之水清兮,可以濯我缨。"濯缨,是说濯洗官帽,以便退隐不再做官。元结在《贼退示官吏》诗中曾说:"思欲委(弃)符节,穷老江湖边。"

㉝ 长卿病:长卿,西汉著名辞赋家司马相如的字。他患有消渴病,即糖尿病。杜甫也患有这种病,可谓同病相怜。由此以下的诗句是杜甫自述病情及和元结诗的缘由等。

㉞ 肺枯:杜甫指自己因还患有肺病而憔悴。枯,憔悴。如苏轼《赠人》:"谁怜泽畔行吟者,目断长安貌欲枯。"

㉟ 公孙城:即白帝城。西汉末年,公孙述曾据白帝城称王,故名。古城在今夔州东。此处指夔州。

㊱ 隐:靠、倚。如《后汉书·孔融传》:"融隐几读书,谈笑自若。"

轩楹:此处指窗。轩,窗。如嵇康《赠秀才入军》(之十五):"闲夜肃清,朗月照轩。"楹,房屋的柱子,特指厅堂的前柱。如《国语·鲁语上》"庄公丹桓公之楹。"

㊲ "作诗"二句:意谓在因疾病而呻吟中写诗,无力磨墨,字迹无力,写得歪歪斜斜。

欹倾:倾斜。欹,斜。如《荀子·宥坐》:"吾闻宥坐之器者,虚则欹,中则正,满则覆。"

㊳ "感彼"二句:意谓因为被元结忧时诗所感动,所以写了这首和诗,用以使元结的知音者都来读元结的诗。

庶几:但愿,表示希望。如《左传·襄公二十六年》:"惧而奔郑,引领南望曰:'庶几赦余。'"

【辑评】

一、王嗣奭《杜臆》卷之九

诗题亦异。公作此诗,盖同声之应也。诗序云:"今盗贼未息,知民疾苦,云云,天下少安可待矣!"肝膈之言,一字一泪。"叹时药力薄",奇语,盖公之叹时,亦以救世,而药力浅薄,无济于事,但自成其羸瘵而已。即作此诗，亦欲救世，使人闻而兴起，故诗序云："知我者，不必寄元。""乃知正人意，不苟飞长缨。"此篇中吃紧语，公与元之相契在此。使居官者人人有此念，天下治矣。

二、浦起龙《读杜心解》卷一之六

出他人手，定应铺写道州政绩，如何恤民纾困，如何感化贼徒。求之此诗，毫无一有。反疑此诗与元诗落落无所关会，不知人自坠入应酬套数耳。公之为此，第借次山作一榜样，亦聊以寓想望古治之思，为武健严酷、滔滔不反者告也。故前后俱着自叙。前以"叹时"二句领起，作身世双关语，隐然见民俗羸瘵日甚，无有能以救时药石，一起此沉痼者。"吾人"一段，恰好接出得见元诗，此真能以古治为心矣。只用"忧黎庶"三字，括尽两篇，而"秋月""华星"，仍能兼表诗品也。"致君"一段，纯以虚运，言若结辈大用，何患古治不复。而"悽恻"等句，第将元诗作一印证，至"凉飙"等句，却只其怀逸趣，咏叹柬住，见其人既非爵禄可縻，而世亦无有识且感者，则古治终难冀也。故末段仍归到己心之思朝廷，因而作诗以达其苦情焉。序所谓"简知我"者，此也。然则公直自为相望古治之诗，元特借为感发之资矣。超极，脱极。

【附】

春陵行 并序

元 结

癸卯岁，漫叟授道州刺史。道州旧四万余户，经贼已来，不满四千，大半不胜赋税。到官未五十日，承诸使征求符牒二百余封，皆曰："失其限者罪至贬削。"於戏！若悉应其命，则州县破乱，刺史欲焉逃罪；若不应命，又即获罪戾，必不免也。吾将守官，静以安人，待罪而已。此州是春陵故地，故作《春陵行》以达下情。

军国多所须，切责在有司。有司临郡县，刑法意欲施。供给岂不忧，征敛又可悲。州小经乱亡，遗人实困疲。大乡无十家，大族命单羸。朝餐是草根，暮食仍树皮。出言气欲绝，意速行步迟。追呼尚不忍，况乃鞭扑之。邮亭传急符，来往迹相追。更无宽大恩，但有迫促期。欲令鬻儿女，言发恐乱随。悉使索其家，而又无生资。听彼道路言，怨伤谁复知。去冬山贼来，杀夺几无遗。

所愿见王官，抚养以惠慈。奈何重驱逐，不使存活为。安人天子命，符节我所持。州县忽乱亡，得罪复是谁。逋缓违诏令，蒙责固所宜。前贤重守分，恶以祸福移。亦云贵守官，不爱能适时。顾惟孱弱者，正直当不亏。何人采国风，吾欲献此辞。

贼退示官吏　并序

元　结

癸卯岁，西原贼入道州，焚掠几尽而去。明年，贼又攻永破邵，不犯此州边鄙而退，岂力能制敌与？盖蒙其伤怜而已。诸使何为忍苦征敛？故作诗一篇以示官吏。

昔岁逢太平，山林二十年。泉源在庭户，洞壑当门前。井税有常期，日晏犹得眠。忽然遭世变，数岁亲戎旃。今来典斯郡，山夷又纷然。城小贼不屠，人贫伤可怜。是以陷邻境，此州独见全。使臣将王命，岂不如贼焉。今彼征敛者，迫之如火煎。谁能绝人命，以作时世贤。思欲委符节，引竿自刺船。将家就鱼麦，穷老江湖边。

虎 牙 行

秋风欻吸吹南国①,天地惨惨无颜色②。洞庭扬波江汉回,虎牙铜柱皆倾侧。③巫峡阴岑朔漠气④,峰峦窈窕溪谷黑⑤。杜鹃不来猿狖寒,山鬼幽阴霜雪逼。⑥楚老长嗟忆炎瘴⑦,三尺角弓两斛力⑧。壁立石城横塞起⑨,金错旄竿满云直⑩。渔阳突骑猎青丘⑪,犬戎锁甲围丹极⑫。八荒十年防盗贼⑬,征戍诛求⑭寡妻哭。远客中宵泪沾臆⑮。

【题解】

此诗是诗人于大历二年(767)在夔州时所作。虎牙,山名,在湖北宜昌市东南30里的长江北岸。与南岸荆门山相对。《水经注》:"江水又东,历荆门、虎牙之间。荆门在南,上开下合,状似门。虎牙在北,石壁色红,间有白文,类牙状。"此地两山相对,长江奔流其间,水流湍急,为大江极险处。《水经注》称其为楚之西塞。诗以"虎牙"为题,并非歌咏虎牙山,而是抒写在寒风猛烈的秋季里感伤战乱给人民带来的征戍诛求、生活贫困的痛苦。

此诗前8句写猛烈秋风的肃杀之景,正应兵象;"楚老"以下8句写对战乱时事的感慨。结句只用单句收住。两截总括,神致黯然。

【注释】

① 欻(xū)吸:呼吸之间,形容疾速。如江淹《杂体诗·王徵君养疾》:"寂历百草晦,欻吸鹍鸡悲。"又谢朓《高松赋》:"卷风飚之欻吸。"

南国:南方。国,地域、地区。如《诗经·魏风·硕鼠》:"逝将去女,适彼乐国。"又王维《相思》:"红豆生南国,春来发几枝。"

② 惨惨:昏暗的样子。如庾信《伤心赋》:"天惨惨而无色,云苍苍而正寒。"又王粲《登楼赋》:"风萧瑟而并兴兮,天惨惨而无色。"惨,暗淡、无光彩。如李昉《太平广记》卷一百五十七引《河东记》:"门外多是著黄衫惨绿衫人。"

无颜色:失去了本来的美丽。颜色,美丽、光彩。如白居易《长恨歌》:"回眸一笑百媚生,六宫粉黛无颜色。"

③ "洞庭"二句:以高度夸张的手法,极写江面山间风势之大足以使洞庭湖波涛汹涌,足以使汉水倒流,足以使虎牙山和铜柱滩中的铜柱倾斜。

洞庭:湖名,在湖南省北部,长江南岸。沿湖为岳阳、华容、南县、汉寿、沅江、湘阴等县。湘、资、沅、沣四水均汇流于此。在岳阳县城陵矶入长江。湖中小山甚多,以君

山最为著名。如范仲淹《岳阳楼记》："予观夫巴陵胜状，在洞庭一湖。衔远山，吞长江，浩浩汤汤，横无际涯。"

江汉回：长江和汉水为之倒流。江，指长江。汉，指汉水，一名汉江，为长江最大的支流，源出陕西宁强县北蟠冢山。初出山时名漾水，东南经沔县为沔水。东经褒城县合褒水，始为汉水。东南流经陕西省南部、湖北省西北部和中部。有牧马河、洵河、堵水、均水、滑水、涓水、㵉水、夏水等支流。至武汉市的汉阳入长江。回，掉头、掉转。如白居易《卖炭翁》："手把文书口称敕，回车叱牛牵向北。"

铜柱：《水经注·江水》："江水又东迳汉平县二百余里，左自涪陵东出百余里，而屈于黄石，东为铜柱滩。"《寰宇记》："昔人于此维舟。见水底有铜柱，故名。"相传马援欲铸柱于此。滩最峻急。

倾侧：倾斜。侧，斜、倾斜。如《史记·张丞相列传》："吕后侧耳于东厢听。"

④ 巫峡：在重庆市巫山县东，接湖北巴东县界，因巫山得名，与西陵峡、瞿塘峡合称长江三峡。

阴岑：山的北面。阴，山的北面为阴。如《史记·货殖列传》："泰山之阳为鲁，其阴则齐。"岑，小而高的山。如辛弃疾《水龙吟》："遥岑远目，献愁供恨，玉簪螺髻。"

朔漠气：来自北方沙漠荒野的寒气。朔，北、北方。如《木兰辞》："朔气传金柝，寒光照铁衣。"又刘禹锡《学阮公体》（之二）："朔风悲老骥，秋霜动鸷禽。"漠，沙漠。如王维《使至塞上》："大漠孤烟直，长河落日圆。"又王昌龄《从军行》（之五）："大漠风尘日色昏，红旗半卷出辕门。"

⑤ 峰峦：迂回连绵的山峰。如元结《登九嶷第二峰》："相传羽化时，云鹤满峰峦。"

窈窕：幽深的样子。如孙绰《游天台山赋》："邈彼绝域，幽邃窈窕。"也作"窅窱"。如白居易《题西亭》："直廊抵曲房，窅窱深且虚。"也作"杳窱"。如班固《西都赋》："步甬道以萦纡，又杳窱而不见阳。"也作"窅窱"。如杜甫《客堂》诗："舍舟复深山，窅窱一林麓。"也作"窅窱"。如王安石《送道光法师》："一路紫台通窅窱，千崖青霭落潺湲。"

⑥ "杜鹃"二句：意谓杜鹃、猿狖（yóu）、山鬼本来是在此地生活的鸟兽，而现在因天气突然变得严寒，使得它们都销声匿迹，不知去向。鸟兽如此，人该如何？为下段写当地百姓的痛苦生活做了铺垫。

杜鹃：鸟名，又作"子巂""子规""鶗鴂（tí jué）""催归""杜宇"。如白居易《琵琶行》诗："其间旦暮闻何物？杜鹃啼血猿哀鸣。"

猿狖：猿猴的一种，即长尾猿。如屈原《九歌·山鬼》："雷填填兮雨冥冥，猿啾啾兮狖夜鸣。"又《淮南子·览冥训》："猿狖颠蹶而失木枝。"注："狖，猿属也。长尾而昂鼻也。"《尔雅》作"蜼"。

山鬼：山精，即夔，古代传说中的一种独脚怪兽。如杜甫《有怀台州郑十八司户虔》："山鬼独一脚，蝮蛇长如树。"

幽阴：深谷阴暗，没有阳光。幽，深、幽深。引申为幽谷、深谷。如《诗经·小雅·伐木》："出自幽谷，迁于乔木。"又《管子·形势》："虎豹托幽，而威可载也。"阴，没有阳光、阴暗。如王建《春日五门西望》："唯有教坊南草绿，古苔阴地冷凄凄。"

逼：逼迫、胁迫。如《孟子·万章上》："居尧之宫，逼尧之子，是篡也，非天与也。"

⑦ 楚老：楚地的老人。楚，周朝的诸侯国名，芈姓，子爵，亦称荆。周成王时封熊绎于荆蛮。为楚受封之始。春秋初称王，战国为七雄之一，灭于秦。《战国策·楚策》："苏秦曰：楚，天下之强国也。西有黔中、巫郡，东有夏州、海阳，南有洞庭、苍梧，北有汾陉之塞郇阳。地方五千里。此霸王之资也。"今湖南、湖北、安徽、江苏、浙江及四川巫山以东，广西苍梧以北，陕西旬阳以南，在战国时皆为楚地。初都丹阳，故城在今湖北秭归县东。后徙郢。即今湖北江陵县北纪南城。后又徙都，一名鄢都，徙于东，即今河南淮阳县。

嗟：叹息、感慨。如李白《梦游天姥吟留别》："忽魂悸以魄动，恍惊起而长嗟。"又欧阳修《明妃曲》："红颜胜人多薄命，莫怨春风当自嗟。"

炎瘴：夏季南方山林中湿热的空气。如《后汉书·马援传》："军吏经瘴疫死者十四五。"又杜甫《后苦寒行》（之一）："南纪巫庐瘴不绝，太古以来无尺雪。"

⑧ 角弓：用兽角做装饰的弓。如《诗经·小雅·角弓》："骍骍角弓，翩其反矣。"

斛（hú）力：由"斗力"换算而来。斗力，古时用斗石作为重单位以计算挽弓的力量。古代没有力的衡量单位，故借用容量的计算单位来代替。如朱熹《朱文公集》卷二八《辛亥二月与赵帅书》："第斗力必使及格，方使收刺。"又《宋史·兵志》九：《训练之制》："他日虽强弓弩可以取胜，若止习射亲，则斗力不进，此赏格不须行。"仇兆鳌《杜诗详注》注引："《南史》：'齐鱼复侯子响勇力绝人，开弓四斛力。'"

⑨ 壁立：形容陡峭的山崖像墙壁一样耸立。如张载《剑阁铭》："壁立千仞，穷地之险。"又《水经注·巨马水》："层岩壁立，直上干霄。"

石城：即白帝城。

横塞起：横亘于要塞上面。

⑩ 金错：用金属涂饰。错，镶嵌或在物体上涂饰金属饰物。如《汉书·食货志》："错刀，以黄金错其文。"又陆游《金错刀行》："黄金错刀白玉装。"

旌：旗的通称。如《仪礼·乡射礼》："旌各以其物。"注："旌，总名也。"如屈原《九歌·国殇》："旌蔽日兮敌若云，矢交坠兮士争先。"此处指军旗。

满云直：直立如云。形容军旗之多。

⑪ 渔阳突骑：指安史叛军。渔阳，唐都郡名，辖境相当今北京市平谷区、天津市蓟县等地，治所在今蓟县。唐人习惯以渔阳作为幽州（范阳、平卢）的代称。安禄山曾为范阳、平卢、河东三镇节度使。天宝十四载（755）十一月，安禄山以讨杨国忠为名，率所部15万人在范阳发动叛乱。

猎：侵犯。如《国语·吴语》："今大夫国子兴其众庶，以犯猎吴国之师徒。"

青丘：地名，在山东广饶县北。《方舆纪要》："相传齐景公尝畋于此。"司马相如《子虚赋》"秋田于青丘"是也。《清一统志》："清水泊，即古之青丘，一名青丘泺。"

⑫ 犬戎：即"畎戎"，亦作"畎夷""昆夷""绲夷"等，戎人的一支。商周时，游牧于泾渭流域的今陕西彬县、岐山一带，常以马匹等与周人交易，也时有战争。周穆王时，势力强大，为周朝西边劲敌，并阻碍周朝与西北各族的往来。穆王率兵西征，曾"获其五王"，并迫迁其一批众至太原，从而打开通向西北之路，加强了与西北各族的联系。周穆王

十一年，其首领联合申侯攻杀幽王于骊山下，迫使周室东迁。春秋初，曾与秦、虢作战。此后，一部北迁，一部与当地各族一起并入秦国。此处指吐蕃。

锁甲：即锁子甲，铠甲之一种。其甲五环相互，一环受镞，诸环拱护，故箭不能入。《唐六典》卷十六《两京武库》："甲之制十有三……十有二曰锁子甲。"宋代周必大《二老堂诗话·金锁甲》："至今谓甲之精细者为锁子甲，言其相衔之密也。"

围丹极：指唐代宗广德元年（763），吐蕃地方政权统帅达札路恭（马重英）、尚野息等人，联合吐谷浑、党项等军共20万众，尽得河西、陇右各州地。十月，攻入长安，代宗出走陕州（今河南灵宝）。吐蕃试图扶植一个亲蕃的傀儡政权，于是广武王李承宏（金城公主的侄子），登上皇帝的宝座，由于长安的夏季十分炎热，来自雪域高原的吐蕃将士不适应这种天气，致使疾病流行，士气低落。另一方面郭子仪等勤王将士纷纷向长安聚集。于是，吐蕃军队占领15日后，退出长安。代宗还长安后，放李承宏于华州（今陕西华县），赦而不诛。丹极，皇帝的居处，此处指长安。丹，丹阙，赤色的宫门，指宫禁内庭。如李白《邯郸才人嫁为厮养卒妇》："妾本丛台女，扬蛾入丹阙。"极，君王的宝座。如鲍照《河清颂序》："圣上天飞践极，迄兹二十有四载。"

⑬八荒：八方荒远的地方。如贾谊《过秦论》："有席卷天下，包举宇内，囊括四海之意，并吞八荒之心。"

十年：指天宝十四载（755）十一月，安禄山在范阳发动安史之乱，至杜甫于唐代宗大历二年（767）在夔州写这首诗的12年间。

防盗贼：防备安史叛军的进攻。防，防范、防备。如《后汉书·西羌传》："防其大敌，忍其小过。"

⑭诛求：强行征敛、责求。如《左传·襄公三十一年》："以敝邑褊小，介于大国，诛求无时。"又李觏《村行》："产业家家坏，诛求岁岁新。"

⑮远客：杜甫自谓。

中宵：半夜。中，一半、半。如《战国策·魏策四》："魏王欲攻邯郸，季梁闻之，中道而返。"又曹植《美女篇》："盛年处房室，中夜起长叹。"

膺：胸。如潘岳《射雉赋》："彤盈窗以美发，纷首颓而膺仰。"

【辑评】

一、王嗣奭《杜臆》卷之九

观"秋风吹南国""巫峡朔漠气"等语，似蜀有蛮夷之变，而近于夔、巫者。"杜鹃不来"如何解？岂即《杜鹃行》所云"东川涪万无杜鹃"，而如东坡所解？"渔阳""犬戎"，又说到京师；而后以"八荒"该之，见征戍诛求，无处不然也。

二、仇兆鳌《杜诗详注》卷之二十

此诗在秋塞而伤乱也。首写秋阴肃杀之气。上四洞庭远景，下四巫峡近景。……此见关塞屯兵而有感。上四指目前事，下五忆往日事。旧时秋犹炎瘴，今忽风寒弓劲，此即兵象也。城横塞上而旌竿直立，时方备寇也。渔阳指安史。犬戎指吐蕃。楚老谓夔人。远客,公自谓。歌行结尾,每用叠韵,若哭字用叶,不必疑丹极下有漏句矣。鹤注未然。此章,上段八句,下段九句。

三、浦起龙《读杜心解》卷二之二

值寒风猛烈而作,盖世乱民贫之叹也。上八句,状朔风阴惨之景,在经乱作客者当之,觉肃杀之气,正应兵象。此段摹写,早为后幅作地矣。下八句,述时事,而前四指目前之弓劲旌多,后四推祸始而总计之,以寄其慨。而其景色,亦从阴风中显出。结只用单句收往。两截总括,神致黯然。

观公孙大娘弟子舞剑器行　并序

　　大历二年十月十九日,夔府别驾元持①宅,见临颍②李十二娘舞剑器,壮其蔚跂③,问其所师,曰:"余公孙大娘弟子也。"开元三载,余尚童稚④,记于郾城⑤,观公孙氏舞剑器浑脱⑥,浏漓顿挫⑦,独出冠时⑧,自高头宜春、梨园二伎坊内人,洎外供奉舞女,晓是舞者,⑨圣文神武皇帝⑩初,公孙一人而已。玉貌锦衣⑪,况余白首,今兹⑫弟子,亦匪盛颜⑬。既辨其由来⑭,知波澜莫二⑮,抚事慷慨⑯,聊为⑰《剑器行》。昔者吴人张旭⑱,善草书书帖⑲,数尝于邺县见公孙大娘舞西河剑器⑳,自此草书长进㉑。豪荡感激㉒,即㉓公孙可知矣。

　　昔有佳人公孙氏,一舞剑器动四方㉔。观者如山色沮丧㉕,天地为之久低昂㉖。㸌如羿射九日落,矫如群帝骖龙翔。来如雷霆收震怒,罢如江海凝清光。㉗绛唇珠袖两寂寞㉘,晚有弟子传芬芳㉙。临颍美人在白帝㉚,妙舞此曲神扬扬㉛。与余问答既有以㉜,感时抚事增惋伤㉝。先帝侍女八千人,公孙剑器初第一㉟。五十年间似反掌㊱,风尘澒洞昏王室㊲。梨园弟子散如烟㊳,女乐余姿映寒日㊴。金粟堆南木已拱㊵,瞿唐石城草萧瑟㊶。玳筵急管曲复终㊷,乐极哀来月东出㊸。老夫不知其所往,足茧荒山转愁疾。㊹

【题解】

　　唐代宗大历二年(767)十月十九日,杜甫在夔州看到了公孙大娘的弟子李十二娘表演《剑器》舞,深受感动,于是即时写下了这首名作。《剑器》,唐时健舞曲名,是一种戎装舞剑的武舞。

　　公孙大娘是唐代著名的舞蹈家。《明皇实录》:"上素晓韵律,安禄山献白玉箫管数百事,陈于梨园,自是音响不类人间。诸公主及虢国以下,竞为贵妃弟子,每授曲之终,皆广有进奉。时公孙大娘能为邻里曲及裴将军满堂势,西河剑器浑脱舞,妍妙冠绝于时。"

　　全诗共26句。前八句从各方面形容公孙氏舞《剑器》之"壮其蔚跂""浏漓顿挫",时而神奇可骇,时而高卑易位,时而如九日并落,时而如驾龙翔空,时而如雷霆过而响尚留,时而如江海澄而波乍息。接下来6句则见李氏舞而感怀。公孙已逝,李氏犹存,感慨万端。从而开启下6句盛衰之感及末6

句聚散无常之慨。诗题是"观公孙大娘弟子舞剑器",而诗与序却重点在写公孙大娘,实际上是在借乐舞的今昔对比,来揭示安史之乱前后50年间治乱兴衰的历史变化。

【注释】

① 夔府:地名,在今重庆市奉节县。《旧唐书·地理志》载:夔州,贞观十四年(640)为都督府,督归、夔、忠、涪、万、渝、南七州。天宝七载(748)改云安郡,乾元元年(758)复为夔州。《太平寰宇记》载:夔州云安县上水去夔州奉节县243里。

别驾:官名,全称为别驾从事史,亦称别驾从事。汉置,为州刺史提佐官。因其地位较高,出巡时不与刺史同车,别乘一车,故名。魏晋南北朝沿设。别驾为州府中总理众务之官。东晋时,南朝别驾所乘之车,规格近似刺史座车。隋初废郡存州,改别驾为长史。唐初改郡丞为别驾,高宗又改别驾为长史,另以皇族为别驾,后废置不常。

元持:当时的夔州别驾官名,其生平不详。

② 临颍:县名,故城在今河南临颍县西北。

③ 壮:壮观,形容奇伟的事物。如班固《西都赋》:"尔乃盛娱游之壮观,奋泰武乎上囿。"

蔚跂(qǐ):浦起龙《读杜心解》:"蔚跂,言其光彩蔚然,而有举足凌厉之势。"蔚,文采、华美。如《汉书·叙传下》:"多识博物,有可观采,蔚为辞宗,赋颂之首。"跂,踮起脚后跟。如《荀子·劝学》:"吾尝跂而望矣,不如登高之博见也。"

④ 童稚:当时杜甫年幼,故云。稚,幼小。如《世说新语·仇隙》:"而无忌兄弟皆稚。"

⑤ 郾(yǎn)城:地名,在今河南郾城县。此地春秋时为楚召陵邑。秦置召陵县,又置郾县。东晋省郾县。隋置郾城县。唐属许州。

⑥ 剑器浑脱:剑器与浑脱二舞的综合。萧涤非《杜甫诗选注》本篇题下注云:"所谓'剑器',是唐代'健舞曲'之一,健舞曲也就是'舞剑'。剑器舞的特点是'女子雄装',唐司空图《剑器诗》:'楼下公孙昔擅场,空教女子爱军装。'至于'舞剑器',是否即如陈寅恪先生解释的'舞双剑',虽不敢断言,但舞者手中有剑,非空手而舞,却可以肯定,因诗有'罢如江海凝青光'之句。"又在注[三]云:"脱,读平声,音驼。浑脱也是一种舞名。《通鉴》卷二百九:'上(唐中宗)数与近臣学士宴集,令各效伎艺以为乐。工部尚书张锡舞《谈容娘》,将作大匠宗晋卿舞《浑脱》。'胡三省注:'长孙无忌(太宗时人)以乌羊毛为浑脱毡帽,人多效之,谓之赵公(无忌封赵国公)浑脱,因演以为舞。'"

⑦ 浏漓顿挫:形容舞蹈动作时而急速,时而舒缓,回转曲折。浏,风势急速的样子。如《楚辞·九叹·逢纷》:"白露纷以涂涂兮,秋风浏以萧萧。"漓,水渗流的样子。如扬雄《江东赋》:"云霏霏而来迎兮,泽渗漓而下降。"顿挫,指舞蹈或书法上的回转曲折。如《太平御览》卷五七四引郑处诲《明皇杂录》:"开元中,有公孙大娘善舞剑气(器),僧怀素见之,草书遂长,盖壮其顿挫势也。"

⑧ 冠时:当时位居第一。如《史记·魏其武安侯列传》:"名冠三军。"

⑨ "自高头"3句：萧涤非《杜甫诗选注》本篇注[四]云："伎坊，即教坊。崔令钦《教坊记》：'右教坊在光宅坊，左教坊在延政坊，右多善歌，左多工舞。妓女入宜春院，谓之内人，亦曰前头人，常在上（皇帝）前头也。'浦注：'按高头，疑即前头之谓。'《雍录》：'开元二年，置教坊于蓬莱宫侧，上自教法曲，谓之梨园弟子。'洎，音既，及也。宜春、梨园设在宫禁内，是内教坊，也可以说是内供奉。外供奉，则指设在宫禁外的左、右教坊，以及其他一些杂应官妓。"

⑩ 圣文神武皇帝：指唐玄宗。《旧唐书·玄宗纪》："开元二十七年己巳，加尊号为开元圣文神武皇帝。"

⑪ "玉貌"句：意谓当年公孙大娘是穿着彩色的衣服的美貌女子。

玉貌：如玉的容貌。如《古文苑》卷二：宋玉《笛赋》："摘朱唇，曜皓齿，頳颜臻，玉貌起。"也指美女。又《乐府诗集》卷四三长孙左辅《宫怨》："三千玉貌休自夸，十二金钗独相向。"

锦衣：《诗经·秦风·终南》："君子至止，锦衣狐裘，颜如渥丹。"

⑫ 兹：此、这。如《史记·秦始皇本纪》："登兹泰山，周览东极。"

⑬ 匪：通"非"，不、不是。如《左传·僖公十五年》："下民之孽，匪降自天。"

盛颜：少壮时的容颜。如鲍照《代贫贱苦愁行》："盛颜当少歇，鬓发先老白。"

⑭ 辨：明察。如《荀子·正名》："故王者之制名，名定而实辨，道行而志通。"

其：指代李十二娘所表演的《剑器》舞。

由来：来源。如《荀子·正论》："杀人者死，伤人者刑，是百王之所同也，未有知其所由来者也。"

⑮ 波澜：原指波涛。如《文选》中马融《长笛赋》："波澜鳞沦，窊（wā）隆诡戾。"后多用来比喻事物的起伏变化。如陆机《君子行》："休咎相乘蹑，翻覆若波澜。"比喻世事的变迁。杜甫在此诗中用来比喻李十二娘所表演的《剑器》舞的起伏变化和风格技巧。

莫二：没有不一样的。莫，没有、无。如《诗经·小雅·天保》："天保定尔，以莫不兴。"二，两样、有区别。如《孟子·滕文公上》："从许子之道，则市贾不二。"

⑯ 抚事：依循往事。抚，依循。如《楚辞·九章·怀沙》："抚情效志兮，冤屈而自抑。"

慷慨：感慨、叹息。如《后汉书·冯衍传下》："居常慷慨叹曰：'衍少事名贤，经历显位，怀金垂紫，揭节奉使，不求苟得，常有凌云之志。'"

⑰ 聊为：姑且创作。聊，姑且。如《战国策·赵策三》："虞卿曰：'王聊听臣，发使出重宝以附楚魏……必入吾使。'"为，创作、写。如《史记·屈原贾生列传》："及渡湘水，为赋以吊屈原。"

⑱ 吴人张旭：见前《饮中八仙歌》注。他曾说过："见公孙舞《剑器》而得其神。"也就是说从中领会到了写字运笔的诀窍。

⑲ 帖（tiè）：石刻、木刻的拓本，书画临摹的样本。如苏轼《虔州吕倚承事年八十三读书作诗不已好收古今》："家藏古今帖，墨色照箱笥。"

⑳ 数（shuò）：多次、屡次。如《史记·陈涉世家》："扶苏以数谏故，上使外将兵。"

邺（yè）县：故城在今河南省临漳县西45里。此地春秋时为齐邑。齐桓公筑邺城以卫诸侯，邺由此始。汉置邺县。后汉袁绍为冀州牧，镇邺，后又以封曹操，三国魏置邺都。为五都之一。晋避怀帝讳改为临漳。寻为石虎所陷，虎迁都于此。慕容儁亦都之。东魏北齐亦都此。北周徙其居人南迁45里。改旧邺城为灵芝县。隋复为邺县。

西河剑器：聂石樵、邓魁英《杜甫选集》本篇注云："西河剑器：舞曲名。崔令钦《教坊记》：'曲名有《西河剑器》《西河狮子》……'西河，应是地名。陈寅恪《元白诗笺证稿》立部伎：'西河，疑即河西或河湟之异称，乃与西域交通之孔道。……皆足明此伎实源出西河也。'又据南卓《羯鼓录》：'太簇角有《西河》《狮子》等曲。'则《西河》又是一种舞曲。录以备考。"

㉑ 草书长进：草书法大提高。李肇《国史补》卷上："旭尝言，始吾见公主担夫争路，而得笔法之意。后见公孙氏舞剑器，而得其神。"

㉒ 豪荡感激：言其书法豪放跌宕，是受到公孙大娘舞姿之感染。

㉓ 即：犹则。言其舞姿尚能感激（感染而诱发之）张旭，则公孙大娘剑器舞之豪荡动人也可想而知。

㉔ 动四方：轰动天下各地。四方，天下各地。如《汉书·高帝纪上》："四方归心焉。"

㉕ 观者如山：观看的人很多。如，像、如同。如《国语·周语上》："川壅而溃，伤人必多，民亦如之。"

色：人的神态、气色。如《论语·学而》："巧言令色，鲜仁矣。"又《论衡·变虚》："人病且死，色见于面。"

沮丧：形容神色震惊。如《晋书·吉挹传》桓冲表："挹孤城独立，众无一旅……会襄阳失守，边情沮丧，加众寡势殊，以至陷没。"

㉖ "天地"句：萧涤非《杜甫诗选注》本篇注云："天地句，也是从效果上极力形容舞旋之神妙、观者目眩，故有此感觉。"

低昂：起伏、升降。如《论衡·变动》："故谷价低昂，一贵一贱矣。"

㉗ "爚（huò）如"四句：都是回忆当年所见公孙大娘的舞姿。

爚：鲜明光亮。仇兆鳌《杜诗详注》云："爚，灼也。梁元帝赋：睹爚火之迢遥。"如元稹《遣兴十首·其八》："爚爚刀刃光，弯弯弓面张。"又王荣《麟角集》："始蔑尔以虹藏，竟爚然以电走。"又危素《云林集》："电光爚爚迅雷飞，杀气冥冥两仪黑。"

羿（yì）射九日落：羿，即上古神话中善射的英雄后羿。关于后羿射九日的神话，《山海经·海内经》载："帝俊赐羿彤弓素矰，以扶下国；羿是始去恤下地之百艰。"又《淮南子·本经训》载："尧之时十日并出，焦禾稼，杀草木，而民无所食……尧乃使羿……上射十日。"又《山海经·海外东经》郭璞注引《淮南子》："羿射十日，中其九日。"

矫：矫健。如戴圣《礼记·中庸》："中立而不倚，强哉矫。"

群帝：众多天的神灵。帝，原指天帝，最高的天神。如《列子·汤问》："操蛇之神闻之，惧其不已也，告之于帝。"此处引申义，泛指神灵。如《荀子·王霸》："是故百姓贵之如帝，亲之如父母。"

骖（cān）龙翔：驾着龙飞翔。骖，三匹马驾一辆车。如《诗经·秦风·小戎》："骐駵是中，騧骊是骖。"翔，回旋飞舞。如刘向《战国策·楚策四》："六足四翼，飞翔乎天地之间。"

"来如"句：萧涤非《杜甫诗选注》本篇[十一]注："剑舞有声乐（主要是鼓）伴奏，大概舞者趁鼓声将落时登场，故其来也如雷霆之收震怒，写出舞容之严肃。"

来：指演员登场起舞。

雷霆：疾雷。如《易·系辞上》："鼓之以雷霆，润之以风雨。"

"罢如"句：意谓剑器舞完毕后，舞者手中的宝剑仍发出如水的剑光。

罢：舞毕。

江海凝清光：萧涤非《杜甫诗选注》云：唐人多以秋水、青蛇比喻剑光。如白居易《李都尉古剑》："湛然玉匣中，秋水澄不流。"又郭元振《宝剑篇》："精光黯黯青蛇色。"又韦庄《秦妇吟》："匣中秋水拔青蛇。"此处也是以水色喻剑光。由此可见，剑器舞，必用剑，否则不可能有此境界。元稹《说剑》的"霆雷满室光，蛟龙绕身走"亦可为证。但剑外是否有其他器仗，则难断言。

㉘绛唇：涂着红嘴唇，此处指公孙大娘的美貌。绛，大红色的。如陈寿《三国志·吴书·吕蒙传》："为兵作绛衣行滕。"

珠袖：镶着珠宝的舞衣。此处指公孙大娘的舞姿。古代的珠，一指蚌壳内所生的珍珠。如《尚书·禹贡》："淮夷蚍珠暨鱼。"另一指玉珠。如王充《论衡·率性》："璆琳琅玕者，此则土地所生……兼鱼蚌之珠，与《禹贡》璆琳皆真玉珠也。"袖，代指舞衣。如晏几道《鹧鸪天》："彩袖殷勤捧玉钟，当年拚却醉颜红。舞低杨柳楼心月，歌尽桃花扇底风。"

两寂寞：意谓公孙大娘已经去世，她的舞现在看不到了。寂寞，死亡。如杜甫《凤凰台》："西伯（指周文王）今寂寞，凤声亦悠悠。"此处指公孙大娘已经去世。

㉙晚：后来的、时间靠后的。如《淮南子·本经训》："晚世学者，不知道之所一体，德之所总要。"

弟子：指公孙大娘的弟子李十二娘。

芬芳：原意为香、香气。如《荀子·荣辱》："口辨酸咸甘苦，鼻辨芬芳腥臊。"可用来比喻品德、声誉的美好或美好的事物。如《屈原·九章·惜往日》："妒佳冶之芬芳兮，嫫母姣而自好。"又崔瑗《座右铭》："行之苟有恒，久久自芬芳。"此处指李十二娘承传了公孙大娘《剑器》舞的美妙技艺。

㉚临颍美人：指李十二娘。

白帝：即白帝城。

㉛神扬扬：舞姿神奇飞扬。神，玄妙、神奇。如《宋史·岳飞传》："生有神力，未冠，挽弓三百斤，弩八石。"扬，飞起、扬起。如鲍照《还都道中作》："腾沙郁黄雾，翻浪扬白鸥。"

㉜"与余"句：意谓李十二娘的舞艺是依靠公孙大娘的传授而来。

与余问答：指诗中所写的"问其所师，曰：'余公孙大娘弟子也。'"。

既有以：即诗序中所写的"既辨其由来"。以，依靠。如曹丕《与吴质书》："鲜能以名节自立。"

㉝感时：感叹安史之乱的时局。

惋伤：叹自悲伤。惋，叹息。如陶渊明《桃花源记》："此人一一为具言所闻，皆叹惋。"

㉞ 先帝：对已死去的皇帝的称呼。先，已故的，多用于尊长。如《论衡·四讳》："丘墓之上，二亲也，死亡谓之先。"此处指唐玄宗。此诗写于唐代宗（李豫）大历二年（767），而唐玄宗（李隆基）已于宝应元年（762）崩，因而称"先帝"。

㉟ "公孙"句：意谓公孙大娘的《剑器》舞在当时舞坛就名列第一。

初：本来、当初。如左丘明《左传·隐公元年》："初，郑武公娶于申。"

㊱ 五十年：指从唐玄宗开元五年（717）到唐代宗大历二年（767）。

反掌：比喻事情轻而易举。如《汉书·枚乘传》："易于反掌，安于泰山。"此处引申为时间过得很快。

㊲ 风尘：本义为风吹尘起。如陆机《为顾彦先赠妇》（之一）："京洛多风尘，素衣化为缁。"杜甫用以比喻战乱，指安史之乱。如杜甫《蕃剑》："风尘苦未息，持汝奉明王。"

澒洞：弥漫无际的样子。如贾谊《旱云赋》："运清浊之澒洞兮，正重沓而并起。"

昏王室：朝廷昏暗无光。昏，昏暗无光。如左思《吴都赋》："挥袖风飘，而红尘昼昏。"

㊳ "梨园"句：意谓因安史之乱，唐玄宗幸蜀，使长安的乐工、舞伎流落散居各地。

㊴ 余姿映寒日：暗含日暮途穷、身世凄凉之意。余姿，此处指李十二娘尚遗留着当年公孙大娘的丰姿。余，遗留、遗存。如李白《秋日与张少府》："日下空亭暮，城荒古迹余。"映寒日，杜甫观舞写此诗时正是初冬十月时节，故云。寒，冬气。指寒冷的季节，与暑相对。如《列子·汤问》："寒暑易节，始一反焉。"

㊵ 金粟堆：即金粟山，在今陕西省蒲城县东北25里。《雍胜略》：山有碎石如粟，故名。唐玄宗泰陵所在地。《旧唐书·玄宗纪》："明皇尝至睿宗桥陵，见金粟山冈有龙蟠凤翥之势，谓侍臣曰：'吾千秋万岁后葬此。'"死后，群臣遵旨葬明皇于此。唐玄宗死于宝应元年（762），于广德元年（763）三月辛酉葬于泰陵，至杜甫写此诗时已逾4年，墓前树木已长大，故曰"木已拱"。

拱：两手合围。如《左传·僖公三十二年》："中寿，尔墓之木拱矣。"

㊶ 瞿唐石城：瞿唐，即瞿塘峡。张忠纲《杜甫诗选》云："指白帝城。依山石为城，下临瞿塘峡，故名。"瞿塘峡，一名广溪峡。《吴船录》："每一舟入峡数里，后舟方续发，水势怒激，恐猝相遇不可解析也。峡中两岸高岩峻壁，斧凿之痕皱皱然。"瞿塘为三峡之门，两岸对峙，中贯一江。滟滪堆当其口。地当全蜀江路之门户。为古今兵事上攻守必争之地。

萧瑟：秋风声。如曹操《步出夏门行·观沧海》："秋风萧瑟，洪波涌起。"

㊷ 玳（dài）筵：用玳瑁装饰的丰盛筵席，此处指夔州别驾元持宅中的宴会。玳瑁，海中动物，形似龟，甲壳光滑，有褐色和淡黄色相间的花纹。其甲壳可做装饰品，亦可入药。《淮南子·泰族训》："瑶碧玉珠，翡翠玳瑁，文彩明朗，润泽若濡。"

急管：急促的管乐声。管，乐器名，似笛，竹制。如《荀子·富国》："为之钟鼓管磬琴瑟竽笙，使足以辨吉凶，合欢定和而已。"又《诗经·周颂·有瞽》："既备乃奏，箫管

备举。"

曲复终：以伴奏音乐的结，来写宴会和李十二娘舞剑器的结束。

㊸"乐极哀来"句：意谓观舞、盛宴结束之后，抚今追昔，不禁感到凄凉和悲哀。

乐极：即上句的"曲复终"。

㊹"老夫"二句：写观舞、散席后，面对寂静的月色的心情和感慨。

老夫：老年人的自称。如《诗经·大雅·板》："老夫灌灌，小子蹻蹻。"又《左传·隐公四年》："石碏使告于陈曰：'卫国褊小，老夫耄矣，无能为也。'"杜甫于大历二年写此诗时，已56岁，故自称老夫。

不知其所往：形容此时心绪茫然。

"足茧"句：意谓因足掌长着硬皮，行走得很慢，但此时因不忍离去，反而嫌走得太快。仇兆鳌《杜诗详注》云："足茧行迟，反愁太疾，临去而不忍其去也。"浦起龙《读杜心解》云："结二语，所谓对此茫茫，百端交集。行失其所往，止失其所居，作者读者，俱欲嗷然一哭。"

足茧：脚掌上生成的硬皮。如《战国策·赵策一》："（苏秦）负书担橐，触尘埃，蒙霜露，越漳河，足重茧，日百而舍。"

转：反而。如韩偓《偶题》："萧艾转肥兰蕙瘦，可能天亦妒馨香。"

【辑评】

一、浦起龙《读杜心解》卷二之三

舞剑器者，李十二娘也。观舞而感者，乃在其师公孙大娘也。感公孙者，感明皇也。是知剑器特寄托之端，李娘亦兴起之藉。此段情景，正如湘中采访使筵上，听李龟年唱"红豆生南国"，合坐凄然，同一伤惋。观命题之法，知其意之所存矣。序中"公孙大娘弟子"句及"圣文神武皇帝"句，为作诗眼目。"玉貌"，忆公孙。"白首"悲今我。转属闲情衬贴，而所谓"抚事慷慨"者，则在前所云云也。末引张颠以显其舞之神妙，又公诗所称"馀波绮丽为"者。

二、仇兆鳌《杜诗详注》卷之二十

段安节《乐府杂录》：健舞曲有棱大、阿莲、柘枝、剑器、胡旋、胡腾等。……张尔公《正字通》云：剑器，古武舞之曲名，其舞用女妓雄妆，空手而舞，见《文献通考》舞部。此诗正指舞言，或以剑器为刀剑，误也。《通鉴》：中宗宴近臣，令各效伎艺为乐，将作大匠宗晋卿舞浑脱。胡三省注：《唐五行志》：长孙无忌以乌羊毛为浑脱毡帽，人多效之，谓之赵公浑脱，因演以为舞。……《明皇杂录》：上素晓音律，安禄山献白玉箫管数百事，陈于梨园，自是音响不类人间，诸公主及虢国以下，竞为贵妃弟子。每授曲之终，皆广有进奉，时公孙大娘能为邻里曲及裴将军满堂势、西河剑器浑脱舞，妍妙皆冠绝于时。

短歌行赠王郎司直

王郎酒酣拔剑斫地①歌莫哀,我能拔尔抑塞磊落之奇才②。豫章翻风白日动,鲸鱼跋浪沧溟开。③且脱剑佩休徘徊④。西得诸侯棹锦水⑤,欲向何门趿珠履⑥?仲宣楼⑦头春色深,青眼高歌望吾子⑧。眼中之人吾老矣⑨!

【题解】

大历三年(768)正月,杜甫从夔州出峡,寓居湖北江陵。暮春时节,王郎将西游成都,其友人在仲宣楼设宴相送,杜甫也在座。宴席上,王郎酒酣哀歌自己的怀才不遇。作为旧友,杜甫即席写下这首诗,意在安慰王郎。汉乐府有《短歌行》,这是一首用乐府旧题的歌行诗。刘禹锡《竹枝词》:"杨柳青青江水平,闻郎江上踏歌声。"杜甫《少年行》:"马上谁家白面郎,临阶下马坐人床。""郎"是对少年的美称。司直,司法官。《旧唐书》卷四十四《职官志》:"大理寺司直六人,从六品上,掌出使推核。"这是王郎曾经担任的官职。杜甫于宝应元年(762)在成都作《戏赠友》:"元年建巳月,官有王司直。马惊折左臂,骨折面如墨。"由此,我们仅能知道王司直是杜甫在成都时的友人,其名不详。全诗共10句,上下各5句,"每四句后用一单句。单句虽一语,实是一段文字。篇法、调法,并为奇绝"(梁运昌《杜园说杜》卷八)。

【注释】

①酒酣:酒喝得很畅快。如《战国策·齐策六》:"貂勃从楚来,王赐诸前,酒酣,王曰:'召相田单而来。'"

拔剑斫地:用剑斫击地面,表示愤慨。化用《后汉书·齐武王传》:"张卬拔剑击地。"

②拔尔抑塞(sè):排除你心中的抑郁烦闷。拔,抽出。如陈子昂《感遇诗三十八首》:"感时思报国,拔剑起蒿莱。"抑,抑郁、低沉。如白居易《琵琶行》:"弦弦掩抑声声思(sī)。"塞,时运不通、不佳。如《三国志·魏书·公孙度传》注引《吴书》:"季末凶荒,乾坤否塞。"又韩愈《驽骥》:"孰云时与命,通塞皆自由?"

磊落:英俊、俊伟。如庾信《周柱国大将军拓跋俭神道碑》:"风神磊落。"

奇才:有特异才能的人。奇,泛指特异的人或物。如《论衡·偶会》:"故仕且得官也,君子辅善;且失位也,小人毁奇。"

③"豫章"二句:意谓王郎如豫章名木那样能经受劲风,能震动白日;又如大海鲸鱼在巨浪中跋涉,在大海中前行。以夸张的手法来形容王郎的奇才。

豫章：木名，樟类。如《左传·哀十六年》："抉豫章以杀人而后死。"注："豫章，大木。"又《淮南子·修务》："豫章之生也，七年而后知，故可以为棺舟。"又陆贾《新语》："梗柟豫章，天下之名木。"此处以名木喻王直司。

翻风：大风、狂风。翻，翻动、翻卷。如岑参《白雪歌送武判官归京》："纷纷暮雪下辕门，风掣红旗冻不翻。"

动：震动。如《孟子·告子下》："所以动心忍性，曾（同'增'）益其所不能。"

跋浪：在水浪中跋涉。跋，踩、踏。如《诗经·豳风·狼跋》："狼跋其胡（脖子下垂的肉），载疐（同'踬'，绊倒）其尾。"

沧溟：大海。如李白《鸣皋歌送岑征君》："霜崖缟皓以合沓兮，若长风扇海涌沧溟之波涛。"又杜甫《赠翰林张四学士》："翰林逼华盖，鲸力破沧溟。"

④"且脱"句：劝勉王郎将来一定会被重用的，不必为目前的处境哀伤。

且：副词，姑且、暂且。如《史记·伍子胥列传》："民劳，未可，且待之。"

徘徊：浦起龙《读杜心解》注："徘徊，即哀歌之态。曰'脱'、曰'休'，即'莫哀'意，重言以劝也。"

⑤"西得"句：以美好的景色预祝美好的前景。

西：成都在湖北江陵之西，故云。

得：得到信任和重用。

诸侯：古代帝王分封的各国国君，规定要服从王命，定期朝贡述职。如《吕氏春秋·孟春》："立春之日，天子亲率三公、九卿、诸侯、大夫以迎春于东郊。"此处指成都的地方节镇。

棹（zhuō）：用桨划船。如陶渊明《归去来兮辞》："或命巾车，或棹孤舟。"

锦水：即锦江，在四川省成都市南，又名流江、汶江，俗名府河。自郫县分流至成都城南合郫江，折西南入彭山县界。传说蜀人织锦濯其中则锦色鲜艳，濯于他水，则锦色暗淡，故名锦江。

⑥向何门：勉其择人，勿入凶门。（参见萧涤非《杜甫诗选注》）

跶（tā）珠履：穿着饰有珠宝的鞋子。以此比喻来祝愿王郎到成都去做幕僚会得到重用。跶，本义指脚套鞋的前面部分，此处意为拖着鞋子走路。《说文》："跶，进足有所撷取也。"

⑦仲宣楼：在湖北当阳市东南，后梁高季兴所建。《水经注》："漳水南经麦城。王仲宣登其东南隅，临漳水而赋之。"《清一统志》："仲宣楼，《荆州记》以为当阳城楼。"与《水经注》合。唐代刘良《文选注》以为在江陵。明代王世贞以为在襄阳。诸说不同，自以在当阳为定论。"建安七子"之一的王粲（字仲宣）因避乱，曾依刘表于荆州，作《登楼赋》，后人因此称其所登之楼为"仲宣楼"。

⑧青眼高歌：表示对王郎的好感。青眼，眼睛青色，其旁白色。正视则见青处，斜视则见白处。晋代阮籍不拘礼教，能为青白眼。见凡俗之士，以白眼对之。嵇康斋酒挟琴来访，籍大悦，乃对以青眼。（参见《世说新语·简傲》注引《晋书·百官志》《晋书·阮籍传》）后谓对人重视曰"青眼"，对人轻视曰"白眼"。如白居易《春雪过皇甫家》："唯要主人青眼待，琴诗谈笑自将来。"

吾子：我的王郎。这是对友人亲切的称呼。吾，第一人称代词，我、我们。如《论语·为政》："吾十有五而志于学，三十而立。"子，古代对男子的美称，如孔子、孟子。也用以尊称对方。如《左传·僖公三十年》："吾不能早用子，今急而求子，是寡人之过也。"

⑨ 眼中之人：向有两说，一说指杜甫，另一说指王郎。萧涤非《杜甫诗选注》按云：杜甫《与严二郎奉礼别》诗："别君谁暖眼？将老病缠身。""暖眼"二字甚新，意即此所谓眼中之人。据此，则当指王郎，是呼而告之的口气，应略顿。

吾老矣：是说自己已不中用了，要求王郎及时努力，所谓"济世宜公等""飞腾急济时"。（从萧涤非说）

【辑评】

一、仇兆鳌《杜诗详注》卷之二十一

（上段五句）此慰司直哀歌之意。醉酣拔剑，歌声甚哀，公劝其莫哀，而激励振拔之。翻风跋浪，言奇才终当大用，何须抚剑悲歌乎。卢注：首句"歌莫哀"，王郎之歌。后面"青眼高歌"，公自歌也，即题中所云"短歌"，须见分别。（下段五句）此送司直赴蜀之情。王赴西蜀，将谒侯门，今楼头赠别，注眼高歌，惟望知己遭逢，以慰我衰老之人也。卢世㴶曰：两《短歌行》，一《赠王郎司直》，一《送邛州录事》。一突兀横绝，跌宕悲凉，一委曲温存，疏通蔼润。一则曰"青眼高歌望吾子"。一则曰"人事经年记君面"。待少年人如此肫挚，直是肠热心清，盛德之至耳。全诗皆赠司直语，单复将上截作王郎劝公者，非是。诸侯，指成都节镇，黄氏谓司直刺蜀中者，非是。仲宣楼，乃送别之地。蔡氏谓公欲依司直者，非是。高歌望子，盖望司直遇合，朱氏谓望其早还江陵者，非是。诸说纷纷，总未体贴本文耳。此歌，上下各五句。于五句中间，隔一韵脚，则前后叶韵处，不见其错综矣。此另成章法。

二、浦起龙《读杜心解》卷二之三

王郎将游西蜀，干诸侯，酒酣哀歌，公乃当筵赠此也。上下各五句，依转韵截。上劝其莫哀；下望其知遇。首句"莫哀"二字另读，斫剑而歌，哀情发矣，故劝之"莫哀"也。尔才绝奇，我能拔之也，非公能拔之，其才自挟振拔之具，故能决之也。"白日""沧浪"，喻当时之有势力者。"白日"为"动"，"沧溟"为"开"，正其必能见拔处。"徘徊"，即哀歌之态。曰"脱"、曰"体"，即"莫哀"意。重言以劝之也。"西得"二句，点赴蜀。"棹锦水"，奇才激荡，锦水为之腾跃也。"向何门"，勖其择地而蹈也。"仲宣"句，点地点时。在王则劝之"莫哀"。在我则"高歌"以"望"。照耀生动。结又以单词鼓励之，以为"眼中之人"，如吾者则老而无所用耳，言下跃然。如此歌，才配副得英年人。卢世㴶曰："突兀横绝，跌宕悲凉。"

岁　晏　行

　　岁云暮①矣多北风,潇湘洞庭②白雪中。渔父天寒网罟③冻,莫徭射雁鸣桑弓④。去年米贵阙军食⑤,今年米贱太伤农。高马达官厌酒肉,此辈杼柚茅茨空。⑥楚人重鱼不重鸟,汝休枉杀南飞鸿。⑦况闻处处鬻男女⑧,割慈忍爱还租庸⑨。往日用钱捉私铸,今许铅铁和青铜。⑩刻泥⑪为之最易得,好恶不合长相蒙⑫。万国城头吹画角,此曲哀怨何时终?⑬

【题解】

　　岁晏,即年末。此诗为大历三年(768)杜甫在湖南时所作。时值冬天,故云"岁晏"。当时,诗人乘舟到了岳阳,有感于乱世动荡,苛捐杂税使百姓困苦不堪,于是写了这首诗。诗人在舟中,首先写到身边"潇湘洞庭"的风雪严寒。继而由己及人,写湘中百姓渔猎谋生的艰辛,感叹无论米贵米贱,受害的总是平民百姓。结尾以象征战乱的画角声来表达自己的哀怨之情。此诗揭示了战乱为生民困穷之由,又担忧困穷复为致乱之因。

【注释】

　　① 岁云暮:岁暮、年末。云,语助词,用于句首、句中或句末,无意义。如《左传·僖公十五年》:"岁云秋矣。"

　　② 潇湘:湘江的别称。潇水到今湖南零陵县西与湘江合流,故湘江亦称潇湘。如《山海经》:"交潇湘之渊。"又杜甫《去蜀》:"如何关塞阻,转作潇湘游。"

　　洞庭:即洞庭湖,在湖南境内,为湖南众水之汇。岳阳居其东,华容、南县、安娜居其北,汉寿居其西南;沅江居其南;湘江居其东南。沿边有青草湖、翁湖、赤沙湖、黄驿湖、安南湖、大通湖,合为洞庭。湖中小山甚多,以君山最著。湖水与长江相通,分东西两道流入长江。春夏水涨时,长江上游雪消,洪水下泄,遂由西道倒灌入湖。周围至八九百里。湖口沙滩沉积日广,土民筑圩成田,产米极丰。然上游之水,宜浅不畅,水盛时每病水灾。

　　③ 渔父:捕鱼的老人、渔翁。如《庄子·秋水》:"夫水行不避蛟龙者,渔父之勇也。"

　　罟(gǔ):网。如《孟子·梁惠王上》:"数罟不入洿池,鱼鳖不可胜食也。"

　　④ 莫徭:中国古族名。最早见于唐人姚思廉所撰《梁书·张缵传》。以"先祖有功,常免徭役"而得名。隋唐时分布在湖南及广东北部等地山区。《隋书·地理志下》:"长沙郡,又杂有夷蜑(dàn),名曰莫徭。自云其先祖有功,常免徭役,故以为名。"莫徭族以

渔猎为主。杜甫此句诗反映了当时此族用弓箭狩猎的情况。唐代诗人刘禹锡在广东连州所作《连州腊日观莫徭猎西山》一诗也反映了其猎兽的生活情况。莫徭族的婚姻用铁钴锛为聘财。其后裔为今瑶族的一部分。

鸣：此处指用桑弓射箭时发出的声音。也泛指发声。如白居易《琵琶行》："银瓶乍破水将迸，铁骑突出刀枪鸣。"

桑弓：用桑木做的弓。

⑤"去年米贵"句：是说米贵是由于朝廷因补给军粮，加重赋税所引起的。

缺军食：据《旧唐书·代宗纪》："大历二年十月，减京官田三分之一，给军粮。十一月，率百官、京城士庶，出钱助军。"

⑥"高马"二句：意谓骑着高头大马的达官显贵饱食酒肉，而住在茅草房里的穷老百姓却被压榨得一无所有。

达官：显贵的官吏。如《礼记·檀弓下》："公之丧，诸达官之长杖。"

厌：饱。如《老子》："厌饮食，财货有余，是谓盗夸。"

杼柚（zhù zhóu）：织布机。杼，织布机上的梭子。如《木兰诗》："不闻机杼声，唯闻女叹息。"柚，通"轴"，古代织布机上的机轴。如《诗经·小雅·大东》："小东大东，杼柚其空。"

茅茨（cí）：茅屋。如白居易《效陶潜诗》（之九）："榆柳百馀树，茅茨十数间。"

⑦"楚人"二句：意谓吴楚之人喜欢吃鱼，而不喜欢食禽兽之肉，因此莫徭人即使射猎到飞禽也难卖到多少钱。南飞的大雁被射杀之后，也改变不了他们贫穷的命运。

楚人重鱼：仇兆鳌注引《风俗通》："吴楚之人嗜鱼盐，不重禽兽之肉。"楚人，指湖南湖北一带的人。楚，周国名，春秋时初称王，战国时为七雄之一。其地在今湖南、湖北、安徽、江苏、浙江等地。都郢，即今湖北秭归县东。

汝：指莫徭人。

鸿：大雁。如《诗经·小雅·鸿雁》："鸿雁于飞，肃肃其羽。"（毛亨传："大曰鸿，小曰雁。"）

⑧鬻（yù）：卖。如《国语·齐语》："以其所有，易其所无，市贱鬻贵。"

男女：儿女。

⑨慈：爱。如《孟子·告子下》："敬老慈幼，无忘宾旅。"

还：缴纳、上缴。

租庸：唐王朝实行"租庸调"的赋税制度。租，是纳粮。每丁岁纳粟二石或稻三斛。庸，是服劳役。每丁岁服劳役20日。如不能服役，一天纳绫绸三尺。调，是纳绢、绵、绸。每户纳绢两匹，绫绸各两丈、棉三两、麻三斤，非蚕乡则输银十四两。（参见《旧唐书·食货志》）安史之乱以后，地方官横征暴敛。此泛指当时的一切苛捐杂税。《旧唐书·杨炎传》：至德后"科敛之名凡数百，废者不削，重者不去，新旧仍积，不知其涯。百姓受命而供之，沥膏血，鬻亲爱，旬输月送无休息"。

⑩"往日"二句：意谓过去（初唐时期）严禁不法商人私自铸钱，而现在官府默许不法商人私自铸钱，甚至在铜里掺入铅锡，以牟取暴利。仇兆鳌注引《旧唐书》："天宝数载之后，富商奸人，渐收好钱，潜将往江淮之南，每钱货得私铸者五文，假托官钱，将入京，

私用鹅眼、铁锡、古文、綖缳之类，每贯重不过三四斤。"又引宋代王洙曰："唐制盗铸者死，没其家属，至天宝间，盗铸益甚，杂以铅锡，无复钱形，号公铸者为官炉钱。"

捉私铸：捕捉私自铸钱者。

⑪ 刻泥：用胶泥雕刻成钱模来制假钱。刻，雕刻。如沈括《梦溪笔谈·活板》："其法用胶泥刻字。"

⑫ "好恶"句：意谓不应让真钱和假钱再混在一起流通来欺骗人民。

好恶：指好钱（真钱）和恶钱（假钱）。《旧唐书·食货志》："（天宝）数载之后……富商奸人渐收好钱，潜将往江淮之南，每钱货得私铸恶者五文。"

不合：不应当。合，应当、应该。如白居易《与元九书》："始知文章合为时而著，歌诗合为事而作。"

长：时间长、久。如杨恽《报孙会宗书》："长为农夫以没世矣。"

相蒙：（被恶钱）冒充。相，副词，表示动作偏指一方。如《后汉书·赵嘉传》："尔曹若健，远相避也。"蒙，冒充、欺骗。如柳宗元《驳〈复雠议〉》："上下蒙冒，吁号不闻。"

⑬ "万国"二句：意谓现在到处可听到战乱的声音，我这首诗所抒发的哀怨也就没有穷尽了。

万国：极多的地域、到处。万，众多、极多。如《周易·乾》："万国咸宁。"国，地域。如王维《相思》诗："红豆生南国，春来发几枝。"

画角：古乐器名。有说创自黄帝，也有说传自羌族。形如竹筒，本细末大，以竹木或皮革制成，也有铜制的。因外加彩绘，故名。发声哀厉高亢，古时军中多用以警昏晓，振士气。此处用来象征战争。

此曲：指画角所吹的乐曲，也指杜甫所写的这首诗。

【辑评】

一、浦起龙《读杜心解》卷二之二

《岁晏行》，哀民之困于征敛也。起四，点题。中间一片下。……盖敛重由于军兴，军不息，则敛不轻，故结联道破。起势飘然，"网冻""弓鸣"，书所见也，已引动民穷意。中段俱属议论。以"军食""伤农"作提笔。"高弓"六句，讽胶民之"达官"也，为一篇之主。"重鱼不重鸟"，借旧语为兴。"南飞鸿"，比穷民也。"汝"，即指"达官"。……"割慈还租"，以惨语动上之恻隐。穷民盗铸，"往捉""今许"，好恶相蒙，非泛为钱法兴慨，正讥为民者，至民重困，驱为奸利而不能制也。结云"万国吹角"，言各处用兵如此，则横征无已。而止乱益难。此"哀农"之所以长也。二句所谓辨其所生，推之至所终极。

二、夏力恕《杜诗增注》卷一

孤臣迟暮，感时忧国之言，《风》《雅》真源，《楚辞》变调，错节深情，愈讽愈出。

蚕 谷 行

天下郡国向①万城，无有一城无甲兵②。焉得③铸甲作农器，一寸荒田牛得耕。牛尽耕，蚕亦成。不劳烈士泪滂沱④，男谷女丝行复⑤歌。

【题解】

此诗作于大历四年（769），杜甫时在湖南潭州。当时，安史之乱虽已基本平息，但由于地方军阀仍在作乱。大历三年（768），商州刘洽反；次年，广州冯从道、桂州朱济时反。连年战争，农桑废，蚕谷不收，杜甫故作此诗抒发对时政的担忧，希望当政者能平息地方战乱，使人民能过上"牛尽耕，蚕亦成"的"男谷女丝"的和平生活。

【注释】

① 郡国：原为汉代行政区域名和诸侯王封域名。郡直属朝廷，国是诸侯王的封地，两者地位相等，所以"郡""国"并称。《汉书·隽不疑传》："武帝末，郡国盗贼群起。"此处泛称唐代各地方行政区域。

向：将近、接近。如《后汉书·段颎传》："余寇残烬，将向殄灭。"又《旧唐书·颜真卿传》："吾今年向八十，官至太师。"

② 甲兵：原指铠甲和兵器，也是武器的泛称。如《左传·隐公元年》："大叔完聚，缮甲兵，具卒乘（shèng），将袭郑。"此处喻战争。如《墨子·备城门》："甲兵方起于天下。"

③ 焉得：怎么能够。焉，疑问代词，相当于"怎么"。如《左传·僖公三十年》："若不阙秦，将焉取之。"得，能。如《孟子·滕文公上》："当是时也，禹八年于外，三过其门而不入，虽欲耕，得乎？"

④ 烈士：志士、有志于功业的人。如曹操《步出夏门行·龟虽寿》："烈士暮年，壮心不已。"

滂沱：原指下大雨。此处用来形容流泪之多。如《诗经·陈风·泽陂》："寤寐无为，涕泗滂沱。"

⑤ 男谷女丝：意即男耕女织。丝，蚕丝。如聂夷中《咏田家》："二月卖新丝，五月粜（tiào，卖粮食）新谷。"

行复：且又。如《文选·曹丕〈与吴质书〉》："岁月易得，别来行复四年。"李善注："行，犹且也。"又《太平广记·神仙七·王远》："远叹曰：'圣人皆言海中行复扬尘也。'"

【辑评】

一、钱谦益《钱注杜诗》卷六

"无有一城无甲兵",言天下皆兵也。鹤必欲举某年某事以实之,可谓固矣!

二、浦起龙《读杜心解》卷二之三

征戍数,农桑废,《蚕谷行》所为作也。但语似平直。

三、吴兴作《杜诗论文》序

尝试读其《蚕谷行》《茅屋叹》,非禹稷饥溺之心乎?

白　凫　行

君不见黄鹄高于五尺童①，化为白凫似老翁。故畦遗穗已荡②尽，天寒岁暮波涛中。鳞介腥膻素③不食，终日忍饥西复东。鲁门鶢鶋亦踉蹡，闻道于今犹避风。④

【题解】

此诗为唐代宗大历四年（769）冬，杜甫于潭州（今湖南长沙）时所作。杜甫时年58岁，大历三年（768）正月，杜甫将夔州瀼西的40亩果园赠给吴南卿，自己携家眷从白帝城出发乘自备小舟出瞿塘峡，三月到达湖北江陵。受到亲友的冷遇，生活无依，只得沿江南下，年底到达岳阳（今属湖南）。大历四年，往返于衡州与潭州之间，生活困顿饥寒交迫。这段时间，杜甫一直在舟中生活。受到屈原《卜居》中"将泛泛若水中之凫乎？将于黄鹄比翼乎"的启示，杜甫自喻白凫（白色羽毛的野鸭），写下了这首诗。诗中以昔日黄鹄化为今日白凫的寓言形式，写诗人晚年泛泛若凫的漂泊生涯，表现了诗人虽生计日艰，但素志不移的倔强性格。这首诗是他这段生活和内心意念的缩影。

【注释】

① 黄鹄（hú）：鸟名，天鹅。如《楚辞·惜誓》："黄鹄之一举兮，知山川之纡曲；再举兮，睹天地之圆方。"又《汉书·昭帝纪》："黄鹄下建章宫太液池中。"

五尺童：即"五尺之童"，亦可省称"五尺"，指尚未成年的儿童。古代尺短，故可如此称之。如《孟子·滕文公上》："从许子之道，则市贾（同'价'）不贰，国中无伪，虽使五尺之童适市，莫之或欺。"又李密《陈情表》："外无期功强近之亲，内无应门五尺之童。"又《战国策·楚策二》："悉五尺至六十，三十余万，弊甲钝兵，愿承下尘。"

② 故畦：原来的田园。故，从前、原来的。如《史记·孝文本纪》："汉大臣皆故高帝时大将。"又《后汉书·西域传》："汉本其故号，言大月氏云。"畦，田畦。如《庄子·天地》："（子贡）见一丈人，方将为圃畦。凿隧而入井，抱瓮而出灌。"又屈原《离骚》："畦留夷与揭车兮，杂杜衡与芳芷。"注："五十亩为畦。"

遗穗：剩下的谷物。遗，遗留、剩下。如司马相如《喻巴蜀檄》："终则遗显号于后世，传土地于子孙。"又曹操《蒿里行》："生民百遗一，念之断人肠。"可引申为残存下来的人或物。如《诗经·大雅·云汉》："周余黎民，靡有孑遗。"又《汉书·高惠高后文功臣表》："讫于孝武后元之年，靡有孑遗，耗矣。"此处以引申义解似更贴切。穗，谷类植物的花或果实生长的部分。如《诗经·王风·黍离》："彼黍离离，彼稷之穗。"又《后汉

书·蔡茂传》:"茂初在广汉,梦坐大殿,极上有三穗禾。"

荡:毁坏。如《庄子·人间世》:"德荡乎名,知出乎争。"又《后汉书·杨震传》:"宫室焚荡,民庶涂炭。"

③ 鳞介:泛指有鳞和介甲的水生动物。如蔡邕《郭有道太原郭林宗碑》:"望形表而影附,聆嘉声而响和者,犹百川之归巨海,鳞介之宗龟龙也。"

腥:腥气、腥味。如《吕氏春秋·孟秋》:"其味辛,其臭腥。"又特指鱼的腥味。如段成式《酉阳杂俎·酒食》:"水居者腥,肉玃(抓取)者臊,草食者膻也。"此处为特指义。

膻(shān):羊膻气。如《庄子·徐无鬼》:"羊肉不慕蚁,蚁慕羊肉,羊肉膻也。"可引申为类似羊肉的膻味。如《列子·周穆王》:"王之嫔御,膻恶而不可亲。"此处为引申义。

素:一向、平素。如《史记·陈涉世家》:"吴广素爱人,士卒多为用者。"又《汉书·韩信传》:"且信非得素拊循士大夫。"

④"鲁门"二句:用典。《国语·鲁语上》:"海鸟曰爰居,止于鲁东门之外三日。"臧文仲使国人祭之。展禽曰:"今兹海其有灾乎?夫广川之鸟兽,恒知而避其灾也。""是岁也。海多大风,冬煖。"

鹓鶋:亦作"爰居"。海鸟名。《国语·鲁语上》:"海鸟曰爰居,止于鲁东门之外三日。"《尔雅·释鸟》:"爰居,杂县。"宋代邢昺疏:"释曰:爰居,海鸟也。大如马驹,一名杂县。汉元帝时琅邪有之。"

蹭蹬:本指海水近陆,水势渐次削弱之貌。如《文选》中晋代木玄虚(木华)《海赋》:"或乃蹭蹬穷波,陆死盐田。"此处作失道难行解。如韩愈《南山诗》:"攀缘脱手足,蹭蹬抵积鳌。"唐代诗文中常用以喻人的困顿失意。如李白《赠张相镐》(之二):"晚途未云已,蹭蹬遭谗毁。"又高适《送蔡山人》:"我今蹭蹬无所似,看尔崩腾何若为。"此处作者描写白凫而暗喻自己的困顿处境。

闻道:听说。如杜甫《秋兴八道》之四:"闻道长安似弈棋,百年世事不胜悲。"

于:至、到达。如《诗经·小雅·鹤鸣》:"鹤鸣于九皋,声闻于天。"又《淮南子·原道训》:"以恬养性,以漠处神,则入于天门。"

犹:还、仍然。如《后汉书·西南夷传》:"在盛夏冰犹不释。"又苏洵《六国论》:"良将犹在。"

【辑评】

一、王嗣奭《杜臆》卷之九

公以自况也。起得玄幻。人之生,始为童,后为翁,无日不化;少捷如鹘,恒思一举千里,年老如凫,与波上下偷以全吾躯而已。人知童化为翁,而不自知鹘化为凫也。"遗穗"根"黄鹄"来。遗穗荡尽,鹄无所得食,不得不化为凫;而出没波涛中,乃又不食腥膻,所以忍饥而西复东,良可悲也。然闻鲁门鹓鶋,犹然蹭蹬,至今避风,欲游戏水波而不得也,凫又安所怨尤乎!

二、仇兆鳌《杜诗详注》卷之二之十三

此诗黄鹤编在大历二年夔州作，以诗言"终日忍饥西复东"，谓自瀼西迁东屯也。其说西东固泥，且是秋方有收获，安得云忍饥。今按诗云"天寒岁暮波涛中"，应是四年潭州作。若三年冬，尚在公安山馆也，从朱氏编次为是。《尔雅》释：凫，水鸟也。野曰凫，家曰鹜。又：《白凫行》自伤迟暮漂流。黄童化为老叟，此黄鹄白凫之喻也。遗穗荡尽陆无粮矣。腥膻不食，水又饥矣。此自蜀至楚之喻。鹡鸰避风，伤北归亦无安身之地也。又：董斯张曰：屈原《卜居》："将泛泛若水中之凫乎？将与黄鹄比翼乎？"公借以自况，言作赋摩空，犹昔之黄鹄也。今且行踪飘荡，泛泛若鹜，而素心了不为变，任其波涛岁暮，腥膻者终不可以食我也。落句鲁门爱居，隐然不飨太牢、不乐钟鼓之态，此老倔强，百折不回矣。

三、浦起龙《读心解》卷二之三

"黄鹄"以喻壮志，"白凫"以喻漂泊，"畦尽"以喻离乡去夔，"涛中"以喻湖南舟宿。此皆逼起下文，盖如此则穷亦甚矣。而"腥膻不食""忍饥西东"，以喻宁任飘转，不受非义之惠。落句即上意而申之。

朱 凤 行

君不见潇湘之山衡山①高，山巅朱凤声敖敖②。侧身长顾求其曹③，翅垂口噤心劳劳④。下愍⑤百鸟在罗网，黄雀最小犹⑥难逃。愿分竹实及蝼蚁⑦，尽使鸱枭相怒号⑧。

【题解】

朱凤，即红色的凤凰。凤，古代传说中的神鸟。《说文》："凤，神鸟也。"宋玉《对楚王问》："是其曲弥高，其和弥寡，故鸟有凤而鱼有鲲。"常以凤比喻有圣德贤能的人。如《论语·微子》："凤兮凤兮，何德之衰。"何晏注引孔安国曰："比孔子于凤鸟。"邢昺疏："知孔子有圣德，故比孔子于凤。"此诗写于大历四年（769）杜甫流寓湖南时。诗中，作者自喻朱凤孤栖失志犹不向恶势力低头的高尚情怀。

【注释】

① 潇湘：湖南省湘江的别称。此处指湘江流域的地区。

衡山：为五岳中的南岳，在今湖南省衡山等县境内。

② 巅：山顶。如《诗经·唐风·采苓》："采苓采苓，首阳之巅。"

敖敖：哀鸣声。如《诗经·小雅·鸿雁》："鸿雁于飞，哀鸣敖敖。"

③ 长顾：久久地回头看。长，久。如《老子》："天长地久。"顾，回头、回头看。如《楚辞·九章·哀郢》："过夏首而西浮兮，顾龙门而不见。"

其：代词，此处代朱凤。

曹：群。如《楚辞·招隐士》："虎豹斗兮熊罴咆，禽兽骇兮亡其曹。"

④ 口噤：闭口。噤，闭口。如《史记·日者列传》："宋忠、贾谊忽而自失，芒乎无色，怅然噤口不能言。"

心劳劳：心很忧伤的样子。劳劳，忧伤的样子。如《古诗为焦仲卿妻作》："举手长劳劳，二情同依依。"

⑤ 愍（mǐn）：同"悯"，怜悯、哀伤。如《后汉书·光武帝纪下》："朕惟百姓无以自赡，恻然愍之。"

⑥ 黄雀：鸟名，也称芦花黄雀。雄者上体浅黄带绿，雌者上体微黄有褐色条纹。如阮籍《咏怀》（之十一）："一为黄雀哀，涕下谁能禁。"

犹：尚、仍。如《论语·微子》："往者不可谏，来者犹可追。"

⑦ 竹实：此指竹的某些品种果实细小者，也称竹米。传说竹实是凤凰之食。古代有凤

凰"非梧桐不栖，非竹实不食"之说。《别录》曰："竹实出益州。弘景曰：竹实出蓝田。江东乃有花而无实，顷来斑斑有实，状如小麦，可为饭食。承曰：旧有竹实，鸾凤所食。今近道竹间，时见开花小白如枣花，亦结实如小麦子，无气味而涩。江浙人号为竹米，以为荒年之兆，其竹即死，必非鸾凤所食者。近有余干人言：竹实大如鸡子，竹叶层层包裹，味甘胜蜜，食之令人心膈清凉，生深竹林茂盛蒙密处。顷因得之，但日久汁枯干而味尚存尔。乃知鸾凤所食，非常物也。"

蝼：蝼蛄，害虫名。如《论衡·幸偶》："蝼蚁行于地，人举足而涉之。"

蚁：蚂蚁。如《国语·晋语九》："蝐蚁蜂虿（chài），皆能害人。"

⑧鸱枭（chī xiāo）：恶鸟名。如《史记·封禅书》："而蓬蒿藜莠茂，鸱枭数至。"古代常以此鸟喻奸邪恶人。如《史记·屈原贾生列传》："鸾凤伏窜兮，鸱枭翱翔。"《汉书·贾谊传》作"鸱鸮"。如《诗经·豳风·鸱鸮》："鸱鸮鸱鸮，既取我子，无毁我室。"又《论衡·累害》："后《鸱鸮》作而《黍离》兴，讽咏之者乃悲伤之。"

怒号：愤怒地大声喊叫。号，大声喊叫。如《楚辞·天问》："妖夫曳衒，何号于市？"

【辑评】

一、王嗣奭《杜臆》卷之十

衡山巅之朱凤，似比衡州刺史，而阳济时刺衡州，故注者指之，而事无的据，盖作诗之先后不可知也。诗意谓其仁心仁政，施及鳏寡，而为贪暴小人所诋毁，故借朱凤以发其苦心，而辨其谤也。凤之竹实不自食，而愿分及蝼蚁，妙于形容。

二、仇兆鳌《杜诗详注》卷之二十三（引朱鹤龄）

刘桢诗："凤凰集南岳，徘徊孤竹根。岂不长辛苦，羞与黄雀群。"公诗似取其意而反之。羞群黄雀者，凤采之高翔。下愍黄雀者，凤德之广覆也。所食竹实，愿分之以及蝼蚁。而鸱鸮则一听其怒号，此即"驱出六合枭鸾分"意也。诗旨包蕴甚广，黄鹤云为衡州刺史阳济讨臧玠而作，以侧身求曹为连合三州刺史，谬矣。

三、浦起龙《读杜心解》卷二之三

《朱凤行》，悯穷黎也。达则兼善，欲泽民而止暴焉。亦俱就"朱凤"言，主意在下半截，而其本却原于上半。盖品地不高，则与群庶为伍，安能泽及于彼。起曰"衡山高"，而凤又在其巅，自能笼罩万物矣。"声嗷嗷"，仁心之发为仁声也，"侧身""垂翅"，喻不遇时。文势得此一曲，"鸟雀""蝼蚁"，俱喻困征敛之穷民。"鸱枭"，喻剥民之凶人。惠及"蝼蚁"则无不偏。独屏"鸱枭"，则不见夺。此"朱凤"索志也。噫，托之空言而已。

风雨看舟前落花戏为新句

江上人家桃树枝,春寒细雨出疏篱。①影遭碧水潜勾引②,风妒红花却倒③吹。吹花困懒傍舟楫④,水光风力俱相怯⑤。赤憎轻薄遮⑥入怀,珍重分明不来接⑦。湿久飞迟半⑧欲高,萦沙惹草细于毛⑨。蜜蜂蝴蝶生情性,偷眼蜻蜓避伯劳。⑩

【题解】

此诗为大历五年(770)杜甫在潭州时所作。这年春的一天,作者在潭州的湘江边的舟中,看到鲜艳的满树桃花因风吹雨打而纷纷落下的景象,不由产生零落萧瑟之感,于是写下这首睹物伤己的诗篇。这首诗细致而又生动地描写了风雨舟前落花之情态,诗句清新,用语新巧,摹写细致,幽默诙谐。其风格一改以往的沉郁顿挫而为纤秾绮丽、哀怨婉约,因而被明清以来的学人誉为"词曲之祖"。当我们读宋初词人晏殊《浣溪沙》中"无可奈何花落去"一句时,不禁会想起杜甫这首诗作,体会到前人之论诚然。

【注释】

① "江上"二句:意谓居住在湘江边的一户农家,其屋旁的桃树枝,在春寒细雨中伸出稀薄的篱笆。

疏:稀疏、稀薄,与"密"相对。如《老子》:"天网恢恢,疏而不失。"

② 影:花影,借指花。

遭:遇到。如《后汉书·张玄传》:"今日相遭,真解蒙矣!"

潜:没入水中活动。如《诗经·小雅·鹤鸣》:"鱼潜在渊,或在于渚。"

勾引:招引、挽留。如姚合《送别友人》:"独向山中觅紫芝,山人勾引住多时。"

③ 妒:嫉妒。如《汉书·邹阳传》:"故女无美恶,入宫见妒;士无贤不肖,入朝见嫉。"

却:还、再。如李商隐《夜雨寄北》:"何当共剪西窗烛,却话巴山夜雨时。"

倒:反而。如《朱子语类·论语》:"如今人恁地文理细密,倒未必好,宁可是白直粗疏底人。"

④ 困懒:懒散没精神,无主观性而随波逐流。困,疲乏、疲倦。如《汉书·高帝纪上》:"行数里,醉困卧。"懒,怠惰。如《南史·范晔传》:"吾少懒学问,晚成新人。"

楫:划船工具。

⑤ "水光"句:意谓落花既怯水光,也怯风力。

俱：全、都。如范仲淹《岳阳楼记》："百废俱兴。"
怯：害怕。如吴昌龄《东坡梦》一折："你不怯我师父，我师父也不怯你。"
⑥赤憎：黄鹤注：赤憎犹云生憎，皆方言也。
轻薄：轻佻浮薄。如《三国志·吴书·甘宁传》："少有气力，好游侠，招合轻薄少年，为之渠帅。"
遮：拦阻。如李白《别州民》："耆老遮归路，壶浆满别筵。"
⑦接：接近。如《仪礼·聘礼》："及庙门，公入揖，立于中庭，宾立接西塾（门内外东西侧的房屋）。"
⑧飞迟：缓慢地飘落。迟，缓慢。如《左传·昭公二十年》："清浊、大小、短长、疾徐、哀乐、刚柔、迟速、高下、出入，周疏以相济也。"
半：形容很少。如陆游《岁暮出游》："残历消磨无半纸。"
⑨萦沙：缠绕着沙。萦，缠绕。如《论衡》："朱丝萦之。"
惹草：招引草。如罗邺《芳草》："微香暗惹游人步，远绿才分斗雉踪。"
细于毛：指春草细小如毛。
⑩"蜜蜂"二句：意谓因为散落的桃花仍有余香，所以蜜蜂、蝴蝶对其仍有眷恋。同时，蜻蜓也时而偷看落花一眼。然而，它们都因惧怕恶鸟伯劳而纷纷避开。
情性：感情的本性。性，人的本性。如王充《论衡·本性》："性，生而然者也。"
伯劳：一种体形中等，掠食性的食虫鸟类。嘴形大而强，略似鹰嘴。翅短圆，脚强健，趾有利钩。性凶猛，嗜吃小形兽类、鸟类、蜥蜴等各种昆虫以及其他活动物。又名"䴗（jú）"或"鵙（jué）"。如《诗经·豳风·七月》："七月鸣䴗，八月载绩。"又《尔雅·释鸟》："䴗，伯劳也。"

【辑评】

一、王嗣奭《杜臆》卷之十

云"江上人家"，此必出峡时舟中作。"春寒细雨出疏篱"，便是画意。江上桃花，风雨飘堕，或落水或吹去，或傍舟楫，或入怀袖，或入沙中草中，人所习见，本无情致。公于舟中闲看，却于无情中看出有情。桃树临江，花落自然入水，见水中花影，便谓其"潜勾引"。

花值冲风，自然飞起，却谓其"始而倒吹"，吹落舟楫，湿而不动，便谓其"困懒"。此时水勾引不去，风倒吹不起，便谓"水光风力"之"怯"。"赤憎"管到下句，言又有可憎者，有一等飞扬飘荡，轻薄可恨，偏遮之入怀；有一等自在庄重，分明可爱，偏不来接，任其堕落。遮者风也，何以曰"遮"？谓其有意也！"不来接"亦谓风也，谓其不肯用情也。元作"遮人怀"，余意"入"字之误，后证旧本，果作"入"。接折两出，须溪定为"折"，非但不可解，且亦非韵。花因湿久，飞起稍迟，便谓花之意，欲高不得，而状之以"半欲高"。落在沙中，却谓其"萦"；落在草中，便谓其"惹"。以细于毛，渐无踪影，却尤其不自爱而取咎也。蜜蜂蝴蝶，欲采之而不得，欲弃之而不忍，低徊顾惜，别生情性。蜻蜓本不采花，却因点水溷入落花中，又见其偷眼于伯劳而思避也。伯劳即鹈䴗，鸣则众芳歇，此本花之所畏者；蜻蜓偷眼，本畏伯劳之攫取，而今亦以为惜花之故也。此皆从静中看出，都是虚景，都是游戏，都是弄巧，本大家所不屑，而偶一为之，故自谓新句，而纤巧浓艳，遂为后来词曲之祖。

二、仇兆鳌《杜诗详注》卷之二十三

此诗戏为新句，皆从无情中看出有情，诗思之幻，当与昌黎《毛颖传》参观。

三、钟惺《唐诗归》卷十一

钟云："是新句，不是填词；是填词，不是填词体。"又云："有杜此诗，千古无落花矣！……"又云："他人是咏落花，便板；此诗是看落花，便灵。此出脱之妙。"

参考文献

[1] 华文轩. 古典文学研究资料汇编·杜甫卷[M]. 北京：中华书局，1964.
[2] 王嗣奭. 杜臆[M]. 上海：上海古籍出版社，1983.
[3] 钱谦益. 钱注杜诗[M]. 上海：上海古籍出版社，1958.
[4] 浦起龙. 读杜心解[M]. 北京：中华书局，1961.
[5] 杨伦. 杜诗镜铨[M]. 上海：上海古籍出版社，1962.
[6] 金圣叹. 杜诗解[M]. 上海：上海古籍出版社，1984.
[7] 郭曾炘. 读杜札记[M]. 上海：上海古籍出版社，1984.
[8] 施鸿保. 读杜诗说[M]. 上海：上海古籍出版社，1983.
[9] 邢治平. 杜诗论丛[M]. 新乡：河南师范大学中文系资料室，1980.
[10] 薛天纬. 唐代歌行论[M]. 北京：人民文学出版社，2006.
[11] 山东大学中文系古典文学教研室. 杜甫诗选[M]. 北京：人民文学出版社，1980.
[12] 聂石樵，邓魁英. 杜甫选集[M]. 上海：上海古籍出版社，1983.
[13] 曹慕樊. 杜诗选注[M]. 重庆：西南师范大学出版社，1986.
[14] 萧涤非. 杜甫诗选注[M]. 北京：人民文学出版社，1998.
[15] 张忠纲. 杜甫诗选[M]. 北京：中华书局，2009.
[16] 康熙字典[Z]. 影印本. 成都：成都古籍书店影印，1980.
[17] 商务印书馆编辑部. 辞源[Z]. 上海：商务印书馆，1979.
[18] 古代汉语大词典[Z]. 上海：上海世纪出版股份有限公司、上海辞书出版社，2007.
[19]《古代汉语词典》编写组. 古代汉语词典[Z]. 上海：商务印书馆，2005.
[20]《古代汉语字典》编写组. 古代汉语字典[Z]. 上海：商务印书馆国际有限公司，2009.
[21] 臧励龢，等. 中国人名大词典[Z]. 上海：商务印书馆，1921.
[22] 臧励龢，等. 中国古今地名大词典[Z]. 香港：商务印书馆香港分馆，1931.
[23] 张忠纲. 杜甫大辞典[Z]. 济南：山东教育出版社，2008.
[24] 四川省文物研究馆. 杜甫年谱[M]. 成都：四川人民出版社，1958.

后　　记

2003年，西藏民族大学文学院开始招收中国古代文学硕士研究生。学校返聘我为硕士研究生导师。当时我68岁，身体尚好。在工作中，我承担了"唐代边塞诗研究"和"杜甫研究"两门课程的教学任务，接受了少量研究生的培养工作。常言道，"教学相长"。在教学过程中，我对杜甫诗歌的理解有了进一步的提高。于是，自2012年春，我开始了《杜甫歌行诗选注》的注释工作。至2015年冬，我完成书稿。此时，我已经年满80岁矣。惭愧！年龄虽大，但学识不高，面对书稿，不敢自是。于是将书稿送请池万兴教授、高明教授、袁书会教授和严寅春教授审阅，得到了他们的肯定和鼓励，使我更有了信心。同时，经过诸位的审阅，纠正了不当之处，提高了书稿的质量。在这里，请让我对以上四位忘年之交的中青年学者表示感谢！

随后，我将修改后的定稿呈报西藏民族大学领导，希望在专家鉴定合格的原则下，拨给出版资金，代为联系出版社出版此书，得到了校领导的支持。对此，向学校领导、学校科研处和文学院表示感谢！

中山大学出版社接受出版此书，策划编辑嵇春霞老师与责任编辑高洵老师为此书的出版付出了智慧和辛劳。请让我在这里也表示感谢！

在杜甫研究的领域里，我只是普通的一员。我对自己的要求是：无奇葩争艳之心，有小草添绿之志。这本小书如果对读者读懂所选的诗有所帮助，我将感到十分荣幸。书中难免还有错误和不当之处，恳请方家和读者批评指正。